dtv

Jakob Weinberg wohnt in München. Er ist siebzig Jahre alt, hat Auschwitz überlebt und genießt hohes Ansehen bei seinen Freunden. Sie nennen ihn »Milchmann«, weil er damals im Lager eine Kiste mit Trockenmilch fand und zum Retter seiner Mithäftlinge wurde. So die sorgfältig gepflegte Legende. Weinberg kann nicht klagen. Er ist wohlhabend und hat eine junge Geliebte. Doch dann passiert es: Eine Gewebeprobe verheißt Unheil, sieben Tage Ungewißheit. Es geht um sein Erbe. Seine Kinder, die Geliebte und seine Freunde setzen Weinberg unter Druck. Der »Milchmann« versucht Ordnung in sein Leben zu bringen. Als er die Diagnose erfährt, handelt er entschlossen.
Der Roman schildert deutsch-jüdische Zeitgeschichte. Nicht nur die Ereignisse in der erzählten Gegenwart, sondern auch die Erlebnisse der Überlebenden der Shoah sind authentisch.

Rafael Seligmann wurde 1947 in Israel geboren, seit 1957 lebt er in Deutschland. Der promovierte Politologe und Publizist schrieb die ersten deutsch-jüdischen Gegenwartsromane. Alle seine Romane haben das Urteil von Henryk M. Broder in der ZEIT zum Erstlingswerk bestätigt: »Er kommt der Wirklichkeit jüdischen Lebens in Deutschland weit näher als die vielen gutgemeinten Dokumentationen.«

Rafael Seligmann

Der Milchmann

Roman

Deutscher Taschenbuch Verlag

Von Rafael Seligmann
sind im Deutschen Taschenbuch Verlag erschienen:
Rubinsteins Versteigerung (11381)
Die jiddische Mamme (12172)
Der Musterjude (12646)
Schalom meine Liebe (20173)

Dezember 2002
Deutscher Taschenbuch Verlag GmbH & Co. KG,
München
www.dtv.de
© 1999 Deutscher Taschenbuch Verlag GmbH & Co. KG,
München
Umschlagkonzept: Balk & Brumshagen
Umschlagbild: ›Nature morte‹ (1962)
von Giorgio Morandi (© VG Bild-Kunst, Bonn 2002)
Satz: Fotosatz Reinhard Amann, Aichstetten
Druck und Bindung: Druckerei C. H. Beck, Nördlingen
Gedruckt auf säurefreiem, chlorfrei gebleichtem Papier
Printed in Germany · ISBN 3-423-13022-9

Jente Hammersfeld,
Aaron Schechter
und deren Familien
zum Andenken

Vor Gottes Thron steht ein Pokal, der Tränenbecher. Wann immer ein Jude Unrecht erleidet, tropft eine Träne in den Pokal. Sobald der Becher überläuft, erhebt sich Gott und hilft seinem bedrängten Volk.

Das Märchen muß anders lauten.
Gott ist alt. Sehschwäche, Gicht und Schwermut plagen ihn. Der Tränenpokal ist ein Faß ohne Boden, dennoch läuft er ständig über, denn er wird von den Tränen aller Menschen gespeist. Gott fehlt die Kraft, sich um das Leid seiner Geschöpfe und ihre Tränen zu kümmern. Er hat resigniert. Die einzigen, die den Tränenstrom verebben lassen können, sind die Menschen selbst.

Milch

Der Himmel war wolkenlos. Die Nachmittagssonne schien. Doch der Wind war bereits kühl. Er drang durch Weinbergs Kleidung, kribbelte auf seiner verschwitzten Haut, verschloß ihre Poren. Der Herbst setzte ein.

Die Schienen zerschnitten die weite Ebene. Sie reichte bis zum Horizont, ohne daß der Blick an einer Anhöhe oder an einem Dorf Halt fand. Nur Wiesen und Felder, in der Ferne schimmerte ein kleiner Wald.

Die Stille wurde von Hammerschlägen zerhackt. Gelegentlich waren Wortfetzen und Hundegebell zu hören. Zu sehen war niemand. Die Geräusche stammten vom Bautrupp. Die Kolonne arbeitete jenseits des Bahndamms.

Jaakov Weinberg war zum Aufstapeln der Gleisschwellen eingeteilt. Als einziger durfte er auf der Ostseite arbeiten, denn er besaß das Vertrauen von Hersch Schwarz.

Plötzlich war ein Sirren zu hören. Es schwoll rasch an, zerfiel in Stampfen und Rattern. Ein Zug dampfte von Westen heran. Jaakov beobachtete die Bahn, während er mechanisch die hölzernen Schwellen übereinanderstapelte. Ein Güterzug.

Weinberg sah, wie sich eine Kiste von ihrem Stapel auf einem offenen Waggon löste und vermeintlich lautlos zu Boden fiel. Der Aufschlag wurde vom Lärm der Lokomotive und dem Rattern der Räder übertönt. Was war in der Kiste? Konnte es ihm helfen? Oder riskierte er umsonst seinen Kopf? Weinberg blickte sich um. Der Bautrupp und die Bewacher waren nicht zu sehen.

Bis zur Kiste mochten es hundert Meter sein, höchstens hundertfünfzig. Wie lange brauchte er, um hinzulaufen? Renne, statt zu denken! Jaakov lief los. Seine Füße rieben sich an den Holzpantinen. Er spürte die Kraft seiner Beinmuskeln, fühlte, daß seine Lungen genug Atem besaßen. Er war noch stark.

Weinberg rutschte vom Schotter des Bahndamms zur Kiste. Vom Aufprall waren ihre Latten seitlich aufgerissen. Er griff hinein, tastete, riß eine weiße Blechdose mit blauer Schrift heraus. Mühsam buchstabierte er: *Milchpulver*. Jaakov verstand das deutsche Wort nicht. Deitsch ist wie Jiddisch! Er buchstabierte das Wort erneut: *Milchpulver*. Was bedeutete das? Keine Zeit! Weinberg schob seinen Daumennagel unter den Deckel und riß ihn mit einem Ruck hoch. Dabei bemerkte er, daß die Finger seiner rechten Hand bluteten. Wahrscheinlich hatte er sie sich an den Latten aufgerissen, als er die Konserve aus der Kiste fischte. Unwichtig! Jaakov besah das weißgelbe Pulver in der Dose, er schnupperte daran. Der Geruch war ihm vertraut, doch er konnte sich nicht darauf besinnen, was es war. Weiter! Er steckte die Zunge in die Dose. Das Pulver war staubig, es schmeckte süßlich, seifig, säuerlich … nein, milchig. Milch! Jaakov starrte auf die Dose, buchstabierte erneut den Schriftzug. *Milchpulver!*

Deutsch Milch, jiddisch Milech und Pulver ist Pulver, bei den deutschen Mördern und bei uns Jidn. Sein Herz trommelte gegen die Rippen. Er hatte eine ganze Kiste voller Milchpulver gefunden! Deutsches Milchpulver. Was sollte er damit tun? Auf keinen Fall durfte er hier bleiben. Jaakov hatte keine Zeit. Die Sonne wurde schwächer. Bald würden sie ihn einsammeln. Er würde mit der Kolonne ins Lager marschieren. Die Kiste mußte versteckt werden. Unsinn! Er hatte keine Ahnung, ob er morgen hierherkäme. Dann würde ein anderer die Milch finden. Oder die Deutschen. Ersticken sollen sie daran! Jaakov mußte die Milch haben! Die ganze Kiste! Wenn ihn die Deutschen faßten, würden sie ihn aufhängen. Egal, ob mit einer Dose oder mit dem ganzen Kasten. Aber wenn er allein die Milch trank, würde er stark bleiben und überleben.

Jeden Moment konnte der Kapo auftauchen oder ein SS-Mann. Er mußte etwas tun, egal was. Jaakov packte die Kiste, schleppte sie zu seinem Arbeitsplatz. Er lud den Kasten am Fuß der Gleisböschung ab, warf ein paar Äste darauf und kletterte mit rutschenden Pantinen den Bahndamm hoch, warf sich zu Boden, spähte zur Kolonne. Die Männer schufteten im gewohnten Trott, die SSler unterhielten sich rauchend. Einer der Hunde hob den Kopf. Sogleich kroch Jaakov bäuchlings zurück, ließ sich vom Bahndamm gleiten. Er eilte zu den Schwellen und fuhr fort, die Holzbohlen aufeinanderzustapeln. Jaakov schwitzte, seine Hände zitterten.

Bei Einbruch der Dämmerung kündeten Hundegebell und Befehlsgebrüll vom Aufbruch des Arbeitstrupps. Jaakov zwang sich zur Ruhe. Er wartete bis zum letzten Moment. Erst als die Kolonne auf seiner Höhe war, warf er eine letzte Schwelle auf den Haufen, sprang zum Bahndamm, packte die Kiste und quetschte sich in seine Marschreihe.

»Wus schleppste?« raunzte ihn sein Nachbar Jossl Lerner an.

»Halt n' Pisk!« zischte Jaakov.

»Maul halten!« echote sogleich ein SS-Soldat, sein Wachhund schlug an. Die Männer marschierten eine Weile schweigend in der zunehmenden Dunkelheit. Weinberg begann das Gewicht der Kiste zu spüren. Jossl drückte ihr Geheimnis. Der Kasten war offenbar gestohlen. Wenn die SSler oder Hersch Schwarz dahinterkamen, würde man auch ihn töten und Naphtali Fischel, den dritten Mann in ihrer Reihe, ebenfalls. Jossl stieß Naphtali den Ellbogen in die Rippen und deutete auf Jaakov, der über seiner Kiste hing. Fischel hatte Weinbergs Last bereits bemerkt.

»Nu?« flüsterte er.

Weinberg nutzte die Verwirrung beider Männer, um sich zwischen sie zu schieben.

»Wus is im Kastn?«

Weinberg antwortete Fischel nicht.

»Wus?!«

»Milech!«

Weinberg spürte die Verblüffung der Kumpane mehr, als daß er sie in der Dämmerung sah.

»Mischiggener! Sie werd'n uns derhargenen!« Die Angst drohte Jossl Lerners erzwungenes Flüstern zu sprengen.

»Ich wer dich derhargenen, as di wirst nicht haltn dein Pisk!« Weinberg war kräftiger als der schon abgemagerte Mithäftling. Lerner fürchtete ihn. Weinberg stieß die Kiste gegen Lerners Seite. »Schlepp!« befahl er. Jossl reagierte nicht. Weinberg roch seine Angst. Er rammte Lerner nochmals die Kiste in den Leib. Jossl taumelte, stieß gegen seinen Hintermann. Der fing ihn auf. Lerner bemühte sich, wieder Schritt zu halten. Derweil packte Naphtali Fischel Weinberg am Arm. »Genig!« raunte er.

Fischel teilte schon seit Monaten mit Lerner die Pritsche. Er gebärdete sich als dessen Beschützer. Weinberg durfte sich Naphtali nicht zum Feind machen. Er fühlte, daß seine Kraft nicht ausreichte, die Kiste allein ins Lager zu tragen. Jossl Lerner war zu schwach, um ihm dabei zu helfen. Jaakov brauchte Naphtali. »Ich gejb dir Milech ...« Naphtali packte Jaakov am Oberarm. »Er brocht Milech!« Fischel wies auf Jossl Lerner.

»Ich wer' ihm Milech gejbn.« In diesem Moment traf Weinberg ein Schlag in den Rücken. »Mir wirste ojchet Milech gejbn!« zischte ihm sein Hintermann David Jakubovicz zu. Weinberg reagierte nicht. Jakubovicz versetzte ihm einen kräftigeren Hieb. Weinberg stolperte vorwärts. Jakubovicz holte ihn sogleich ein.

»Git!« keuchte Weinberg.

»Mir wirst di ojchet Milech gejbn«, rief Marek Birnbaum, Jakubovicz' Nebenmann und packte Weinberg so hart an der Schulter, daß dieser erneut ins Stolpern kam.

»Kisch mech im Toches«, keuchte der und ließ die Kiste fallen.

»Maul halten, sonst greife ich durch!« brüllte ein Wachsoldat.

Naphtali Fischel ließ sich durch sein Geschrei nicht beirren. Unvermittelt packte er die Kiste, riß sie ohne sichtbare Anstrengung hoch und marschierte weiter.

Weinberg hatte die Kiste gefunden. Er brauchte die Milch für sich. Doch Fischel war kräftiger und einen halben Kopf größer als er. Jaakov mußte abwarten.

Nach wenigen Minuten begann auch Fischel das Gewicht des Kastens zu spüren. Er packte die Kiste seitlich, hielt Weinberg das freie Ende hin. »Nimm!« befahl er. Jaakov zögerte. »Schlepp! Sonst hack ich dir den Kopp ab!« Weinberg packte die Kiste am freien Ende. Zu zweit war sie leichter. Sie marschierten stumm nebeneinander her. Nach einer Weile wurde die Last Weinberg erneut zu schwer. Naphtali marschierte ungerührt weiter. Die Luft brannte in Jaakovs Lungen. Er zwang sich, Schritt zu halten. Doch seine Brust schnürte sich zusammen. »Ich kunn nicht mehr.«

»Gejh!«

Jaakov trieb sich an. Doch sein Schritt wurde schleppend. Naphtali packte die Kiste mit der linken Hand, die rechte legte er um Jaakovs Schulter und schob ihn vorwärts. Das half. Weinberg konnte leichter gehen. Bald wurde ihm die Last wieder zu viel. Seine Arme wurden schwer, sein Atem rasselte. »Ich fall aweg«, stöhnte er.

»Schlepp!« befahl Naphtali. Aber er sah, daß Jaakov nicht mehr konnte. Wenn er fiel, kam die ganze Kolonne aus dem Tritt. Dann hatten sie die Wachen mit ihren Hunden auf dem Hals. Fischel packte die Kiste wieder mit beiden Händen und wandte seinen Kopf zu David Jakubovicz. »Kimm aher, schlepp!«

Der Hintermann antwortete nicht. »Kimm aher!« wiederholte Naphtali drohend. Derweil versuchte Jaakov Weinberg verzweifelt, das Marschtempo zu halten.

Fischel wandte sich mit einem Schwung um und stieß den Kasten gegen Jakubovicz' Bauch. Der stieß einen unterdrückten Schmerzenslaut aus.

»As du kunnst nicht schleppn, kunnst nicht mehr lejbn!« Ehe Jakubovicz sich besonnen hatte, packte ihn Fischel am Genick und zog ihn vor zu sich. Unwillkürlich ergriff Jakubovicz das freie Ende der Kiste. Weinberg spürte seinen rasenden Herzschlag im Hals, in den Schläfen, in den Ohren. Sie raubten seine Milch. Nach Hersch, dem Kapo, zu rufen war sinnlos. Dann waren sie alle verloren. Er als Dieb zuerst. Jaakov mußte sich selbst helfen. Er rammte Jossl die Faust in den Bauch und stieß ihn nach hinten. Noch ehe Naphtali reagieren konnte, schubste er Jakubovicz zur Seite und packte das frei werdende Ende der Kiste. Zu dritt trugen sie die Milch ins Lager.

Vor dem Abendappell versteckten Weinberg, Fischel und Jakubovicz die Kiste in der Latrine. Danach rannten sie zum Aufmarsch. Der Scharführer ließ durchzählen. Niemand fehlte. Er befahl ihnen abzutreten. Die Männer liefen zum Essenfassen. Vor dem Block ließ Rottenführer Kreiske die Häftlinge erneut aufmarschieren.

»Auf dem Heimmarsch haben einige von euch Dreckskerlen das Maul aufgerissen«, schrie er. »Das ist streng verboten. Wenn ich jemanden erwische, erledige ich ihn augenblicklich!« Kreiske verharrte einen Moment unschlüssig. Er überlegte, wie er seine Drohung verschärfen konnte.

»Verbergen ist sinnlos! Wenn sich so'n Schwein versteckt, greif ich mir die nächstbeste Marschreihe und mach sie unschädlich. Ist das klar?«

»Jawohl, Herr Rottenführer«, riefen die Männer.

»Zur Strafe bleibt ihr eine Stunde vor eurer Hundehütte in Habachtstellung stehen. Euer Abendfraß fällt heute aus.«

Kreiske wandte sich an Hersch Schwarz, der an der Spitze der ersten Reihe stand. »Trichtere deinen Leuten Disziplin ein«, der

SS-Korporal verzog seinen Mund, »sonst steck ich dich in den Ofen.«

»Jawohl, Herr Rottenführer.« Der Kapo bemühte sich um einen festen Ton, doch seine Stimme bebte.

»Die Kerle haben keinen Respekt vor dir, weil du eine feige Ratte bist!«

Der Kapo wußte nicht, ob er antworten sollte. Die Angst lähmte ihn. Endlich zwang er sich zur Antwort. »Jawohl.«

»Halt's Maul! Feiges Judenschwein!« Kreiske blickte in das erstarrte Gesicht des Häftlings. Er mußte handeln.

»Mitkommen!«

Schwarz war unfähig, sich zu bewegen. Kreiske schlug ihm die Faust ins Gesicht. Schwarz schossen die Tränen in die Augen.

»Mitkommen!« brüllte er erneut. Die Erstarrung des Juden löste sich mit einem Mal. Er fiel vor dem SS-Mann auf die Knie. »Herr Rottenführer. Bitte!« Die Tränen liefen Schwarz dick die Wangen hinunter. »Bitte! Ich werde die Männer schlugen ... schlagen. Sie werden ruhig sein!«

»Dazu wirst du keine Gelegenheit mehr haben, du miese Judenratte. Ich mach dich stumm.« Kreiske zog seine Pistole aus dem Halfter, lud durch und drückte sie Schwarz an die Schläfe. »Los! Oder ich knall dich auf der Stelle ab!«

Der KZler erhob sich taumelnd. Schwarz' Beine schlotterten. Seine Kiefer schlugen aufeinander.

»Marsch, du feige Judensau!«

Kreiske drückte dem Juden die Waffe in den Rücken. Tapernd lief Schwarz vor ihm her.

Exakt eine Stunde später entließen die SS-Wachen die Häftlinge. Naphtali Fischel zog den entkräfteten Jossl Lerner mit sich in die Baracke.

In der Baracke warfen sich die Männer auf ihre Pritschen oder hockten sich auf den Boden und stierten vor sich hin. Keiner sprach ein Wort.

Hersch Schwarz war verhaßt. Als Kapo stand er zwischen der SS und den gewöhnlichen KZniks. Wie jeder Kapo benutzte er seine geliehene Macht, um sich ein eigenes Herrschaftsgefüge zu schaffen. Schwarz besaß seine Spitzel, Günstlinge und Schläger, zu denen Jaakov Weinberg zählte. Sie schikanierten und prügelten die Männer im Auftrag des Kapos oder nach eigener Laune. Aufgrund seiner Position konnte sich Herschel Schwarz mehr und besseres Essen verschaffen als die anderen KZniks und mußte weniger hart arbeiten als sie.

Die Laune eines einfachen SS-Mannes genügte, den gefürchteten und heimlich beneideten Kapo umzubringen. Jaakov Weinberg war von der mörderischen Entschlossenheit des Rottenführers nicht überrascht. Die Deutschen waren Feinde der Juden. Sie hatten sie hierher in die Todesfabrik geschafft, um sie alle umzubringen. Hersch Schwarz hatte keine Illusionen über die Absicht der Deutschen. Er wollte so lange wie möglich und so gut wie möglich leben – deshalb war er Kapo geworden. Hersch nutzte seine Zeit so gut es ging, fraß, so viel er konnte, und genoß seine Macht über die Mitgefangenen. Dennoch war Jaakov verwirrt. Denn Hersch, der im Gegensatz zu den meisten über den Tod spottete, war in dem Moment zusammengebrochen, als er selbst vom Ende bedroht war. Hätte der Kapo nach dem ersten Geschrei des Rottenführers ein Exempel statuiert und unverzüglich einige Männer zusammengeschlagen, dann hätte der Deutsche gesehen, daß er ihn ernst nahm, und seine Wut hätte sich möglicherweise gelegt. Sicher war man bei diesen Mördern nie. Zumindest hätte Hersch so etwas getan, um sich zu retten. Statt dessen hatte er durch seine Feigheit die Rage des Korporals noch gesteigert. Der SS-Mann hatte recht: Hersch war ein Angsthase, ein Jammerlappen, ein feiger Jude. Statt seine Leute fertigzumachen, war er vor dem Deutschen auf die Knie gefallen und hatte wie ein jüdischer Schnorrer um sein kümmerliches Leben gebettelt. Damit hatte der Kapo sein

Schicksal besiegelt. Als der Rottenführer Hersch daraufhin befahl mitzukommen, hatte er seine Würde vollständig eingebüßt und gezittert, statt erhobenen Hauptes in den Tod zu gehen.

Auch Jossl Lerner und Naphtali Fischel hatten die Deutschen durch ihr Gequassel herausgefordert. Hätten die Soldaten sie entdeckt, wären sie auf der Stelle erschossen worden – und Jaakov mit ihnen. Jetzt lag die Kiste in der Latrine. Jaakov brauchte die Milch. Gerade jetzt, wo er durch das Geschwätz der Idioten um sein Abendessen gekommen war. Er mußte sich sofort seine Milch holen. Die Deutschen kontrollierten die Latrinen kaum. Sie ekelten sich vor den Juden und erst recht vor ihrem Dreck. Hersch hatte gelegentlich die Toiletten von Jaakov inspizieren lassen. Ein Idiot war der nicht gewesen, aber ein feiger Hund. Jaakov verließ die Baracke.

Die Kiste lag unter der Abdeckung des Wasserrohres, wo sie sie verstaut hatten. Weinberg riß eine Dose aus dem Kasten, öffnete sie. In der Dunkelheit war das Pulver nicht zu sehen, aber zu riechen und zu fühlen. Er schüttete eine Prise in seinen Handteller und träufelte Wasser darüber, dann führte er den Sud an seinen Mund. Beim ersten Schluck wurde ihm übel. Jaakov hatte den ganzen Tag nur ein Stück Brot gegessen. Er schlürfte nochmals. Nun gewöhnte er sich an den Sud. Er tat gut, füllte seinen hungrigen Magen. Weinberg füllte seine Hand wieder voll Milchpulver. Mit der Linken öffnete er den Wasserhahn, dann schob er beide Hände zu einer Schale zusammen, ließ Wasser hineinlaufen, verrührte das Pulver mit der Zunge. Vorsichtig schüttelte er die Flüssigkeit. Er beugte seinen Kopf und begann das Getränk zu schlucken. Ich lecke wie ein Hund. Die Deutschen haben mich zu einem Hund gemacht. Was soll's! Die Milch schmeckte hervorragend. Der gestiegene Zuckerspiegel, die überstandene Gefahr und die Aussicht auf einen Stärkungstrunk für die nächste Zeit euphorisierten Weinberg. Jetzt lenkte er den dünnen Wasserstrahl in die Dose, verrührte das Pulver mit den Fingern. Gierig trank er die Milch. Weinberg verschluckte sich, mußte husten. Doch sogleich setzte er das Blechgefäß wieder an die Lippen.

Die Tür wurde aufgerissen. Ein Faustschlag traf Weinberg ins Gesicht. »Ganev!« grollte Naphtali Fischel. Der Schreck ließ Weinberg zunächst keinen Schmerz fühlen. Da rammte Naphtali seinen Schädel in Jaakovs Gesicht. Die Milchdose schlug scheppernd auf dem Boden auf. Weinberg spürte ein Knacken im Mund. Dumpfer Schmerz breitete sich in seinem Kopf aus. Das Blut schoß ihm aus der Nase, lief über die Lippen, über den Gaumen in die Kehle. Es schmeckte salzig, vermengte sich mit dem milchsauren Speichel, ließ Jaakov würgen.

»Ganev!« wütete Fischel. »Di host zigenimmen unsere Milech.«

»Ich hob die Milech gefunden«, keuchte Weinberg.

Die Behauptung brachte Fischel noch mehr in Zorn. »Di host di Milech geganevt. Wejgn dir is Hersch Schwarz derharget geworden. Un jetzt willst di uns di Milech zinehmen!«

»S'is meine Milech!«

Fischel schleuderte Weinberg gegen das Waschbecken. Noch ehe Jaakov sich gefangen hatte, wurde sein Kopf in die Latrine gestoßen. Der flüssige Unrat drang in Jaakovs Augen, Nase und Mund, raubte ihm den Atem. Er bäumte sich auf, doch Fischel tunkte ihn tiefer in den Dreck. Mit einem Mal ließ der Druck nach. Jaakov fiel zur Seite. Sein Magen krampfte sich zusammen und jagte das Gemisch aus Säure, Milch und Blut die Speiseröhre hoch. Die Kotze vermengte sich in Jaakovs Mund und Nase mit dem geschluckten Unrat und entleerte sich in mehreren Schüben auf den Boden.

»Chaser!« schrie Naphtali. Der Gestank würgte ihn.

»Halt'n Pisk!« zischte ihn David Jakubovicz an. Er und Marek Birnbaum waren Naphtali Fischel zur Latrine gefolgt. »Willst di so laut schreien, daß die Dejtschn solln dich hejren?!«

»Er hot die Milech geganevt«, wehrte sich Fischel gegen die Zurechtweisung Jakubovicz' und zeigte auf Jaakov, der zum Abtritt gekrochen war und die Reste an Milch, Blut und Dreck erbrach, die noch in ihm steckten.

Weinberg rang nach Luft. Er hob seinen Kopf. »Ich hob die Milech gefunden ...«

»S'is nicht wichtig, wer hot gefunden die Milech«, sprach Jakubovicz. »Und s'is nicht wichtig, ob si is geganevt. Alles is geganevt! Unser Lejbn is geganevt. Jeder Tog, jede Minit. Alle brojchn die Milech!«

Fischel wollte etwas einwenden, doch Jakubovicz' bestimmter Ton und der Umstand, daß sein Pritschenkamerad Marek Birnbaum ihn begleitete, hielten Naphtali davon ab. »Jossl Lerner brojekt ojch Milech ...«, brummte er.

»Alle werden hobn Milech!« bestimmte David Jakubovicz. Er streckte Jaakov seine Hand entgegen und half ihm auf die Beine. »Putz'n Dreck aweg und wasch dich«, befahl er. »Geschwind!« Weinberg wischte sein Erbrochenes vom Holzboden, so rasch er konnte. Derweil ergriffen Jakubovicz und Birnbaum die Milchkiste und liefen aus der Latrine. Fischel hatte nur darauf gewartet: Mit aller Kraft trat er mit seiner Holzpantine Weinberg in den Rücken und lief den beiden anderen hinterher. Jaakov sah ihm nach. Vorsichtig tastete er mit Zunge und Finger seinen Mund ab. Er spürte eine scharfe Spitze. Fischel hatte ihm den Schneidezahn abgebrochen. Jaakov schwor Rache. Später! Jetzt kam es darauf an, möglichst viel von seiner Milch abzubekommen.

Die Baracke glich dem Gehenom. Kerzenstummel, Fackeln aus Stoffetzen und Papier tauchten den Raum in flackerndes Licht. Stechender Schweißgeruch vermischte sich mit verbrauchter Atemluft, Erbrochenem und säuerlichem Milcharoma zu einem dumpfen Gestank.

Die Polacken soffen Wodka, die Mörder Bier, die Jidn Milch. Sie führten sich schlimmer auf als die Gojim! Sie saßen oder lagen auf ihren dreistöckigen Pritschen, standen auf den Gängen oder hockten auf dem Boden. Alle soffen Milch. Jaakovs Milch!

Die Männer schlürften, schmatzten, leckten, rülpsten. Keiner sagte ein Wort. Sobald sie ihre Milch ausgetrunken hatten, schütteten sie neues Pulver in die Blechbecher, liefen in den Waschraum und gossen Wasser darüber. Dann kehrten sie trinkend in die Baracke zurück.

Unmittelbar vor Weinberg kauerte Jossl Lerner apathisch auf seiner Pritsche. Naphtali kniete vor ihm und flößte dem Kumpan Milch ein. Jossl nippte angestrengt, würgte jedoch bald die Flüssigkeit wieder aus. Jeder sah, daß Jossl ein Muselmann war. Fischels Getue konnte ihn nicht retten. Es verlängerte lediglich sein Leiden. Warum ließ Naphtali ihn nicht endlich verrecken?

Weinberg riß sich vom Anblick des Todgeweihten los. Er mußte seine Milch trinken, sonst verlor er Kraft und kam herunter wie Lerner. Auf den Pritschen und am Boden lagen allenthalben seine Milchdosen herum. Seine Milchkiste stand leer vor David Jakubovicz' Bett. Weinberg hatte zwei Dutzend Dosen angeschleppt. Keiner der fünfzig Mann in der Baracke hatte ihm auch nur einen Schluck übriggelassen. »Ich will meine Milech!«

Jakubovicz hielt im Trinken inne. »Inser Milechmann!« rief er aus. Da sprang Marek Birnbaum auf.

»Kapores Milechmann!« rief er. »Mir hobn die Milech ahergeschleppt! Dir kimmt nicht mehr zu wie a jedem anderen. Dein Nachbar Lejb Goldmann hot schon genimmen die Milech.« Weinberg sah zu seiner Pritsche. Leo Goldmann saß auf dem Bett und trank. Er reagierte nicht auf die Erwähnung seines Namens. Freiwillig würde er Weinberg keinen Schluck abgeben. »Gib aher!« befahl Jaakov und grabschte nach dessen Dose. Im gleichen Moment stieß Birnbaum Weinberg sein Knie in den Unterleib. Vor Schmerz sackte Jaakov fast zusammen. Durchatmen, nicht fallen. Da trat ihm Birnbaum in den Bauch. Jaakov blieb die Luft weg. Er stürzte zu Boden, Birnbaum wollte sich auf ihn werfen, doch David Jakubovicz stellte sich schützend vor Jaakov. »Loß'n in Scholem!« bestimmte er. »Jankl ist unser Milechmann. Ihm kommt ojchet Milech zi.«

»A Dreck kimmt n'zi!« schrie Birnbaum. »Di bist nicht der neje Kapo, as di kennst mich arimkommandieren!«

Das Geschrei und die Schläge ließen einige Männer im Trinken innehalten und näher kommen. Sie sahen, daß Birnbaum Jakubovicz die Faust ins Gesicht schlug. Der drosch zurück. Die Männer prügelten aufeinander ein. Jakubovicz gelang es, Birnbaum zu

20

Boden zu stoßen, der packte den anderen am Bein, brachte ihn ebenfalls zu Fall.

Weinberg wollte Jakubovicz helfen, doch wenn er mitbalgte, würde er eine Tracht Prügel einstecken und seine Milch wäre weg. Nur auf die kam es jetzt an. Weinberg stemmte sich hoch. Seine Milchdose war bereits aufgehoben worden. Salek Reuter hatte sie an sich genommen. Jaakov entriß dem kleinwüchsigen KZler die Milchdose, wollte in den Waschraum. Doch kaum hatte er einen Schritt getan, traf ihn ein Faustschlag am Hinterkopf. »Ganev!« brüllte Naphtali Fischel. »Er ganevt vun di Dejtschn un die Jidn.« Fischel wollte erneut zuschlagen, doch Weinberg kam ihm zuvor, schleuderte ihm die Milchdose ins Gesicht. Naphtali schrie auf. Die Büchse hatte ihn unterhalb des Auges getroffen. Er schwankte. Jaakov schlug Fischel die Milchdose erneut ins Gesicht. Naphtali blutete aus Mund und Nase, seine Wange war aufgeplatzt. Das Blut steigerte Weinbergs Haß. Er konnte nicht aufhören, weiter auf seinen Feind einzuschlagen, bis er weggerissen wurde.

»Rozejach. Di bist erger vun die Dejtschn«, schrie Aaron Schechter.

Der untersetzte Mann kam aus Krakau. Sein Vater war Rabbiner gewesen. Er selbst hatte an einer Jeschiwa studiert. In Auschwitz-Birkenau aß Aaron Schechter ebenso wie die anderen Häftlinge alles, was er kriegen konnte – koscher oder nicht –, um nicht zu verhungern. Aber selbst an diesem Ort versuchte Schechter, Gott gerecht zu werden.

»Aweg!« rief Schechter, während er versuchte, Weinberg zu bändigen. »*We ahawta Re'reecha Kamocha!*«

Das Gebot, liebe deinen Nächsten wie dich selbst, in Auschwitz mit Hingabe zitiert, brachte Jaakov in Rage. »Kisch mech im Toches mit Gott!« Er riß sich los. »Gott is a Dejtscher! Hitler is Gott...«

Die Tür der Baracke wurde aufgerissen. Zwei SS-Männer mit umgehängtem Gewehr stürmten herein. Die Häftlinge wichen zurück. Allein Jakubovicz und Birnbaum waren dermaßen ineinander verkeilt, daß sie die Wachmänner nicht wahrnahmen. »Auseinander, Judenpack!« schrie der eine. Er riß sein Gewehr von der Schulter und schlug mit dem Kolben gegen die Köpfe und Leiber der Raufenden. Sie ließen augenblicklich voneinander ab. Birnbaum versuchte, sich kriechend vor den Schlägen in Sicherheit zu bringen. Jakubovicz war vom Gewehrkolben am Hinterkopf getroffen worden. Er lag rücklings am Boden.

Der SS-Mann trat ihm mehrmals gegen Kopf und Leib. Jakubovicz rührte sich nicht mehr. Der SS-Soldat ließ von ihm ab. »So geht's euch bald allen! Dreckige Judenbande!« Er stand unschlüssig vor Jakubovicz. Seine Augen orientierten sich im Halbdunkel der Baracke. Er roch den Gestank, sah das Erbrochene. Übelkeit stieg in ihm hoch. Sie heizte seine Wut erneut an.

»Ihr habt wohl zuviel zu fressen, daß ihr kotzen müßt?«

Sein Kamerad entriß einem Mann seinen Blechbecher und roch angewidert dran. »Was sauft ihr denn da für ein Zeug?«

Keiner wagte eine Antwort.

»Wird's bald!« brüllte der Streifenführer. »Wer ist hier Kapo?« Wiederum schwiegen die Häftlinge. Der SS-Mann entsicherte sein Gewehr. »Wo ist das Judenschwein?« Aaron Schechter trat vor. Ehe er ein Wort sagen konnte, stieß ihm der Wachmann den Gewehrlauf gegen die Brust. »Warum hast du Sau dich nicht sofort gemeldet?«

»Ich bin nicht Kapo...«, hob Schechter an.

»Dann halt's Maul! Wer ist der Kapo, verdammt?«

Die Häftlinge schwiegen. Allein Schechter überwand seine Angst. »Hersch Schwarz, inser Kapo, is mitgenimmen worden vin Rottenfihrer Kreiske...«

»Das heißt, daß ihr ohne Kapo seid?«

»Ja«, antwortete der Gefangene.

»Da glaubt ihr, jetzt dürft ihr euch aufführen wie in der Judenschul?« Seine Stimme wurde scharf. »Ihr seid hier nicht im Sanatorium. Ihr habt zu arbeiten und euch diszipliniert zu benehmen, sonst werdet ihr ausgemerzt.« Der SS-Mann deutete auf Schechter. »Bis auf weiteres bist du der neue Kapo. Du bist keine so feige Ratte wie dein Judenhaufen!«

»Ich mecht nicht sein a Kapo . . .« Schechter blickte zu Boden.

»Was du *mechtest*«, gab der Wachmann zurück, »kümmert mich einen Dreck.«

»Aber . . .«

»Du tust, was ich sage«, brüllte der SS-Soldat und hob sein Gewehr. »Sonst schieß ich dich über den Haufen!«

Die Renitenz Schechters erzürnte Jaakov Weinberg. Damit gefährdete der Jeschiwa-Bocher auch alle anderen. Schechter glaubte wohl, Gott sei stärker als die Deutschen. Etwas in Weinberg wünschte, der Soldat möge den Frommen erschießen, damit ein für allemal erwiesen sei, daß die Deutschen mächtiger waren als der Irrglauben der Väter oder daß Satan regiere. Doch der Deutsche schoß nicht. Denn Schechter, dem das Leben ebenfalls wichtiger war als sein Gottesglaube, hauchte: »Jawohl.«

»Na also! Du sorgst dafür, daß euer Judenstall augenblicklich in Schuß kommt.«

»Jawohl.«

Der andere SS-Soldat trat auf seinen Streifenführer zu. Er hielt einen Blechbecher in der Hand. Der Wachmann roch daran, dann warf er das Gefäß zu Boden. »Woher habt ihr diese Stinkmilch?« Er ahnte, daß ihm freiwillig niemand etwas sagen würde. »Kapo! Wie seid ihr an euren Schweinetrank gekommen?!« Wieder hob er seinen Karabiner.

»Ich weiß nicht . . .«

»Verlogenes Judenpack!« Der Streifenführer lud sein Gewehr durch. Doch dann überlegte er es sich anders. Um alle Häftlinge der Baracke zu erschießen oder abzutransportieren, hätte er Verstärkung anfordern müssen. Aber der Soldat hatte kein Bedürfnis nach einer größeren nächtlichen Aktion. Er sicherte seine Waffe. »Ich krieg schon raus, wo ihr euer Manna hergestohlen habt, ihr Ganoven. Verlaßt euch drauf!«

Der Streifenführer wandte sich wieder an Schechter. »Du bist dafür verantwortlich, daß eure Baracke bis morgen wieder blitzblank geputzt ist!«

»Jawohl.«

Der Streifenführer schulterte sein Gewehr. »Komm!« Die SS-Soldaten marschierten aus der Baracke.

Nachdem die Wachmänner die Tür zugeworfen hatten, herrschte Stille. Die Männer verharrten an ihren Plätzen. Als erstes löste sich Aaron Schechter aus seiner Erstarrung. Er bückte sich, versuchte Jakubovicz aus seiner Bewußtlosigkeit zu rütteln. Doch David regte sich nicht. Schechter bat Jaakov Weinberg, ihm zu helfen, den Verletzten zu seiner Pritsche zu schleppen. Weinberg reagierte nicht. Hatte Schechter ebenso wie Naphtali Fischel den Verstand verloren? Statt ums eigene Überleben zu kämpfen, vergeudeten sie ihre Kräfte, indem sie Halbtoten zu helfen versuchten. Damit brachten sie alle anderen in Gefahr. Die Milch hätte Weinberg, Fischel und Jakubovicz helfen können, zu überleben – wenn sie das Getränk für sich behalten hätten. Naphtalis und Davids Gerechtigkeitsgetue hatte statt dessen die mögliche Hilfe verwässert. Weitaus schlimmer war, daß die Undiszipliniertheit, die Schlägereien, das Saufgelage, das Gekotze und Gebrüll, erneut den Zorn der Deutschen auf ihre Baracke gezogen hatte. Weinberg war sicher, daß die Streife den Vorfall melden würde – die Deutschen taten ihre Pflicht zuverlässig wie Maschinen. Der Diebstahl der Milch würde ans Licht kommen. Das bedeutete den sicheren Tod für ihn. Jaakov hegte keinen Zweifel, daß ihn jemand verraten würde. Jeder war dazu fähig. Wenn sogar der Jeschiwa-Bocher und Rabbinersohn Aaron Schechter sich von den Deutschen zum Kapo machen ließ und ihre Befehle befolgte, dann war alles möglich.

»Helft mir, Jidn«, bat Schechter, der noch immer über David gebeugt war. Dies wirkte wie ein Signal, das die aufgestauten Ängste freigab. Die Männer redeten durcheinander. Die fortwährende Angst wich der augenblicklichen Erleichterung über den Rückzug der Streife. Schechter versuchte, die Barackenbewohner zu beruhigen. »Scha! Scha! Hert of zu schreien, oder wollt ihr, daß die

Dejtschn wieder aher kimmen?« Niemand befolgte die Mahnung. Der neuernannte Kapo gab auf. Er suchte jemanden, der ihm half, Jakubovicz auf seine Pritsche zu schleppen. Keiner war dazu bereit. Die Männer tranken wieder, was von ihrer Milch übrig war. Niemand hatte Angst vor Schechter. Er würde nicht lange Kapo bleiben.

Jaakov Weinberg wußte, daß er verloren war, wenn er nichts unternahm. Er spürte brennenden Durst und das vertraute Nagen des Hungers an seinen Magenwänden. Überleben! Er ging in den Waschraum, drängte einen Mitgefangenen vom Becken, hielt seinen Kopf unter den Wasserhahn und trank mit hastigen Schlucken vom dünnen Leitungsstrahl. Zwischendurch hielt er seine Hand ins laufende Wasser und säuberte seine verdreckte Kluft. Dabei stieß ihn ein kräftiger Kerl von der Waschstelle.

»Genig!« rief er. »'S Wasser ist nicht nur far dich do.« Weinberg wollte sich nicht mit dem Burschen anlegen. Er durfte jetzt seine Kräfte nicht mit nutzlosen Schlägereien vergeuden. Jaakov kehrte in den Schlafraum zurück. Dort herrschte das gleiche Tohuwabohu wie zuvor. Die Männer unterhielten sich laut und heftig gestikulierend. Weinberg sah und roch ihre Angst. Doch keiner tat etwas. Der Boden war mit kleinen Milchpfützen und Erbrochenem übersät. Es stank bestialisch.

Die Deutschen haßten Dreck und Disziplinlosigkeit. Mit einem Mal wußte Jaakov, daß die Deutschen sie alle umbringen würden. Die plötzliche Erkenntnis ließ sein Gesicht aufflammen. Es gab genug Jidn. Jeden Tag erreichten Züge mit gutgenährten magyarischen Juden das Lager. Die Deutschen kamen nicht nach mit dem Morden. Sie würden die verdreckten, disziplinlosen Juden dieser Baracke auslöschen. Gleich morgen früh nach dem Appell. Rottenführer Kreiske würde sie alle ins Gas treiben, wie er es heute abend mit Hersch Schwarz getan hatte.

Der Puls hämmerte in Weinbergs Schläfen, sein Kopf glühte. Es gab kein Entrinnen.

Und diese Idioten standen da, quasselten und soffen ihre verpißte Milch. Weinberg ergriff unbändiger Zorn gegen seine Mithäftlinge. Kamen sich auserwählt und schlau vor, diese Jidn. Doch sie waren dümmer als Schabbesgänse, die zum Schechten getrieben wurden. Die Deutschen würden alle abschlachten, ihn ebenso wie die anderen. Nein! Jaakov Weinberg wollte überleben. Er allein zählte jetzt – er mußte durchkommen! Jaakov zog sich auf seine Pritsche zurück. Im verebbenden Licht und Geschwätz kapselte er sich von seiner Umgebung ab. Flucht war sinnlos. Die Zäune waren elektrisch geladen und von Wachtürmen mit Maschinengewehren und Scheinwerfern gesichert. Verstecken hatte keinen Zweck: Die Deutschen ließen beim Appell durchzählen. Fehlte einer, dann spürten sie ihn mit ihren Hunden und ihren Spitzeln auf. Dennoch mußte er es versuchen. Nicht in der Latrine oder in einem Schuppen, wo man ihn sofort finden würde.

Jaakov Weinberg mußte in eine Baracke, deren Insassen nicht vergast wurden. Jeder Bau hatte Nacht für Nacht Tote. Er mußte den Kapo bestechen, damit er ihn anstelle einer Leiche zum morgendlichen Zählappell mitnahm. Weinberg wußte, daß einige in der Baracke Münzen oder Ringe versteckten. Doch Jaakov konnte nicht in jedem Arsch und in allen Backen rumpopeln, um zu Gold zu kommen. Wenn einer ihn entdeckte, würden alle über ihn herfallen, obgleich sie soeben noch seine Milch gesoffen hatten. Er mußte auf Anhieb den richtigen Mann finden und sein Gold nehmen. Jemand, der sich nicht wehren konnte: Jossl Lerner, der Muselmann, Jaakovs Feind, Naphtali Fischel, und David Jakubovicz, den der Deutsche besinnungslos geschlagen hatte.

Jaakov Weinberg wartete. Selbst nachdem das letzte Licht verglommen war, zwang er sich zur Ruhe. Erst als er nur mehr flache Atemgeräusche und Schnarchen vernahm, stahl er sich von seiner

Pritsche. Jossl Lerner lag ruhig auf dem Rücken, er atmete kaum hörbar. Naphtali Fischel dagegen schlief unruhig. Weinberg befürchtete, daß Fischel aufwachte, wenn er ihn filzte. Dann mußte Jaakov ihn würgen, bis er das Bewußtsein verlor. Weinberg ekelte sich, Fischel in den Mund zu greifen. Als er nichts fand, drückte Jaakov dem Schlafenden seinen Zeigefinger in den Arsch. Naphtali stöhnte auf, sein Oberkörper bäumte sich hoch. Weinberg beließ den Finger im Darm und legte vorsichtshalber seine rechte Hand auf Fischels Hals. Stillhalten, abwarten. Naphtali wurde ruhiger. Weinberg ließ seinen Finger in Fischels Darm kreisen. Nirgends stieß er auf Widerstand. Jaakov schob einen zweiten Finger nach. Nichts. Er zog seine Finger heraus und wischte die Hand an der rauhen Wolldecke ab.

Jaakov huschte zu Jakubovicz. Stets trat David selbstbewußt auf, er mußte etwas besitzen. Er lag in tiefer Bewußtlosigkeit. Jakubovicz hatte ihn vor Fischel gerettet. Aber jetzt war er am Sterben – durch eigene Dummheit. Jaakov mußte ihn untersuchen. Er hatte nichts im Körper. Weinberg tastete Jakubovicz' Pritsche ab. Nichts. Jaakov griff unter Davids Hemd, befühlte dessen Oberkörper, die Brust, er drehte den Mann vorsichtig zur Seite, auf den Rücken. Er suchte weiter. Um den Hals fühlte er eine feine Schnur, die unter die Achsel führte. Seine Finger folgten dem Stoffstreifen, ertasteten einen Ring. Weinberg zögerte, den Ring abzureißen. Es war ihm, als ob er damit David Jakubovicz' Lebensfrucht pflückte. Die Deutschen hatten ihrer aller Lebensfrüchte abgerissen. Gerade hatte ein Soldat Jakubovicz fast zu Tode geprügelt. Morgen würden die Mörder die ganze Baracke verbrennen – einschließlich Jakubovicz und ihm, wenn er sich gehenließ. Jaakov Weinberg riß den Ring von der Schnur und lief aus der Baracke.

Draußen war es kalt. Weinberg drückte sich gegen die Wand. Jaakov besah den Ring im schwachen Licht des Neumondes. Es war ein schlichter Ehering. Wahrscheinlich war Jakubovicz' Frau schon erschlagen worden. Der Ring war nutzlos geworden. Nicht für ihn! Er streifte ihn über den linken Ringfinger – der Ring paßte. Jaakov hatte das Leben geheiratet.

Er durfte nicht in den gleichen Block, der mit seinem Bau zum Morgenappell antrat. Hier war eine Baracke so verderblich wie die andere. Weinberg sah sich um, rannte mit großen Schritten zum nächsten Block. Er hielt im Schatten des Holzbaus inne, lauschte. Sicherheitshalber hastete er noch einen Block weiter, huschte zum mittleren Eingang. Was sollte er tun, wenn der Kapo sich weigerte? Weinberg schlich in die Baracke, wartete, bis sein Herzschlag sich beruhigt und seine Augen sich an die Dunkelheit gewöhnt hatten. Er trat an die erstbeste Pritsche, hockte sich ans Kopfende und rüttelte den Schläfer wach. Der Häftling blinzelte, riß seine Augen auf. Weinberg legte ihm die Rechte auf den Mund. »Wer ist euer Kapo?«

»Wus willst di?«

Mit beiden Händen drückte Weinberg dem Mann die Gurgel zu, lockerte nur langsam den Druck. »Wer?!«

»Baruch Trautmann.« Der Mann mußte husten. Weinberg hielt ihm eine Hand über den Mund. Der andere stickte.

»Wo liegt er?« Die Hände lagen wieder um den Hals des Mannes, bereit zuzudrücken. Der Häftling hob seinen Kopf, während Weinbergs Griff nachließ, und deutete auf das entgegengesetzte Ende des Schlafraums.

»Wo genau?«

»Im ersten Bett.«

»Ojbn oder unten?«

»Ojbn. Er hot dos Bett far sich allein ...«

Weinberg drückte den Kopf des anderen wieder nach unten. »Halt dein Pisk! As di schreist, werd ich dich derhargenen.« Der Liegende nickte. Nur Schlafgeräusche waren zu hören. Mit leisen Schritten durchquerte Jaakov die Baracke. Er blieb vor der ersten Pritsche stehen. Sie war in der unteren und mittleren Etage leer. Das Kapobett!

Weinberg trat dicht an die Pritsche, betrachtete den Schlafenden. Baruch Trautmann hatte einen runden, kräftigen Kopf, eine fleischige Nase, eine mächtige Stirn. Alles an ihm schien stark. Auch der weite Mund mit den breiten, nach unten gezogenen Lippen.

Er schlief ruhig, atmete tief und regelmäßig. Weinberg konnte sich nicht auf Trautmann stürzen. Er lag im obersten Bett, war kräftig und der Kapo. Jaakovs Leben lag in seiner Hand. Er fuhr über Jakubovicz', nein, seinen Ring. Seinen Lebensring. Durchatmen. Jaakov hob die rechte Hand, ließ sie sinken. Es war Zeit zum Handeln. Aber er mußte das Richtige tun. Tun! Weinberg reckte seinen Kopf vor, so daß er Trautmanns Atem auf dem Gesicht spürte. Er hob die Decke, ergriff die Hand des Kapos und drückte sie fest. Trautmanns Atem stockte, setzte nach einem Moment wieder ein. Er schlug die Augen auf und versuchte, seine Hand aus dem Griff Weinbergs loszureißen: Doch der hielt sie mit aller Kraft fest. Der Kapo suchte Jaakovs Augen im Dunkeln. »Wus willste?«

»Gur nichts!« flüsterte Weinberg und gab zur Bekräftigung Trautmanns Hand frei. Der setzte sich mit einem Ruck auf. »Wus willste?« wiederholte er. Seine Stimme war belegt, doch Weinberg spürte Trautmanns harten Blick.

»Ich will mit dir a Geschäftl machen...«

»Ich mach kein Geschäft...«, der Kapo begutachtete sein Gegenüber und fuhr fort, »... mitten in die Nacht mit Menschen, die ich nicht kenn!«

»Ich bin Jankl Weinberg...«

»Wie aher kimmst di?«

»Vum anderen Block.«

»Die Dejtschn sichen dich!«

»Keiner sicht mech.«

»Far wus kimmst di jetzt aher?«

»Weil die Dejtschn morgen unseren Block derhargenen werden.«

»Fun wo weiß du dus?«

»Fun die SS. Rottenfihrer Kreiske hot's mir gesagt...«

»Far wus?«

»Weil ich Kapo bin.«

Weinberg wunderte sich, wie mühelos er lügen konnte. Vor dem Einmarsch der Deutschen hatte er so gut wie nie die Unwahrheit gesagt. Und wenn er sich dazu gezwungen sah, hatte er gestottert, war rot geworden. So hatte Jaakov der Lüge abgeschworen. »Es gibt Menschen, die lügen können. Und es gibt solche, die dazu nicht in der Lage sind. Du gehörst dazu, und das ist gut so!« hatte sein Vater Jehuda gemahnt. Jaakov hatte ihm geglaubt. Und nun ging ihm der Schwindel glatt von den Lippen. Wenn Satan triumphierte, war alles Schlechte gut.

»Ich weiß die Kapos vun die Nachbarblocks. Dich kenn ich nicht!« Trautmanns Worte rissen Weinberg aus seinen Gedanken. »Bis gestern is gewein Hersch Schwarz unser Kapo ...«

»Den kenn ich«, bestätigte Trautmann. »Wus is mit ihm? Wus? Sug!«

Die drängende Frage Trautmanns bewies Weinberg, daß er einen Fehler begangen hatte. Die Kapos lebten allein vom Vertrauen der Deutschen, der SS und der Blockältesten. Deswegen taten sie buchstäblich alles, um sich das Wohlwollen der SS zu sichern. Verloren sie es, verloren sie ihr Leben. Daher genügte die Erwähnung einer Veränderung, um Trautmann in Unruhe zu versetzen.

»Hersch hat sich gebrochen den Fiß. Er hot nicht gekennt gejn.« So nahm er dem Kapo auch gleich die Furcht vor Seuchen.

»Far wus werden sie eure Baracke derhargenen?«

Weinberg wußte, daß sein Leben davon abhing, ob er Trautmann überzeugen konnte. »Weil sie Platz für die nejen Jidn aus Ungarn brojchen, verbrennen die Dejtschn die alten Jidn ... Ich hob nicht gehobt mit wos zu zuhlen den Rottenfihrer Kreiske. Drim wird er inser Haus derhargenen.«

Der Kapo nickte. Er war froh, daß seine Baracke noch nicht an der Reihe war.

Weinberg zog seinen Ring vom Finger, hielt ihn Trautmann dicht vor die Augen. »As di nimmst mech of in dein Haus, gejb ich dir mein Ring.« Die Aufregung ließ sein Flüstern zischeln.

»Ich broch dein Ring nicht.«

»Un was wirst du tin, als die Dejtschn werdn dein Haus derhargenen?«

»Vin wo host du den Ring?«

»Ich hob'n.«

»Di kennst nicht hier bleiben!« entschied Trautmann.

»Di gloibst, di host genig«, erriet Jaakov die Gedanken des Gegenübers. »Auch ich hob so gedenkt. Ein Ring ist nicht genig! Un
a Stick Gold ojchet nicht. Di mißt hobn drei, vier Sachen, sonst
verkojfn sie eier Haus dem Tojt.«

»Sie verkojfn alles dem Tojt«, brummte der Kapo.

»Nein. Die Dejtschn brojchn ins Jidn zum Arbejtn. Sie derhargenen nur die Armen und Kranken.«

Trautmann zögerte mit seiner Antwort. Er sah die Notwendigkeit ein, sich von Weinberg bestechen zu lassen. Doch: »Ich kenn
dich nicht in mein Haus ofnejmen. Ich hob kejn Platz.«

Jaakov wies auf den leeren Platz unter Trautmanns Pritsche.
»Ich kenn hier schlufen.«

»Nein!«

Trautmann schüttelte seinen Kopf. »Der Appell. Die Dejtschn
wissen bei jeden Appell die Nummer von uns.«

»Ihr hobt ... di host doch Muselmänner in dein Haus, Halb-
tojte ...«

Trautmann nickte unwillkürlich, dann schüttelte er bestimmt
seinen Kopf. »Ich bin a Kapo. Aber ich bin kein Rozejach wie die
Dejtschn. Ich hob nicht derharget Jidn ... und ich werd Jidn nicht
derhargenen.«

Die Juden waren in der Hölle und gebärdeten sich als Engel.
Beim Rabbinersohn Aaron Schechter mochte das angehen. Daß
sich aber der Kapo mitten im Gehenom statt als Gehilfe des Satans
als Zadik aufführte und damit das eigene Leben und das seiner
Männer gefährdete, überstieg Jaakov Weinbergs Verständnis.
Weinberg dachte nicht daran, sich freiwillig auf dem Altar des Judentums zu opfern. Er packte den Kapo am Arm. »Di sollst nicht
derhargenen Jidn. Di sollst rett'n Jidn!« rief er, ohne sich darum
zu kümmern, ob ihn jemand hörte. Er gab Trautmanns Arm frei
und wies auf sich. »Mich mißt di rettn!«

»As ich wot gekennt, wot ich dich gerettet ...«

»Di kennst!«

»Nicht far dem Preis zu opfern an anderen Jidn!«

»Die Muselmänner sind schojin tojt.«

»Nein! Dus weiß Gott, nicht di.«

Jaakov hatte das Bedürfnis, auf den Kapo einzuprügeln. Damit würde er sich den Mithäftlingen und den Deutschen ausliefern. Er mußte den Kapo überzeugen – koste es, was es wolle. Jaakov mußte den Idioten bei der Ehre packen. »Ich hob gerettet inser ganzes Haus. Ich hob den Dejtschen Milch zigenimmen un den Jidn gegejbn. Jetzt miß di mich rettn!« Erneut hielt er Trautmann den Ring vors Gesicht. »Ich gejb dir den Ring, as di loßt mich hier. Di wirst den Ring brojchn, sonst gejt dein ganzes Haus ojf kapore!«

Trautmann war ratlos. Der Ring dieses skrupellosen Kerls konnte ihm zweifellos helfen, sein Leben und jenes seiner Männer zu retten, zumindest ihren Tod eine Weile hinauszuzögern. Dafür war er verantwortlich. Nur aus diesem Grund hatte er sich zum Kapo machen lassen und allein dieser Umstand diente ihm als Rechtfertigung – vor Gott und vor sich selbst. Oder ging es ihm doch nur um sein eigenes kümmerliches Leben? In jedem Fall konnte der Ring von Nutzen sein. Doch der Bursche verlangte von ihm, daß er dafür einen seiner Männer opferte. Vor Gott waren alle gleich – sogar an diesem Ort.

»Ich darf kein Menschen opfern ...«

»Du mißt kein Mensch opfern. Sug mir, wer is a Muselmann! Wer is mehr tojt als lejbedig?«

»Nein!«

Weinberg packte erneut die Hand des Kapos. »Sug wer!« Trautmann antwortete nicht. Da drückte ihm Weinberg den Ring in die Hand. »Wer?!«

»Jeder vun ins is mehr tojt wie lejbedig ...«

Weinberg ließ Trautmann nicht los. »Sug mir, wer is a Muselmann!«

»Jojne Kaiser.«

»Weis mer, wie er ligt!«

Trautmann senkte den Kopf, reagierte nicht. Da zog ihn Weinberg von der Pritsche. Trautmann war ein kräftiger Mann, größer und breiter als Jaakov. Doch er war ein Feigling wie Hersch Schwarz. Hatten die Burschen keinen Mut und keinen Haß im

Leib? Jaakov Weinberg besaß beides. Damit kämpfte er um sein Leben. Er packte den Kapo am Oberarm, stieß ihn vorwärts.

»Wie is Kaiser?«

Trautmann blieb stehen.

»Mein Ring wird dich un dein Haus retten!« Weinberg zog den Kapo mit sich. »Weis mir Kaiser!«

Endlich bewegte sich Trautmann. Er führte den Eindringling zur Bettstatt Jonathan Kaisers, der in der untersten Pritsche lag. Der Preis des Ringes enthielt die Hilfe des Kapos beim Transport des Todgeweihten. Aber Jaakov wußte sich sicherer, wenn er sich allein auf die eigene Kraft verließ. Er winkte dem Kapo ab, dann bückte er sich. Jaakov vermied es, in das Gesicht des Mannes zu blicken, während er ihn auf seine Schulter lud. Der Muselmann winselte leise. Er war leichter als ein Fünfzig-Kilo-Zementsack. Trautmann sah regungslos zu. Schlappschwanz. Weinberg wandte sich um und ging so leise wie möglich aus der Baracke.

Es war kalt. Jaakov fror. Aber er spürte noch Kraft in seinen Muskeln, trotz der Last auf seinem Rücken. »Wus?... Wus is...? Wer bist di?... Wie lojfst di ahin...?« stöhnte der Verschleppte.

»Halt dein Moul!« zischte Weinberg. Er mußte sich seiner Last schnell entledigen. Am liebsten hätte er den Muselmann sogleich abgelegt. Kalt genug war es. Er würde die Nacht im Freien nicht überleben. Doch in unmittelbarer Nähe seines Blocks konnte er ihn nicht liegenlassen. Er könnte durch sein Gejammer die Deutschen alarmieren. Oder die Todesangst gab ihm die Kraft, in seine Baracke zurückzufinden. Dann hatte Weinberg ihn erneut am Hals. Er schob sein Mündel höher, packte es fester und lief, so leise und schnell er konnte, zu seiner alten Baracke.

Das Erbrochene war nicht aufgewischt, der Gestank noch stechender geworden. Er hatte sich mit den Ausdünstungen der schlafenden Männer zu einem dumpfen Gemisch vermengt. Weinberg spuckte angewidert aus. Zunächst hatte er vor, den Muselmann auf seine eigene Pritsche zu legen. Aber das war zu riskant. Sein Nachbar konnte aufwachen. Wenn der Halbtote die Nacht überlebte, würden Lejb Goldmann und die anderen beginnen, Fragen zu stellen und Weinberg verraten. Der Waschraum war sicherer. Ein Toter war nichts Ungewöhnliches. Sie würden die Leiche zum morgendlichen Zählappell mitnehmen müssen, um keinen Ärger mit den Deutschen zu bekommen. An Jaakov würden sie nicht mehr denken.

Er trug den Muselmann in den Waschraum, setzte ihn ab, drückte seinen Kopf unter das Blechbecken. Dabei blickte er unversehens in dessen Gesicht. Die Nase ragte spitz zwischen eingefallenen Wangen hervor. Die Lider fielen weit über glanzlose Augen, die tief in ihren Höhlen lagen. »Wus tist di mit mir?« Die Lippen formten mühsam die Worte. Jaakov wollte sich abwenden. Doch der Zerbrochene zog ihn in seinen Bann. Wenigstens das war seinen Eltern erspart geblieben. Weinberg ballte die Fäuste. Er war versucht, den Muselmann zu erwürgen, um dessen Qual zu beenden.

»Wasser...« Die Lippen malten lautlos. »Wasser...Dorscht...« Weinberg zog den Mann hoch, öffnete den Hahn, hielt dessen Gesicht in den Wasserstrahl. Seine Lippen öffneten sich, er schluckte, hustete. Weinberg riß den Kopf des Trinkenden zurück, drehte den Hahn ab. War er verrückt geworden wie Fischel, Schechter und Trautmann? Sich für einen Muselmann opfern, damit der ihn verriet? Jaakov Weinberg ließ den Kraftlosen sinken, quetschte ihn wieder gewaltsam unter das Waschbecken und stürzte aus dem Bau. Ohne sich umzusehen oder sich um deutsche Streifen zu kümmern, rannte Jaakov Weinberg in seine neue Baracke. Er fand seine Pritsche, warf sich hin. Er durfte kein Muselmann werden. Lieber wollte er in den elektrischen Zaun laufen. Seine Eltern sollten sich seiner nicht schämen müssen. Jaakov mußte weinen. Er riß sich die Decke über den Kopf, drückte seinen Kopf auf die Strohmatte. Er würde nicht in den Zaun laufen oder sich zum Muselmann machen lassen. Jaakov Weinberg würde den Kampf um sein Leben gewinnen.

Der scharfe Pfiff einer Trillerpfeife weckte ihn. Er hatte fest geschlafen, nach wenigen Sekunden fand er sich in seiner veränderten Lage zurecht. Jaakov rannte mit seinen neuen Barackennachbarn in den Waschraum, erhaschte ein wenig Wasser. Nicht an den Muselmann denken! Dessen Kampf war bereits vorbei. Jaakov folgte den anderen zum Morgenappell. Abzählen. Die Summe stimmte! Die Barackenkolonne marschierte in einen Wald. Die Männer mußten Holzarbeiten verrichten, Bäume fällen, zerkleinern, entrinden, stapeln. Gegen Mittag setzte Regen ein. Der Boden begann aufzuweichen. Erst bei Dunkelheit kehrte die Abteilung zurück ins Lager. Weinberg verbot sich nachzugrübeln, was aus den Männern seiner ehemaligen Baracke geworden war – und dem Muselmann.

Nach einigen Wochen hielt Jaakov Weinberg die Ungewißheit nicht mehr aus. Im allgemeinen Durcheinander nach dem Abendappell lief er zu seiner alten Baracke. Die Männer unterhielten sich ungarisch oder jiddisch. Weinberg hielt Ausschau nach einem vertrauten Gesicht. Er kannte niemand. Jaakov fragte einen der Bewohner. Er und seine Kameraden seien vor kurzem aus Pecz hierhergeschafft worden. Wo die Männer waren, die zuvor die Baracke bewohnt hatten, fragte Jaakov nicht.

Dienstag

Ein Mensch wird zum Helden, indem von seinen mutigen Taten gekündet wird. Das Wissen darum bewog Alexander und Napoleon, Chronisten die Teilnahme an ihren Kriegszügen zu befehlen. König David war klüger. Ebenso wie später Cäsar verfaßte er die Geschichte seiner Heldentaten selbst.

Gewöhnliche Sterbliche bleiben auf das Zeugnis ihrer Mitmenschen angewiesen. Der deutsche Dichter Jurek Becker erfand einen »Helden«, dem keine drei Sätze über die Lippen kamen, ohne daß von seiner Angst die Rede war. Das mag in einem Roman angehen. Im wirklichen Leben aber wird jemand, der Angst zeigt, als Feigling verschrien. Ein Held hat tapfer und furchtlos zu sein. Angst haben wir selbst. So adeln wir allein Personen zu Helden, die ihre Furcht zu verbergen wissen oder zu phantasielos sind, Gefahren zu erkennen. Sobald einer zum Helden gekürt ist, klebt an ihm der Ruf der Furchtlosigkeit wie Hundekot an der Sohle. Der Träger erliegt rasch dem Gestank und beginnt, an das eigene Heldentum zu glauben.

Jakob Weinberg war ein Held. Er hatte keine Angst zu haben.

Dr. Benjamin Finkelstein wußte es besser. Während sein behandschuhter Zeigefinger Weinbergs teigige, vergrößerte Prostata abtastete, spürte er die Aufregung des Patienten. Sanft zog er seinen Finger aus dem Darm des alten Mannes.

»Und?« Weinberg bemühte sich, seiner Stimme Festigkeit zu geben. Der Urologe streifte den Handschuh ab, warf ihn in den verchromten Abfalleimer. Er tätschelte den Oberarm des Patienten. Alle hatten Angst. Sie suchten Halt. Benjamin Finkelstein spendete ihn, indem er die Männer berührte und ihnen mit sanfter Stimme zuredete. Der Mediziner hatte sein Mitgefühl bewahrt. Finkelstein war ein begnadeter Tröster. Die fröhlichen Augen des stämmigen Mittvierzigers, die Lachgrübchen in den feisten Backen und nicht zuletzt sein Ranzen, der sich vorwitzig aus dem nur mit einem Knopf zusammengehaltenen Kittel schob, bewiesen, daß Benjamin Finkelstein sein Leben genoß. Er behandelte alle Patienten mit der gleichen Sorgfalt. Aber den Jidn fühlte er sich näher. Es waren seine Leute. Finkelstein roch ihre Angst intensiver, ihre Krankheiten und ihre Furcht schmerzten ihn mehr als jene der Gojim, bei denen man nie sicher sein konnte, was die Alten im Krieg angestellt hatten.

Diesen Patienten kannte Finkelstein seit seiner Kindheit. Jakob Weinberg war der Milchmann. Ein jüdischer Held. Er hatte sich nicht wehrlos zur Schlachtbank führen lassen. Weinberg hatte sein Leben erkämpft und darüber hinaus durch seine mutige Tat vielen anderen Juden das Leben gerettet. Dennoch war Weinberg bescheiden geblieben. Er rühmte sich nicht seiner Tat und hatte sogar das »Ansinnen« einer Shoah-Stiftung abgelehnt, sich auszeichnen zu lassen – und dafür Geld zu spenden.

Finkelstein dämpfte das Licht. Der Arzt bat Weinberg, sich auf den Rücken zu legen. Er rieb seinen Unterbauch mit Kontaktgel ein und begann mit der Ultraschalluntersuchung. Der Mediziner sah das Schattenecho der Organe auf dem Bildschirm im nervösen Pulsrhythmus des Patienten vibrieren. Weinberg hatte Angst. Ein Held durfte bei einer Untersuchung Furcht empfinden. Anders als im Krieg oder im KZ war er der Krankheit wehrlos ausgeliefert – wenn ihm kein qualifizierter Arzt zur Seite stand. Finkelstein rollte den Sensor über Weinbergs Taille. Er blickte konzentriert auf den Bildschirm.

»Die Nieren sind frei. Ohne Befund. Gott sei Dank«, murmelte der Arzt.

»Und die Prostata?«

Der Arzt drückte erneut Kontaktgel aus der Tube auf Weinbergs Unterbauch und verteilte es auf der Haut.

»Jetzt wird es noch mal ein bißchen kalt«, warnte Finkelstein den Patienten.

»Das kümmert mich einen Dreck ... Was ist mit meiner Prostata?«

Finkelstein schmunzelte über die Zielstrebigkeit des Alten. Behutsam führte er den Tastkopf über Weinbergs Bauch. Die Prostata war eindeutig vergrößert. Finkelstein maß ihr Volumen.

»Nu?«

»Was meinen Sie damit, Herr Weinberg?«

»Was wohl? Du mißt doch die Prostata?«

»Woher wollen Sie das wissen?«

»Für meine Darmgeräusche wirst du dich kaum interessieren ...«

Finkelstein lachte schallend.

»Also was ist? Ist sie größer geworden?«

»Ich müßte erst meine Unterlagen ...«

»Laß mich in Ruhe mit deinen Unterlagen! Ich bin Jakob Weinberg, kein Goj, den du hinhalten kannst. Ich will wissen, was mit mir los ist!«

»Also, es sieht nicht schlecht aus ...«

»Was ist los!?«

»Ja ... wie soll ich sagen?«

»Klar und deutlich!« Jakob Weinberg hatte sich aufgesetzt. Seine Stimme duldete keinen Widerspruch.

»Wir müßten eine Blutprobe machen und eine Biopsie.«

»Was heißt das?«

»Eine Gewebeprobe.«

»Krebs!«

»Nein ...«

»Warum willst du mich sonst schneiden? Ich bin Privatpatient. Du verdienst genug an mir!«

»Ich will, daß wir sicher sind.«

».. . ich muß sterben!«

»Nein ...«

38

»Doch!«

»Unsinn!« Finkelstein wurde ungehalten. »Wir alle müssen sterben, früher oder später.«

»Ich will später!«

Finkelstein bat Weinberg, einen Termin mit seinem Assistenten Dr. Neumann für die Untersuchung zu vereinbaren.

»Ich will, daß du mich schneidest, wenn es schon sein muß.«

»Da wird nicht geschnitten, sondern gepiekst. Sie spüren es kaum, es geschieht unter örtlicher Betäubung...«

»Du sollst es machen, Doktor!«

»Dr. Neumann ist auch ein Jid...«

»Von mir aus ist er Buddhist. Ich bin dein Patient!«

Finkelstein versuchte sich mit Terminschwierigkeiten herauszureden. Doch Weinberg beharrte auf einer sofortigen Gewebeprobe. Gegen den Willen des alten Heroen kam die unverbindliche Routine des Arztes nicht an. Der Urologe mußte umgehend die Untersuchung vornehmen. Danach wollte der Patient sofort das Ergebnis erfahren. Geduldig erklärte ihm Finkelstein, daß er das entnommene Gewebe ins Labor des histologischen Instituts zur Untersuchung einschicken mußte. Die Diagnose würde erst in einer Woche vorliegen.

»Erst piesackst du mich. Dann spannst du mich auf die Folter!« Grußlos verließ Weinberg die Praxis.

Das Kopfsteinpflaster war naß. Es nieselte. Dreckswetter. Er hätte nach Israel fahren sollen. Aber was machte er mit der Schickse in Zion? Bei Dinah konnte er sich mit Barbara nicht sehen lassen. Weinberg hätte sie also allein im Hotel zurücklassen müssen. Barbara würde sich in ihr Los gefügt haben. Doch ihre Gekränktheit hätte ihm die Laune verdorben. Weinberg hätte auch allein nach Erez zu Dinah, Ariel und David fahren können. Er liebte seinen Enkel, und der Junge schätzte seine Geschenke. Doch Weinberg wußte um die Wahrheit des Spruchs: *Ein Gast ist wie ein Fisch: Nach drei Tagen beginnt er zu stinken.* Was hätte er den Rest der Zeit in Israel tun sollen? Also war Weinberg bei Barbara geblie-

ben. Da wußte er, was er hatte: eine relativ junge, relativ gutaussehende Schickse. Barbara war bereits zweiundvierzig, doch Weinberg war knapp siebzig. Relativ! »Ein Haar auf dem Kopf ist relativ wenig. Ein Haar in der Suppe ist relativ viel«, hatte Jerzy
Wachs, Jakobs Physiklehrer, ihm Einsteins Theorie näherzubrin-
gen versucht. Barbara liebte Jakob. Behauptete sie. Liebte sie ihn
relativ? Alle redeten von Liebe, doch keiner hatte eine Ahnung,
was dieses Wort bedeutete. Auch Weinberg nicht. Immerhin, die
Schickse machte sich Sorgen um ihn. Als er ihr nicht länger ver-
heimlichen konnte, daß ihn das Pischen schmerzte, hatte sie darauf bestanden, daß er zum Doktor ging. Weinberg haßte Ärzte,
besonders Urologen, die in seinem Toches rumstocherten. Da es
aber sein mußte, kam nur ein jüdischer Doktor in Frage. Weinberg
hatte mit Moische Finkelstein bereits Schwarzmarktgeschäfte gemacht, ehe dessen Junge Benjamin geboren wurde.

Weinberg stapfte zu seinem Wagen, den er in der Maria-Theresia-
Straße geparkt hatte. Er stieg ein und ließ sich in den Sitz fallen.
Weinberg zog die Tür zu. Sie ploppte satt ein. Er liebte das Ge-
räusch. Deshalb und wegen der guten Verarbeitung fuhr er das
Hitlerauto. Hitler war Mercedes gefahren. Na und? Der Satan
wußte Qualität zu schätzen. Jakob Weinberg ebenso. Weil Hitler
in einem Daunenbett geschlafen hatte, würde Weinberg nicht auf
einem Nagelbrett nächtigen. Vor ein paar Jahren waren einige
Jidn auf Volvo umgestiegen. Wozu? Auch die Schweden hatten
Geschäfte mit den Nazis gemacht. Mercedes war das beste Auto.
Punkt. Nur darauf kam es an. Die Juden in aller Welt hassen uns
sowieso, weil wir hier unter den Nazis leben – ob wir Mercedes
fahren oder irgendeinen japanischen Tinnef, übrigens auch Ver-
bündete der Deutschen. Keine jüdische Gemeinde spendet so viel
Geld nach Zion wie wir. Die Israelis nehmen unser Geld, verachten uns und lassen uns im Dreck unseres schlechten Gewissens
stecken. Gewissen war eine christliche Erfindung. In der Thora
kam dieses Wort nicht vor. Mochte sich damit quälen, wer wollte.
Er nicht!

40

Jakob Weinberg hatte andere Sorgen. Er mußte eine Woche ohnmächtig auf das Urteil eines deutschen Laboranten warten. Weinberg fühlte sich um 52 Jahre zurückversetzt, als ein deutscher Arzt in schwarzer Uniform ihn ins Leben selektiert hatte. Wie würde heute sein Kollege im weißen Kittel entscheiden? 1943 konnte Jaakov wenigstens die Muskeln spannen und Luft in seinen Brustkorb pumpen, um kräftiger zu erscheinen, als er war. Heute war ihm selbst dieser hilflose Schwindel unmöglich. Gegen Krebs halfen keine Täuschung und kein Betrug. Ein Elektronenmikroskop war erbarmungsloser als die SS.

Weinberg mußte unter Menschen. Er startete den Motor. Am liebsten würde er jetzt seine Freunde treffen. Freunde! Weinberg ertappte sich dabei, in deutschen Ausdrücken zu denken. Bis vor wenigen Jahren hatte er fast ausschließlich jiddisch gedacht – und geredet. Zumindest, wenn er mit seinen Chawejrim quasselte. Aber in ihre Unterhaltung hatten sich immer mehr deutsche Worte eingeschlichen. Zumal bei Weinberg – seit er mit der Schickse zusammenlebte.

Weinberg lenkte das Auto in die Thierschstraße. Er sah auf die Uhr. Halb elf. Er hatte auf einem frühen Arzttermin bestanden, um die Ungewißheit möglichst schnell zu beenden. Statt dessen mußte er eine Woche warten. Und jetzt? Vor Mittag ging keiner seiner Freunde ins ›Luitpold‹. Nach Hause konnte er auch nicht fahren. Barbara würde Weinberg nicht glauben, daß der Doktor zu dumm oder zu feige war, ihm eine definitive Diagnose zu stellen. Die Schickse würde ihn ausquetschen wie ein Folterknecht der Inquisition.

In Höhe Liebherrstraße stieg Weinberg aus. Warum war er nach Leas Tod nicht allein geblieben? *Es ist nicht gut, daß der Mann allein sei.* Weinberg hatte sich seit Auschwitz nie um die Thora geschert. Sonst hätte er nicht überlebt. Ausgerechnet das läppische Ehegebot hatte er befolgt. Lea hatte ihn erotisch nie fasziniert. Doch sie war ein anständiges jüdisches Weib gewesen. Lea hatte sich selbst im KZ nicht verkauft. Er hatte sie als Jungfrau erkannt. Weinberg hatte seine Frau gut behandelt. Er war Lea treu gewesen – auf seine Weise. Nach dem Krieg, als Schwarzmarkthändler und später in seiner Bar, konnte Weinberg jede Menge Weiber haben. Und er nahm sie. Doch das waren Chonten. Sie trennten mit jedem, der zahlte. Sogar mit Negern. Die Herrenmenschen! Einige Monate zuvor hatten sie sich mit SSlern und Nazis herumgetrieben, waren teilweise noch mit ihnen verheiratet, und jetzt vergnügten sie sich mit Schwarzen und Juden. Weinberg ging mit ihnen ins Bett und haßte sie. Das steigerte seine Lust. Sein Weib trennte Weinberg aus Pflichtgefühl, damit Lea ihm jüdische Kinder gebar. Ob seine Frau Spaß dabei hatte, interessierte ihn nicht. Die Deutschen nannten es eheliche Pflichten. Aber Jakob Weinberg war kein Deutscher! Als Leas Körper mit Ende vierzig stumpf zu werden begann und die Haut an ihrem Toches und den Schenkeln sich runzelte, hielt er sich von ihr fern. Ende der sechziger Jahre begann Weinbergs Haß gegen die Deutschen nachzulassen. Er hatte Affären mit jüngeren deutschen Frauen. Selbstverständlich blieb Weinberg dabei ein loyaler Ehemann und Vater. Nie hätte er seine Frau verlassen, schon gar nicht um einer Deutschen willen.

Noch ehe Lea sechzig war, erkrankte sie an Krebs. Weinberg nahm ihre Betreuung in die Hand. Er besorgte seiner Frau die besten Ärzte und kümmerte sich persönlich um sie. Ihn verwunderte, daß Lea sich ohne Widerstand der Krankheit ergab. Im Lager hatte sie zäh um ihr Leben gerungen. Nun resignierte sie und wartete apathisch auf den Tod. Als Weinberg sie ermahnte zu kämpfen, starrte Lea zur Wand, während sie antwortete: »Wozu? Die Kinder sind erwachsen. Sie brauchen mich nicht mehr.«

»Ich . . .«

Lea wandte sich zu ihm um. »Du hast mich nie gebraucht, Jankl.«

Erstmals in ihrer Ehe empfand Jakob Weinberg Mitleid für die Mutter seiner Kinder. Doch er war kein Heuchler. Sentimentalität war ihm fremd. Er hatte seine Pflicht als Vater und Ehemann erfüllt. Weinberg begleitete Lea bis an ihr Ende. Sie erlosch wie ein Jahrzeitlicht.

Bei Leas Tod empfand Weinberg weder Trauer noch Erleichterung. Nur Leere. Das Schiwesitzen der siebentägigen ausschließlichen Trauer enervierte ihn. Nach zwei Tagen warf er seine Chawejrim und seinen Sohn Udo hinaus, die bei Sonnenaufgang zum Frühgebet und abends zum Ma'ariv erschienen und das Kaddisch sagten und anschließend stundenlang herumhockten und ihn mit ihrem Gequassel langweilten. Seine Tochter Dinah bat Weinberg, zu Mann und Sohn nach Israel heimzukehren. Nun saß er vier Tage allein in seiner Wohnung. Weinberg verzichtete auf die Kaddisch-Gebete. Er verachtete Juden, die sich als Freigeister und Agnostiker gebärdeten, aber pflichtschuldig ein Jahr lang morgens und abends in die Synagoge eilten, um das Kaddisch zu beten, weil der oder die Verstorbene »es von ihnen erwartet hätten«. Verstorbene erwarteten nichts mehr. Lea ebensowenig wie andere Tote.

Das Alleinsein gab Jakob Weinberg Zeit zum Nachdenken. Er war sechzig Jahre alt. Ihm blieben zehn bis fünfzehn Jahre auf dem Weg zum Tod. Wenn er tatenlos auf das Ende wartete, würde er melancholisch werden und vorzeitig sterben wie Lea.

Jakob Weinberg aber genoß seinen Lebenskampf. Er wollte ihn fortsetzen, solange seine Kraft dafür reichte. Über sein Privatleben konnte er so früh nach Leas Tod noch nicht entscheiden. Also lenkte Weinberg seine Aufmerksamkeit auf seine Geschäfte. In den vergangenen Jahren hatte er die Zügel schleifen lassen, nicht zuletzt, um Udo zu beschäftigen. Auch hatte Weinberg zuviel nebeneinander laufen lassen. Die Häuser, das Kino, die Textilfirmen.

Er mußte sich wieder auf das Wesentliche konzentrieren. Immobilien. Weinberg besaß drei Mietshäuser, doch die Liegenschaften waren größtenteils auf Pump erworben. Zinsen, Tilgung und Instandhaltung überstiegen deutlich die Mieteinnahmen. Weinberg konnte sich nur über Wasser halten, indem er Gelder aus dem Textilgeschäft in die Häuser steckte. Doch die Gewinne schrumpften von Jahr zu Jahr. Die Schmattes aus Indien und Thailand waren konkurrenzlos billig. Um sie zu unterbieten, mußte man noch größeren Tinnef produzieren als die Ostasiaten. Das war auf Dauer hoffnungslos, zumal die Deutschen ständig höhere Löhne verlangten. Lukrativ war allein der Handel mit fernöstlichen Schmattes. Doch Weinberg hatte kein Bedürfnis, andauernd nach Bombay und Bangkok zu fliegen. Dazu war er zu alt, und er sprach kein Englisch. So beschloß er, seinen Anteil an der Textilfabrik an Jossl Steinfeld zu verkaufen. Der würde versuchen, ihn zu drücken – wer verkaufen muß, muß zahlen –, doch Weinberg mußte nicht, er wollte und hatte keine Eile. Schließlich würde man sich einigen. Schwieriger wäre es, sein Kino loszuwerden. Denn sein Sohn führte das Haus. Udo gebärdete sich als Cineast: »Das Kino hat eine Zukunft.«

»Der Tod auch«, parierte Weinberg seinen Sohn.

»Eben! Das Kino ist ewig wie der Tod.«

»Und bringt ständig neue Verluste.«

Der Junge wollte nicht wahrhaben, daß Kinos noch ärgere Ladenhüter als Textilien waren. Ihre Zeit war vorbei. Udo hatte das Cinema für teures Geld umbauen lassen. Statt einen großen, guten Film in einem Saal vorzuführen, ließ er vier schlechte Filme in separaten Räumen laufen. Das bedeutete weniger Einnahmen pro Kino. Am Ende des Jahres aber lagen die Einkünfte höher als zuvor. Udo triumphierte. Was kümmerte ihn, daß die Zinsen des Umbaus die Einnahmen auffraßen? Doch wenn Weinberg seinen Laden jetzt verkaufte, konnte er trotz Kinokrise einen ordentlichen Preis erzielen.

Unmittelbar nach der Trauerwoche setzte Jakob Weinberg sein Vorhaben in die Tat um. Für seinen Anteil an der Textilfirma erzielte er einen Dreck. Steinfeld wollte ihm angst machen. Er drohte mit Anwalt und Haftung. Weinberg trieb ihm diese Absicht gründlich aus. »Glaubst du, ich hab Angst vor einem deutschen Advokaten? Ich bin schon mit seinem SS-Vater fertig geworden. Jakob Weinberg fürchtet sich vor niemand. Ich war KZnik, ehe du in die Windeln gekackt hast. Wenn du mir noch einmal drohst, brech ich dir jeden Knochen im Leib, zünd dir das Geschäft an und schmeiß dich ins Feuer.«

Steinfeld war still. Aber Geld war aus ihm nicht herauszuholen. Dem Unternehmen fehlte die Substanz. Später machte Steinfeld pleite. Weinberg gönnte es ihm. Auch aus den Altbauten war kein nennenswertes Kapital zu schlagen. Die Mieteinnahmen waren zu gering. Allein mit dem Verkauf seines Kinos verdiente er ordentlich. Udo schrie und heulte – der Vater schämte sich für die Weichheit seines Sohnes –, doch ihm blieb nichts übrig, als Weinbergs Entscheidung hinzunehmen. In seiner Verzweiflung hatte der Junge sich den neuen deutschen Besitzern angedient. Sein ›Cinema‹ war Udo wichtiger als die Loyalität zum Vater. Doch die Treulosigkeit war umsonst. Denn die Gojim dachten nicht daran, den Judenjungen zu übernehmen.

Jakob Weinbergs Rechnung ging auf. Nur wenige Monate nach Leas Tod hatte Weinberg seine Finanzen saniert. Mit dem Geld des Kinos entschuldete Weinberg seine Häuser. Die Mieteinnahmen überstiegen endlich die Zinsen. Weinberg mußte wieder Steuern zahlen, doch sein Vermögen war konsolidiert. Danach wollte er sein Leben genießen. Aber Lebensfreude läßt sich nicht organisieren wie ein Geschäft.

Weinberg hatte sich auf unbeschwerte Ferien in Israel gefreut. Doch die Reise versackte in Mißmut und Langeweile. Dinah und ihr Mann ertrugen ihn mit angestrengter Freundlichkeit, um sein Erbe verheißendes Wohlwollen nicht zu verspielen. David war ein vierschrötiger, orientalischer Bursche, der kein Wort Jiddisch verstand – von Deutsch ganz zu schweigen. Doch Weinberg wollte sich nicht über seinen Schwiegersohn beklagen. David war Jude und überdies israelischer Offizier. Sein Enkel Ariel war ein verwöhnter Fratz, der ständig nörgelte. Immerhin verstand Weinberg das Kind, da Dinah mit dem Jungen deutsch sprach.

Weinberg zog ins Hotel. Das ›Tel Aviv Hilton‹ galt als erste Adresse der Stadt. Doch Weinberg war enttäuscht. Sein Zimmer war klein und teuer. Am Schwimmbecken zu hocken, langweilte ihn. Das einzige, was er dabei davontrug, war ein Sonnenbrand. In der Lobby wiederum gaben sich die Jidn aus München und Frankfurt ein Stelldichein. Da konnte er gleich zu Hause bleiben. Das war billiger und bequemer. Weinberg beschenkte seine Tochter, den verweichlichten Enkel und dessen dumpfen Vater und flog zurück nach München.

In seiner Wohnung fand Jakob Weinberg jedoch keinen Frieden. Die Küche, die Möbel, am eindringlichsten das Schlafzimmer, rochen nach seiner verstorbenen Frau. Sogleich nach Leas Tod hatte Weinberg ihre Kleider wegwerfen lassen. Nun bestellte er ein neues Bett und richtete Wohnzimmer und Küche mit neuen Möbeln ein. Doch Leas Aroma hatte sich in ihrer Wohnung festgesetzt. Nachts lag der Hausherr in seinem neuen Doppelbett, in frischer Bettwäsche auf einer neuen Latexmatratze und atmete den scharfen Lackgeruch des neuen Spiegelschranks ein. Doch Lea ließ sich nicht vertreiben.

Nachdem er sich eine Weile unruhig im Bett herumgeworfen hatte, fuhr Weinberg in ein Bordell in die Landsberger Straße. Die Chonte verschaffte ihm kurzfristige Erleichterung. Jedenfalls wollte er es glauben. Doch Weinberg gestand sich ein, daß sein sexueller Appetit zum nostalgischen Ritual degeneriert war.

Am nächsten Morgen bestellte er Maler und orderte neue Gardinen. Vergeblich. Jakob Weinberg hielt sich viel auf seinen nüchternen Charakter zugute, der ihm im Lager das Leben gerettet hatte. Er glaubte nicht an übersinnliche Kräfte, aber Leas Körperdüfte klebten noch in jedem Winkel. Weinberg bezog eine Dreizimmerwohnung in einem seiner Mietshäuser in der Barerstraße.

In seinem neuen Zuhause wich Leas Geruch aus Weinbergs Nase. An seiner Stelle machte sich Leere breit. Seine Chawejrim waren beschäftigt. Tagsüber arbeiteten sie in ihren Geschäften, danach belegten ihre Weiber sie mit Beschlag. Und ihre Gesundheit! Die Chawejrim hielten sich zwar ihre Freiräume offen, doch sie waren auf dem Rückzug. Wenn man sich traf, klagten die Burschen über ihre schwierigen Geschäfte, jammerten über ihre schlechte Gesundheit und schimpften über ihre Frauen, die sie fürchteten und betrogen. Mit sechzig zu betrügen, ist keine Lust, sondern ohnmächtiges Aufbegehren. Die Männer schlürften Tee oder Mineralwasser statt Wodka. Die Einsätze beim Kartenspiel waren eher symbolisch. Kein Wunder, daß sie schnell ermüdeten. Hätten sie gespielt wie Männer, wären sie wach geblieben. Wenn fünfzigtausend Mark auf dem Spiel stehen, wird selbst ein Greis lebendig. Bei fünfzig Pfennig schlummert jeder Bar-Mizwa-Bocher ein. Schon um zehn Uhr abends machten sich die alten Männer auf den Weg nach Hause. Jakob Weinberg langweilte sich. Er nutzte seine zerrinnende Lebenszeit nicht. Das erzürnte ihn.

Jakob Weinberg war wie die meisten Jidn ein eifriger Zeitungsleser. Sich Büchern zu widmen fehlte ihm früher die Muße, jetzt die Geduld. Allein zu schickern wie ein Goj, verabscheute Weinberg. Fernsehen empfand er als Zeitverschwendung. Die sporadischen Besuche im Bordell änderten nichts an seiner Tristesse. Die einzige Abwechslung waren die Streitereien mit seinem Sohn. Doch Udo durchschaute Weinberg und war überdies verbittert. Er ging dem Vater aus dem Weg. Udo ließ Weinberg nicht in seine Wohnung. Dabei wohnte er in einem Haus des Vaters. Eines Tages setzte er den Versager auf die Straße. Mochte er sehen, wie er allein zurechtkam. Jakob Weinberg hatte sich nach dem Lager seine Existenz ohne fremde Hilfe aufgebaut. Udo dagegen wartete, daß ihm die gebratenen Tauben in den Mund flogen. Schuld daran war Lea, die den Bengel grenzenlos verzogen hatte. Weinberg beschloß, seinen Sohn hart anzupacken, damit er endlich lernte, dem Leben die Stirn zu bieten. Doch Udo weigerte sich, die gutgemeinte Lektion des Vaters anzunehmen.

Die Einsamkeit trieb Weinberg dazu, seine Chawejrim zu besuchen. Er schaute in Itzig Adlers kundenlosem Textilladen vorbei. Der Chawer bot Weinberg keinen Stuhl an.

»Dir geht es nicht gut, Jankl.«

»Ich bin allein ...

»Alleinsein ist gut.«

»Nur zum Kacken.«

»Auch fürs Denken.«

»Nein, Itzig. Der Mensch braucht Gesellschaft. Bei der Geburt, beim Trennen ...«

»Sterben muß man allein, Jankl!«

Adlers Auge strahlte für einen Moment auf. Dabei kam Weinberg das Wort: »*Jauchze nicht, wenn dein Feind fällt*« in den Sinn. Itzig Adler taugte nicht einmal zum Feind.

Fortan hielt sich Jakob Weinberg von Adler fern. Aber auch die anderen Chawejrim zeigten sich ihm gegenüber zurückhaltend. Die Waschlappen folgten ihren Weibern. Allein Weinbergs heroischer Leumund verbot den Frauen der Freunde, ihn vor die Tür zu setzen. Sie übten statt dessen subtile Rache an ihm, indem sie versuchten, ihn zu verkuppeln. Das war paradox. Die jüdische Kuppelsucht hat den praktischen Sinn, zur Vermehrung des kleinen Volkes beizutragen. Doch Jakob Weinberg war bereits sechzig, er dachte nicht daran, neue Kinder in die Welt zu setzen. Mit den Weibern, die ihm zugemutet wurden, war dies ohnehin unmöglich. Die Frauen waren in Weinbergs Alter. Sie sahen aus, und – was weit schlimmer war –, sie rochen wie Lea. Weinberg mied fortan die Heime der Chawejrim – ihre Frauen hatten gewonnen.

Kurz erwog er, seine Häuser selbst zu verwalten. Doch die Aussicht auf den unendlichen Papier- und Mieterkrieg ließ ihn rasch von seinem Vorhaben abkommen. Den Rat Lazar Dessauers, sich in der Politik der Israelitischen Kultusgemeinde zu betätigen, wies Weinberg brüsk zurück. »Wenn du mich loswerden willst, sag's! Aber versuch nicht, mich zum Narren zu machen!« Er dachte nicht daran, sein Ansehen ohne Not zu ruinieren. Weinberg überlegte statt dessen, wieder ins Geschäftsleben einzusteigen. Doch seine Kumpane rieten ihm dringend ab. »Wozu suchst du Zores?«

Allmählich begriff Jakob Weinberg, daß Lea Teil seines Lebens geworden war. Um weiterzuleben, brauchte er also eine Frau, die Lea ersetzte, jedoch anders roch und war als sie. Weinberg glaubte nicht, daß er so eine Gefährtin finden würde. Denn er konnte keine Jüdin riechen und keine Schickse ausstehen. Trotzdem dachte er nicht daran zu resignieren. Jakob Weinberg begann, Bekanntschaftsanzeigen zu studieren. Die Damen suchten Lebensgefährten mit Bildung, Kultur und feinsinnigen Gefühlen.

Jakob Weinberg hatte im KZ andere Fähigkeiten erworben. Dennoch traf er sich mit einigen Frauen. Sie waren durchweg gepflegt, elegant gekleidet, etwa so alt wie Lea. Sie rochen nach teuren Parfüms – nicht nach Frau. Weinberg quasselte mit den Damen. Er wußte durchaus zu gefallen. Er war großgewachsen, hielt sich aufrecht, war schlank. Weinbergs Haar war trotz seiner Jahre voll, sein Gesicht war ebenmäßig, Mund, Kinn und die hellgrauen Augen sowie seine buschigen Brauen drückten Entschlossenheit aus. Gelegentlich hänselten ihn seine Chawejrim als »Arier«.

Weinbergs Lebensweg stand zwischen ihm und den Frauen. Sein leichter jiddischer Akzent fiel auf. Manche hielten ihn für einen Ausländer und lehnten ihn sogleich ab. Andere erkundigten sich nach seiner Herkunft. Als sie erfuhren, daß Weinberg Jude war, zogen sie sich zurück. Einige Frauen aber empfanden Weinbergs Judentum als extravagant. Es paßte zu ihren Krokotaschen. Mehr oder minder behutsam fragten sie ihn nach seinen Erlebnissen in der Nazizeit. Sie schätzten ihn als Exoten des Grauens.

Neugier und Eroberungslust veranlaßten Weinberg dennoch, mit einer Schickse zu schlafen. Nachdem sie ihre teuren Kleider und edlen Dessous abgelegt hatte, erinnerte ihn die Frau sogleich an Lea. Ihre Cremes, Öle und Parfüms übertünchten nur unzureichend den Gestank des Alters, und ihre Haut war ähnlich stumpf wie jene seines verstorbenen Weibes. Und seine eigene. Weinberg sah, daß auch seine Haut ihren Glanz und ihre Elastizität verloren hatte – daß sie ähnlich riechen mochte wie die der Frau, wollte er nicht wahrhaben. Die Schickse bekam einen Schreikrampf, als Weinberg ihr die Bedeutung seiner blauen KZ-Tätowierung auf dem rechten Arm erläuterte. Das enthob ihn weiterer Bemühungen. In dieser Stunde vermißte er die hartgesottenen Nachkriegschonten, die sich weder um KZ-Nummern der Jidn noch um Blutgruppenzeichen der ehemaligen SSler geschert hatten, sondern nur um ihr Geld und, wenn sie Hurenehre und Geschäftssinn besaßen, auch um die Lust ihres Freiers.

Nach diesen Anläufen stellte Jakob Weinberg seine Anstrengungen, eine Lebenspartnerin zu finden, ein. Er suchte weiter eine sinnvolle Beschäftigung. Allmählich gab Weinberg seine Scheu vor Büchern auf und begann zu lesen. Zunächst mied er Literatur über die Schoah. Niemand mußte ihm erzählen, was sich damals ereignet hatte. Weder ein italienischer Chemiker noch eine Wiener Literaturforscherin aus Amerika und erst recht nicht israelische Besserwisser, die noch grün hinter den Ohren waren. Jakob Weinberg interessierte sich für die Biographien bedeutender Männer: Churchill, Roosevelt, Stalin, Ben Gurion, Moshe Dajan.

Unvermeidlich kam Weinberg auf Hitler. Doch je mehr er las, einerlei, ob die Biographien von Bullock, Fest, Maser oder die gescheiten ›Anmerkungen‹ von Haffner, desto klarer wurde ihm, daß niemand Hitler begriff, weder Gojim noch Jidn. Keiner konnte erklären, weshalb die Deutschen dem Teufel zugejubelt und ihn gewählt hatten. Arbeitslose gab es auch in Amerika. Autobahnen ebenfalls. Man mußte kein Nazi sein, um sie zu bauen. Selbst Israelis und Chinesen waren dazu in der Lage. Was ging in den Köpfen der Nazis vor? Weinberg las die Biographien von Albert Speer, die Aufzeichnungen des Auschwitz-Kommandanten Rudolf Höß, das Interview-Buch Gitta Serenys mit dem KZ-Chef Stangl. Statt ihr Tun zu erklären, rechtfertigten sie es. Befehl ist Befehl!

Allmählich ließ Jakob Weinberg von der Nazilektüre ab und begann sich in jüdische Geschichte einzulesen. Was hielt die Jidn seit mehr als dreitausend Jahren zusammen? Lediglich die Antisemiten? Manches sprach dafür. So waren die Juden in China untergegangen, weil sie den dortigen Buddhisten einerlei gewesen waren. Mangels Verfolgung hatten sich die Hebräer assimiliert, sie waren Chinesen geworden. Andererseits hatten die mörderischen Pogrome des späten Mittelalters Hunderttausende von Juden zum offenen oder heimlichen Abfall von ihrem Glauben bewogen. Nur die Stärksten waren dem Judentum treu geblieben. Dieses Phänomen hatte der Chef der Mörderbande, Heinrich Himmler, 1943 in seiner Posener Rede aufs neue bestätigt. Die Juden, die bis dahin überlebt hatten, seien die stärksten, zähesten, lebensfähigsten. Daher sollte man sie rasch umbringen. Keinem war es gelungen. Den Nazis ebensowenig wie den alten Ägyptern. Weder den Römern noch den Kreuzrittern, auch nicht der Inquisition oder den Horden des Kosakenhetmanns Bogdan Chmielnicki im 17. Jahrhundert. Wer oder was bewahrte die Juden vor dem Untergang?

Jakob Weinberg glaubte nicht an Gott. Ob die Hebräer ein Volk waren, war ihm einerlei. Was hielt ihn am Judentum fest? Warum haßten die Antisemiten die Juden? Rassismus war ein moderner Tinnef. Hitler selbst war mit dem Mufti von Jerusalem befreundet gewesen – einem Araber und Semiten. Heute waren die arabischen Semiten Judenfeinde. Der Antisemitismus war eine religiöse Feindseligkeit der Christen gegen die Juden, weil die deren Gott ermordet hatten. Aber Jesus war Jude, und wie kann man einen unsterblichen Gott ermorden? Andererseits gab es atheistische Antisemiten. Warum haßte Stalin die Juden? Warum Henry Ford?

Je intensiver Jakob Weinberg sich mit dem Judentum beschäftigte, desto mehr unbeantwortete Fragen stellten sich ihm. Er begann zu begreifen, weshalb das Judentum keine Theologie kannte und ein Bilderverbot bestand. Im zweiten Gebot heißt es: »*Du sollst dir kein Bildnis machen in irgendeiner Gestalt, weder von dem, was oben im Himmel, noch von dem, was unten auf Erden ist.*« Die Juden sollten nicht über Gottes Wesen noch über dessen Gestalt spekulieren, sondern ihren eifernden Gott so sehr fürchten und ihn gleichzeitig so sehr lieben, daß sie seine Gebote widerspruchslos erfüllten. Da es nicht weniger als 613 Gesetze samt unzähligen Vorschriften gab, war der Alltag bis ins kleinste Detail geregelt. Doch die waren für Weinberg bedeutungslos. Hitler hatte ihm Gott ausgetrieben.

Jakob Weinberg las immer neue Bücher. Er vertiefte sich in ihre Fragen. Auf seine alten Tage entwickelte er sich zum Philosophen. »Die Klugen wollen reich und die Reichen wollen klug werden«, spottete Pinje Weiss. Die Kumpane waren's zufrieden, daß Weinberg erstmals nach dem Tod seiner Frau wieder mit sich selbst beschäftigt war. Nachdem er sich bei ihnen rar machte, begannen die Chawejrim wieder um Weinbergs Gesellschaft zu buhlen. Er seinerseits ließ nun die Freunde mitunter warten. Jakob Weinberg fand bestätigt, was er bereits im Lager gelernt hatte: Die Loyalität der Kumpane war allen Freundschaftsschwüren zum Trotz relativ. Zudem langweilten sie ihn. Sie erzählten immer dieselben Geschichten aus dem Lager und bejammerten stets die Leiden in der Gegenwart. In seinen Büchern dagegen erfuhr Jakob Weinberg Unbekanntes. Ständig tauchten neue Fragen auf. Wissensdurst war an die Stelle von Leas Altweiber-Aroma getreten. Weinbergs Verlangen nach einer Frau verblaßte.

Bei einem routinemäßigen Besuch seiner Bank traf Weinberg Barbara Schäfer. Sie vertrat seinen Sachbearbeiter in der Kreditabteilung. Als Barbara Weinberg erblickte, leuchteten ihre großen hellbraunen Augen auf. Weinbergs Verstand beurteilte das Aufstrahlen der attraktiven Bankangestellten zweckpessimistisch als einstudierte Geschäftsgeste, die nicht ihm persönlich, sondern lediglich dem Kunden galt. Dennoch. Wie gebannt starrte Jakob Weinberg sie an. Sie war jung, ihre Haut straff, die Lippen voll, die Nase war kräftig, die Wangen hoch und die Stirn gewölbt unter einer kurzen brünetten Frisur. Jakob Weinberg starrte in die Augen der jungen Frau. Nie zuvor war er so angesehen worden: *... und sie erkannten sich.* Weinberg mußte an die Stelle in der Bibel denken, die die seelische und körperliche Liebe zwischen Mann und Frau beschreibt. Die Bankangestellte sprach mit dunkler Stimme zu ihm. Doch Jakob Weinberg verstand den Sinn ihrer Worte kaum. Er blickte in ihre Augen. In ihnen lagen Kraft, Ruhe und Ernsthaftigkeit. Sie spürte, was in Jakob Weinberg vorging, ihr erging es gleichermaßen. Am Ende der kurzen stammelnden Konversation, die geschäftlich unverbindlich blieb, überreichte Barbara Schäfer dem Kunden ihre Karte.

Jakob Weinberg begriff, daß er sich zum ersten Mal in seinem Leben verliebt hatte. Im Alter von fünfundsechzig! Er war so überwältigt von seinen Gefühlen, daß er vergessen hatte, sich mit dieser Bankfrau zu verabreden. Weinberg sah auf ihre Visitenkarte: Barbara Schäfer, Kundenberaterin. Sollte er sie anrufen? Was hatte er ihr zu sagen? Er mußte sie wiedersehen. Weinberg rief in der Bank an, verhedderte sich. Schließlich schlug sie ein Treffen am gleichen Abend vor. Als sie sich wiedersahen, wußte Jakob Weinberg, daß Barbara Schäfer die richtige Frau für ihn war. Seine Unsicherheit verlor sich ebenso schnell, wie sie aufgetreten war.

Jakob Weinberg liebte Barbaras Anblick, ihre Hände, ihre Brüste, ihre Scham. Er liebte ihren Geruch, ihre Stimme, ihr Flüstern und Stöhnen. Vom ersten Abend an hatte er die Gewißheit, daß er wiedergeliebt wurde. Er wußte, es war ihr einerlei, daß er ein alter Jid war. Unverzüglich hätte er sie geheiratet. Doch sie war eine Schickse. Eine Schickse zu freien, war ihm unmöglich. Warum? Weinberg war Atheist. Barbaras Religion war ihm gleichgültig, ebenso wie der ganze Rassenschmonzes. Germanisches Herrenmenschentum und jüdische Auserwähltheitsarroganz nahm er nicht ernst. Dennoch konnte Jakob Weinberg seine Liebe nicht heiraten, obwohl ihn das Gerede seiner Chawejrim und das Geschimpfe ihrer Frauen nicht erschüttern würde. Weinberg mußte sich eingestehen, daß er selbst die Ursache war – vielmehr sein Judentum. Aber was war Judentum abzüglich Religion und völkischem Dünkel? Tradition, Brauch, so sinnvoll wie das Blasen von Alphörnern, und doch war es stärker als die kühle Vernunft. Jakob Weinberg kapitulierte vor der Kraft seines Phantomjudentums. Der quichottische Kampf gegen die Windmühlen seiner jüdischen Persönlichkeit minderten aber keineswegs seine Liebe zu Barbara. Um so mehr Halt suchte er bei der Geliebten.

Barbara zog peu à peu zu Weinberg. Jakob war im Rausch, liebte und begehrte sie. Er war eifersüchtig auf jeden und alles, was ihm die Geliebte entzog. Vor allem auf ihre Arbeit. Barbara wollte ebenfalls lieber mit Jakob zusammen sein, als sich nach ihm zu sehnen. Sie gab ihre Tätigkeit auf. Das Liebespaar verbrachte Tage im Bett. Jakob schaute kaum noch in ein Buch. Seine Chawejrim hielt er sich mit dem Telefon vom Leib. Zu Rosch ha Schana lud ihn seine Tochter nach Israel ein. Er tat beschäftigt. Doch Dinah ließ sich nicht abwimmeln. Jemand mußte ihr von der Schickse berichtet haben. Nach Jom Kippur suchte sie ihn in München heim.

Dinah beschimpfte den Vater als liederlichen alten Bock und Barbara als Chonte. Weinberg blieb nichts übrig, als die Geliebte für eine Weile zu deren Familie nach Niederbayern auszulagern. Nach einer Woche zog die Tochter endlich ab – wie Titus nach der Zerstörung des Tempels. Weinberg händigte ihr den gesamten Schmuck Leas aus und hinterlegte beim Notar ein Testament, in dem er Dinah und ihren Sohn Ariel als einzige Erben einsetzte. Allein ihr Ansinnen, ihr bereits zu Lebzeiten seine Häuser zu überschreiben, »um zu verhindern, daß dir die Schickse alles klaut«, konnte Weinberg abwehren. Fortan bestach Jakob Weinberg seine Tochter heimlich mit Geld und Geschenken, um sich Streit zu ersparen.

Nach Dinahs Abreise holte Weinberg Barbara wieder zu sich. Sie machte ihm keine Vorwürfe. Doch er spürte ihre Enttäuschung. Auch Jakob Weinberg war verstört. Seine kampflose Kapitulation vor der Tochter auf Kosten Barbaras legte einen Schleier der Melancholie über ihre Beziehung. Darüber zu sprechen gelang ihnen nicht.

Barbara fühlte die Schwäche des Geliebten – ihren Ursprung verstand sie noch nicht. Als Weinberg in seiner niedergedrückten Stimmung von seinen Auseinandersetzungen mit Udo erzählte, bemühte Barbara sich um eine Aussöhnung zwischen Vater und Sohn. Sie bewegte Weinberg dazu, seinen Sohn wieder zu treffen. Sie stritten sich – doch das Schweigen war gebrochen. Weinberg tadelte Barbara, daß sie ihn »gezwungen« habe, seine Würde zu mißachten. Doch in Wahrheit war er ihr dankbar, daß sie ihm ein Alibi verschafft hatte, endlich seinen Sohn aufzusuchen.

Das Eckhaus an der Liebherrstraße war ein Altbau mit renovierter Fassade. Auch die Schaufensterfront der Drogerie war erneuert worden. Nebenan prangte auf einer Leuchttafel der Name der Gaststätte: ›Sabrina‹. Zu Beginn der fünfziger Jahre, als Weinberg und Pinje Weiss, der aufgrund seines langen Riechers bei Juden Pinje Nus hieß, den Laden schmissen, hatte das Lokal keine Leuchtschrift nötig. Die Bar war stadtbekannt. Hier gaben sich schwarze GIs, sogenannte Negerliebchen, Chonten und deutsche Abenteurer ein Stelldichein. Ständig kam es zu Schlägereien. Die MP und die Funkstreife hatten alle Hände und Knüppel voll zu tun. Chonten für die Amis und Whisky und Zigaretten für die Deutschen sicherten Weinberg und Weiss das Wohlwollen der Polizisten. Nach der Sperrstunde amüsierten sich die Lokalpächter mit den Mädels in den Hinterräumen. Weinberg fand selten vor fünf Uhr früh nach Hause zu seiner Lea.

Heute ging Weinberg in der Regel schon gegen elf Uhr zu Bett. Zwischen zwei und drei wurde er wach und konnte ohne Tablette keinen Schlaf mehr finden. Früher hatte er um diese Zeit die Chonten getrennt.

Weinberg trat näher, hielt seine Hände an die Schläfen, um die Reflexion der Scheiben zu mindern, und blickte in die Gaststätte. Er sah kühle Funktionalität, helle Farben, sparsames Interieur. Zu seiner Zeit sollte das Lokal Wärme und Geborgenheit vorgaukeln. Der Geruch kalten Rauchs, frischen Bohnerwachses, unterlegt mit den verflüchtigenden Resten billigen Parfüms, kroch Weinberg in die Nase wie einst, als er täglich am frühen Nachmittag die Ein-

55

gangstür seiner Bar aufschloß. Genug, du alter Kacker! Er machte auf dem Absatz kehrt.

Während er die Zündung einschaltete, sah Weinberg unwillkürlich auf die Uhr. Es war noch vor zwölf. Barbara machte sich Sorgen um ihn. Den Chawejrim wollte er seine Zores nicht enthüllen – er fürchtete, sein Gesicht vor ihnen zu verlieren. Aber er mußte Gesellschaft haben. Wenn er allein bliebe, würde er weitergrübeln. Jakob Weinberg hatte keine Brejre. Er mußte heute zu Udo – ob er wollte oder nicht. Weinberg mußte sich mit seinem Sohn versöhnen, solange noch Zeit dafür war. Aber Udo war uneinsichtig und streitsüchtig. Weinberg war sicher, daß es zwischen ihnen wieder zum Zank kommen würde – Udo kannte kein Erbarmen und keine Rücksicht auf seinen Vater.

Udo war nicht zu Hause. Weinberg hatte keine Ahnung, wo der Faulpelz sich herumtrieb. Nur, daß er nicht arbeitete, war ausgemacht. Also fuhr Weinberg doch zu Barbara. Sie nahm seine Nachricht von der Krebsprobe unaufgeregt hin. Barbara liebte Weinberg. Doch sie war jung, und obendrein hatten die Gojim ein fatalistisches Verhältnis zum Tod. Sie schien sich keine Sorgen zu machen, zumindest tat sie so. Ihr war wichtig gewesen, daß Weinberg sich untersuchen ließ. Jetzt mußte er warten. Sich zu beunruhigen war sinnlos. Weinberg empfing keinen Trost und mußte keinen spenden. Das kränkte ihn. Verminderte aber nicht seine Angst.

Weinberg aß mit Barbara einen Salat. Er hatte keinen Hunger, doch er zwang sich, die grünen Blätter, Tomaten und Radieschen zu verzehren, um keine Frage nach seiner Appetitlosigkeit zu riskieren. Danach traf Barbara eine Freundin. Weinberg ging ins Schlafzimmer, zog sich aus und legte sich zu Bett. Unkonzentriert blätterte er im ›Spiegel‹, der am Vortag erschienen war. Die Titelgeschichte langweilte ihn. Weinberg legte das Magazin auf den

Nachtkasten. Er schloß die Augen und versuchte, sich zu entspannen. Trotz seiner Müdigkeit fand er keinen Schlaf. In glühenden Wellen drang die Angst von seiner Brust in seinen Schädel, pulsierte in seinen Schläfen und ließ seinen Mund austrocknen. Was versetzte ihn in Panik? Finkelstein hatte recht. Jeder mußte sterben – auch er. Ob an Krebs oder einem Infarkt war einerlei. Seine helle Angst war die Frucht der Ungewißheit. In ihm rangen Hoffnung und Resignation.

Jakob Weinberg würde nie aufgeben. Doch er konnte seinen Kampf gegen die Krankheit nicht aufnehmen, solange er nicht sicher war, ob sie ihn befallen hatte. Erstmals in seinem Leben war Jakob Weinberg zur vollständigen Untätigkeit verurteilt. Und da legte er sich mittags hin und versuchte zu schlafen! Er mußte etwas tun, um seine Ohnmacht zu überwinden.

Weinberg sprang aus dem Bett, zog ein frisches Hemd an und fuhr zur Hausverwaltung. Nachdem er sich unnötig gründlich über den Zustand seiner Häuser und den Eingang der Mieten erkundigt hatte, verabschiedete er sich. Weinberg spürte die Erleichterung der Sekretärin. Draußen war es schon dunkel.

Er fuhr in die Theresienstraße. Weinberg aß im ›Foro Romano‹ eine Pizza Capricciosa. Dabei beobachtete er durch das Fenster die Ankunft der Kumpane im ›Maon‹. Weinberg war bislang nicht aufgefallen, wie alt die Chawejrim geworden waren. Pinje Weiss ging gebückt wie ein Gepäckträger. Itzig Adler zog seit seiner Prostataoperation vor zwei Jahren die Beine auseinander.

Als schließlich auch Frujim Blumenthal eingetroffen war, zahlte Weinberg und ging über den betonierten Innenhof in den Club. Die Chawejrim freuten sich sichtlich über sein Kommen. Itzig Adler empfing Weinberg mit der ritualisierten Begrüßung: »Scholem Milchmann. Setz dich und erzähl uns deine Geschichte.«

Der blinde Moische sitzt mit Chaim in der Küche.
»Wos tuste?«
»Ich trink Milech.«
»Wie is Milech?«
»Milech is weiß.«
»Wie is weiß?«
»A Schwan is weiß.«
»Wie is a Schwan?«
»A Schwan is a Voigl mit an krummen Hals.«
»Wie is krumm?«
Chaim führt Moisches Finger über seine gebogene Hand.
»Dos is krumm!«
Der Blinde überlegt. Nickt. »Jetzt weiß ich, wie Milech is.«

Die Freunde lachten wie stets lauthals. Der Milchmann vergaß seine Angst. Die Chawejrim unterhielten sich angeregt. Weinberg bestellte sich einen Schnaps und kippte ihn in einem Zug hinunter. »Unser Milchmann is heute a Bronfmann«, stichelte Pinje Weiss. Er selbst trank Tee mit Süßstoff. Altersdiabetes.

»Bronfmann is a Geldmann. Ich bin a Milchmann«, gab Weinberg zurück. Weiss und Blumenthal kicherten. Itzig Adler verzog lediglich den Mund, sein Auge blieb ernst.

»Was is mit dir, Kleidermann?« erkundigte sich Weinberg. »Brauchste kein Bronfen und keine Milech?«

»Ich brauch an Strick!«

»Nu?«

»Kleider sind Tinnef.«

»Dein Kopf is Tinnef, wenn du im 95er Jahr Geschäfte mit Schmattes in einem kleinen Laden hinterm Ostbahnhof machen willst! Statt raus aus dem Zentrum mit billigem Dreck, mußt du rein mit guter Qualität. So wie ich mit meinem Schuhladen in der Theatinerstraße«, belehrte ihn Weiss.

»Und woher hast du das Geld für die teure Miete, Pinje Nus? Und woher hat der Milchmann das Kapital für seine Häuser?« Adler sah die Kumpane herausfordernd an. »Von euren Chonten! Ihr habt die Schwarzen ausgequetscht und die Chonten ...«

».. . die haben wir getrennt«, reizte ihn Weiss lachend, »während du im Gefängnis gesessen hast.«

»Weil ich ein anständiger Mensch bin.«

»Nein! Weil du Ochs dich mit schwarzen S'chojre hast fangen lassen. Welcher Idiot hat 1948 noch schwarze Geschäfte gemacht?!«

»Du!« schrie Adler. »Und deine Chonten waren weiße Geschäfte?«

»Gute Geschäfte sind immer weiße Geschäfte«, lachte Weiss.

»Itzig hat Schlamassel gehabt. Das kann jedem passieren. 1948 sind viele im Gefängnis gesessen .. .«

Pinje Weiss kümmerte sich nicht um Blumenthals Einwand. Er warf seinen kräftigen Schädel zurück, fletschte sein falsches Gebiß, ».. . nur Nazis und Idioten. A Jid darf kein Idiot sein, sonst is er kein Jid.«

»Du bist nicht a Jid und nicht a Mensch«, beschied ihm Adler dumpf.

»Scha! Genug!« fuhr Weinberg dazwischen. »Scholem!«

Itzig Adler dachte nicht daran, Weinbergs Mahnung zu befolgen. Weiss hatte ihn zu tief gekränkt. Er hatte den Groll des kleinen Textilhändlers über dessen berufliches Scheitern geweckt. Adler haßte sich und die ganze Welt. Er wollte alle verletzen. »Milchmann!« rief er. »Du bist doch ein großer Giber, ein Kluger. Warum machst du dich jedesmal über die Blinden lustig?«

»Ich?«

»Ja, du! Mit deiner Meisse über den klugen Milchmann und den narrischen Blinden!«

Weinberg stieg das Blut zu Kopf. Was erlaubte sich dieser Versager? »Wer hat mich gebeten, den Witz zu erzählen? Du!«

»Weil ich wissen wollte, was für ein Nudnik du bist.«

»Dreißig Jahre lang hörst du meinen Witz an, nur um dir zu beweisen, daß du keinen Humor hast .. ?«

»Nein, um allen zu zeigen, daß du ein Unmensch bist.«

»Meschuggener!« Mit einem Mal war die Angst des Vormittags wieder da. Beim Doktor hatte Weinberg allein um seine Gesundheit gefürchtet. Und nun drohte ihm der Idiot das wichtigste zu rauben: sein Ansehen.

Pinje Nus hatte recht. Adler war närrischer als der dümmste Goj. Weinberg hatte ihn mit Rat und Tat unterstützt. Zum Dank versuchte er nun, ihn zu zerstören. Itzig bediente sich der einzigen Waffen, die einem Versager gegeben waren wie Schwert und Schild: Neid und Selbstmitleid.

Alle kannten Itzig Adlers Geschichte. Im Krieg hatte er zunächst relatives Glück gehabt. Statt nach Auschwitz war er 1944 in ein kleines Außenlager des KZ Dachau bei Buchloe gekommen. Ende des Jahres kursierte unter den Häftlingen das Gerücht, sie sollten zur Vernichtung nach Osten deportiert werden. Die KZniks, die nicht wußten, daß die Russen damals Polen bereits erobert hatten, gerieten in Panik. Ein Kapo bestach einen SS-Wachmann mit Goldmünzen. Der Nazi versprach, während seiner Nachtwache um zehn Uhr für einige Minuten den Strom des Elektrozaunes abzuschalten und das Lagertor zu öffnen. Der Kapo hatte Angst, allein auszubrechen, und überredete deshalb die ganze Baracke, mit ihm zu fliehen. Achtzehn Mann.

Kurz vor zehn schlichen sich die Häftlinge aus ihrer Behausung. Der Himmel war sternenklar. Es herrschte klirrender Frost. Die Männer zitterten vor Kälte. Niemand besaß einen Mantel oder Winterschuhe. Keiner hatte Essensvorräte bei sich. Der Wachmann hatte dem Kapo einen Fluchtweg über den Kirchenfriedhof in den nahe gelegenen Wald beschrieben – und den Ausbruchsplan an seinen Vorgesetzten verraten.

Die Gefangenen schlüpften durch das unverschlossene Tor. In geduckter Haltung liefen sie zum Friedhof, der wenige hundert Meter entfernt war. Als die Männer sich auf dem Gräberfeld versammelten, schloß sich das Friedhofstor. Ein Maschinengewehr eröffnete das Feuer. Itzig Adler warf sich sogleich zu Boden. Die meisten anderen wurden von Kugeln getroffen. Nach einer

Weile verstummte das Schießen. Adler vernahm das Stöhnen und Schreien der Verwundeten. Dann hörte er Schritte. Adler sah auf, ohne den Kopf zu heben. Drei Soldaten marschierten zwischen den Gräbern auf die Häftlinge zu.

»Überlebende mit Genickschuß erledigen!« befahl der Mittlere.

»Jawohl, Herr Feldwebel, Überlebende durch Genickschuß erledigen«, bestätigten die Soldaten. Sie stapften zu den am Boden liegenden Männern und schossen einem nach dem anderen mit ihren Karabinern in den Nacken. Die Schmerzensschreie erstarben. Adler war unverletzt. Er wollte davonlaufen. Sofort. Die Soldaten würden auf ihn schießen. Aber die Dunkelheit gab ihm eine Chance. Wenn er liegenblieb, würden sie ihn mit Sicherheit umbringen. Adler befahl sich aufzuspringen. Doch die Angst lähmte ihn. Sein Kopf glühte. Der Puls hämmerte in seinen Schläfen. Bei jedem Schuß, bei jedem Schritt, den die Soldaten näher kamen, steigerte sich das pochende Tempo. Sein Schädel drohte zu bersten. Wieder und wieder wollte Adler sich zwingen wegzurennen. Doch er war unfähig, sich zu rühren. Ein Schuß krachte. Die Soldaten trugen Wehrmachtsuniformen, keine SS-Monturen. Sie marschierten mit knirschenden Schritten auf ihn zu. Adler zog seine Lider bis auf einen unmerklichen Schlitz zusammen. Sein Körper bebte. Nun standen die Uniformierten über ihm.

»Kein sichtbarer Einschuß«, rief der Feldwebel, der kein Gewehr trug. »Umdrehen! Erledigen!«

Ein Soldat trat Adler mit dem Stiefel in die Seite und stieß ihn auf den Rücken. Itzig Adler sah sich am Bar Mizwa neben seinem Vater vor der Thora stehen. Die Soldaten luden ihre Gewehre.

»Feuer!« brüllte der Feldwebel.

Ein Schlag durchzuckte Adlers Schädel.

Er hörte, wie sich die Soldaten entfernten. Sah aus dem Augenwinkel, wie sie vor dem nächsten KZnik stehenblieben.

»Dem hat's den Bauch aufgerissen«, konstatierte der Feldwebel. »Sicherheitshalber« verpaßte er ihm jedoch mit seiner Pistole einen »Fangschuß«. Adlers Mund füllte sich mit warmer, salziger

Flüssigkeit. Er schluckte das Blut. Als es ihn würgte, ließ er es aus dem Mund laufen. Das Blut färbte den Schnee und schmolz ihn an der Oberfläche. Itzigs Nacken und die rechte Wange brannten. Der Soldat hatte ungenau geschossen und ihm einen Durchschuß verpaßt. Die Exekutionen gingen noch eine Zeitlang weiter. Dann marschierten die Soldaten ab. Erneut verschlossen sie das Tor. Das Knirschen ihrer Stiefel erstarb im Schnee.

In Adler tobte es. Schmerzen. Euphorie, überlebt zu haben. Angst. Er mußte weglaufen. Adler hatte sich den anderen angeschlossen. Flucht schien die einzige Rettung vor dem Tod. Nun hatte sich erwiesen, daß der Ausbruch umgekehrt direkt in den Tod führte. Wohin sollte er rennen, mit blutigem Kopf in Nacht und Frost? Itzig begann zu frieren. Bald zitterte er vor Kälte. Seine Zähne klapperten. Er durfte nicht im Schnee liegenbleiben, sonst erfror er. Adler lauschte in die Stille, sah sich um. Erst dabei merkte er, daß sein Blick eingeschränkt war. Itzig wollte den Kopf wenden, doch ein stechender Schmerz im Nacken hinderte ihn an der Bewegung. Adlers Gesichtskreis war rechts eingeschränkt. Er fuhr sich mit der Hand über das rechte Auge. Es war unverletzt. Doch er sah nichts. Der Schuß mußte seinen Sehnerv durchschlagen haben. Adler war blind. Auf einem Auge blind. Erneut schoß ihm Hitze zu Kopf. Er setzte sich auf. Blindheit bedeutete im Lager den sicheren Tod. Verletzt und ohne Kleider und Essen die Flucht zu überstehen war aussichtslos.

Itzig Adler hatte seine Exekution überlebt. Doch dies war nur ein grausamer Scherz des Schicksals. Die Nazisoldaten würden über kurz oder lang entdecken, daß er noch lebte, und ihn umbringen. Ein zweites Mal schossen die pedantischen deutschen Mörder nicht daneben. Itzig Adler mußte fliehen, selbst wenn seine Chance noch so gering war. Hier, unter seinen erschlagenen Kameraden, war sein Tod gewiß. Er spuckte das Blut aus seinem Mund, stützte sich ab, wollte aufstehen, da hörte er Hufeschlagen. Es kam rasch näher. Ein Mann zügelte laut das Pferd. Das Tor wurde erneut aufgestoßen. Adler warf sich wieder zu Boden. Ein Leiterwagen rumpelte auf den Friedhof. Auf dem Bock saßen zwei

SS-Wachmänner, auf der Ladefläche zwei Häftlinge. Der Wagen hielt vor den Toten. Die KZniks mußten die Leichen aufladen. Adler stellte sich erneut tot.

Der Leiterwagen hielt hinter dem Werkzeugschuppen, am Rande des Lagers. Ein SS-Sanitäter überprüfte die leblosen Körper. Erst dann durften die Häftlinge die Leichen abladen. Der SS-Mann ergriff Adlers Arm, maß den Puls. Adler hielt vergeblich seinen Atem an. Nun öffnete der Sanitäter Adlers Auge und beleuchtete mit seinem Feuerzeug dessen Iris. »Der Bursche lebt ja!« rief er aus und überprüfte die Nacken- und Wangenwunden. »Die Hampelmänner von der Wehrmacht sind nicht mal zu einem ordentlichen Genickschuß fähig.« Adler erstarrte. Würde der SSler ihn selbst exekutieren? Oder würden ihn die Wachmänner erschießen? Statt dessen befahl der Sanitäter den Häftlingen, den Verwundeten in die Krankenbaracke zu schaffen.

Itzig Adler stahl sich am nächsten Morgen aus dem Sanitätsraum. Er befürchtete, daß man ihn im Lazarett ausfindig machen und für seinen Fluchtversuch bestrafen, also umbringen würde. Adler begleitete die Männer der Nachbarbaracke in die Munitionsfabrik. Die Verletzung schmerzte brennend und ihm war meist schwindelig. Er hatte Fieber. Doch er zwang sich zur Arbeit. Adler wusch seine Wunden, so oft er konnte. Die Verletzung verheilte binnen kurzer Zeit. Doch das Fieber und der Husten, die er sich durch das lange Liegen auf dem Schnee zugezogen hatte, blieben hartnäckig. Adler begann sich an das perspektivlose Sehen der Halbblinden zu gewöhnen. Er mußte lediglich öfter seinen Kopf bewegen, um den Blickwinkel zu verändern. Der Nackenschmerz ließ langsam nach.

Ein halbes Jahr später, Ende März 1945, löste die SS das Außenlager auf. Die rund vierhundert Häftlinge wurden zum Marsch ins rund siebzig Kilometer entfernte Dachau getrieben. Die SS-Männer waren nervös und schossen grundlos oder bei kleinsten Irritationen auf die Häftlinge. Dennoch waren die meisten gesunden

KZniks euphorisch. Sie wußten, daß die Deutschen den Krieg verloren hatten, und mobilisierten ihre letzten Kräfte, um bis zur Befreiung durchzuhalten.

Bei Kaufering sollten die Gefangenen in Güterwagen getrieben werden. Die SS versuchte, rascher vor den heranrückenden US-Truppen zu fliehen. Die KZniks fürchteten eine letzte Mordaktion. Sie weigerten sich, den Zug zu besteigen. Die SSler drohten, alle Häftlinge zu erschießen. Der Lagerälteste wollte die Männer beruhigen. Da griffen amerikanische Tiefflieger die Marschkolonne, die sie offenbar für fliehende deutsche Soldaten hielten, an. Mehr als hundert Juden kamen um. Itzig kroch unter einen Güterwaggon und preßte seinen Leib gegen den Schotter. Das Liegen auf dem nassen Boden brachte Adlers verschleppte Infektion erneut zum Ausbruch. Er zog sich eine Lungenentzündung mit hohem Fieber zu. Mit letzter Kraft schleppte er sich weiter. Nach drei Tagen erreichte die Kolonne das Konzentrationslager Dachau. Mehr als die Hälfte der Häftlinge waren von der SS oder durch den Beschuß der amerikanischen Jagdflugzeuge getötet worden. In Dachau brach Adler zusammen. Er kam auf die Krankenstation, um zu sterben. Denn Medikamente gab es nicht. Doch Itzig Adler schlug dem Tod erneut ein Schnippchen. Trotz Fieber, Atemnot und Auszehrung lebte er weiter. Am 29. April befreiten amerikanische Truppen die Häftlinge des Konzentrationslagers.

Itzig Adler wurde in ein Lazarett der US-Army verlegt. Nachdem die Militärärzte seine Lungenentzündung mit Antibiotika kuriert hatten, stellten sie bei ihm eine Tuberkulose fest. Er wurde in ein Lungensanatorium bei Bad Reichenhall überstellt. Es dauerte fast zwei Jahre, ehe seine Krankheit ausgeheilt war. Für die lange Zeit im deutschen Erholungsheim in der Gesellschaft früherer Landser wurde er durch die frische Gebirgsluft und die Aussicht auf den Obersalzberg entschädigt. Adolf Hitler war tot, doch der kleine Itzig Adler lebte. Er genoß den Blick auf die geliebten Berge des »Führers« und schwor sich, seinem Leben fortan einen Sinn zu geben.

Ende 1947 wurde Itzig Adler aus dem Sanatorium entlassen. Er fand Unterkunft im DP-Camp Feldafing bei München. Das Lager war kein KZ. Die ehemaligen Häftlinge hießen nun »Displaced Persons«. Aber sie blieben im Lager. Isoliert von der deutschen Gesellschaft, die sich anschickte, die Entnazifizierung über sich ergehen zu lassen wie eine unangenehme, aber unvermeidliche Entlausung. Als Toleranzübung unternahm man Schwarzmarktgeschäfte mit jüdischen Händlern.

Itzig Adler teilte in Feldafing sein Zimmer mit Pinchus Weiss. Doch Pinje war nur selten auf seiner Stube. Er betrieb gemeinsam mit seinem Schutef Jakob Weinberg in München einen florierenden Schwarzhandel. Weinberg hatte sich bereits ein Zimmer in der Stadt organisiert, um näher an der Möhlstraße zu sein, dem Zentrum des illegalen Marktes. Derweil beschaffte sein Partner Pinje Weiss in Feldafing Luxusgüter der US-Army: Zigaretten, bevorzugt Lucky Strike, Schokolade, Whisky. Selbst an die bei Deutschen begehrten Nylons kam er heran.

Itzig Adler verachtete diese Geschäfte. Er wollte kein Schacherjude sein, sondern nach Palästina einwandern und dort einen jüdischen Staat erkämpfen. Noch im DP-Camp schloß er sich der zionistischen Gruppe an. Bald hatten die Juden Grund zum Jubeln. Am 29. November 1947 beschloß die Vollversammlung der Vereinten Nationen die Teilung Palästinas und die Errichtung eines jüdischen Staates. Die Zionisten in Feldafing feierten bis tief in die Nacht. Man tanzte, trank, küßte und liebte sich – Fremde lagen sich in den Armen. Nach zweitausend Jahren sollten die Juden wieder ihren Staat bekommen. Itzig Adler lernte an diesem Abend Chaja Stern kennen.

Die DPs erwachten rasch aus ihrem Freudenrausch. Die Araber sagten den Zionisten den Kampf an. Und die Engländer, die nach wie vor Herren in Palästina blieben, weigerten sich, jüdische Einwanderer ins Land zu lassen. Die Zionisten bereiteten sich auf einen Krieg gegen Briten und Araber vor. Auch in Feldafing wurden junge Männer militärisch gedrillt. Itzig Adler wollte mitmachen. Doch bei der ärztlichen Untersuchung entdeckte man seine eingeschränkte Sehfähigkeit. Die Zionisten vertrösteten ihn auf später. »Geduld! Hab bitte Geduld mit uns. Wir müssen zuerst unsere Soldaten trainieren und nach Israel schmuggeln. Wenn wir unser Land erkämpft haben, sind uns alle Jidn willkommen«, munterte ihn ein Instrukteur aus Zion auf.

Itzig Adler fiel in tiefe Niedergeschlagenheit. Er fühlte sich als Krüppel. Untauglich für den Kampf um den jüdischen Staat. Sein Zimmernachbar versuchte ihn zu trösten. »Was regst dich auf? Wus sichste Krieg? Sind nicht genig Jidn derharget worden? Gestern vun die Dejtschn, morgen vun die Araber? Kunnste's nicht erwarten, unter der Erd zu liegen?« Weiss packte Adlers Arm. »Bleib hier…«

»Nein! Nicht im Mörderland!«

»Far an Jidn is iberall Mörderland. Ob in Dejtschland oder in Jisruel. Bleib hier, Itzig, und mach Geschäfte.«

Adler hatte keine Wahl. Zumal, da er sich in Chaja Stern verliebt hatte. Weiss setzte Adler als Kurier zwischen Feldafing und seinem Schutef in München ein. So konnte er sich auf das Beschaffen der schwarzen S'chojre konzentrieren und Weinberg auf ihren Verkauf.

Die neue Aufgabe und das Geld, das er dabei verdiente, vertrieben allmählich Itzig Adlers Depression. Erstmals in seinem Leben hatte er ein Stück Freiheit gewonnen. Adler mußte nicht wie vor dem Krieg seinen Verdienst der Familie abliefern, bei ihr wohnen und ihre Regeln befolgen. Anders als im Lager war er nicht gezwungen, bis zur Erschöpfung zu arbeiten und um sein Leben zu fürchten. Und im Gegensatz zum Sanatorium reglementierte niemand seinen Alltag. Adler bemühte sich um ein eigenes Zimmer. Er wollte ungestört mit Chaja schmusen, mit ihr zusammenziehen und sie heiraten. Sie würden Kinder bekommen und nach Israel auswandern, sobald der Staat gegründet war. Bis dahin wollte er für Pinje Nus und Jankl Weinberg arbeiten. Beide planten, in München eine Bar für Schwarze zu eröffnen. Damit konnte man gutes Geld verdienen. So kam man direkt an den Dollar – ohne Schwarzmarkt. Adler erwog, als Partner einzusteigen.

Im Frühjahr 1948 wurde Itzig Adler auf dem Weg nach München mit einem Koffer voller Lucky Strike von der deutschen Polizei aufgegriffen. Da er zu ängstlich war, den Polizisten mit seinem Judentum und seinen vermeintlichen Beziehungen zu der US-Militärregierung zu drohen und sie gleichzeitig zu bestechen, wurde er verhaftet, umgehend vor Gericht gestellt und zu einer Gefängnisstrafe verurteilt. Der Pflichtverteidiger ließ es geschehen. Pinje Nus hatte keine Zeit gehabt, einen tüchtigen Anwalt ausfindig zu machen. Dies zumindest gab er gegenüber Chaja vor. Tatsächlich befürchteten er und Weinberg durch den tolpatschigen Itzig in den Fall verwickelt zu werden. Pinje steckte Chaja zwanzig Dollar zu: »Das wird Itzig helfen.«

Weniger als drei Jahre nach seiner Befreiung aus dem KZ saß Itzig Adler wieder in deutscher Gefangenschaft. Zunächst war er entschlossen, sich das Leben zu nehmen. Nur Chajas ständige Besuche, ihr Versprechen, auf ihn zu warten und ihn zu heiraten, hielten Itzig davon ab, Schluß zu machen.

Nach achtzehn Monaten wurde er vorzeitig wegen guter Führung aus der Haft entlassen. Mittlerweile war der Staat Israel gegründet worden. Auch in Deutschland war Großes entstanden. Die D-Mark wurde aus der Taufe gehoben. Ihre Kraft stellte alles in Deutschland bislang Dagewesene in den Schatten – selbst Adolf Hitler und sein Reich. Die Menschen erkannten sogleich die neue Allmacht und unterwarfen sich ihr bedingungslos. Fortan beteten ehemalige Nazis und zukünftige Demokraten, Deutsche und Juden einträchtig die D-Mark an. Das weltgeschichtliche Novum, die Revolution, ereignete sich lautlos: Zuerst schuf man eine harte Währung. Und auf diesem Fundament errichtete man ein Jahr später den Staat Bundesrepublik Deutschland.

Jakob Weinberg und Pinchus Weiss wollten sich nie damit abfinden, Deutsche zu sein. Doch vom ersten Moment an waren sie wie ihre nichtjüdischen Mitbürger getreue Jünger der neudeutschen Geldreligion. Sie hatten keine Wahl. Die D-Mark war ein gefräßiges Wesen. Schon bei ihrer Geburt verschlang sie den Schwarzmarkt. Die grünen, abgegriffenen Dollars, die die GIs in der ›Sabrina‹-Bar und ihren Chonten ließen, hatten plötzlich kaum mehr Wert als das neue deutsche Geld. Lucky Strike, Whisky und Nylons waren keine Ersatzwährung, sondern gemeine Luxusartikel, die jeder Deutsche legal an jedem Ort erwerben konnte – falls er ausreichend D-Mark besaß. Weinberg und Weiss begriffen, daß mit der Bar auf Dauer kein Geld mehr zu machen war. Sie sahen sich nach neuen Geschäftsfeldern um.

In dieser Zeit kam Itzig Adler aus dem Gefängnis. Er bedrängte Weiss, ihn als Kompagnon, zumindest aber Geschäftsführer, in der Bar aufzunehmen. Pinje Nus hatte gegenüber seinem Zimmergenossen ein schlechtes Gewissen. Er hatte Itzig mit den Zigaretten nach München geschickt. Weiss wollte Adler in der Bar einstellen. Doch Weinberg war strikt dagegen: »Wir haben Itzig nicht gezwungen, mit uns zu arbeiten. Im Gegenteil. Aus Rachmones haben wir ihn mitmachen lassen. Das war falsch. Man darf nichts aus Erbarmen tun. Der Idiot hat sich von der deutschen Polizei fangen lassen und war zu dumm, wieder rauszukommen. Als Jid 1948! Itzig ist ein Schlamassel. Wenn wir ihn in die Bar nehmen, haben wir im nächsten Moment die Polizei da. Itzig ist vorbestraft. A Jid und a Krimineller! Was braucht a dejtscher Polizist mehr. Nein! Itzig Adler kommt mir nicht ins Geschäft.«
Pinje Nus sah ein, daß Weinberg recht hatte. Dennoch wollte er Itzig nicht im Stich lassen. Er gewährte Adler einen 1000-Mark-Kredit, an dem sich Weinberg nach zähem Feilschen mit 300 Mark beteiligte. Von dem Geld richteten Itzig und Chaja eine bescheidene Hochzeit aus und mieteten ein Textilgeschäft in der Wörthstraße nahe dem Ostbahnhof. Der Laden war keine Goldgrube. Dazu war er zu klein und zu abgelegen. Doch die Adlers hatten ein Auskommen.
Der bescheidene Erfolg von Itzig und Chaja sowie die Etablie-

rung weiterer jüdischer Schmattes-Läden bewogen Weinberg, in der Schillerstraße eine kleine Textilfabrikation zu etablieren. Ein Dutzend Näherinnen schneiderten Blusen und Röcke. Das Geschäft lief gut. Weinberg ließ sich von Pinje Nus seinen Anteil an der Bar auszahlen und baute mit dem Geld seine Firma aus. Er mietete weitere Räume an, kaufte Strickmaschinen, stellte eine Direktrice an und fabrizierte Damenpullover. Neben den jüdischen Läden gewann er Kaufhäuser als Kunden. Die gojischen Abnehmer stellten die jüdischen »Gescheftalech«, wie Weinberg spottete, schnell in den Schatten. Die neuen Kunden rissen ihm die Schmattes aus den Händen. Weinbergs Werkstätten konnten den Bedarf nicht decken.

1955 eröffnete Jakob Weinberg eine Textilfabrik in der Biedersteinerstraße in Nordschwabing. Er nannte die Firma ›Weintex‹. Sie gedieh prächtig. Weinberg galt in der Gemeinde bald als cleverer Geschäftsmann. Entsprechend nachhaltig wurde er angeschnorrt. Von Zionisten, Religiösen, von der Gemeinde sowie von freischaffenden Schnorrern. Doch Jakob Weinberg neigte weder zu Sentimentalitäten noch war er auf öffentliche Ehrungen versessen. Schon gar nicht auf jene, die großzügige Spenden voraussetzten.

Ein Bittsteller ließ sich jedoch nicht von Weinbergs Hartherzigkeit abschrecken. Ruben Feuer war kein Almosenschnorrer, sondern ein Bettelpsychologe. Aus Erfahrung wußte er, daß die Spendenfreudigkeit des Zahlers weniger von dessen Großzügigkeit abhing. Entscheidend ist die Eitelkeit. Die Bibel weiß, daß alles eitel ist – vor allem der Mensch. Um erfolgreich zu schnorren, muß man lediglich die Eitelkeit des potentiellen Gebers kennenlernen und sie entsprechend mobilisieren.

Feuer traf sich wiederholt mit Weinberg, ohne von ihm etwas zu erbitten. Er konzentrierte sich vielmehr darauf, seinen Klienten zum Reden zu bringen. Weinberg war mißtrauisch, verschlossen, klug. Feuer gab sich offen, vertrauensselig und naiv. Allmählich faßte Jakob Weinberg Zutrauen zu Feuer. Er erzählte ihm von seiner Jugend, seinen Eltern, seiner Mischpoche, seinem gegenwärtigen Leben. Der Schnorrer bedrängte Weinberg so lange, bis der Kaufmann ihm von seiner entscheidenden Tat im Lager berichtete. Er habe von einem deutschen Güterwagen eine Kiste Milchpulver gestohlen und unter Lebensgefahr ins Lager geschleppt. Statt das Pulver für sich alleine zu behalten, habe er es vollständig an seine Barackenkameraden verteilt. »Die Milch hat ihnen geholfen zu überleben.«

Weinberg schwitzte, während er stockend berichtete, und sah sein Gegenüber entgegen seiner Gewohnheit nicht an. Feuer ahnte, daß etwas an dieser Geschichte nicht stimmte. Kaum ein Überlebender war damals fähig, vom Schrecken des Lagers zu erzählen. Doch Feuer war kein Historiker, sondern ein Schnorrer. Also tat er das Seine. Er pries Weinberg dritten gegenüber als »stillen Helden«. So lange und ausgiebig, bis er erfuhr, daß der Textilfabrikant davon wußte. Feuer ließ sich nicht bei Weinberg sehen. Als er nach langer Zeit wieder bei seinem »stillen Helden« auftauchte, zeigte der sich hocherfreut, den Stifter seines guten Leumunds wiederzusehen.

»Ein guter Name ist wertvoller als ein Edelstein«, heißt es im Jiddischen. Ruben Feuer hatte Jakob Weinberg zu hohem moralischen Ansehen verholfen. Der Kaufmann fühlte sich fortan verpflichtet, seinem Ruf gerecht zu werden. Er tat dies nicht durch üppige Spenden. Ein stiller Held hat lediglich den Begründer seines Ruhms zu entlohnen. Weinberg tat dies, indem er Feuer eine großzügige, aber nicht übertriebene Spende für eine Jeschiwa in Bnei Braq zukommen ließ. Er nahm zu Recht an, daß sie nicht existierte. Die übrigen Trittbrett-Schnorrer beachtete Weinberg kaum. Er ließ sie seine Ruhmestaten verbreiten, gab ihnen jedoch kein Geld.

Allmählich begann Jakob Weinberg an die eigene Heldentat zu glauben. Die Firma ›Weintex‹ boomte im berauschenden Tempo des deutschen Wirtschaftswunders. Ihr Inhaber verdiente hervorragend und erfüllte sich seinen Knabentraum. Er legte sich einen Mercedes zu. Sonntags fuhr er mit Lea und den Kindern zum Kaffeetrinken nach Bad Wiessee. Unter der Woche machte er sich abends gelegentlich zu einer hübschen Schickse auf den Weg, mit der er gut aß und so gut wie möglich trennte.

Im Gegensatz zu den meisten Deutschen und Juden glaubte Jakob Weinberg nicht an die anhaltende Dauer von Wundern. Er war überzeugt, daß alles ein Ende hatte. Das Leben, das Trennen und sogar das deutsche Wirtschaftswunder. So investierte er seine Gewinne nicht vollständig in die eigene Firma und verbrauchte sie auch nicht ausschließlich für den eigenen Genuß. Jakob Weinberg steckte einen Teil seines Geldes in ein neues Geschäft, das ihn bereits als Jugendlicher fasziniert hatte. Er kaufte ein Kino. Kein windiges Cinema an einer beliebigen Straßenecke, dessen Leinwand kaum größer war als ein Fernseher.

Jakob Weinberg erwarb am Stachus einen ›Filmpalast‹. Auf dessen Breitleinwand konnte er pro Vorstellung mehreren hundert Zuschauern prächtige Hollywooddramen in Technicolor vorführen lassen. Dagegen waren die kleinen schwarzweißen Flimmerkästen machtlos. Weinbergs Überlegung erwies sich wieder einmal als richtig. Während die Kleinkinos und die kleinen Schmattesläden stagnierten, stiegen die Umsätze und Gewinne seines Filmpalastes und seiner Textilfirma stetig. Die zunehmenden Erfolge des Kaufmanns überzogen sein in Auschwitz eingebranntes Mißtrauen mit einer zunehmend dicker werdenden Balsamschicht der Euphorie. Hinzu kam sein Nimbus als Held, der um so größer wurde, je länger die KZ-Zeit zurücklag und je reicher er wurde. Weinbergs Überzeugung, er verfüge über einen untrüglichen Geschäftssinn, verfestigte sich zur Gewißheit. Der Kaufmann zerbrach sich seinen Kopf, in welche Geschäfte er fortan investieren sollte: Immobilien? Schmuck? Reisebüros? Die Deutschen sehnten sich nach ihren eigenen vier Wänden, begannen ihre Frauen und Geliebten mit kostbarem Geschmeide zu behängen und entdeckten ihr Fernweh.

Jakob Weinberg wurde von seinen Investitionssorgen befreit. Die unverhoffte Forderung seiner Direktrice nach einer dreißigprozentigen Lohnerhöhung machte ihn nicht hellhörig. Statt Frau Werrens zu nötigen, ihm den Grund ihrer Chuzpe zu nennen, ließ Weinberg sie ungerührt ziehen. Er war erleichtert, die hochfahrende und unattraktive Modistin los zu sein. Weinberg freute sich schon darauf, eine neue Direktrice mit neuen Ideen und einem jungen Körper einzustellen. Die Keckheit der Direktrice hatte einen simplen Grund. Weinbergs Konkurrent, Aron Eisenfarb, war bereit, sehr viel Geld zu zahlen, um die Preisofferten von ›Weintex‹ zu erfahren. Die Direktrice dachte zunächst nicht an Illoyalität. Sie wollte das Angebot Eisenfarbs lediglich nutzen, um eine ordentliche Steigerung ihres Gehalts durchzudrücken.

Elke Werrens Arbeit hatte entscheidenden Anteil am Erfolg von ›Weintex‹, wie ihr der Chef anfangs oft versicherte. Später sah der Jude nur noch sich selbst, wurde arrogant und zunehmend ungerecht. Im übrigen war Elke Werrens alleinstehend und bereits über fünfzig. Sie mußte an ihre Rente denken. Weinbergs schroffe Ablehnung ihrer Bitte glich einer Kündigung: »Wenn es Ihnen bei mir nicht paßt, sollten Sie gehen.« Um ihre Autorität zu wahren, mußte die Direktrice tatsächlich ihre alte Firma verlassen. Zumal Herr Eisenfarb ungewöhnlich höflich war und ihr annähernd das Doppelte ihres bisherigen Gehalts anbot. Elke Werrens begriff, daß auch dieser Jude etwas im Schilde führte. Ihre Ahnung bestätigte sich umgehend, denn Eisenfarb forderte von ihr, ihm die ›Weintex‹-Kalkulation preiszugeben. Dann nötigte er sie, mit einem günstigeren Angebot die Kunden abspenstig zu machen. Die Bedenken der Direktrice räumte der neue Chef durch eine Provisionsofferte aus dem Weg. Ein typischer Jude: Er machte sie zu seiner Komplizin, indem er sie zwang, ihren alten Chef für ein paar Silberlinge zu verraten. Da Weinberg ebenso wie Eisenfarb Jude war, fiel der Verrat jedoch kaum ins Gewicht.

Nach dem Ausscheiden von Elke Werrens verlor die Firma ›Weintex‹ alle Großkunden. Als Jakob Weinberg endlich den Zusammenhang begriff, war es zu spät. Sein Unternehmen stand vor dem Bankrott. Am liebsten hätte er die Schickse erschlagen. So überschrieb Weinberg umgehend sein Cinema auf Lea – eine Maßnahme, die er später bereuen sollte – und wickelte seine ›Weintex‹ ab. Fortan konzentrierte sich Jakob Weinberg auf seinen Filmpalast. Das Kino machte zunächst ordentlichen Umsatz. Doch Zinsen, Tilgung, Personalkosten und nicht zuletzt die Steuer zehrten am Ertrag.

Ab Mitte der sechziger Jahre kamen Farbfernseher in die Haushalte. Die Menschen hockten vor ihren Guckkästen, statt ins Kino zu gehen. Weinberg erwog, ein Radio- und Fernsehgeschäft aufzumachen. Aber er verstand nichts von der Materie. Also versuchte er es wieder mit einer kleinen Textilfabrikation. Doch das Geschäft lief zäh. Schmattes waren immer weniger gefragt. Die Deutschen wollten ihren Wohlstand zeigen und kauften zunehmend Qualitätskleidung. Deren Herstellung aber war teuer und lohnte sich nur in großen Stückzahlen. Weinberg hätte sich erneut verschulden müssen. Dazu fehlte ihm nach dem Debakel mit ›Weintex‹ der Mut.

Jakob Weinberg begriff, daß seine Geschäfte auf zwei sterbende Branchen beschränkt waren. Kino und Textilien. Anders als Itzig Adler war Weinberg nicht gewillt, seinen wirtschaftlichen Abstieg tatenlos hinzunehmen. Zunächst verkaufte Weinberg die Hälfte seiner Textilfirma. Er erzielte einen schlechten Preis, doch das Geld reichte als Anzahlung für ein altes Mietshaus. Ende der sechziger Jahre hatten die meisten jüdischen Kaufleute noch nicht das Potential der Immobilienbranche erkannt. Auch Jakob Weinberg nicht. Aber er wußte, daß ein Haus eine solide Investition war, die nicht durch den Betrug einer Schickse oder eines Jidn mit einem Schlag ihren gesamten Wert verlieren konnte. Da die Preise für Immobilien langsam, aber stetig anstiegen, investierte Weinberg fortan jeden Pfennig, den er verdiente, in seine neuen alten Häuser. Bei seinem Kino verfuhr Weinberg nach der gleichen Methode. Er steckte so wenig Geld hinein wie möglich. Billige Filme, keine Renovierungsarbeiten. Bei Dunkelheit sah man nicht, ob die Sesselbezüge neu oder verschlissen waren. Weinberg entließ die meisten Vorführer und Platzanweiser. Gern hätte er ähnlich wie für seine Textilfirma einen Schutef gewonnen. Doch weder Jid noch Goj waren dumm genug, sich in das sterbende Leinwandgewerbe einzukaufen. Der einzige, der sich für das Cinema begeisterte, war sein Sohn.

Schon als Kind war Udo, ähnlich wie sein Vater, von Filmen fasziniert. Ständig wollte er ins Kino. Weinberg ging mit Udo gelegentlich ins Cinema und freute sich an der Begeisterung seines Buben. Das brachte Weinberg später auf die Schnapsidee, sich das Filmtheater zu kaufen. Nun mußte er für seine Sentimentalität zahlen. Um Geld einzusparen, bot Weinberg halb im Ernst seinem Sohn eines Tages an, das Kino zu leiten. Udo war Feuer und Flamme. Weinberg mißtraute großen Gefühlen, vor allem jenen seines Sohnes. Er hielt Udo für einen Waschlappen. Ein jüdischer Junge, der etwas taugte, mußte in Israel zum Militär gehen und seine Heimat verteidigen, damit die Antisemiten Angst bekamen. Lebte er im Ausland, dann hatte der Mann einen vernünftigen Beruf zu erlernen, der ihn und seine Mischpoche in jedem Land der Welt ernähren konnte, denn man wußte nie, wohin man als Jude verschlagen wurde. Weinberg wollte seinem Sohn keinen Beruf diktieren. Er ging davon aus, daß Udo von selbst eine vernünftige Profession wählen würde. Der Vater dachte dabei an Arzt, Jurist, Ingenieur oder Kaufmann. Udo verachtete diese Berufsvorstellungen. Er studierte Germanistik, Philosophie und Theaterwissenschaften. Ein Jude! Mit diesem Tinnef konnte man sich in Notzeiten nicht einmal den Toches putzen.

Jakob Weinberg war nicht bereit, seinen geschäftlichen Erfolg von einem Phantasten wie Udo abhängig zu machen. Doch der Junge ließ nicht los. Er mobilisierte seine Mamme. Und da Lea formal als Besitzerin des Cinemas firmierte, mußte Weinberg nachgeben. Allerdings zu seinen Bedingungen. Er betraute Udo mit der Leitung des Kinos, behielt sich aber alle finanziellen Entscheidungen vor und verbot ihm neue Investitionen. Immerhin, Udo war sein Fleisch und Blut. Der Junge war ehrlich. Weinberg überprüfte ihn wiederholt – Udo behielt keinen Pfennig für sich. Mit der Zeit ließ

Weinberg seinem Sohn weitgehend freie Hand bei der Filmauswahl. Der Grund war simpel. Die neuesten Hollywoodfilme waren unbezahlbar. Udo hatte ein Händchen für moderne französische und italienische Filme, an denen Weinberg kein Interesse zeigte. Die Streifen waren billig und hatten ein Stammpublikum von intellektuellen Gojim. Sein Sohn fühlte sich unter diesen Narren zu Hause. Udos Klagen und seine Forderung nach mehr Lohn aber stießen beim Vater auf taube Ohren. Er brauchte jeden Pfennig für seine Häuser. So halfen die zurückgehenden Erträge aus dem sterbenden Schmattes- und Kitschgewerbe Weinberg, sich ein neues wirtschaftliches Fundament im aufblühenden Immobiliengeschäft zu sichern.

Itzig Adler fehlte Weinbergs geschäftliche Dynamik. Er beklagte den mangelnden Erfolg seines Textilladens, nahm ihn jedoch hin wie ein Gottesurteil. Auf diese Weise ersparte sich Adler neue Gedanken, Ängste, Anstrengungen und Risiken. Die geringen Erträge des Ladens dienten Itzig und Chaja als Ergänzung ihrer bescheidenen Entschädigungsrenten. Itzig versöhnte sich mit Jakob Weinberg und Pinje Nus. Zu deren Kreis zählte auch der Juwelier Lazar Dessauer und der Gemeindeangestellte Ephraim Blumenthal. Auf diese Weise kam Adler gelegentlich aus seinem Geschäft und von zu Hause weg.

Die Adlers hatten sich im Zustand der begrenzten Depression eingerichtet. Itzigs Sehkraft ließ in seinem siebten Lebensjahrzehnt stark nach. Der Augenarzt stellte eine Trübung der Augenlinse fest: Altersstar. Allein eine Operation konnte Adler vor der gänzlichen Blindheit bewahren. Dieser Eingriff aber wurde von deutschen Augenchirurgen abgelehnt. Da Adler nur ein sehfähiges Auge besitze, sei das Risiko völliger Erblindung bei einem Mißlingen der Operation zu hoch. Statt dessen wurde der Patient konventionell behandelt. Doch alle nichtoperativen Maßnahmen blieben vergeblich. Die Augenlinse trübte sich zunehmend ein. Es war eine Frage von wenigen Monaten, bis Adler vollständig blind sein würde.

Seit seinem Genickschuß lebte Itzig Adler in Angst vor dem Erblinden. Jetzt drohte der Schreck Wirklichkeit zu werden. Die Adlers pilgerten von einer Augenklinik zur anderen. Itzig flehte die Chirurgen an, ihn zu operieren. Er war bereit zu unterschreiben, daß er das Risiko auf sich nehme. Doch die deutschen Ärzte schreckten mit dem Hinweis auf weiterhin bestehende Regreßansprüche zurück. Adler war wütend und verzweifelt. »Vergasen können Sie uns, erschießen können Sie uns, aber helfen wollen Sie uns nicht«, beschimpfte er einen Professor in der Poliklinik. Der Arzt war »tief betroffen«. Ein Gefühl, zumindest ein Ausdruck, den er mit Millionen gutwilliger deutscher Landsleute teilte, die nach Hitler zornigen und fordernden Juden hilflos gegenüberstanden. Der Professor versuchte Itzig mit dem Hinweis zu trösten, die Verweigerung der Operation geschehe allein zu seinem Schutz. Adler wollte es nicht glauben: »Ein Schutz, der mich blind macht, ist ein Fluch.«

Zu Hause bat Itzig seine Frau, ihm aus dem Buch Hiob vorzulesen.
  »Es verschwinde der Tag, an dem ich geboren ward, und die Nacht, die gesprochen hat: Ein Männliches ist empfangen. Selbiger Tag sei finster! nicht bedenke ihn Gott von oben, und nicht bescheine ihn das Frühlicht. Es fordern ihn zurück Finsternis und Todesschatten; es lagere sich über ihm Gewölk, es erschrecken ihn die Verdüsterer des Tageslichtes.«

»Auch ich soll in Finsternis und tiefem Schatten versinken!« sprach Adler.
  »Scha!« schalt ihn Chaja. »Versündige dich nicht. Der Ewige wird uns weiterhelfen.« Tatsächlich schien es zunächst so. Zwar weigerte sich auch die jüdische Augenärztin Elischa Berger, die Staroperation vorzunehmen. »Ich bin keine Chirurgin. In Deutschland und erst recht in Amerika ist der Eingriff aufgrund der Haftungslage so gut wie ausgeschlossen.« Immerhin wußte sie, daß

israelische Augenchirurgen Staroperationen auch bei Patienten mit nur einem Auge vornahmen. Dr. Berger hatte eine Adresse parat. Zwei Tage später flogen Itzig und Chaja gen Zion. Der israelische Chirurg verstand Adlers Angst, sein Augenlicht zu verlieren: »Es gibt kaum etwas Schlimmeres« – und erklärte sich zur Operation bereit. Das Risiko zu erblinden schätzte er nach einer gründlichen Untersuchung auf »circa 10 Prozent ein. Wir haben also gute Aussichten.«

Die prinzipielle Zusage hatte einen Haken. Sie war teuer. Der israelische Doktor verlangte für die Operation 10 000 Dollar, den Klinikaufenthalt taxierte er auf weitere 7000 Dollar. Einschließlich Flügen und Hotelkosten für Chaja rechneten die Adlers mit rund 40 000 Mark. So viel Geld besaßen sie nicht. Die deutsche Krankenkasse zahlte nur eine Behandlung in Deutschland, die aber niemand wagte. Itzig verkroch sich erneut im Panzer der Niedergeschlagenheit und erging sich in Selbstbeschimpfungen. Es gab eine Rettung vor dem Erblinden, doch er konnte sie nicht erlangen, weil er ein Versager war. Alle Jidn hatten Geld, außer ihm.

Chaja war nicht gewillt zu resignieren. Sie würde sich das Geld für die Operation ihres Mannes leihen, notfalls schnorren. Und zwar bei Itzigs Chawejrim. Adler verbot es ihr. Die Scheu vor einer Bloßstellung als Schnorrer war größer als seine Angst zu erblinden. Chaja hatte für Itzigs Stolz kein Verständnis. Ihr war jedes Mittel recht, um zu verhindern, daß ihr Mann blind wurde. Wenn es nicht anders ging, würde sie Itzigs reichen Chawejrim mit Bloßstellung drohen. Itzig konnte seine Chaja nur von ihrem Entschluß abbringen, indem er sich bereit erklärte, umgehend selbst mit seinen Freunden zu sprechen. Chaja setzte keine große Hoffnung in die Überzeugungskraft und Schnorrkünste ihres Mannes. Itzig indessen nahm sich vor, an das Rachmones der Chawejrim zu appellieren und sie um einen Kredit zu bitten. Tagelang schob er sein Vorhaben vor sich her. Gleichzeitig jammerte er über sein rapide nachlassendes Sehvermögen. Da wurde es Chaja zu bunt. »Heute rede ich mit deinen feinen Chawejrim Tacheles. Entweder sie geben dir freiwillig, oder ich werde sie dazu zwingen!« Itzig wußte, daß es Chaja ernst war. Es gelang ihm, sie ein letztes Mal zu beschwichtigen, indem er ihr schwor, noch am gleichen Abend mit den Kumpanen zu sprechen. »Du sollst nicht reden. Du sollst nehmen!« befahl ihm Chaja.

Nun saß Itzig Adler im ›Maon‹ seinen Chawejrim gegenüber. Seine Seele und sein Atem – Worte, die im Hebräischen der gleichen Wurzel entspringen – waren eingeschnürt: von der Angst vor dem Erblinden, dem Hohn der Reichen und der Entschlossenheit seines Weibes. Er war unfähig, seine Bitte vorzutragen. Da zerriß Jakob Weinbergs Standardwitz Adlers Angstfesseln. Itzig fühlte sich als Blinder verhöhnt.

Jakob Weinberg beschloß, die Chuzpe Itzigs nicht ernst zu nehmen. Damit würde er sich auf das Niveau des Idioten begeben. Das war unter der Würde eines Jakob Weinberg. Er orderte eine Runde Wodka und nötigte seine Freunde, einerlei ob diabetisch oder nicht, mit ihm anzustoßen. Er hob sein Glas, die Chawejrim taten es ihm nach. »Le Chaim und Scholem!« rief Weinberg und stürzte das Getränk hinunter. Der Schnaps brannte angenehm in der Kehle und wärmte seinen Magen. Während Weinberg sein Glas absetzte, sah er, daß Itzig seinen Wodka nicht angerührt hatte.

»Was is mit dir, Itzig?«

Adler stierte auf sein Glas, ohne zu antworten. Weinberg legte gönnerhafte Wärme in seine Stimme. »Was spielste meschugge?«

Adler schwieg. Weinberg ließ nicht locker. Itzig war ihm nicht gewachsen. »Nu?!«

»Ich bin nicht meschugge ...«

»Nein.«

»... ich bin krank!«

»Das sind wir alle, Itzig. Trink deinen Bronfen. Dann wirst du wieder gesund.«

»Du Nudnik! Du Ignorant! Ich hab'n Star.« Adler wies auf sein erblindendes Auge.

»Es gibt Schlimmeres«, beschied ihn Weinberg.

»Nein! Nichts ist schlimmer als blind.«

»Tot ist schlimmer als blind.«

»Einen Star kann man operieren lassen. Moische Bamberger hat's letztes Jahr getan. Er sieht wieder wie ein Jeschiwe-Bocher«, wußte Pinchus Weiss.

»Ich hab nur noch ein Auge!«

Die Männer erinnerten sich verlegen an das Schicksal Itzigs.

»In Deutschland will man mich nicht operieren – nur in Israel...«

»Um so besser! Israelische Ärzte sind die besten«, wußte Weiss. Weinberg und Blumenthal nickten.

»Ja. Aber sie verlangen viel Geld. Ich brauch...«, Itzig subtrahierte seine Ersparnisse, »...dreißigtausend Mark.«

Weiss und Weinberg sahen einander verstehend an. Itzig war ein ewiger Schlemihl. Sie schwiegen. Reden bedeutete zahlen.

Adler atmete mehrmals durch. »Ich brauche das Geld... von euch. Schnell!« Er war außer Atem. »Bevor ich blind werde.«

»So schnell wird man nicht blind...«, beschied Pinje Weiss.

»Doch, du Auswurf! Du schwimmst im Geld. Du bist gesund...«

»Ich habe Zucker...«

»Der Schlag soll dich treffen!«

»Jetzt ist's aber genug, Itzig!« bestimmte Weinberg. »Du bist krank. Das macht dich bitter. Aber wir sind alle alt und krank. Die Nazis haben uns alle zugrunde gerichtet...«

»So ist es!« bestätigte Pinje Weiss.

Doch Itzig Adler ließ sich nicht beschwichtigen. »Laß die Nazis! Ich will...« Adler fuhr rasch mit der Hand über sein Gesicht, um sich die Tränen aus den Augen zu wischen – sehen konnte sein rechtes Auge nicht, aber weinen! Er kämpfte mit seinen Gefühlen. Die Notwendigkeit, sich das Geld zu verschaffen, und die Angst, vor Chaja sein Scheitern einzugestehen, siegten über den Zorn auf Weiss und Weinberg. »...ich möchte euch bitten, mir das Geld für meine Operation zu leihen.« Adler kippte seinen Wodka in einem Zug hinunter.

Weiss und Weinberg blickten sich erneut an. »Geh zur Bank, Itzig, und laß dir einen Kredit geben. Die haben ein paar Milliarden mehr als wir...«, schlug Pinje Weiss vor.

»Meinst du, ich würde mich vor euch erniedrigen...«

»Sei nicht gleich gekränkt!«

Adler beachtete Weinbergs Einwurf nicht. »... wenn die Bank mir einen Kredit geben würde?« Er hob seinen Kopf, blickte in die verschlossenen Mienen von Weiss und Weinberg. »Sie geben mir kein Geld, weil ich nicht genug Geld habe. Obwohl ich keine Schulden habe. Wenn ich zehn Millionen Schulden hätte, wären dreißigtausend für sie ein Furz im Wind. Sie würden mir das Geld nachwerfen...«

»So einfach, wie du dir das vorstellst, ist das alles nicht, Itzig. Die Banken setzen auch uns gewaltig zu. Ohne Sicherheit geben sie uns keinen Pfennig.« Weinberg lachte angestrengt. »Nicht mal einen Furz.«

»Hört auf zu furzen und fangt an zu zahlen!« meldete sich Ephraim Blumenthal. »Itzig braucht Geld. Die Banken geben ihm keins. Darum kommt er zu uns. Also müssen wir ihm helfen.«

»Wenn das Risiko zu groß für die reichen deutschen Banken ist, wie können wir arme Jidn Itzig helfen?« wollte Weinberg wissen.

»Wir sind seine Chawejrim«.

»Bei Geld hört die Freundschaft auf.«

»Endlich habt ihr gesagt, was euch Freundschaft wert ist, Pinje Nus. Einen Dreck!«

»Pinje hat's nicht so gemeint...«

»Und ob! Du und Nus seid die groißn Kacker, und wir sind die kleinen Furzer. Wir sind gerade gut genug, euch Musik zu machen und zu stinken.«

Weiss amüsierte sich über den beißenden Humor Frujim Blumenthals. Man mußte den alten Burschen nur tüchtig reizen, dann gab's was zu lachen. Weinberg dagegen befürchtete, daß Pinje Nus' dummes Geschwätz Blumenthal dazu bringen würde, sich mit Itzig zu solidarisieren.

80

»Frujim, du bist ungerecht.«

Weinberg bestellte mit einem Wink bei der Bedienung Batscheba eine neue Runde Wodka. »Natürlich sind wir Chawejrim und versuchen uns gegenseitig zu helfen, aber...«

»Kein Aber!«

»Doch Frujim! Ich hab Schulden bis über'n Kopf. Ich hab sogar mein Kino verkaufen müssen, um nicht pleite zu gehen. Ich kann keinen Groschen aus meinen Häusern ziehen, sonst bricht alles zusammen...«

»Aber einen Mercedes kannst du fahren!«

Der Neid fraß den Habenichts auf. Jahrelang hatte Blumenthal als Angestellter in der Sozialabteilung der Gemeinde gefaulenzt. Seit zehn Jahren war er Rentner. Also Schmarotzer. Er kassierte Geld, ohne zu arbeiten. Ihm aber gönnte er nicht einmal sein Auto, sein einziges Vergnügen, für das er seit einem halben Jahrhundert schuftete. Weinberg hätte dem Nichtsnutz am liebsten die Meinung gesagt. Doch er würde mit dem Heuchler auch so fertig werden. Weinberg wartete, bis die Kellnerin die neuen Getränke herbeigeschafft hatte. Dann hob er sein Glas. »Sag mal, Frujim? Du hast doch ein paar Mark gespart...?«

Blumenthal nickte.

»Wieviel?«

»Ich frag dich auch nicht, wieviel du hast, Jankl.«

»Ich hab's dir gesagt, ohne daß du mich gefragt hast. Ich hab große Schulden, das ist alles. Jetzt sag mir, wieviel Vermögen du gespart hast.«

Der Angesprochene schwieg.

»Nu?!«

»A bissale...«

»Wieviel is a bissale?«

»Zwölftausend.«

»Wirst du Itzig die zwölftausend Mark geben, Blumenthal?«

»Ich will nicht dein Geld, Frujim.«

»Halt du dein Pisk, Itzig!« befal Weinberg, ohne Adler anzusehen. In ruhigem Ton fuhr er fort, mit Blumenthal zu sprechen. »Nu, Frujim? Schenkst du Itzig dein Geld?«

»Ich kann ihm doch nicht alles geben ...«

»Ich dachte, wir sind alle Chawejrim, Frujim? Also müssen wir Itzig helfen.«

»Aber ich kann doch nicht meine ganzen Ersparnisse, bis auf den letzten Groschen ...«

»Wieviel ist dir Itzig wert, Frujim?«

Blumenthals Blick wanderte von Weinberg zu Adler, der vor Scham wie gelähmt war. Frujim legte seine Hand um Itzigs Nacken und rüttelte ihn, doch der blieb starr. Er mußte Itzig helfen, koste es, was es wolle! Itzig war ein Nebbich, aber sein bester Chawer.

»Fünftausend Mark!«

»Fünftausend Mark sind keine dreißigtausend, Frujim ...«

»Das mußt du mir nicht sagen, du eingebildeter Idiot! Sag uns lieber, was du zahlst!«

»Fünftausend! Genau wie du. Obwohl ich im Gegensatz zu dir kein Vermögen, sondern Schulden ...«

»Du Chaser! Du machst mich mit meinen zwölftausend zum Vermögensmenschen. Und du bist der Schnorrer. Mit deinen Millionen und Häusern und deinem Mercedes und deiner Schickse ...«

»Das geht dich einen Dreck an!«

»Der Dreck bist du!« schrie Blumenthal. Anders als Weinberg störten ihn die neugierigen Blicke der übrigen Lokalbesucher nicht. Ihre Aufmerksamkeit feuerte vielmehr seine Wut an. »Du hast kein Herz! Du läßt lieber deinen Freund Itzig ...«

»Ich bin sein Chawer, aber ...«

»... blind werden, als ihm ein paar Mark zu leihen. Und mich verhörst du wie ein Nazi ...«

»Immer, wenn ein jüdischer Idiot nicht weiter weiß, beschimpft er die anderen als Nazis.«

»Zu Recht! Denkst du, wir Jidn sind besser als die deutschen Mörder ...«

»Wie kannst du Jankl Weinberg, der im Lager unzählige Jidn gerettet hat, mit den Nazis vergleichen, die deine eigenen Eltern derharget haben?!« empörte sich Weiss.

»Jankl hat nicht umsonst seinen Namen!« meldete sich Itzig

Adler wieder zu Wort. »Jaakov heißt Betrüger. Er hat seinen Bruder Esav betrogen.«

»Esav war ein Goj!« warf Weiss ein.

»Sein sterbender Vater Itzhak war ein ehrlicher Jid. Jaakov hat auch ihn betrogen.«

»Du scheinst vergessen zu haben, daß Jaakov auch Israel hieß, nachdem er mit dem Engel gekämpft hat, Itzig«, belehrte ihn Weinberg.

»Betrüger bleibt Betrüger... und wenn das ganze Land so heißt«.

»Für dich sind also alle Israelis Betrüger?«

»Nein, nur du!«

»Und israelische Soldaten, die Menschen erschießen?« beharrte Blumenthal.

»Unsere Soldaten müssen sich wehren.«

»Im Libanon? In den Lagern Sabra und Schatilla haben sie die Palästinenser derharget wie die Nazis. Frauen und Kinder und Alte...«

»Das waren nicht unsere Soldaten!« schrie Weiss. »Das waren Araber. Christen!«

»Und unsere Soldaten sind daneben gestanden und haben zugeguckt, wie die Nazisoldaten der SS...«

Weinberg schlug mit der flachen Hand auf den Tisch und sprang auf. »Scha! Genug!« Weinbergs Enkel würde in wenigen Monaten israelischer Soldat sein. »Du kannst mir vorwerfen, daß ich ein Stück Dreck bin. Aber ich werde nicht zulassen, daß du unsere Soldaten zu Nazimördern machst!« Die übrigen Gäste klatschten bei Weinbergs Worten. Er dankte ihnen mit einem knappen Nicken und fuhr in seiner Suada fort. »Ein Chaser, der unser Militär zu Nazisoldaten macht, kriegt von mir keinen Pfennig.«

»Ich habe nichts gesagt...«

»Du hast genug gesagt, Itzig. Krepier zusammen mit deinen Nazis!«

»Ich hab gesagt, daß du ein Nazi bist, nicht Itzig!« korrigierte ihn Blumenthal. Da trat Ernest Levy auf ihn zu.

»Blumenthal! Verlassen Sie sofort mein Lokal! Ich werde nicht dulden, daß Sie Juden als Nazis verleumden. Und schon gar nicht unsere Armee, die seit Jahr und Tag ihr Leben hingibt, damit Kreaturen wie Sie sicher in Deutschland leben und ungehindert ihre niederträchtigen Anschuldigungen verbreiten können.« Levys Stimme vibrierte. Er war dermaßen entrüstet, daß er dem Gast nicht erlaubte, seine Zeche zu zahlen. »Von einem Judas will ich keine Silberlinge«, schleuderte er Blumenthal entgegen. »Raus!«

Jakob Weinberg ließ es sich nicht nehmen, sich beim Wirt zu entschuldigen und die Auslage zu begleichen, die er mit einem großzügigen Trinkgeld ergänzte. Levy zierte sich, ehe er endlich das Geld annahm.

»Jemand, der Sie einen Geizkragen nennt und als Nazi beschimpft, Herr Weinberg, und unsere Soldaten mit SS-Mördern gleichsetzt, darf nicht länger als Jude gelten. Ich werde in der jüdischen Gemeinde darauf drängen, daß er ausgeschlossen wird ...«

»Lassen Sie, Levy. Der Blumenthal war heute meschugge. Morgen ist er wieder normal ...«

»Es gibt Grenzen, die selbst ein verrückter Trunkenbold ...«

Weinberg winkte ab. Die beflissene Art des Wirts mißfiel ihm. Levy war ein Jecke. Die deutschen Juden waren Prinzipienreiter. Genau wie ihre deutschen Landsleute. Der Unterschied war, daß die Deutschen zu allem fähig waren und die Jeckes zu gar nichts. Blumenthal und Adler waren zwar Idioten, aber sie waren polnische Jidn wie er, und sie hatten ebenso wie er das Lager überstanden. Levy dagegen war ein blasierter Jecke, der während der Hitlerzeit in Palästina überwintert hatte. Statt dort zu bleiben und für einen jüdischen Staat zu kämpfen, war er nach Hitler wieder zu den deutschen Antisemiten gekrochen. Unter Jidn aber gebärdete er sich als Westentaschenpatriot. Bei Weinberg hatte er sich so angeschleimt, daß ihm nichts übrigblieb, als dem Jecken mit einem Hundertmarkschein das Maul zu stopfen. Um mit seinen Chawejrim Itzig Adler und Frujim Blumenthal fertigzuwerden, hatte Jakob Weinberg keinen kleinen Jecken nötig.

»Ich mach das schon, Levy«, befahl Weinberg und verließ mit einem raschen »Schalom« das Lokal.

Barbara schlief schon, als Weinberg nach Hause kam. Nachdem er sich die Zähne geputzt hatte, schlüpfte Weinberg ins Bett, küßte die Geliebte auf den Nacken und klammerte sich an sie, wie jede Nacht, seit sie zusammen waren.

Allerheiligen

»Solange du mich hast, brauchst du keinen Blindenhund!«

Itzig Adler hatte unruhig geschlafen. Er hatte Angst gehabt, Chaja das Mißlingen seines Kreditbegehrens einzugestehen. Alleine hätte Itzig es geschafft. Doch Frujim mußte Weinberg und Weiss beleidigen! Ihm drohte Blindheit, nicht Frujim. Wenn Blumenthal sich mit den reichen Kaufleuten streiten wollte, war das seine Sache. Aber nicht auf Kosten von Itzigs Augenlicht. Weinberg und Weiss hätten fünftausend Mark gezahlt, Frujim auch. Selbst Dessauer, der gestern abend nicht dabei gewesen war, würde nichts übrigbleiben, als ebenfalls Geld zu geben. Insgesamt zwanzigtausend. Plus seine ersparten zehntausend: dreißigtausend. Das hätte für die Operation gereicht. Danach hätte er umgehend nach Deutschland fliegen und sich ins Krankenhaus begeben können – wie damals nach seinem Genickschuß in den Sanitätsbau. Frujim hatte ihm alles kaputtgemacht. Weil er nicht zahlen wollte.

»Schmonzes! Frujim würde dir seinen letzten Groschen schenken«, wußte Chaja. »Die reichen Verbrecher wollten dir nichts geben und haben nur nach einem Grund gesucht. Damals haben sie dich ins Gefängnis geschickt. Heute wollen sie dich blind werden lassen ...«

Adler ließ seine Kaffeetasse sinken. Chaja spürte, daß ihre Worte den Ring um Itzigs Verzweiflung schlossen. Er fürchtete, neben dem Augenlicht auch den Respekt seiner Frau zu verlieren. Der Idiot! Alle Männer waren Idioten. Sie begriffen nicht, daß »Respekt« eine männliche Schimäre war. Frauen kam es auf Liebe an. Chaja liebte ihren Itzig, auch wenn er als Geschäftsmann eine

Niete war. Weinberg und Weiss waren menschliche Versager. Sie besaßen keinen Charakter – nicht einmal einen schlechten. War das die Voraussetzung ihres wirtschaftlichen Erfolgs? Chaja Adler mußte verhindern, daß ihr Itzig blind wurde und seine Selbstachtung einbüßte. Vor fünfzig Jahren war sie noch jung, unerfahren, vom Lager gezeichnet gewesen. Aber jetzt war sie Itzigs Frau. Sie hatte die Pflicht, ihrem Mann zu helfen. Chaja hegte keinen Zweifel, daß es ihr gelingen würde.

»Trink deinen Kaffee«, bestimmte Chaja. Sie räumte den Frühstückstisch ab. Ehe sie den Käse im Kühlschrank verstaute, fuhr sie ihrem Mann zärtlich über die Glatze.

Jakob Weinberg schaltete das Radio aus. Netanjahu war ein Idiot. Der junge Likudchef hatte die Ermordung des Dschihad-Führers Schakati durch Mossad-Agenten auf Malta begrüßt. Terroristen müßten liquidiert werden. Weinberg teilte Netanjahus Meinung. Früher hatte man es getan und den Mund gehalten. Heute war alles ein öffentlicher Akt. Am liebsten würden sie das Killerkommando von einem Kamerateam begleiten lassen und den Film von der Hinrichtung abends in den Nachrichten ausstrahlen. Die Israelis benahmen sich wie die Terroristen. Wer die größeren Schlagzeilen bekam, hatte gewonnen. Da die Regierung Armee und Mossad hatte, konnte sie jederzeit zuschlagen und Wirbel machen. Die Opposition dagegen hatte gar nichts – außer einer großen Klappe: Netanjahu. Rabin dagegen war ebenfalls ein Giber – wie Jakob Weinberg. Hatte er nicht unter Lebensgefahr seine Mithäftlinge vor dem Verhungern und Verdursten bewahrt? Nicht umsonst nannte man ihn den Milchmann.

Das Untersuchungsergebnis hing über Jakob Weinberg wie das Fallbeil einer Guillotine. Eine Woche! Er mußte noch sechs Nächte warten. Nicht fünf Sekunden wie bei der Selektion an der Rampe von Auschwitz. Gewiß mußte jeder sterben. Früher oder später. Darauf kam es an. Das Leben war ein Boxkampf. Es ging darum, möglichst oft und möglichst hart auszuteilen, denn das machte Spaß, und dabei gleichzeitig aufzupassen, daß man nicht k.o. geschlagen wurde. Dabei kämpfte man gegen alle: Nazis, Antisemiten, Araber, Schnorrer, Geschäftspartner, die eigenen Kinder, Schwiegersöhne ...

Weinberg besah Barbara aus den Augenwinkeln. Sie löffelte ihr Morgenmüsli. Er genoß es, seine Geliebte zu betrachten. Weinberg sog Barbaras Duft ein. Jugend! Alter Kacker! In seiner Bar hatte er Chonten getrennt, die Barbaras Töchter hätten sein können. Damals war er selbst keine dreißig. Mittlerweile war Weinberg fast siebzig. Er hoffte, Barbara noch lange genießen zu können.

Barbara spürte die Unruhe des Geliebten. Jakob war ein harter Mann. Er war stark. Doch er hatte panische Angst vor dem Tod. Die Juden hatten erlebt, daß man jede Sekunde sterben konnte. Wahrscheinlich ängstigten sie sich deshalb so sehr vor dem Tod. Und weil sie nicht ans Jenseits glaubten. Barbara glaubte an Gott, über das Jenseits machte sie sich keine Gedanken. Jakl glaubte an nichts. Darum klammerte er sich so sehr ans Leben – und an sie. Das gefiel ihr. Trotz der Verantwortung, die damit verbunden war. Jetzt, da Jakob auf das Ergebnis seiner Krebsuntersuchung wartete, brauchte er sie ganz besonders. Bei schönem Wetter hätte sie ihn zu einem Ausflug ins Voralpenland überredet. Aber die Sonne war von dicken Wolken verdeckt. Ein Wetter zum zu Hause bleiben. Normalerweise. Aber wenn man Angst hatte, machte einen die Stubenhockerei nur trübsinnig.

»Was wirst heut tun, Jakl?«

»Willst du mich los werden?«

»Nein. Du wirst mich los. Es ist Allerheiligen. Ich hab meinen Eltern versprochen, vorbeizukommen. Wir wollen auf den Friedhof, ans Familiengrab.«

Barbara hatte nur noch schwache Bindungen zu ihrer Familie, die in einem Dorf bei Ingolstadt lebte. Ihr Vater war Nebenerwerbslandwirt. Tagsüber arbeitete er in der Montagehalle einer Autofabrik, abends und am Wochenende kümmerte er sich mit seiner

Frau um den Bauernhof. Georg Schäfer war ein strenger, verschlossener Mann. Barbara hatte ihren starken Willen von ihm geerbt. Ihre Mutter Ida dagegen war unsicher. Sie suchte Halt im Glauben und ging regelmäßig in die Kirche.

Georg Schäfer sah mit Mißmut, daß seine einzige Tochter im Anschluß an ihre Banklehre nach München zog und ledig blieb. Lieber hätte er Barbara dabehalten und mit einem Beamten verheiratet. Als der Vater erfuhr, daß seine Tochter in München ihre Arbeit aufgegeben hatte, um mit einem Mann, der noch älter war als er selbst und zudem Jude, zusammenzuleben, beschimpfte er sie als »Hur«. Die Mutter beschwor ihr Kind, »einen anständigen Christenmenschen zu heiraten und eine Familie zu gründen«. Barbara wußte, daß es sinnlos war, von ihren Eltern mehr Toleranz zu erwarten. Alle Versuche waren vergeblich gewesen. Vor allem ihrer Mutter zuliebe besuchte sie ihr Elternhaus aber weiter zu Weihnachten und Allerheiligen. Sie war froh, daß Jakob nicht das Bedürfnis hatte, sie zu begleiten.

Weinberg fragte Barbara nie, wer in ihrer Familie Soldat oder SS-Mann gewesen war. Damit hätte er sie gezwungen zu lügen oder ihm die Wahrheit zu sagen und auf diese Weise ihre Beziehung zu vergiften. Also hielt er seinen Mund. Dennoch begleitete die Frage sie wie ein Schatten. War Barbara die Enkelin eines Nazis, eines Judenmörders, der die Eltern Weinbergs oder andere Juden umgebracht hatte? Selbst wenn Barbaras Vater oder Großvater keine SS-Männer waren oder nicht an der Ostfront gekämpft hatten, waren sie mit Sicherheit Soldaten gewesen. Sie, ihre Eltern, Geschwister, Onkel und Tanten hatten die Nazis gewählt oder waren selbst Hitleranhänger. Später zogen sie für den Teufel in den Krieg, feierten seine Siege, die den Judenmord ermöglicht hatten. Da war es fast zweitrangig, ob sie selbst getötet hatten oder anderen den Rücken dafür freihielten. Jede deutsche Familie war auf die eine oder andere Weise daran beteiligt gewesen, Hitler an die Macht zu bringen und Juden zu ermorden. Zumindest die Länder zu erobern, in denen die Jidn erschlagen wurden. Die Schoah war ein gesamtdeutsches Unternehmen. Die Juden nahmen es hin und erniedrigten sich zu Bettlern. Sie schnorrten die

Deutschen um Entschädigungen an, die diese Wiedergutma-
chung oder scherzhaft Wiederjudmachung nannten. Wiedergut-
gemacht – aus und vorbei. Weinberg hatte sich nie an diesem wür-
delosen Spiel beteiligt. Er weigerte sich, auch nur einen Pfennig
deutsches »Blutgeld« zu nehmen – wie der frühere israelische
Premier Menachem Begin die deutschen Zahlungen genannt
hatte. Wieviel war ein Menschenleben wert? Tausend Mark?
Zehntausend? Eine Million? Kein Geld der Welt konnte »wieder-
gutmachen«. Blut und Haß waren geldresistent, selbst die harte
DM-Arznei war gegen sie machtlos.

Noch schlimmer als die Schnorrerei war die direkte Anbiederung.
Die Deutschen hatten ihr Land judenrein gemordet. Kaum hatten
sie ihr Werk vollendet, da krochen die skrupellosesten Juden aus
den noch rauchenden Krematorien hervor und schlüpften direkt
in den vertrauten deutschen Hintern hinein, dessen Fürze noch
nach Zyklon-B rochen. An den Juden in Deutschland haftete der
beißende Mordgestank der Schoah und der dumpfe Geruch der
moralischen Selbstaufgabe und Korruption. Auch Weinberg lebte
unter den Mördern seines Volkes und vergnügte sich mit ihren
Töchtern. Zumindest seine eigene Tochter aber hatte er gezwungen, aus Naziland nach Zion aufzusteigen. Ihr Sohn, sein Enkel
Ariel, war dort als freier Jude aufgewachsen. Währenddessen
schickte sich Weinbergs Geliebte an, das Grab ihrer Judenmörder-
familien zu besuchen.

»Magst du nicht doch einmal mitkommen, Jakl?«
    »Nein . . . Du weißt doch, daß ich nicht katholisch bin . . .«
    »Du bist ein ewiger Protestant, auch wenn du ein Jud bist.«
    Weinberg lächelte unwillkürlich. Barbaras Augen umarmten
ihn, verliehen ihm ein Gefühl der Geborgenheit. Warum war sie
eine Schickse, eine Deutsche obendrein?
    »Dann solltest du woanders hingehen.«
    »Warum?«
    »Ich denk, es wird dir guttun, heute aus dem Haus zu gehen.«
    »Wohin?«

»Du wirst es schon wissen.«

Jakob Weinberg wußte es nicht. Die Chawejrim hockten zu Hause unter der Fuchtel ihrer Weiber. Und sonst?

Mit zehntausend Mark konnte Jakob Weinberg sich Itzig Adlers Sympathien erkaufen. Viel Geld für das Wohlwollen eines Idioten – und für den Ärger mit den Freunden. Denn wenn Weinberg spendete, dann mußten auch die übrigen Chawejrim zahlen. Er sah nicht ein, warum er seine sauer verdienten Groschen dem Trottel in den Rachen werfen sollte. Es war sinnlos, in Itzig Adler zu investieren. Er blieb ein Nebbich – sehend oder blind.

Weinberg hatte jetzt andere Sorgen! Er war krank. Todkrank? In seinem Alter war Prostatakrebs normal. Deshalb und aufgrund seines Untersuchungsbefundes hatte Finkelstein eine hohe Krebswahrscheinlichkeit festgestellt, die nun überprüft wurde. Weinberg stand mit einem Bein im Grab. Der hysterische Adler dagegen jammerte wegen seiner Sehstörungen.

Es war Zeit, seinen Nachlaß zu ordnen. Jakob Weinberg wollte seine Tochter und seinen Enkel Ariel versorgen – ohne, daß Dinahs israelischer Mann das Geld in die Finger bekam. Er hatte auch die Absicht, Barbara abzusichern. Nach seinem Tod würde sie ihm für seine Voraussicht danken. Weinberg mußte sich mit seinem Advokaten unterhalten. Dr. Manfred Lesch war ein kluger Goj. Er hatte Weinberg bei seinen Geschäften stets korrekt und dennoch gewitzt beraten. Lesch würde ihm auch helfen, sein Erbe vernünftig zu regeln.

Weinberg dachte an Udo. Der Junge war ein Diaspora-Jude. Ein Taugenichts wie Itzig Adler. Kein Kämpfer wie Weinberg. Doch Udo war Weinbergs einziger Sohn. Blut ist dicker als Wasser. Weinberg durfte nicht abtreten, ohne für Udo gesorgt zu haben. Bereits gestern hatte er seinen Jungen aufgesucht. Doch Udo war unauffindbar. Wo trieb er sich den ganzen Tag herum? Es war Viertel nach neun. Um die Zeit schlief der Bursche noch. Anzurufen war sinnlos. Da lief nur der Anrufbeantworter.

Weinberg kurvte zehn Minuten um den Block, ehe er einen Parkplatz fand. Zenettistraße! Mußte ein jüdischer Junge ausgerechnet im Schlachthofviertel wohnen, zwischen Schweinen und Rindvieh? Udo wollte es nicht anders. Jakob Weinbergs Sohn hauste in einer Sozialwohnung wie ein Goj. Ohne Geld, Arbeit und Mischpoche. Eine Schande.

Udo schlief keineswegs. Wenige Augenblicke, nachdem Weinberg geläutet hatte, öffnete ihm sein Sohn die Haustür. Udo ähnelte seinem Vater. Er war schlank, großgewachsen, hatte eine hohe Stirn und breite Wangenknochen, eine gerade Nase und helle Augen. Doch seine Züge und seine Hände waren weich wie die seiner Mutter. Seinem Blick, seiner Stimme und vor allem seinem Auftreten mangelte jegliche Härte.

Nach dem Tod seiner Frau glaubte Weinberg bei Udos Anblick Lea zu riechen. Wenige Wochen nach ihrer Beerdigung war diese Geruchsempfindung überwältigend gewesen. Weinberg konnte seinem Sohn nicht verraten, daß er wie seine Mutter roch, ohne ihn zu kränken. Also versuchte er es diplomatisch. Er gab vor, allergisch gegen Udos Rasierwasser zu sein. Sein Sohn protestierte: »Ich benutze kein Rasierwasser.«

»Dann wird es höchste Zeit.« Weinberg schenkte Udo ein teures Aftershave. Doch der Bursche suchte Streit. »Ich benutze kein Afterstink. Ich hab's nicht nötig. Ich bin kein Greis.«

»Willst du damit sagen, daß ich alt bin und stinke?«

»Ich will damit gar nichts sagen. Ich zwinge dir auch kein Parfüm auf. Laß jeden nach seiner Façon stinken.«

Daraufhin warf Weinberg Udo aus dem Haus. Doch die Arbeit im Kino zwang ihn, wieder mit Udo zusammenzukommen. Weinberg versuchte sich zu schützen, indem er ein besonders intensiv duftendes Rasierwasser benutzte. Vergebens. Durch den Schleier seines Parfüms stach ihm der Lea-Geruch seines Sohnes in die Nase. Udo spürte das Unbehagen des Vaters und verlachte ihn, indem er demonstrativ Weinberg beschnüffelte. Udos Chuzpe bestärkte Weinberg in seinem Vorhaben, nach Leas Tod sein Vermögen zu konsolidieren und zu diesem Zweck sein Kino abzustoßen. Mochte der Bursche weiterstinken und zusehen, wie er ohne seinen Vater auskam. Fortan mieden sich Vater und Sohn.

Mitunter aber war ihr Zusammentreffen unvermeidlich. Etwa beim Schofarblasen an Neujahr in der Synagoge oder eine Woche später beim Kol-Nidre-Gebet am Vorabend des Versöhnungstages. Gelegentlich begegneten Vater und Sohn einander auch bei einer Beschneidung, einer Bar Mizwa oder einer Hochzeit. Weinberg bat den Gastgeber indirekt, Udo nicht an seinen Tisch zu setzen. »Ich möchte gern unter meinen alten Chawejrim bleiben.« Schließlich verzichtete er auch darauf, seine Schickse auf die Feierlichkeiten mitzunehmen. Auch bei Beerdigungen ließ es sich nicht vermeiden, mit Udo zusammenzutreffen. Der jüdische Brauch, sich auf dem Friedhof nicht zu begrüßen, ersparte Weinberg peinliches Geschwätz. Udos Geruch hatte er mittlerweile vergessen.

Als der Junge die Tür öffnete, stieg dem Vater sogleich der Gestank seiner verstorbenen Frau in die Nase. Wann würde Lea ihn endlich in Frieden lassen? Gleichzeitig spürte Weinberg bei Udos Anblick spontane Freude, sein Kind wiederzusehen. Udo war sein Sohn, und er mußte ihm helfen, durchs Leben zu kommen, solange er lebte. Mit Geld, Rat und Tat.

Udo war in Eile. Doch er konnte dem Vater nicht die Tür weisen. Sonst schnappte er wieder ein. Also bat Udo den Überraschungsgast ins Wohnzimmer. Weinberg sah sich um. Er war erstaunt, daß aufgeräumt war. Demnach hatte Udo eine feste Schickse. Eine Jüdin, die auf sich hielt, würde nicht in einer Sozialwohnung absteigen – und schon gar nicht Udos Saustall in Ordnung bringen. Auch keine Schickse mit Klasse. Das bedeutete, daß eine billige Flunse sich an den Jungen herangemacht hatte.

»Womit kann ich dir helfen, Papa?«

»Wie kommst du drauf, daß ich deine Hilfe brauche?«

»Weil du noch nie freiwillig zu mir gekommen bist. Schon gar nicht unangemeldet.«

Der Schnösel war Mitte vierzig, aber unreif wie ein Lausejunge.

»Ich bin gekommen, um dir zu helfen, Udi.«

Die Nennung seines Kindernamens rührte den Sohn. Doch er blieb auf der Lauer. »Darf ich erfahren, auf welche Art und Weise? Suchst du einen neuen Hausmeister?«

»Ich möchte mit dir über dein Erbe reden.«

Das Lächeln verschwand aus Udos Gesicht. Er bot dem Vater einen Platz an. »Was ist plötzlich in dich gefahren? Wenn du mich enterben willst, bitte ...«

»Idiot!«

»Bist du hergekommen, um mich zu beschimpfen?«

»Nein!« Weinberg erhob sich. »Ich bin krank. Todkrank.«

Udo wurde blaß. Weichling! Der Junge hätte im Lager keine Woche überlebt. Er wäre bereits bei der Selektion zusammengebrochen und weggekarrt worden. Udo stank schon jetzt wie ein altes Weib. Weinberg zwang sich zur Ordnung. Der Junge konnte nichts für seinen Geruch.

Vater und Sohn standen sich gegenüber. Udos Blick war gehetzt. Wovor fürchtete sich der Junge? Weinberg war krank, nicht er. Eine steile Falte grub sich von Udos Nasenwurzel die Stirn hoch bis zum Haaransatz. Er marschierte durch das enge Zimmer, blieb stehen. »Was fehlt dir, Papale?« Mitleid schimmerte in seinem Blick.

»Ich will nicht darüber reden.«

»Du kommst her, jagst mir einen Riesenschreck ein ...«

»Dir geht's nur um deine Angst, nicht um mich ...«

»... erzählst mir, daß du todkrank bist ...«

»Jeder muß sterben.«

»Das war mir bislang noch nicht bekannt.«

»Du findest es wohl lustig, daß ich sterbenskrank bin ...«

»Nein, verdammt! Aber ich will wissen, was dir fehlt.«

»Wozu?«

»Wozu wohl? Ich mach mir Sorgen. Ich hab Angst.«

»Angst ist sinnlos. *Sei mutig und fürchte dich nicht*, sagt die Thora ...«

»Laß mich mit der Thora und sag mir, woran du leidest!«

»Krebs.«

Udo erstarrte. Seine Gesichtshaut wurde fahl, rötete sich aber sogleich. Tränen traten ihm in die Augenwinkel.

Weinberg wollte seinen Sohn umarmen, trösten. Doch zugleich verachtete er ihn. Die Schickse hatte kein Aufhebens um Weinbergs Krankheit gemacht. Aber sein eigen Fleisch und Blut flennte wie ein Weib. Dem Burschen fehlten Kraft und Festigkeit. Hätte Udo nur einen Bruchteil der Stärke seines Vaters besessen, würde er gemeinsam mit ihm die Welt auf den Kopf gestellt haben. So wie Jossl Fiedler, der mit seinem Sohn Henry eine der größten Immobilien-Firmen in München aufgebaut hatte. Henry war noch gerissener als der alte Fiedler und hatte zudem Jura und Betriebswirtschaft studiert, während Udo Gedichte auswendig gelernt hatte. Ein jüdischer Germanist ist wie ein vegetarischer Löwe. Ein nicht lebensfähiges Wesen. Ein Kerl wie Henry hätte Himmel und Hölle in Bewegung gesetzt, wenn er erfahren hätte, daß sein Vater an Krebs litt. Er hätte die besten Spezialisten aus New York und Tel Aviv einfliegen lassen und nicht geruht, bis sein Vater wieder gesund geworden wäre. Udo dagegen heulte wie ein kleines Mädchen und wollte sich vom kranken Vater trösten lassen.

»Seit wann weißt du, daß du Krebs hast?... Warum muß ich dich um jedes Wort anbetteln?«

»Du sollst nicht betteln. Nimm es so, wie es ist: Krebs!«

Bei dem Wort zuckte Udo erneut zusammen. Doch er fing sich. »Ich will wissen, was mit dir los ist! Welchen Krebs hast du? Seit wann weißt du es?«

Als Weinberg nicht sogleich antwortete, überschlug sich Udos Stimme. »Verdammt noch mal, sag mir endlich, was mit dir los ist!«

»Was hast du davon? Willst du dich an meiner Krankheit weiden...«

»Quatsch! Ich will dir helfen. Und dazu muß ich wissen, was dir fehlt.«

»Prostata.«

»Seit wann?«

»Weiß ich nicht.«

»Wann hat man es entdeckt?«

»Was verhörst du mich? Ich bin nicht ...«

»Ich will wissen, wann deine Krankheit festgestellt wurde.«

Udos Bestimmtheit imponierte Weinberg. Gleichzeitig geriet er dadurch in Bedrängnis.

»Wann, verdammt noch mal?!«

»Gestern.«

»Warum bist du nicht gleich hergekommen?«

»Ich bin gekommen, aber du warst nicht da ...«

»Entschuldige.« Udo legte seinen Arm um die Schultern des Vaters. Der Junge stank nicht. Nicht mehr. Weinberg entwand sich der Anwandlung von Sentimentalität und Udos Umarmung. Der nötigte den Vater, am Tisch Platz zu nehmen.

»Wann hast du gestern nach mir gesehen?«

»Am späten Vormittag.«

»Da war ich im Theater...«

»Was tust du vormittags im Theater?«

Udo ging nicht auf Weinbergs Frage ein, statt dessen wollte er wissen, welcher Arzt den Befund festgestellt hatte. Und: »Hat er eine Gewebeprobe entnommen?«

»Selbstverständlich. Glaubst du, Benni Finkelstein muß bei dir Medizin studieren?«

»Wann?«

Udo setzte Weinberg so lange zu, bis er es ihm sagte.

»Wie?« Udo sah den Vater konsterniert an. »Er hat dich gestern biopsiert und dir auf der Stelle die Diagnose mitgeteilt?«

Weinberg schwieg.

»Das glaub ich einfach nicht. Benni schickt eine Gewebeprobe erst in ein Labor und wartet den Befund ab, ehe er dir etwas sagt.«

»Hat er auch getan.«

»Wann?«

»Hör auf! Ich will nicht darüber reden.«

»Was du willst, ist mir egal! Ich will wissen, ob Benni der positive Krebsbefund eines Instituts vorliegt?«

»Das ist es also, was du willst!«

»Sag das noch mal!« Udo trampelte auf Weinberg zu. »Sag das noch mal!«

»Was regst du dich so auf, Udo?«

»Ich will verdammt noch mal endlich wissen, wie es um meinen Vater steht!«

»Das hab ich dir doch gesagt.«

»Nein! Du führst mich an der Nase herum. Ich will von dir erfahren, ob Benni einen definitiven Laborbefund hat oder lediglich mutmaßt...« Udo hielt inne. Er kannte Finkelstein seit dem gemeinsamen jüdischen Religionsunterricht in der Grundschule. Benni war ein vorsichtiges Kind gewesen. Er hatte einen Namen als gewissenhafter Arzt. Unter keinen Umständen würde Benni einen Patienten mit einem ungesicherten Krebsbefund erschrecken. Schon gar nicht einen Juden. »Benni hat dir gestern eine Gewebeprobe entnommen?«

»Das habe ich dir doch gerade gesagt.«

»Dann kann er dir noch keine Diagnose mitgeteilt haben!«

»Warum nicht?«

»Weil es ein paar Tage dauert, ehe ein Labor den Befund erstellt.«

»Dir genügt es nicht, daß er mein Fleisch den Metzgern zur Untersuchung schickt?«

»Nein!« Der empörte Blick des Vaters brachte Udo zum Lachen. »Du bist ein Hypochonder, das ist alles.« »Wie alle Jidn.« Udo wies auf sich. »Auch ich bin einer.«

»Und die Gewebeprobe?«

»Jeden Tag werden tausende Gewebeproben entnommen...«

»Und jeden Tag sterben Tausende an Krebs.«

»Stimmt. Aber nicht jeder, den man biopsiert, muß sterben.«

»Nicht jeder. Aber die meisten.«

»Jetzt wart doch erst mal das Ergebnis ab! Dann kannst du dir immer noch Sorgen machen...« Udo grinste, »... und an deinen Nachlaß denken.«

Der Bursche war kalt und gefühllos. Barbara hatte ähnlich wie Udo reagiert. Weinberg mußte anerkennen, daß Udo klug nachgefragt hatte. Der Junge hatte seinen Verstand geerbt – doch leider nicht seine Kraft.

Um die Stimmung aufzulockern, schlug Weinberg einen Besuch im ›Künstlerhaus‹ vor. Zunächst einen Aperitif. Dann im Rialto-saal ein gutes Mittagessen. Natürlich würde Weinberg seinen Jungen einladen. Denn sie mußten über das Erbe sprechen. Selbst wenn er dieses Mal – wider Erwarten – davonkommen sollte, dann war er demnächst dran. Seine Zeit war begrenzt. Doch Udo lehnte Weinbergs Einladung brüsk ab. Er müsse ins Theater.

»Was für Theater? Es ist Vormittag!«

»Vormittags proben die Heinzelmännchen, die abends die Vor-stellungen geben, die du dir entgehen läßt.«

»Seit wann bist du Komödiant?«

»Bei dem Vater blieb mir nichts anderes übrig.«

»Red keine Schmonzes!«

Udos herausforderndes Lächeln verschwand.

»Komm mit ins ›Künstlerhaus‹.«

»Ich hab dir gesagt, daß ich weg muß. Als du kamst, war ich schon im Gehen.«

»Sind dir die Zwerge im Theater wichtiger als dein Vater?«

»Mit dieser Art zu fragen, kannst du einem das Pinkeln verbie-ten.«

»Laß das Gerede. Und komm mit.«

Udo wurde ungehalten. Seine Renitenz reizte Weinberg. »Was hast du jetzt im Theater zu suchen?«

»Ich bin verabredet.«

»Mit wem?«

»Das geht dich nichts an.«

»Dein Vater kommt in dein Haus. Er erzählt dir, daß er tod-krank ist ...«

»Ich habe dich getröstet.«

»Deinen Trost brauch ich nicht!«

»Um so besser.«

»Aber du brauchst mein Geld. Und darum wirst du jetzt mit mir mitgehen.«

»Ich brauch dein Geld nicht! Und ich laß mich von dir nicht erpressen.«

»Ist es Erpressung, wenn ich dich zum Essen einlade?«

»Wenn du mir schon vorher unter die Nase reibst, daß ich dein Geld brauche, ja!«

»Mit wem bist du verabredet?«

»Ich frage dich auch nicht, mit wem du dich triffst.«

»Weil du dich nicht für deinen Vater interessierst.«

Udo tat so, als ob er den Vater nicht beachten würde. Er raffte einige Unterlagen vom Schreibtisch, stopfte sie in eine Mappe und wollte aus dem Zimmer. Weinberg stellte sich ihm in den Weg. »Wen triffst du?«

»Anne.«

»Eine Schickse.«

»So ist es. Eine Schickse wie Barbara.«

»Wie kannst du das vergleichen!?«

»Im Gegensatz zu dir bin ich dazu in der Lage, da ich Barbara kenne. Du Anne jedoch nicht.«

»Idiot! Ich war mit deiner Mutter verheiratet. Ich hatte jüdische Kinder mit ihr. Nach mir wird man Kaddisch sagen ...« Weinberg bohrte seinen Zeigefinger durch die Luft. »Du!«

»Was hast du davon?«

»Du kannst es wohl gar nicht mehr erwarten, bis ich unter der Erde liege?«

»Im Gegenteil! Mir liegt nichts am Totengebet. Genauso wenig wie dir. Oder wirst du auf deine alten Tage vor Todesangst noch fromm?«

»Das hat nichts mit fromm zu tun ...«

»Sondern?«

»Mit Tradition. Ich bin ein Jude.«

»Aber du glaubst nicht an Gott. Was bleibt da noch vom Judentum?«

»Ich habe für mein Judentum gelitten ...«

»Radfahrer leiden für ihr Gestrampel.«

»Wie kannst du nach Auschwitz Juden und Radfahrer vergleichen?«

»Wenn ihr nicht mehr weiterwißt, dann erschlagt ihr alles mit Auschwitz.«

»Wer ist wir?«

»Die KZniks. Auch die Trittbrettfahrer meiner Generation. Die Profi-Holocauster. Die gojisch-jüdische Schoah-Busineß-Enterprises . . .«

»Du redest wie ein Nazi.«

». . . der schlimmste bist du!« Udo hob seinen Kopf. »Der Auschwitz-Held . . . Der Milchmann!« Weinberg stockte das Herz, ehe Udo fortfuhr. ». . . Weil du damals deine Leute gerettet hast, hältst du dich bis in alle Ewigkeit für unfehlbar. Schlimmer als der Papst. Deine KZ-Nummer ist ein Gütesiegel ohne Verfallsdatum.«

Weinberg dachte nicht daran, sich auf dieses Niveau zu begeben. »Du lebst also mit einer Schickse zusammen?«

»Was geht dich das an? Verdammt noch mal! Was geht dich das an?«

»Du verlierst wieder einmal deine Nerven. Du bist schon fünfundvierzig. Und hast es zu nichts gebracht! Alle deine Freunde sind was geworden. Sogar die Gojim! Der einzige, der von Sozialhilfe lebt, bist du.«

»Ich beziehe keine Stütze.«

»Stütze! Wie du redest! Der Sohn von Jakob Weinberg lebt von ›Stütze‹ . . .«

»Nein, verflucht und zugenäht!«

»Eine Schande!« Weinberg maß Udo von Kopf bis Fuß. »Versager!«

»Der Versager bist du! Du hast als Vater total versagt. Du hast Mamme ins Grab gebracht . . .«

»Lea war krank.«

»Weil ihre Seele an deiner Seite erfroren ist.«

»Halt dein Pisk!«

»Das hat sie mir selbst gesagt.«

Weinberg hatte Mühe, sich zu beherrschen. Er durfte den Burschen nicht anrühren. Doch Udo ließ nicht nach. »Du hast Dinah nach Israel getrieben.«

»Gott sei Dank! Sonst hätte sie sich mit diesem Goj . . .«

»Dinah hat Peter geliebt. Du hast sie fortgejagt und sie bestochen, diesen hirnlosen Israeli zu heiraten. Er liegt dir auf der Tasche. Und ich bin der Versager. Ja, ich bin ein Versager!« Udo ballte die Fäuste und schlug sie gegen die eigene Brust. »Weil ich von Kind auf nach deiner Pfeife getanzt habe. Erst rein in die ›Zionistische Jugend‹, mit Ferienlager wie bei der Hitlerjugend. Dann raus aus dem Verein, um nicht nach Israel einzuwandern . . .«

»Ein Weichling wie du hätte das Militär nicht ausgehalten . . .«

»Dich hab ich nicht ausgehalten! Dein Gejammer, dich und Mamme nicht allein unter den Nazis zu lassen.«

»Jakob Weinberg jammert nicht!«

»Diesen Quatsch hab ich dir früher abgenommen. Jakob Weinberg, der eisenharte KZ-Zorro . . .«

»Mach dich nur lustig über das Lager. Sechs Millionen . . .«

»Ich kann diesen KZ-Mist nicht mehr hören . . .« Udo ließ seine Faust sinken, ». . . manchmal denk ich, ihr habt die Nazis erfunden, um euren Kindern und den Deutschen permanent ein schlechtes Gewissen zu machen.«

». . . die Nazis haben meine Eltern und meinen Bruder abgeschlachtet, ohne sich um dein Gewissen zu kümmern.«

»Mit diesem Erpressertrick hast du mich jedes Mal dahin gekriegt, wo du mich haben wolltest . . .«

»Du Narr!« Weinberg ging an den Tisch und setzte sich.

»Ich muß gehen!«

»Erst wirst du anhören, was ich dir zu sagen habe! Kein Kind ist mit größerer Sehnsucht erwartet worden als du. Wozu, meinst du, hab ich geheiratet?« Warum besaß der Junge nicht einen Funken Selbstbewußtsein? »Nur um ein Kind, einen Sohn zu zeugen, der unseren Namen weitertragen sollte, der . . .«

»Du hast Mama als Gebärmaschine mißbraucht.«

»Und was, meinst du, hat sie mit mir getan? Uns ging es nicht um die große Liebe und den ganzen Quatsch, der euch täglich im Fernsehen vorgegaukelt wird. Wir wollten weiterleben. Deswegen haben wir Kinder gemacht. Nur darum.« Weinbergs Zorn war verraucht. »Ich habe dich Jehuda genannt. Nach meinem vergasten Vater. Du solltest ein stolzer Jude …«

»Nein! Verdammt! Du hast mich Udo genannt.«

»Hättest du gewollt, daß dich Nazi-Kinder als Jude, als Judas hänseln?«

»Warum seid ihr dann nicht nach Israel gegangen?«

»Weil ich im Gegensatz zu den anderen Idioten schon damals gut verdient habe. Weil mein Geld im Geschäft …«

»Im Puff.«

»Das ›Sabrina‹ war eine Bar! Ein Lokal für Schwarze, nicht für Nazis.«

»… die mit Nazischlampen …«

»Ach was! Das waren junge Mädchen …« Weinberg erinnerte sich an seine Chonten. Politik interessierte sie einen Dreck. Nur Geld und Trennen. Das waren Mädchen! Besonders die eine, wie hieß sie nur? Eine Große mit einem runden, kleinen Toches und Brüsten, hart wie Äpfel. Mit welcher Freude war die bei der Sache! Wie hieß sie nur? Irma? Inge? Einerlei. Das Trennen mit ihr war jedesmal ein Kampf. Wäre er nicht verheiratet gewesen und Inge keine Chonte und keine Deutsche … »Du hast gut davon gelebt und deine Mutter und deine Schwester auch!«

»Was ist uns schon übriggeblieben? Unser Vater war ein Zuhälter.«

»Und meine Textilfabrik war in deinen Augen ein KZ?«

»Nein.«

»Aha! Du spielst dich als moralischer Richter auf, ohne etwas zu verstehen! Strickwarenfirma ist gut. Bar ist schlecht. Begreifst du gar nicht, daß uns das damals vollkommen egal war? Wir wollten gut verdienen, das zählte, sonst nichts. Die Deutschen waren unsere Feinde. Die Mörder unseres Volkes. Meinst du, wir haben uns den Kopf darüber zerbrochen, ob wir sie ausnutzen, wenn wir ein Puff betreiben? Wer tut das? Auch kein Deutscher! Gibt es nicht genug deutsche Puffs? … Außerdem war das ›Sabrina‹ kein Puff!«

»Von mir aus. Ich muß fort.«

»Mein Kino habe ich nur für dich aufgebaut!«

Udo lachte auf. »Du hast das Kino 1960 eröffnet. Da war ich zehn!«

»Sobald du alt genug warst, habe ich dich als Geschäftsführer...«

»Als das Kino nicht mehr lief, hast du mich aus dem Studium gedrängt...«

»Niemand hat dich gezwungen.«

»Aber gelockt!« Udo nahm seinen Raubtierkäfig-Marsch durch das Zimmer wieder auf. »Du hast mir Flausen ins Ohr gesetzt: Geschäftsführer! Das klingt verheißungsvoll, wenn man einundzwanzig ist und noch das halbe Studium vor sich hat...«

»Theaterspielen und Philosophie sind kein Studium!«

»Nietzsche...«

»Ein meschuggener Goj. Der erste Nazi!«

»Spinoza!«

»Ein meschuggener Jid. Philosophie ist Tinnef. Damit wurde nur Unheil angerichtet. Sogar die Nazis haben damit hantiert. Rosenberg, Heidegger...«

»Hast du eine Zeile von Heidegger gelesen?«

»So einen Dreck lese ich nicht!«

»Es ist für dich Dreck, weil du keinen Schimmer von Philosophie hast...«

»Ich habe die Bücher von Hannah Arendt, der Chonte von Heidegger, gelesen, als du noch in die Windeln gemacht hast.« Weinberg genoß Udos kurze Verwirrung.

»Ich dachte Philosophie ist Dreck?«

»Selbstverständlich! Die Arendt schrieb, Israel hätte nicht entstehen sollen. Jedenfalls nicht 1948 und schon gar nicht als zionistischer Staat, sondern als binationales Land...«

»Na und?« Udo hatte angenommen, sein Vater selektiere die Menschen nach dem gängigen Raster: Gojim, Juden oder Antisemiten, ohne sich mit den Inhalten und Meinungen der Autoren auseinandergesetzt zu haben. Nun stellte sich heraus, daß er eine Schrift der Philosophin Hannah Arendt kannte und darüber nachgedacht hatte. Aus Dafke wollte Udo dem Vater Paroli bieten: »Martin Buber hat die gleiche Meinung vertreten.«

»Buber hat die Thora großartig übersetzt und alte Chassidismus-Geschichten ausgegraben.« Weinberg verschwieg, daß er Barbara eine kostbare Ausgabe von Bubers Sagen geschenkt hatte. »Deshalb schätzen ihn die christlichen Judenschwärmer und die unreligiösen Jidn, die nach ihren Wurzeln suchen. Aber als politischer Philosoph, als Mann seiner Zeit, war Buber ein naiver Schmock!«

»Das sehe ich anders.«

»Weil du keine Ahnung hast!« Weinbergs herrischer Blick hinderte Udo an einem Einwurf. »Dein Meister Buber forschte in seinem Kaff an der Bergstraße munter vor sich hin, ohne sich um die Nazi-Verbrecher zu kümmern. 1938 reiste er zu einem Vortrag nach Jerusalem. Danach wollte er nach Deutschland zurückkehren. Während Buber in Palästina kluge Reden hielt, begingen seine deutschen Landsleute die Kristallnacht. Die Nazis verwüsteten auch Bubers Haus. Wäre er dort gewesen, hätten sie ihn totgeschlagen oder ins KZ gesteckt. Statt daraus zu lernen, wie mit Judenfeinden umzugehen ist, hat sich der Philosoph in Palästina sofort mit ihnen zusammengetan ...«

»Der Brith Shalom war eine arabisch-jüdische Gruppe, die sich für Frieden und einen binationalen Staat einsetzte ...«

»Eine Schimäre, sonst gar nichts, Udo. Zweihundert jüdische Intellektuelle, deutsche Juden, Kommunisten und andere Idioten hielten sich ein Dutzend Araber, mit denen sie ihre Friedensutopien diskutierten. Der gleiche Unsinn wie der deutsch-jüdische Dialog. Weißt du, wie ihn dein Philosophen-Kollege Gerschom Scholem genannt hat?«

»Ein jüdisches Selbstgespräch.«

»Ich habe Scholems Erinnerungen ›Von Berlin nach Jerusalem‹ gelesen.« Die Verblüffung seines Sohnes über sein Wissen beflügelte Weinberg. »Die Araber dachten nicht daran, mit den Juden Frieden zu machen. Sie wollten uns ausrotten.«

»Nicht alle! Darum haben Buber und die anderen versucht, Araber ...«

»... für einen binationalen Staat zu gewinnen.«

»Ja.«

»Das ist der größte Tinnef seit dem Goldenen Kalb.«

»So?«

»Genau so! Warum hätten die Araber Frieden mit uns machen sollen? Wir haben die Araber um ihr Land betrogen.«

»Du gibst es also zu?«

»Selbstverständlich.«

»Dann hatte doch Hannah Arendt mit ihrer Kritik am Zionismus und ihrer Forderung nach einem arabisch-jüdischen Staat recht.«

»Nein! Nein! Jedes Land wird erobert. Jeder Staat wird gewaltsam geschaffen.«

»Hätten wir Juden aus Auschwitz nicht lernen sollen, es anders zu machen? Gewalt erzeugt doch nur Gegengewalt ...«

»Ja, Jesus!« Die Naivität seines Erstgeborenen empörte Weinberg. »Wir Juden haben aus Auschwitz das Gegenteil deines Geschwätzes gelernt. Wer wehrlos war, wurde sofort vergast. Überlebt haben nur die, die gekämpft haben. Überall, im Warschauer Ghetto, im KZ. Die christliche Gewaltlosigkeit ist Schwindel. Wenn es darauf ankam, haben die Kreuzritter ihre Gegner abgeschlachtet ...«

»Wir leben im 20. Jahrhundert.«

»Hitlers Jahrhundert!«

»Das sagst du?«

»Soll ich meine Augen verschließen?« Weinberg verscheuchte den Gedanken an Itzig Adler. »Heute herrschen die Brutalsten. Die größten Verbrecher. Wahrscheinlich war es immer schon so. Gewaltlosigkeit ist Propaganda!«

»Und Gandhi?«

»Glaubst du, die Briten in Indien sind vor Gandhi davongelaufen oder jetzt die Buren vor Mandela? Die Burschen spielen die Märtyrer, während ihre Leute die Drecksarbeit machen. Mehr als eine Million Menschen sind bei der Unabhängigkeit Indiens abgeschlachtet worden!«

»Auch Gandhi wurde umgebracht.«

»Eben! Wehrlosigkeit zieht Mörder an. Die Nazis waren nicht die einzigen! Und da empfiehlt dieses gewissenlose Frauenzimmer zwei Jahre nach Auschwitz, den Juden wieder, sich abschlachten zu lassen.«

»Das hat Hannah Arendt nicht gesagt.«

»Nicht wortwörtlich – das hat Gandhi während des Krieges den Juden empfohlen –, aber in der Konsequenz hätten Arendts sogenannte Ideen zum kollektiven Selbstmord geführt. Die Araber führten gegen die Juden in Palästina Krieg. In den arabischen Ländern gab es Pogrome. Hunderttausende Juden waren auf der Flucht. Wohin hätten sie flüchten sollen, wenn es keinen jüdischen Staat gegeben hätte?«

»Hannah Arendt wollte einen freiheitlichen Staat. Für Araber und Juden ...«

»Danke! Kein arabisches Land wollte einen solchen Staat. Die Palästinenser erst recht nicht. Die wollten ihr Land mit niemandem teilen. Das heißt, die Juden hätten einen Staat für die Palästinenser gegen deren Willen erkämpfen dürfen. Bis dahin hätten sich die Juden in Palästina und den arabischen Ländern umbringen lassen sollen – wenn sie auf das Philosophen-Flittchen gehört hätten.«

»Arendt wollte lediglich einen binationalen jüdisch-arabischen Staat.«

»Wie Libanon! Direkt vor Israels Haustür. Die Herrschaften dort sind alle Araber. Sie hatten lediglich religiöse Differenzen. Also haben sie sich gegenseitig umgebracht.«

»Das konnte Hannah Arendt 1948 noch nicht wissen.«

»Sie hat nie etwas gewußt! Sie saß in Amerika weit ab vom Schuß. Das hat sie nicht daran gehindert, den Jidn unverantwortliche Eizes zu geben.«

Udos Vater hatte zufällig Hannah Arendts Aufsatz über Israel und den Zionismus gelesen. Nun kritisierte er ihn mit heutigem Wissen. Udo hatte nicht viel von Arendt gelesen. Die Totalitarismustheorie und ›Eichmann in Jerusalem‹. Was hielt sein Vater von diesem Buch?

»Dreck.«

»Ich kenne keine Analyse, die Eichmann so treffend beschreibt. Ein anonymer Bürokrat des Todes.«

»Udo! Udo! Du hast nie einen Nazi kennengelernt. Und Frau Arendt ebensowenig. Jedenfalls keinen Nazikiller. Sie hat den alten, gefangenen Eichmann gesehen, der sich als kleiner Bürokrat gebärdet hat, um sein mieses Leben zu retten. Ein Befehlsempfänger. Ein kleines Rädchen im Getriebe. Er hatte nichts gegen Juden. Aber Befehl ist Befehl. Nebbich. Dieser Verbrecher! Und du glaubst ihm?«

»Er hat keinen Juden persönlich angerührt ...«

»Das hat Hitler auch nicht getan.«

»Eichmann war tatsächlich ein kleines Würstlein. Obersturmbannführer. Das war weniger als ein Oberst.«

»Dieser kleine Oberst hat vier Jahre lang nichts anderes getan, als den Mord an Millionen Menschen zu organisieren. Hat die Philosophie der Arendt und dir die Phantasie und den Verstand geraubt? Seid ihr unfähig, euch vorzustellen, welche Bestie man sein muß, um tagein, tagaus nichts anderes zu tun, als zu morden?« Weinbergs Stimme zitterte bei seinen letzten Worten. Das hinderte Udo nicht am Widerspruch.

»Vor dem Krieg hat Eichmann in Berlin mit den Zionisten über die Einwanderung von deutschen Juden nach Palästina verhandelt ...«

»Weil ihm seine Bosse Heydrich und Himmler das befohlen haben.«

»Eben! Eichmann hat mit Juden verhandelt oder sie umbringen lassen – je nachdem, was ihm befohlen wurde. Das nennt Hannah Arendt die ›Banalität des Bösen‹ ...«

»Der größte Massenmörder der Geschichte, ein banaler Bösewicht!« Weinberg versuchte, ruhig zu sprechen. »Wer meinst du hat Eichmann besser gekannt, Hannah Arendt, die Eichmann 1960 ein paar Mal in seinem Glaskäfig gesehen hat, oder Rudolf Höß?«

»Du meinst Rudolf Hess, Hitlers Stellvertreter?«

»Nein. Höß, den Kommandanten von Auschwitz. Rudolf Höß hat 1940 das KZ Auschwitz aufgebaut und bis 1943 geleitet. 1946 haben die Amerikaner Höß an die Polen ausgeliefert. Im polnischen Gefängnis hat Höß Aufzeichnungen verfaßt. Sie sind auch in Deutschland als Buch erschienen. Du kennst sie nicht!«

»Ich kann nicht alles lesen.«

»Nur den Quatsch von Hannah Arendt. Im Gegensatz zu der Schmiererin hat Höß Eichmann gut gekannt. Und Höß, der über eine Million Juden und Zigeuner in Auschwitz ermorden ließ, wollte wissen, was Eichmann dachte. Interessiert es auch dich?«

»Sicher...«

»Höß schreibt, daß er ausführlich mit Eichmann über die ›Endlösung‹ gesprochen hat. Er hat mit Eichmann auch gesoffen, um zu wissen, was der wirklich dachte. Ich habe mir die genaue Formulierung eingeprägt...« Weinberg blickte seinen Sohn intensiv an, ehe er fortfuhr. »Höß schreibt: ›Eichmann trat geradezu besessen für die restlose Vernichtung aller Juden ein. Ohne Erbarmen. Eiskalt mußten wir die Vernichtung so schnell wie möglich betreiben.‹ Soviel zur ›Banalität des Bösen‹. Dieser banale Mist gefällt den Deutschen. Es klingt weniger niederträchtig als die eiskalte Besessenheit, die Höß beschreibt, wenn er schildert, wie zwei Kinder auf dem Weg in die Gaskammer so in ihr Spiel vertieft waren, daß es niemand von den jüdischen Helfern fertigbrachte die Buben auseinanderzureißen und in den Todesraum zu sperren. Höß schreibt, er habe den Blick der Mutter, die um Erbarmen flehte, nie vergessen. Und eine andere Mutter, die mit ihren vier Kindern in die Gaskammer mußte, hat ihm zugeraunt: ›Wie bringt ihr das bloß fertig, diese schönen, lieben Kinder umzubringen? Habt ihr kein Herz im Leibe?‹ Wenn Arendt sich die Mühe gemacht hätte, den Bericht dieses SS-Kommandanten zu lesen, hätte sie ihren Tinnef nicht schreiben können.«

Udo begriff die Empörung seines Vaters. Am Schreibtisch in New York dachte man anders, als man in Auschwitz fühlte. Zumal, wenn man Zeuge der Ermordung der eigenen Eltern und des eigenen Bruders war. Udo hatte seine Großeltern nicht gekannt. Nicht einmal ihre Fotos gesehen. Seine Vorfahren waren für ihn lediglich Namen. Daher teilte er die nüchterne Analyse der deutsch-jüdischen Philosophin. Das war seinem Vater nicht möglich. Udo wollte ihn trösten, wußte aber, daß sein Vater dies ablehnen würde. Sein Schmerz saß zu tief. Er ließ sich mit keinem philosophischen Modell erfassen. Der Verlust, der Schmerz machten Weinberg unversöhnlich. Auch gegen die eigene Familie. »Warum muß ich deinen Haß gegen die Nazis ausbaden?«

Weinberg sprang auf. »Du unterstellst mir, dich wie einen Nazi zu behandeln?«

»Das habe ich nicht gesagt...«

»Aber gemeint!«

Udo ging auf den Vater zu. »Ich versteh deine Trauer...«

»Einen Dreck verstehst du!«

»Mag sein. Du kommst her, weil du Angst vor dem Sterben hast...«

»Jakob Weinberg hat vor nichts Angst.«

»Den Quatsch glaubst du wohl selbst nicht. Du fürchtest den Tod wie jeder andere Mensch...«

»Ich habe das KZ überlebt und anderen dabei geholfen, weil ich keine Angst hatte...«

»Ich kann deine KZ-Geschichten nicht mehr hören.«

»Du wirst sie nicht mehr hören. Verlaß dich drauf! Ich bin nur in deinen Stall gekommen, weil ich dir für die Zeit nach meinem Tod helfen wollte...«

»Warum hilfst du mir nicht während deines Lebens?«

»Wer hat dich zum Kinodirektor gemacht? Mit knapp zwanzig! Welcher Vater tut das?«

»Du hast mir weniger bezahlt als einem Platzanweiser.«

»Weil du nichts geleistet hast!«

»Ich habe dein marodes Cinema saniert!«

»Zehn Jahre hast du dafür gebraucht! Andere machen das in drei Monaten.«

»Weil du mich nicht gelassen hast. Du wolltest ein großes Kino und eine große Leinwand. ›Das kostet wenig und bringt viel‹, hast du gesagt!«

»So ist es!«

»So war es vor hundert Jahren!«

»Und so wird es bleiben.«

»Nein! Und weil du das nicht begreifen wolltest, hast du mich das Kino erst nach zehn Jahren und unendlichem Streit umstrukturieren lassen ...«

»Ich habe es dir nur erlaubt, weil du sonst meschugge geworden wärst.«

»Warum kannst du nie einen Fehler zugeben? Es gibt in München kein einziges Großkino mehr.«

»So? Und was ist mit dem ›IMAX‹ im Deutschen Museum und dem ›MAxX‹ vom Rieger am Isartor?«

»Alles Mehr-Programm-Kinos. Du mußt den Leuten verschiedene Filme bieten – wie im Fernsehen. Unser Laden lief. Wir haben Gewinn gemacht.«

»Du rechnest wie ein Marktweib. Ich mußte das Cinema verkaufen, weil wir riesige Schulden hatten.«

»Du mußtest einen Dreck! In einem Jahr hätten wir unsere Investitionen eingespielt ...«

»Bei dir gibt es immer nur: hätten, wären. Nie: ist!«

»Das willst du mich glauben machen. Aber ich weiß, daß ich mit dem Kino-Umbau recht hatte.«

»Mit vierhunderttausend Mark Schulden!«

»Und einem Verkaufspreis von 2,4 Millionen!«

»Woher weißt du das?«

»Ich hab's erfahren.«

»Von wem?« Weinberg hatte mit der Casino-Vision strenge Diskretion vereinbart. Und auch einen entsprechenden Passus in den Kaufvertrag aufnehmen lassen.

»Willst du das wirklich wissen?«

Weinbergs Neugier und sein Zorn auf den Verräter wogen schwerer als die Vorsicht gegenüber seinem Sohn. Mit Udo würde er allemal fertigwerden. »Wer?«

»Barbara.«

»Lügner! Intrigant!«

»Frag sie!«

»Der Schlag soll die dumme Schickse treffen.«

»Jetzt weiß ich endlich, was du von ihr hältst ... und von uns

110

allen. Du bist ein Monster, keinen Deut besser als deine Lehrer von der SS.«

Weinberg stürzte sich auf Udo, wollte ihn mit seinen Fäusten treffen. Mitten ins Gesicht. Er sah Haß in den Augen seines Sohnes. Udo würde zurückschlagen.

Weinberg war zu seinem Kind gekommen, um ihm zu helfen. Udo aber lauerte nur darauf, ihn bloßzustellen, zu kränken, zu erzürnen, zu schlagen, obgleich oder weil er wußte, daß der Vater todkrank war. Sogar seine Zuneigung zu Barbara wollte er vergiften. Er hatte sich das Vertrauen der dummen Gans erschlichen, wie einst Jakobs Söhne Simon und Levi, die den Weibern des Patriarchen beigewohnt hatten. »Verflucht sei ihr Zorn!« hatte Jakob in seiner Todesstunde gescholten. Jakob hatte ein Dutzend Söhne. Joseph hatte einen anderen Charakter als seine Brüder. Er erwies dem Vater den ihm gebührenden Respekt. So spendete Jakob dessen Söhnen Ephraim und Menasse den Segen:

»Der Engel, der mich vor allem Üblen erlöste, segne die Knaben, daß durch sie mein und meiner Väter Abraham und Jitzchak Name fortleben, auf daß sie wachsen und viele werden auf Erden.«

Weinbergs Vater hatte ihn im Kindesalter den Jakob-Segen als Gebet gelehrt. Er hatte es jede Nacht vor dem Einschlafen gesprochen – bis er nach Birkenau gekommen war. Der gute Engel hatte weder Juda Weinberg noch sechs Millionen andere Juden vor allem Üblen bewahrt. Er war machtlos gegen die Nazis. Es gab ihn nicht! Das Wissen darum hatte Weinberg die Kraft und den Haß gegeben, den Nazis die Stirn zu bieten und das Lager zu überstehen.

Zum Andenken an seinen ermordeten Vater und dessen Geschlecht hatte Weinberg seinen Sohn Juda genannt. Nach dessen Geburt nahm Weinberg erstmals seit dem Lager wieder eine Thora in die Hand. Er hatte im 49. Abschnitt des Ersten Buches Mose Jakobs Segen und Prophezeiung an dessen Sohn Jehuda nachgelesen:

»Juda, du bist es. Dich werden deine Brüder preisen. Deine Hand wird deinen Feinden auf dem Nacken sein, vor dir werden deines Vaters Söhne sich verneigen. Juda ist ein junger Löwe ...

Es wird das Zepter von Juda nicht weichen, noch der Stab des Herrschers von seinen Füßen, bis daß der Held komme, und ihm werden die Völker anhangen. Er wird seinen Esel an den Weinstock binden und seiner Eselin Füllen an die edle Rebe. Er wird sein Kleid in Wein waschen und seinen Mantel in Traubenblut. Seine Augen sind dunkel von Wein und seine Zähne weiß von Milch.«

Weinberg hatte alle seine Erwartungen in seinen Sohn gesetzt. Doch dessen Hand war nicht im Nacken seiner Feinde. Niemand verneigte sich vor Juda. Die Thora war Betrug und Udo ein Versager. Dennoch war Weinberg entschlossen, auch nach seinem Ableben die Verantwortung für sein Kind zu erfüllen. Jakob Weinbergs Sohn durfte nicht zugrunde gehen. Sein seliger Vater Jehuda erwartete das von ihm.

»Du mußt dich nicht über Barbara echauffieren...« Udo genoß die wiederaufkochende Wut des Vaters. »Sie taugt hundertmal mehr als du.« Seine helle, aufgeregte Stimme ging in einen ruhigen Tonfall über. »Wahrscheinlich wäre es besser für alle gewesen, wenn du von vornherein eine Frau wie Barbara geheiratet hättest.«

»Dann hätte es dich nicht gegeben, du Narr!«

»Na und? Dann hätten dich andere Kinder als Vater ertragen müssen.«

»Nie im Leben hätte ich mit einer Schickse Kinder...«

»Zum Ficken ist sie dir gut genug?!«

»Wie kannst du das vergleichen?! Jeder Hund fickt.«

»Bemerkenswert, mit wem du dich vergleichst.«

Der Dreckskerl hatte nur im Sinn, den eigenen Vater zu demütigen. Weinberg hatte genug. Es war sinnlos. Es blieb ihm nichts übrig, als den Burschen seinem Schicksal zu überlassen. Weinberg wandte sich entschlossen um.

»Ich möchte nicht, daß du mein Haus verbittert verläßt...«

»Das hättest du dir früher überlegen müssen. Jetzt ist es zu spät!«

»Nicht ganz. Du sollst erfahren, daß du in wenigen Monaten Großvater wirst.«

Das Blut schoß Weinberg in den Kopf, pochte gegen seine Schläfen. Ihn schwindelte. Doch er zwang sich, stehen zu bleiben. Jakob Weinberg hatte vor seinen Feinden nie Schwäche gezeigt. Nun war sein eigener Sohn zu seinem Feind geworden. Also mußte Weinberg auch ihm die Stirn bieten. Er schleppte sich zur Wohnungstür. Udo wollte den schwankenden Vater stützen, doch Weinberg stieß ihn von sich.

»Du haßt die Gojim, Vater. Und du haßt die Juden. Deine eigene Geliebte und deinen Sohn. Du haßt alle Menschen.«

»Nein!« Weinberg erschrak über die Heiserkeit der eigenen Stimme. »Ich hasse nur dich.«

»Dann wird zumindest mein Kind von deinem Fluch verschont bleiben.«

Weinberg wandte seinen Blick ab. Doch Udo fuhr fort, ihn verletzen zu wollen.

»Auf keinen Fall werde ich unser Kind mit einem so bombastisch verlogenen Namen belasten wie du: Juda-Udo, warum nicht gleich Juda-Julius? Wie Julius Streicher, oder noch besser Juda-Adolf...«

»Du willst also ein Kind von einer Schickse?«

»Anne ist schwanger...«

»Sie geht mich nichts an! Ich will wissen, ob du einen Balg von einer Schickse willst.«

»So spricht ein Nazi.«

»Laß den Nazi! Und sag mir, ob du ein Kind von der Schickse willst?«

»Warum nicht? Wenn alle Juden mit Gojim Kinder zeugen würden, gäbe es keinen Antisemitismus mehr...«

»Und keine Juden!«

»Na und? Sag mir, wozu brauchst du Juden? Wozu?«

»Du willst also, daß die Nazis gewinnen? Daß die Endlösung wahrgemacht wird? Statt von Hitler durch dich und deinesgleichen.«

»Wenn du ein paar Jahre jünger wärst, würdest du dich mit Barbara an dieser Art der Endlösung beteiligen. Barbara möchte nämlich ...«

»Halt dein Pisk!«

Udo wich vor Weinbergs heiserem Gebrüll unwillkürlich zurück.

»Ich werde nie im Leben ein Kind mit einer Schickse machen!«

Udo zwang sich zu einem Lächeln. »Auch nicht mit Barbara?«

»Niemals!«

»Dann mußt du sie aber sehr lieben.«

»Das hat nichts mit Liebe zu tun!«

»Sondern mit Rassismus!«

Weinberg wußte nicht, was er erwidern sollte.

»Du wolltest nur semitische Herrenmenschen wie mich und Dinah zeugen.«

Weinbergs Zorn schlug in Verachtung um. Udo versuchte ihm intellektuelle Überlegenheit vorzugaukeln, die er nicht besaß. Er wollte den Vater provozieren. So vergeudete er sein Erbe, die letzte Chance in seinem versauten Leben. »Du bist ein Nudnik«, sprach Weinberg beherrscht und verließ die Wohnung.

Als Udo im ›Fraunhofer‹ eintraf, waren die Proben im Hinterraum bereits vorbei. Es war Feiertag, kurz vor zwölf. Doch niemand kümmerte sich hier um das christliche Allerheiligenfest. Die ersten Mittagsgäste tröpfelten ins Lokal.

Die Wände der Gastwirtschaft sind holzgetäfelt. Darüber hängen ausgestopfte Wildschweinköpfe, Hirschgeweihe und König-Ludwig II.-Devotionalien. Die Gäste hocken an blanken Holztischen. Das ›Fraunhofer‹ hat seinen Namen von der gleichnamigen Straße, die von der Isar quer durchs Gärtnerplatz-Viertel zum Sendlinger-Tor-Platz und damit zur Innenstadt führt. Das Lokal profitiert vom unkonventionellen Ruf der Gegend. Die Bewohner des Stadtteils genießen das Flair eines Schwulen- und Lesbenviertels. Die Wirtshausgäste sind meist Angestellte, Studenten der Geisteswissenschaften mit viel Zeit und schlechten Noten sowie Freiberufler, denen es noch nicht gelungen ist, sich zu etablieren. Sobald sie es geschafft haben, zieht es sie weiter über die Müllerstraße in die Schicki-Kneipen rund um den Viktualienmarkt. Der Kopf des ›Fraunhofer‹ ist dessen Hinterraumtheater.

Udo schätzte das ›Fraunhofer‹ wegen des guten und preiswerten Essens. Das Theater nahm er hier wie dort nicht ernst. Woanders, etwa in den Kammerspielen oder im ›Resi‹, wurde mit viel Pomp Klassik und Schwulst zelebriert. Homöopathische Thomas-Bernhard-Inszenierungen dienten als Alibi des Zeitgeistes. Tatsächlich jedoch schmorten die Maximilianstraßenbühnen samt Oper im Saft der Selbstgerechtigkeit. Der Märchenkönig Ludwig II., Wagner, Hitler, Strauß kamen und gingen. Der Münchner Schwulst blieb. 1929 hatte Lion Feuchtwanger in seinem Roman ›Erfolg‹ ein Sittenbild der Stadt inmitten der Bayerischen Hochebene gezeichnet. »Bauen, brauen, sauen« war nach wie vor die Lebensmaxime der Münchner geblieben.

Seit Udo Anne liebgewonnen hatte, hielt er sich mit zynischen Kommentaren über die Fraunhoferbühne zurück. Denn die Geliebte arbeitete dort gelegentlich als Regieassistentin. Anne liebte Udos scharfe Urteile, aber er wußte um ihre Empfindlichkeit. Anne war nicht dümmer als die anderen Flachköpfe im Münchner Theaterbetrieb. Weshalb sollte er ausgerechnet seine Freundin verletzen?

Anne gefiel Udo wie beim ersten Zusammentreffen. Sie war knapp mittelgroß, schlank, fast zierlich. Nichts an ihr war eckig. Annes Gesicht war oval und ihre Lippen beschrieben eine hohe Kurve. Lediglich ihre Nase war gerade. Udo hatte sich sogleich in Annes smaragdgrüne, leuchtende Augen verguckt. Er sah in ihnen Lebensgier und Verletzlichkeit. Anne war eine leidenschaftliche, dabei aber zärtliche Liebhaberin. Ihre Ehrlichkeit und Liebe flößten Udo Vertrauen ein. Annes Empfindlichkeit lenkte ihn in die Rolle des Beschützers. Erstmals nach dem Rauswurf aus dem Kino seines Vaters dachte Udo wieder über seine berufliche Zukunft nach. Er mußte in die Filmbranche. Doch ihm fehlten alle dafür notwendigen Voraussetzungen: Selbstsicherheit, Verbindungen, Geld. Sein Vater hätte ihm helfen können – doch Udo wollte ihm nicht die Gelegenheit geben, ihn zurückzuweisen. Wie recht Udo damit tat, hatte Weinberg eben bewiesen. Obgleich er vor dem Tod zitterte wie ein altes Weib, konnte er der Versuchung nicht widerstehen, den eigenen Sohn zu unterdrücken.

In den vergangenen Monaten hatten Udo und Anne Pläne gesponnen, eine Autorenfilmproduktion zu gründen. An Ideen, an Themen mangelte es ihnen nicht. Anne ermutigte Udo, seine Vorstellungen durchzusetzen. Er wollte ein Drehbuch zu einem Film über die Einsamkeit der Großstadt schreiben. Udo war überzeugt, daß die Massengesellschaft immer mehr Menschen in die Isolation trieb. ›Allein‹ sollte die Geschichte eines alten Mannes zeigen. Auch einen Film über einen jüdischen Verkäufer hatte Udo im Kopf. Aber er hatte noch nie ein Skript verfaßt. Anne hatte Freunde und Studienkollegen, die Drehbuchseminare veranstalteten. Udo war mißtrauisch.

»Wenn einer Bücher, Drehbücher, Artikel erfolgreich schreiben kann, hat er's nicht nötig zu lehren, wie's gemacht wird. Ist einer aber gezwungen, es anderen beizubringen, dann kann er's wahrscheinlich selbst nicht richtig.« Anne hatte über Udos »verdrehte jüdische Logik« gelacht und nüchtern erwidert: »Trotzdem. Irgendwo mußt du's lernen.«

Udo versuchte es mit Lehrbüchern. Sie wurden nach seiner Ansicht ebenfalls von Nichtskönnern verfaßt. Zumindest konnte er hier jedoch das Lerntempo bestimmen. Derweil begann er, Drehbuchskizzen für seine Filme zu entwerfen. Mit Annes Hilfe hatte Udo Kontakt zu einem Theater- und Filmmagazin geknüpft. Seine Kurzkritiken wurden unverändert im ›Off‹ abgedruckt. Das Honorar betrug pauschal 25 Mark. Der Stolz, erstmals seinen Namen über einem Artikel gedruckt zu sehen, überwog die Schmach des geringen Honorars. Udo und Anne grübelten über neue Filmprojekte und Erwerbsmöglichkeiten nach. Darüber vergaßen sie zu verhüten. Anne wurde schwanger. Bis dahin gab Anne vor, keine eigenen Kinder zu wollen. Nun schwankte sie. Anne war Mitte dreißig. Sie hatte nie nach einem Idealmann Ausschau gehalten.

Da war ihr Udo über den Weg gelaufen. Sie verstanden einander und wollten zusammenbleiben. Anne war überzeugt, daß sie und Udo gute Eltern abgeben würden.

»Das ist nicht unwahrscheinlich«, hatte Udo erwidert. »Da wir im Beruf Versager sind, haben wir genug Zeit und sind ausreichend motiviert, zumindest als Eltern einigermaßen abzuschneiden.«

Seit seiner Entlassung aus dem Kino hatte Udo sich mit Gelegenheitsjobs durchgeschlagen. Wie er den Unterhalt für Mutter und Kind verdienen sollte, wußte Udo nicht. Daher hatte ihn der Vorwurf des Vaters, er beziehe Sozialhilfe, gekränkt und erschreckt. Dies drohte tatsächlich. Andererseits war er zu stolz, sein Kind wegen Armut abtreiben zu lassen. Udo freute sich auf das kleine Lebewesen. »Dann hätte ich zumindest etwas Bleibendes im Leben zustande gebracht.« Anne bat Udo, mit »dem Schmarrn« aufzuhören.

Ehe Udo an Annes Tisch trat, hatte sie ihn entdeckt. Sie küßten sich auf den Mund. Udo stellte sich vor, wie sein Baby schmecken und wie es aussehen würde. Er wünschte sich, daß das Kind Annes Smaragdaugen erben würde. Udo spürte die Bedrückung der Geliebten. Fühlte sie sich schlecht?

»Ja. Weil die hier zu feig sind, ›Der Müll, die Stadt und der Tod‹ aufzuführen. Die wollen lieber die ›Galgenlieder‹ des François Villon geben ...«

»Faßbinder ist tot.«

»Villon töter«.

»Wer braucht schon den seligen Rainer Werner?«

»Das mußt gerade du sagen.«

Udo liebte den Anblick der zornigen Anne. Ihr Gesicht bekam einen konzentriert entschlossenen Ausdruck. Eine bajuwarische Rosa Luxemburg.

»Du meinst, weil ich Jude bin ...«

»Chinese bist du nicht!«

»Faßbinder ist dir also nur wichtig, weil ich Jude bin?«

»Nein, weil du ein eingebildeter Depp bist.«

Udo hatte Anne auf Faßbinders Theaterstück aufmerksam gemacht.

»Alle Idioten zetern, Faßbinder sei Antisemit gewesen. Gelesen hat ›Der Müll, die Stadt und der Tod‹ fast niemand. Die wissen nur, daß Ignatz Bubis das Stück haßt und daß darin einer sagt: ›Der Jud will unser Blut saufen.‹ Das ist natürlich ganz furchtbar, und alle sind rechtschaffen empört. Keiner begreift, daß Faßbinder lediglich versucht hat, Shakespeares ›Kaufmann von Venedig‹ zu aktualisieren. Wie erklärst du Antisemitismus heute, nach Adolf Hitler? Keiner glaubt mehr an den fleischgierigen jüdischen Wucherer. Jedenfalls dünken sie sich darüber erhaben. Seit Hitler ist es unchic, Juden zu hassen. Doch über jüdische Spekulanten wird man noch ein kritisches Wort sagen dürfen. Die Typen haben nicht gemerkt, daß Faßbinder sie entlarven wollte, in dem er ihre Vorurteile bloßgestellt hat.«

»Du hast selbst gesagt, der Bubis haßt das Stück«, wandte Anne ein.

»Ist Bubis Gott? Darf er nicht ebenso begriffsstutzig sein wie alle anderen und nicht kapieren, daß es nicht um ihn geht, sondern um das Klischee des häßlichen, geilen und reichen Juden? Shakespeare und Faßbinder war's doch nicht um diese Karikatur zu tun, sondern darum, aufzuzeigen, daß Vorurteile und Haß Menschen vergiften und zerstören. Das gleiche hat übrigens Max Frisch in ›Andorra‹ gezeigt. Da wurde es verstanden. Weil der Held ein schöner, noch dazu christlicher Bursche ist – ein unschuldiges Opfer. Bei Shakespeare und Faßbinder dagegen ist der Jude ein geifernder Bösewicht.«

Udo holte Luft und hob die Augenbrauen.

»Hat nicht ein Jude Augen? Hat nicht ein Jude Hände, Gliedmaßen, Werkzeuge, Sinne, Neigungen, Leidenschaften? Mit derselben Speise genährt, mit denselben Waffen verletzt, denselben Krankheiten unterworfen, mit denselben Mitteln geliebt, gewärmt und erkältet von eben dem Winter und dem Sommer wie ein Christ? Wenn ihr uns stecht, bluten wir nicht? Wenn ihr uns kitzelt, lachen wir nicht? Wenn ihr uns vergiftet, sterben wir nicht? Und wenn ihr uns beleidigt, sollen wir uns nicht rächen?«

»Das hast du wacker auswendig gelernt.«

Auch Udo wunderte sich, wie mühelos er den Monolog nach fast dreißig Jahren noch im Gedächtnis hatte. Als Schüler in der Theatergruppe des jüdischen Jugendverbandes hatte er die Titelrolle des ›Kaufmann von Venedig‹ einstudiert. Doch das Stück war damals nicht aufgeführt worden. Ein Wichtigtuer im Kulturausschuß der jüdischen Gemeinde hatte sein Veto eingelegt.

Annes Ironie mißfiel Udo. So verzichtete er darauf, ihr von seiner ersten Erfahrung mit dem Shakespeare-Stück zu erzählen, und flüchtete sich auf die Insel des Zeitkritikers.

»Faßbinder hat geglaubt, nach Auschwitz wären Deutsche und Juden klüger, ein erklärender Wenn-ihr-uns-stecht-bluten-wir-nicht-Dialog wäre unnötig, das Publikum würde auch ohne Nachhilfeunterricht die Wirkung des Antisemitismus begreifen. Der schlaue Rainer Werner hat sich getäuscht.«

Anne hatte Udo ob seines Eifers aufgezogen. Am nächsten Tag aber wollte sie sich das Faßbinder-Stück besorgen. Es war vergriffen. Der Verlag hatte die Veröffentlichung eingestellt, um nicht in den Ruch der Judenfeindschaft zu geraten. Auch in der Stadtteilbibliothek fehlte das Büchlein. Daraufhin ging Anne in die Staatsbibliothek in der Ludwigstraße. Nach zwei Tagen Bestellfrist durfte sie im Lesesaal endlich ›Der Müll, die Stadt und der Tod‹ einsehen. Das war absurd. Das Faßbinder-Stück wurde im Giftschrank gehalten wie Adolf Hitlers ›Mein Kampf‹!

Anne nahm sich vor, das Drama in einem kleinen Münchner Theater zu inszenieren. Es mußte sich doch ein risikofreudiger Regisseur, Intendant, zumindest ein Kleinkunst-Zampano finden, der den Mut aufbrachte, das Stück eines allseits anerkannten Autors und Regisseurs aufzuführen. Anne irrte. Die Herren fürchteten allesamt den Vorwurf des Antisemitismus. Also wandte sie sich an ein paar junge Kritiker, die dabei waren, sich den Ruf des Nonkonformismus zu erschreiben. Die Autoren winkten alle ab. Nur einer gab den Grund seines partiellen Schweigens preis. »Du hast heute in Deutschland fast Narrenfreiheit. Du kannst Stalin gut finden, Kim Il Sung und sogar Sympathien für Augusto Pinochet und Milosevic äußern. Du darfst Goethe verreißen, aber Hedwig Courths-Mahler und Rosamunde Pilcher in den Himmel loben. Alles geht. Nur eins nicht. Du darfst nach Auschwitz den Juden nicht an den Karren fahren, sonst bist du mausetot.«

»Aber Faßbinder war doch kein Antisemit. Im Gegenteil, er wollte nur erklären, wie es dazu kommt ...«

»Das mag ja so sein. Aber die Juden denken anders darüber. Wer will ihnen eine gewisse Überempfindlichkeit verübeln? Sie können alles killen, was ihnen nicht paßt.«

»Aber ...«

Der offenherzige Kritiker ließ keinen Einwand gelten. Er warnte Anne davor, sich in die Rolle einer Michaela Kohlhaas zu verrennen. Udo formulierte es drastischer: »Die Deutschen sind heute feige Hunde. Hitler, oder vielmehr die Schweinereien, die sie in Hitlers Namen begingen, haben ihnen den Mut geraubt.«

Anne resignierte – bis sie für das ›Fraunhofer‹ zu arbeiten begann. Sie kam gut mit dem Regisseur aus. Respektierte ihn für seine Frechheit. So schlug sie ihm eines Abends nach der gelungenen Premiere eines sozialkritischen Stücks vor, den ›Müll‹ zu inszenieren. Der Spielleiter, vom Beifall und Alkohol berauscht, war von der Idee begeistert.

»Genau! Das machen wir. Wir zeigen es den Spießern!«

Er beauftragte Anne mit den Vorbereitungen. Sie stürzte sich in die Arbeit. Doch nach einigen Wochen bat sie der Regisseur, die Planung »vorläufig« einzustellen. Er hatte ein Angebot, an eine etablierte Bühne nach Essen zu gehen, und wollte seine Karriere nicht mit einer »Dummheit« gefährden. Anne bot an, an seiner Stelle Regie zu führen. Der Regisseur hatte nichts dagegen. Doch der Theaterimpresario. »Ich kann die Bühne nur mit Unterstützung des Kulturreferates der Stadt betreiben. Die ziehen augenblicklich den Schwanz ein, wenn die Juden Wind von der Sache bekommen.«

So war es. Die Israelitische Gemeinde signalisierte auf Anfrage, daß sie dieses »antisemitische Hetzstück« nicht tolerieren würde, und kündigte scharfen Protest an. Der Theaterchef hatte Anne an diesem Morgen davon unterrichtet. Sie erzählte Udo von der Absage. Anne erwartete Trost von ihm. Statt dessen tarnte er seine Enttäuschung mit besserwisserischem Gerede.

»Das überrascht mich nicht. Die Deutschen haben endlich die Juden, die sie verdienen – und umgekehrt. Die einen haben kein Rückgrat, die anderen keinen Verstand.«

»Mit deinen Ansichten solltest du dich als Redakteur bei der ›Nationalzeitung‹ bewerben.«

Udo wollte eine scharfe Gemeinheit erwidern. Doch er spürte, wie sehr die Absage der Inszenierung Anne getroffen hatte. Udo versuchte ein aufmunterndes Lächeln.

»Du darfst trotzdem nicht aufgeben.«

In Annes Augen kam wieder Leben. Sie ergriff seine Hand und erkundigte sich nach seiner Arbeit an den Drehbüchern. Udo erzählte ihr vom Besuch des Vaters. Sie begriff, daß Udo für heute genug von Streit hatte. Ihn aber drängte es, seinen Standpunkt bestätigt zu hören.

»Der Alte spinnt. Er regt sich auf, daß unser Kind ein Goj wird.«

»Ihr spinnt alle beide. Mein Kind wird doch kein Goj!«

»Du spinnst auch. Natürlich wird der Wurm ein Goj.«

»Du bist doch der Vater!«

»Ich bin kein Jud. Ich glaub nicht an Gott. Ich geh fast nie in die Synagoge …«

»Trotzdem bist einer.«

»Weil ich beschnitten bin? Das sind die meisten Amis auch.«

»Nein. Du denkst wie ein Jud. Du verhältst dich so …«

»Also die Rasse?« Udo sah Anne ratlos an.

Sie lachte ihn aus. »Sicher. Der Hitler war mein Opa.«

»Was bedeutet für dich Jude?«

»Du bist anders.«

»Wie?«

»Das weiß ich nicht. Ich weiß nur, daß du mir gefällst. Und daß ich mich auf unser Kind freue.«

Udo grinste. Doch bald wurde sein Blick wieder ernst. »Unser Kind wird ein Goj.«

»Schmarrn.«

»Doch. Der Vater ist unwichtig. Nur die Mutter zählt. Und du bist nun mal keine Jüdin.«

»Seit wann bist du Feminist, Udo?«

»Das sag nicht ich, sondern der Talmud.«

»Was du sagst oder der Talmud, ist mir gleich. Mein Kind wird ein Jud. Egal, ob's dir paßt oder nicht!« Anne sah Udo entschlossen an. Dann fuhr sie ihm zärtlich über den Haarschopf. »Ich wünsch mir, daß du's auch willst.«

»Paßt scho!«

Nach dem Streit mit Udo eilte Weinberg zu seinem Auto. Wütend schlug er die Tür zu. Er beschloß, nicht nach Hause zu fahren. Ohne anzuhalten, passierte er seine Wohnung in der Barerstraße. Daheim würde er unweigerlich über seine Krankheit und seinen mißratenen Sohn brüten. Oder erneut in den Büchern von Hannah Arendt und Rudolf Höß blättern.

Weinberg erwog, ins Café ›Maxburg‹ zu fahren – vielleicht war einer seiner Freunde vor seinem Weib dorthin geflohen. Doch zunächst mußte er nachdenken. Barbara besuchte die Gräber ihrer Nazifamilie. Weinbergs Mischpoche besaß keine Gräber mehr. Deutsche und Polen hatten die letzten Ruhestätten seiner Vorfahren im galizischen Rudnik verwüstet. Weinbergs Eltern und sein Bruder Nathan wurden in den Himmel Polens geblasen. Allein seine Frau Lea hatte ein Grab gefunden – in München, in deutscher Nazierde. Würde er eines Tages an ihrer Seite ruhen?

Durch das Gittertor betrat Weinberg den jüdischen Friedhof an der Garchingerstraße. Im Büroraum der ebenerdigen Friedhofsverwaltung fischte Weinberg aus einem Korb eine Kipa und setzte sie auf seinen Hinterkopf. Schnell verließ er das düstere Häuschen. Über einen breiten Kiesweg schritt Weinberg ins Innere des Friedhofs. Rechts stand das Denkmal für die im Ersten Weltkrieg gefallenen jüdischen Soldaten. In breite Steintafeln waren mehr als tausend Namen geschlagen. Sie hatten ihr Leben hingegeben, um den Deutschen zu beweisen, daß die Juden ihre Heimat liebten wie sie. Die Deutschen wollten es nicht wissen. Ihr Führer befreite sie von ihren jüdischen Möchtegern-Landsleuten. Die Juden hatten die Mordlektion gelernt. Von ein paar Unverbesserlichen abgesehen, legte heute kein Hebräer mehr eine deutsche Uniform an. Weinberg riß sich vom Anblick des überdimensionalen Betonsarkophags los, der inmitten der Gefallenentafeln aufragte.

Jenseits des Weges lag die Aussegnungshalle. Sie war ebenso wie der Friedhof zu Beginn des 20. Jahrhunderts erbaut worden, als die jüdische Gemeinde der bayerischen Metropole vermögend war und durch den Zuzug von Landjuden stetig wuchs. Der Optimismus der Münchner Juden kannte keine Grenzen – bis hierher, bis zum Friedhof. Das Aussegnungshaus war übermächtig angelegt. Der Bau war hoch wie ein Kirchenschiff. Unter den runden Deckenfenstern prangten Bibelzitate. Die hebräischen und deutschen Lettern – viele Juden verstanden vor hundert Jahren bereits nicht mehr der Sprache ihrer Väter – waren vergoldet. »*Der Mensch gleicht einem Schatten. Seine Zeit auf Erden ist flüchtig*«, lautete Weinbergs Lieblingszitat.

Hier war Lea in einem schwarzverhangenen Sarg aufgebahrt worden. Der Rabbiner hatte eine schwülstige Rede über ihre Güte und Pflichterfüllung gehalten. Lea hatte tatsächlich ihre Pflicht getan – sie hatte Weinberg zwei jüdische Kinder geschenkt. Doch darüber hinaus war ihr Leben farblos geblieben. Ohne Lust, ohne Freude. Die Nazis hatten ihr die Lebenskraft geraubt. Nachdem sie ihre Kinder großgezogen hatte, verlöschte Lea.

Vor der Aussegnungshalle erhob sich eine Steinsäule, die an die Opfer der Schoah gemahnte. Weinberg hob einen Stein vom Kiespfad. In Deutschland war seit der Wiedervereinigung eine Holocaust-Mahnmal-Debatte aufgeflammt. Die Nachkommen der Täter stritten sich darüber, welche Form das Denkmal haben, auf welche Weise sie am würdigsten der Opfer gedenken sollten. Weinberg hielt sich aus dieser Debatte heraus, wenn er von Gojim danach gefragt wurde. Selbst Menschen mit gutem Willen begriffen wenig. War es Opfern und Tätern möglich, gemeinsam zu trauern? Wie konnten die Nachkommen der Täter sich anmaßen, sein Leid zu begreifen und zu teilen? Der Zank über die Form des Denkmals blieb ihm unverständlich. Begriffen die Deutschen nicht, daß es keine ästhetische Lösung für das schlimmste Verbrechen der Menschheitsgeschichte geben konnte – weder in Yad Vashem, noch in Washington, und schon gar nicht in der deutschen Hauptstadt? Immerhin hatte Deutschland Dachau, Bergen-Belsen und Sachsenhausen zu bieten. Was brauchte es mehr? Die Steinsäule des jüdischen Friedhofs genügte Jakob Weinberg. Seine Eltern und sein Bruder Nathan waren ihm ohnehin ständig gegenwärtig. Bis zu seiner letzten Stunde würde er an sie denken. Nie würde er ihren Tod verwinden oder vergeben.

Unmittelbar nach dem Krieg hatte sich die deutsch-jüdische Gemeinde geweigert, Ostjuden aufzunehmen. Erst auf Druck der amerikanischen Militärregierung hatten die deutschen Juden den Boykott ihrer Religionsgenossen aufgegeben, mit denen sie noch im Jahr zuvor die KZ-Pritschen und ihre Angehörigen die Gaskammern geteilt hatten. Nach kurzer Zeit hatten sich die Befürchtungen der deutschen Juden bestätigt. Die Israeliten aus dem Osten waren aus den DP-Lagern in die Stadt gekommen und hatten dank ihrer Mehrheit das Sagen in der Gemeinde. Der Vorsitz der Gemeinde blieb jedoch deutschen Juden vorbehalten. Dem ehemaligen KZ-Arzt Julius Spanier folgten der Notar Siegfried Neuland sowie der Publizist Hans Lamm. Schließlich übernahm 1987 die Tochter Neulands, Charlotte Knobloch, das Amt. Schämten sich die Ostjuden ihres jiddischen Akzents, daß sie den Vorsitz scheuten?

Charlotte Knobloch war die ideale Gemeinde-Repräsentantin. Sie war die personalisierte deutsch-ostjüdische Symbiose. Frau Knobloch war mit einem Juden aus Polen verheiratet gewesen. Das Paar hatte drei Kinder. Eine Frau machte sich gut als Vorsitzende. Sie lenkte die Gemeinde mit Anteilnahme, Fürsorge, aber auch mit eiserner Hand. Charlotte Knobloch war die Mini-Golda-Meir der Münchner jüdischen Gemeinde.

Nach der Schoah waren die meisten Juden unfähig, ihren Kindern den Glauben zu vermitteln, der ihnen abhanden gekommen war, und Bräuche zu überliefern, die sie abgelegt hatten. Weinbergs Generation hielt an ihrem gottlosen Judentum fest. Sie vererbte ihren Kindern ein Judentum, in dessen Zentrum statt Gott Israel und Antisemitismus standen. Um Weinberg zu provozieren und weil ihn das Philosophiestudium verwirrt hatte, faßte Udo das moderne Judentum in einem Begriff zusammen: Hitler.

»Die Antisemiten haben den Zionismus erfunden. Sie haben die Juden ausgerottet, die anderen sind vor ihnen nach Palästina geflohen und haben Israel erkämpft. Hinter allem steht bei euch der Antisemit. Er ist euer neuer Schöpfer. Hitler ist euer Gott.« Weinberg hatte Udo beschimpft. Sich selbst aber gestand er ein, daß sein Sohn die Achillesferse des modernen Judentums getroffen hatte. Das Judentum in der Diaspora, vor allem in Deutschland, war leer. Deshalb vergaßen die Jüngeren ihre Herkunft, heirateten Gojim, zeugten mit ihnen Kinder und gingen damit samt ihren Familien für das Judentum verloren.

Die moralischen Deutschen wiederum hatten sich nach Hitler zu Philosemiten entwickelt. Da ihre Landsleute die Juden ermordet und vertrieben hatten, hielten sich die guten Deutschen an die toten Juden. Die deutschen Judenfreunde glichen Schmetterlingssammlern. Weinberg ging weiter, er zieh die Judenfreunde von eigenen Gnaden der Nekrophilie. Sonderbare Propheten wie Lea Rosh, die die Deutschen zu Büßern bekehren wollten, riesige Holocaustdenkmäler planten und am Ende den wirklichen Juden vorschreiben wollten, wie sie um ihre Angehörigen zu trauern hatten, reizten Weinberg mehr als Antisemiten – da wußte er zumindest, woran er war.

Weinberg war am neueren Friedhofsteil angelangt. Die Gräber, graue und schwarze Granitsteine, glichen einander wie Reihenhäuser. Er orientierte sich an den Sterbedaten der Toten. Lea war am 14. Januar 1985 gestorben. Weinberg ergriff einen taubeneigroßen Kieselstein und schritt über einen ausgetretenen Trampelpfad zum Grab seiner früheren Frau. Er legte den Stein auf der rechten Seite der Grabplatte ab. Udo legte seine Steine auf die linke Seite. Die Steine gaben Zeugnis von der Häufigkeit ihrer Besuche. So wurde die Größe der Steinhaufen zu einem weiteren Feld der Rivalität von Vater und Sohn: Wer gedachte inniger der Verstorbenen?

Hatte Lea an Gott geglaubt? Weinberg wußte es nicht. Lea hatte jeden Freitagabend die Sabbatlichter entzündet und war an Jom Kippur in die Synagoge gegangen, um das Jiskor-Gedenkgebet für ihre ermordete Familie zu sprechen. Weinberg kam dieser Routinepflicht ebenfalls nach. Die Gemeinde der Betenden verfluchte dabei inbrünstig die »deutschen Nazimörder«. Das Ritual zeugte nicht von Religiosität. Weinberg hatte sich nie um Leas Glauben gekümmert. Hauptsache, sie war eine treue jüdische Frau, die seine Kinder großgezogen hatte.

Weinberg hatte sich auch nie für Leas Gefühle und Überzeugungen interessiert. Waren die Menschen für ihn nur Schachfiguren, wie Udo behauptete? Unsinn! Weshalb versuchte er bei jeder Gelegenheit, seinen Kindern beizustehen? Sogar jetzt, angesichts des Todes, pilgerte er zu Udo und wollte ihm helfen. Und Barbara! Sie liebte ihn, weil er sich um sie kümmerte und sie unterstützte wie kein anderer Mann vor ihm. Für alle war Weinberg da – auch Lea hatte er beigestanden. Er hatte keine Zeit gehabt, sich um Leas Regungen zu scheren. Doch trotz der vielen Arbeit hatte er sich immer um seine Kinder und sogar um seine Freunde gekümmert. Lea hatte sich nach dem Krieg nur körperlich vom Lager erholt – innerlich war sie ein Muselmann geblieben. Der seelische Tod Leas, das vierzigjährige Dahinvegetieren war schlimmer als ein Vergastwerden in Auschwitz. Dies konnte kein Gott der Liebe und des Erbarmens zulassen. Leas Leben, vielmehr ihr Dahinwelken nach dem Krieg war ein Beweis, daß es keinen Gott gab. Was spielte es da für eine Rolle, ob sie noch an Gott glaubte? Sie hatte zwei Kinder zur Welt gebracht, hatte sie großgezogen, doch sie konnte keine Kraft vererben, die sie selbst nicht besaß. Hatte Leas Niedergeschlagenheit Udo seine geringe Kraft geraubt?

Dinah hatte Weinbergs Vitalität geerbt. Das hatte ihr – mit tatkräftiger Unterstützung des Vaters – die Entschlossenheit verliehen, nach Zion auszuwandern, einen Israeli zu heiraten und einen Sohn großzuziehen. Auch gegenüber dem Vater bestand Dinah unnachgiebig auf ihren Rechten – oder was sie dafür hielt.

Lea dagegen vermoderte in deutscher Mördererde. Über kurz oder lang würde Weinberg ihr folgen. Sollte er sich an ihrer Seite begraben lassen oder veranlassen, daß seine Leiche nach Israel überführt wurde? Was tat er dort allein? Nach dem Tod war alles vorbei. Dennoch war es eine befremdliche Vorstellung, in einem fremden Land – und sei es heilig – begraben zu liegen. Ohne Angehörige. Vorläufig. Irgendwann würden ihm Dinah, ihr Mann, ja selbst Ariel folgen. Bis dahin konnte ihm Lea Gesellschaft leisten. Kurz vor ihrem Tod hatte sie Weinberg eindringlich gebeten, sich an ihrer Seite begraben zu lassen. Also hatte sie ihn geliebt.

Auch Barbara liebte Weinberg. Beschickert hatte sie sich ebenfalls gewünscht, in einem Grab mit ihm zu ruhen. Weinberg hatte nicht geantwortet. Barbaras Wunsch war unerfüllbar. Eine Schickse durfte nicht auf einem jüdischen Friedhof ruhen. In München nicht und unter keinen Umständen in Israel. Weinberg konnte sich auf einem deutschen Friedhof begraben lassen. Aber das kam nicht in Frage! Er wollte unter keinen Umständen für immer an der Seite von Nazimördern begraben sein. Weinberg haßte den Gedanken an den Tod. Da er nicht an Barbaras Seite durfte, blieb ihm nur, sich neben der übelriechenden Lea beisetzen zu lassen, die im Tode noch mehr stinken würde, oder die endgültige Auswanderung nach Zion.

Wozu besuchte er heute den Friedhof? Weil die Gojim Allerheiligen feierten? Was gingen ihn die Feiertage und Gebräuche der Christen an? Jakob Weinberg fuhr zum Friedhof lediglich, wenn ihm der Sinn danach war. In diesen Tagen, in denen sein Leben auf der Kippe stand, war ein Besuch des Friedhofs unpassend und deprimierend. Weinberg warf einen kurzen Blick auf Leas Grab, dann marschierte er zügig zum Ausgang. Im Friedhofsbüro legte er seine Kipa ab und ging anschließend in den Waschraum, um seine Hände zu reinigen. Er füllte die Kupferschüssel mit Wasser und goß es abwechselnd auf seine Hände. Dabei sprach er das Dankgebet der Rückkehr ins Leben. Wozu? Zu wem? Er tat dies aus Ehrfurcht vor den Toten und im Bewußtsein seines traditionellen Judentums. Weinberg trat aus dem Haus. An der Wand hing eine schwarze Marmortafel, auf der in vergoldeten Lettern ein weiteres Totengebet eingraviert war: Der Gläubige sollte dem Allmächtigen danken, der die Toten wiederauferstehen ließ. Weinberg schüttelte den Kopf. Rasch passierte er das Friedhofstor. Jakob Weinberg wollte leben und um seine Existenz kämpfen bis zum letzten Atemzug und mit allen Mitteln – so wie er es in Auschwitz gelernt hatte.

Jakob Weinberg war wütend auf Lazar Dessauer. Wütend und gekränkt. Nach dem Friedhofsbesuch war Weinberg in die feiertäglich verlassene Innenstadt gefahren. Er hatte seinen Mercedes in der Sonnenstraße geparkt und war in Dessauers Schmuck- und Uhrengeschäft am Karlstor marschiert. Der Laden war an Allerheiligen geschlossen, doch Weinberg wußte, daß Dessauer wie jeder jüdische Kaufmann die gojischen Feiertage zur Inventur nutzte. So läutete er am Hintereingang. Nach Rückfrage durch die Gegensprechanlage öffnete sich die schwere Eisentür. Dessauer begrüßte Weinberg. Doch der Juwelier wimmelte ihn zunächst ab. Er war erst gestern abend von der Schmuckmesse in Bologna zurückgekehrt. Zuvor hatte er seinen Sohn Schlojme in Boston besucht. Dessauers Büro war voller Kartons, Tüten und Rechnungen. Der Schmuckhändler wollte sich zunächst organisieren. »Luzer, der Wichtige. Die Erde wird sich auch weiterdrehen, wenn du zehn Minuten nicht in deinem Laden stehst«, hatte Weinberg gehöhnt. Doch Dessauer ließ sich nicht beirren. Gleichwohl spürte er, daß der Chawer Ansprache benötigte. »Gib mir a paar Stunden, Milchmann. Ich muß meinem Jingale in den Suppentopf gucken.« Dessauer reichte ihm die Rechte. Weinberg drückte den Handstumpf.

Heini Dessauer war seit mehreren Jahren Geschäftsführer der ›Dessauer und Fischel Schmuck GmbH & Co. KG‹. Doch der alte Dessauer behielt ebenso wie einst Weinberg in seinem Kino die Fäden in der Hand. Allerdings war Heini im Gegensatz zu Udo mit Leib und Seele Geschäftsmann. Unmittelbar nach der Schule war er in die Firma des Vaters eingetreten. Heini hatte keinen Sinn für intellektuelle Haarspaltereien. Ihn interessierte nur Geld. Da sein älterer Bruder Schlojme sich der Juristerei verschrieben hatte, konnte Heini ungehindert in die Rolle des Geschäftserben hineinwachsen.

Lazar Dessauer wollte mit aller Kraft verhindern, daß seine Stieftochter das Geschäft in die Hand bekam. Sima Fischel war Hellas Tochter aus erster Ehe. Ihr Vater, Max Fischel, starb Mitte der fünfziger Jahre an einem Herzinfarkt. Lazar Dessauer war ein Angestellter Fischels gewesen. Der Schrecken des Lagers hatte die Augäpfel Hella Fischels hervortreten lassen. Sie war unattraktiv und ihre Tochter Sima ein ungezogener Fratz. Doch »wenn man Banknoten braucht, schaut man nicht aufs Editionsjahr«, wußte Dessauer. Er warb so nachhaltig um die reiche Witwe, bis sie ihm ihr Jawort gab. Der Schmuckhändler hatte die Ehe nie bereut. Hella war eine kluge Frau mit ausgeglichenem Temperament. Sie hielt Dessauer ihr Vermögen niemals vor. Hella mischte sich nicht ins Tagesgeschäft, doch ihre Ratschläge zeugten von Intelligenz und Übersicht. Und sie schenkte Dessauer zwei gesunde Söhne, »einer klug, der andere fleißig«. Dessauer nannte Hella »mein Masl«.

Dessauer wollte unbedingt Enkelkinder. Leibliche Enkelkinder. Seine Stieftochter Sima war zu einer attraktiven Frau herangewachsen. Zudem war sie intelligent und ehrgeizig. Dies machte sie Dessauer keineswegs sympathischer. Sima versuchte in Israel

Karriere als Journalistin zu machen. So fand Dessauer Zeit, seinen jüngeren Sohn unter die Haube zu bringen. Heini war einer Ehe nicht abgeneigt, doch er war schüchtern. Für die Amouren und Tollereien seiner Altersgenossen hatte er nichts übrig. Also half Dessauer ein wenig bei der Brautschau nach. Er kannte Rachel Just, die Nichte seines Chawers Frujim Blumenthal, seit ihrer Kindheit und mochte sie. Rachel war eine hübsche, selbstbewußte Blondine mit klarem Verstand. Sie würde eine gute Geschäftsfrau abgeben und Heini helfen, sein Geld zusammenzuhalten. Die kräftige Frau würde Dessauer gesunde Enkel schenken.

In jungen Jahren wollte Rachel das Leben genießen. Sie hatte Affären mit gutaussehenden, reichen Burschen. Rachel versuchte ihr Glück in Amerika und in Israel. Doch am Ende scheiterten ihre Beziehungen. Dessauer ahnte warum. Der lebenslustigen Rachel fehlten Geld und Bildung. Gesunder Menschenverstand wurde von der Jugend geringgeachtet. Lazar Dessauer aber wußte ihn zu schätzen. Er lud Rachel zu einem exklusiven Abendessen im Restaurant ›Käfer‹ in der Prinzregentenstraße ein und sprach mit ihr Tacheles. »Noch bist du eine schöne, junge Frau. Nutze die Zeit! Heirate meinen Heini. Er ist kein Chochem. Aber er ist ein anständiger Junge und er hat Geld. Besser du bist reich und hast eine Mischpoche, als arm und einsam zu sein.«
Rachel stimmte Dessauer prinzipiell zu, feilschte mit ihm jedoch hartnäckig um einen persönlichen »Notgroschen«. Das gefiel dem Kaufmann. Er war nicht knauserig. Rachel erfüllte Dessauers Erwartungen in doppelter Hinsicht. Sie war eine emsige Geschäftsfrau und gebar ihm jüdische Enkelkinder. Auch Jakob Weinberg wollte seinem Sohn helfen, eine jüdische Frau zu finden. Doch Udo wollte selbst sein Glück machen – in einer Sozialwohnung mit einer Schickse und deren Bankert.

Von Lazar Dessauer ging Weinberg durch die Fußgängerzone zum Isartor. Nur wenige Menschen waren auf der Straße. Unter der Woche wimmelte es hier von Kaufwilligen. Die Zeitungen lamentierten über Arbeitslosigkeit und Armut. Doch die Konsumlust der Deutschen war ungebrochen. Jedes Geschäft in der Fußgängerzone war eine Goldgrube. Statt sich mit der Fabrikation von Schmattes aufzuhalten, hätte Weinberg Anfang der fünfziger Jahre ein Geschäft in der Innenstadt eröffnen sollen. So wie Dessauer oder Herz Rieger. In dessen Haus am Isartor war eines der modernsten Kinos untergebracht. Weinberg ging vorbei an den Möbelgeschäften und Imbißstuben des Tals ins ›MAxX‹. Er sah sich ›Apollo 13‹ an.

Die Amerikaner wußten, wie man Filme machte. Handwerklich perfekt, spannend, hervorragende Regisseure, brillante Schauspieler. Weinberg bewunderte Tom Hanks. Seine Präsenz war eine Erfolgsgarantie. Der Film ›Forrest Gump‹ lebte von Hanks Schauspielkunst. Bei ›Apollo 13‹ war's ähnlich. Technischen Klimbim gab's in jedem erfolgreichen Hollywoodstreifen. Hanks brachte menschliche Glaubwürdigkeit in den Film. Er war Mr. Amerika. Das kam an. Die Menschen in aller Welt strömten in amerikanische Filme. Udo dagegen setzte auf intellektuellen französischen und italienischen Tinnef. Die Kritiker jubelten die Klamotten in den Himmel. Doch keiner verstand die Streifen. Weder Weinberg noch das Publikum. Deutsche Filme langweilten Weinberg. Dietl war der einzige, der Humor besaß. Der Rest war phantasieloser Klamauk ohne Witz. Weinberg hatte sich von Barbara überreden lassen, den ›Verdrehten Mann‹, oder wie der Film hieß, anzusehen und war während der Vorstellung eingeschlafen. Den Deutschen fehlte jüdischer Humor. Seit sie die Juden erschlagen und vertrieben hatten, waberte alles vor sich hin. Weinberg liebte Ernst Lubitsch. ›Sein oder Nichtsein‹ war in seinen Augen die beste Filmkomödie. Lubitsch war nach Hollywood gegangen, Billy Wilder, von Sternheim. Jetzt kamen die amerikanischen Juden mit neuen genialen Regisseuren hervor. Steven Spielberg, Barry Levinson. Woody Allen wurde in Deutschland als Inkarnation jüdischen Humors gepriesen, ohne daß jemand sagen konnte, was damit gemeint war. Weinberg mochte ihn nicht. Er war intellektuell, verspielt. Ein Drehkopf, ein Luftmensch, kein Mann der Tat. Weinberg gefiel John Wayne. Zwar ein Goj wie aus dem Bilderbuch, aber ein ganzer Kerl. Kirk Douglas dagegen war ein Jid und ein Mannsbild. Spartakus!

Mit dem Bild des römisch-jüdischen Gladiators im Kopf stieg Weinberg am Isartor in die S-Bahn. Er fuhr zwei Stationen zum Stachus und holte Lazar Dessauer in seinem Geschäft ab. Ehe er seinen Laden verließ, erteilte der Schmuckhändler seinem Sohn detaillierte Anweisungen für die Preisgestaltung der italienischen Ware. Dann begaben sich die Freunde auf den Weg ins ›Künstlerhaus‹.

Im Rialtosaal fühlte sich Jakob Weinberg am wohlsten. Der Raum wurde beherrscht von einem feingliedrigen venezianischen Leuchter von ausladenen Dimensionen. In seinen zahllosen bunten Glasarmen leuchteten grelle Glühbirnen. Ihr Licht wurde durch die in dunklen Brauntönen gehaltenen Wände und die Decke gedämpft. Weinberg und Dessauer nahmen auf einem halbrunden Ledersofa an einem runden Marmortisch Platz und gaben ihre Bestellung auf.

Lazar Dessauer dachte nicht daran, Weinberg wegen seines Schlamassels mit Udo zu trösten. Statt dessen verspottete ihn der Freund als »Milchiger«, als Laumann.

»Wir leben in Deutschland, Kuba. Seit einem halben Jahrhundert! Unsere Kinder und Enkel wurden hier geboren. Sie sprechen deutsch, sie denken deutsch, sie leben deutsch – genau wie du!«

»Ich bin a Jid!«

»... und lebst mit einer Schickse!«

»Ich hab sie nicht geheiratet. Ich mache keine Kinder mit ihr.«

»Weil du sie nicht mehr richtig trennen kannst.«

Weinberg wollte die Anzüglichkeit Dessauers überhören.

»Du mußt mir nicht erzählen, daß unsere Kinder deutsch sprechen. Das tun wir auch. Aber ich will, daß die Kinder Jidn bleiben, Jidnes heiraten und uns jüdische Enkelkinder schenken.«

»Was du willst, spielt keine Rolle. Die Kinder tun, was sie wollen.«

»Du hast leicht reden, Luzer. Dein Heini hat eine jüdische Frau geheiratet. Sie hat ihm jüdische Kinder geboren.«

»Hoffentlich«, seufzte Dessauer. Er stützte den Kopf auf seine verkrüppelte Hand.

Lazar Dessauer hatte im Sommer 1944 in Auschwitz einen begehrten Posten. Er arbeitete als Zuschneider in einem Bautrupp, der Baracken für die neu ankommenden ungarischen Juden errichtete. Das bedeutete ausreichende Essensrationen. Aber eine tägliche Arbeitszeit von 14 bis 16 Stunden. Lazar Dessauer bediente die elektrische Kreissäge. Damit wurden dicke Balken zu Brettern zerschnitten. In einer kurzen Arbeitspause schlief Dessauer am frühen Abend erschöpft neben der Maschine ein. Schockschmerz riß ihn aus dem Schlaf. Ein SS-Mann hatte die rechte Hand Dessauers ins laufende Zahnrad geschoben. »Weckappell!« lachte der Schwarz-Uniformierte.

Zwei KZniks verbanden die heftig blutende Wunde mit Stoffetzen und schafften den wimmernden Dessauer ins Krankenrevier. Dort amputierte ihm ein jüdischer Arzt zwei Finger und nähte die Blutgefäße zu. Dies geschah ohne Betäubung. Dessauer wurde ohnmächtig. Nachts erwachte er mit rasenden Schmerzen. Bald trat der Arzt im grauen Kittel an seine Pritsche. Der Doktor hockte sich an Dessauers Seite und ergriff dessen linke Hand, die er so fest drückte, daß der Schmerz die Pein in der Rechten kurz überspielte.

»Wie heißt du?«

»Luzer Dessauer.«

»Hör mich an, Luzer«, sprach der Arzt eindringlich. Er war ein schmächtiger Mann mit hoher Stirn und spitzer Nase. »Du bist jung und stark. Du mußt weiterleben!«

Dessauer versuchte, seine gesunde Hand aus dem Griff des Mediziners zu entwinden. Doch der kleine Doktor ließ ihn nicht los. »Ich geb dir gleich zwei Aspirin-Tabletten. Mehr hab ich für dich nicht. Das ist kein Morphium, aber a bissale hilft es. Morgen in der Früh weck ich dich und dann wirst du zurück zu deiner Arbeit...«

Dessauer schüttelte stumm den Kopf.

»Doch!« Der Griff des Arztes wurde brutal. »Du mußt, sonst schicken sie dich ins Gas.«

Der Patient zuckte die Schultern.

»Nein!« rief der Arzt. »Hier werden sie alle derhargenen. Zuerst die Kranken, dann uns Ärzte und Pfleger. Du und ein paar Starke müssen überleben, um der Welt über die dejtschen Rozejchim zu erzählen.«

Der Arzt entließ Dessauers Hand aus seinem Griff. Er reichte ihm die Tabletten und einen Napf Wasser. »Morgen gehst du zu deiner Arbeit, sonst schneid ich dir persönlich die Gurgel durch.«

Dessauer hatte Weinberg dieses Lagererlebnis vor einem viertel Jahrhundert erzählt. Heini lag damals mit einer Meningitis und hohem Fieber im Schwabinger Krankenhaus. Die Ärzte fürchteten um sein Leben. Hella und Luzer lösten sich am Krankenbett ab. Weinberg besuchte den Vater und sein Kind spät nachts. Er spürte, daß Dessauer eher mit sich selbst als zu ihm sprach. Dessauer wollte sich mit der Geschichte Mut machen. Er hatte überlebt! Doch es dauerte noch mehrere Wochen, ehe sein Kind die Klinik verlassen durfte.

Nun hockte Dessauer Weinberg im Rialtosaal des ›Möwenpick‹ gegenüber. Die Maske der heiteren Unverbindlichkeit war von ihm abgefallen. Seine Miene zeigte Züge jener Verzweiflung, die Dessauer damals in der Klinik aus Angst um seinen Sohn geplagt hatte. Überdies hatte das Alter tiefe Falten um den Mund und auf die Stirn des Schmuckhändlers gekerbt. Weinberg begriff den plötzlichen Schmerz und die rätselhafte Andeutung Dessauers nicht. Hatte Dessauer Zweifel an der Herkunft seiner Enkelkinder? Ricki und Mira ähnelten mit ihren blonden Mähnen und blauen Augen ihrer Mutter. Heini war dunkel! Na und? Rachel dominierte die Ehe. Auch ihre Erbeigenschaften setzten sich durch. Doch Luzer Dessauer war kein Hysteriker. Er hatte gewiß Grund für seine Besorgnis, sein Mißtrauen.

Dessauer schüttelte seinen Kopf und zwang sich ein Lächeln ins Gesicht. Dabei sah er, daß der Freund ihn verstand.

»Nu?«

Dessauer zögerte. Er kämpfte mit seinem Stolz. Bislang hatte er mit niemandem über seinen Kummer gesprochen. Nicht einmal mit seiner Frau. Er spürte, daß auch Hella um Heini besorgt war. Doch Dessauer befürchtete, daß Hella wieder ihre Tochter ins Spiel bringen würde. Dessauer aber wollte Sima mit allen Mitteln aus dem Geschäft halten. Er mußte mit jemandem reden. Weinberg hatte ebenfalls Zores mit seinen Kindern, also sprach er mit ihm.

»Seit Heini an Gehirnhautentzündung erkrankte, ist er nicht mehr der gleiche. Zuvor war er ein lebhaftes Kind, ein ordentlicher Schüler. Nach dem Krankenhaus wurden seine Leistungen schlecht. Wir mußten ihn vom Luitpold-Gymnasium nehmen und in eine Privatschule stecken. Sogar dort ist er sitzengeblieben. Heini ist ohne mittlere Reife von der Schule abgegangen. Der Junge hat sich furchtbar geschämt. Sima war eine Einserschülerin, und sein Bruder Schlojme lernte ebenfalls sehr gut. Heini ist fleißig und anständig. Aber er kann sich schlecht konzentrieren und auch nicht gut ausdrücken. Im Geschäft geht alles – solange ich dabei bin. Aber allein ist Heini verloren.«

Dessauer unterbrach sich. Die Freunde bestellten beim Kellner zum Essen eine Flasche Wodka, dem Dessauer sogleich zusprach. Er nötigte Weinberg, es ihm gleichzutun. Das Auto konnte er stehen lassen.

Lazar Dessauer hatte mit seinem Sohn bekannte Nervenärzte aufgesucht. »Heini war mehrmals zur Untersuchung im Krankenhaus. Die Professoren haben von ›verminderter intellektueller Leistungsfähigkeit‹ gesprochen, gepaart mit ›aggressiven Schüben‹. Heini ist kein Idiot. Er weiß, daß er weniger Sechel hat als andere. Das macht ihn zornig. Er trägt ständig eine Wut in sich. Um sie zu kontrollieren, muß er Tabletten nehmen, die ihn dämpfen. Dadurch wird er noch stärker eingeschränkt, als er schon ist.« Dessauer kippte einen Wodka hinunter. »Daß ein Kind kein Chochem ist, kann vorkommen. Aber mein Heini ist durch eine Krankheit so geworden. Das ist ein Unglück. Der Herr der Welten hat es so gewollt.«

»Nein, die Krankheit. Die Medizin ...«

»Fehlt noch, daß du Hitler die Schuld gibst, Milchmann. Nein!« Dessauer schüttelte seinen Kopf. »Schuld bin ich!«

»Was kannst du für Heinis Krankheit, Luzer? Wir Jidn geben uns an allem die Schuld. Dauernd haben wir ein schlechtes Gewissen ...«

Mit einer herrischen Geste seines Handstumpfes brachte Dessauer Weinberg zum Schweigen. »Gewissen ist für'n Tuches!« Er trank ein weiteres Gläschen Wodka. »Solange Hella und ich leben, kann Heini in Ruhe in unserem Geschäft arbeiten. Für die Zeit danach hätte man eine Lösung gefunden. Es hätte ihm an nichts gefehlt.« Dessauer schlug sich mit der Faust gegen die Brust. »Aber das hat mir nicht genügt. Luzer Dessauer wollte ein Oberchochem sein. Ich wollte das Schicksal zwingen und ...«, Dessauer blickte Weinberg in die Augen, »... ich wollte Enkel. Also hab ich meinem Heini eine Frau gekauft, wie eine Chonte.«

»Na hör mal! Ruchale ist doch eine anständige Frau!«

»Eine anständige Frau heiratet keinen Narren für Geld!«

»Sie war arm ...«

»Millionen sind arm, ohne sich zu verkaufen.«

»Du hast dein Weib auch nicht wegen ihrer Schönheit geheiratet, Luzer ...«

»Ich habe Hella wegen ihres Geldes geheiratet. Aber sie war eine kluge Frau, keine Närrin.«

»Mach aus deinem Sohn keinen Idioten, Luzer.«

»Normal ist er auch nicht.« Dessauer schenkte beiden wieder Wodka nach. »Und ich hab ihn durch meine Vermessenheit ...«, er besann sich des jiddischen Ausdrucks, »... meine Chochmologie ins Unglück gestürzt.«

»Weißt du sicher, daß Rachels Kinder nicht von Heini sind?«

»Wenn ich das sicher wüßte, würde ich ihr den Kopf abhacken. Aber ich weiß, daß sie einen Freund hat.«

»Ein Jid oder ein Deutscher?«

»Spielt das eine Rolle?«

Was wollte Dessauer tun?

»Ich weiß es nicht, Kuba. Ich weiß es nicht.« Dessauers Stimme wurde zunehmend rauh. »Ich weiß es nicht! Ich kann ihre Kinder zum Gentest schicken. Ich kann das Weib zum Teufel jagen. Dann wird Heini zusammenbrechen. Und ich bin daran schuld. Zum zweiten Mal.« Dessauer trank noch einen Wodka. Der Alkohol zog einen feinen Schleier über seinen Blick. Im nächsten Moment fegte sein Ingrimm den Vorhang beiseite. Dessauers Stimme wurde klar und hart. »Ich kann so tun, als ob ich nichts merke. Dann tanzt sie Heini immer dreister auf der Nase. Und sobald ich und Hella nicht mehr sind, wird sie mein Kind aus meinem Geschäft rauswerfen.«

»Du mußt was tun, Luzer! Du darfst Heini nicht dieser Chonte ausliefern!«

Dessauer packte Weinberg am Nacken und zog ihn zu sich. Er drückte dem Freund einen Kuß auf die Wange. Dessauer standen Tränen in den Augen. Er schluckte. Dann straffte er seinen Brustkorb und reckte das Kinn vor. »Nein! Ich werde Heini und Rachel samt Kindern enterben, das Geschäft verkaufen und alles Hella geben – ihr gehört es ja. Wenn sie tot ist, kriegen Schlojme und Sima ihren Anteil. Der Rest geht an eine Stiftung, die für Heini sorgt.«

»Die Chonte wird vor Wut platzen«, grinste Weinberg.

Darauf stießen die Freunde an. Als sie die Gläser auf die Tischplatte knallten, riefen sie mit einer Stimme: »Amen!«

Arm in Arm verließen Dessauer und Weinberg das ›Künstlerhaus‹. Sie taperten vorbei an der glaskalten Maxburg in den ›Bayerischen Hof‹, wo sie sich in der Kellerbar eine ruhige Nische suchten und eine weitere Flasche ›Moskovskaja‹-Wodka orderten. Die Anteilnahme Weinbergs und der Alkohol ließen Dessauer reden. Ohne vom Freund gefragt worden zu sein, erzählte ihm Dessauer auch von Sima und Schlojme.

»Mein seliger Vater hat gesagt, wenn einer seine Nase zu hoch trägt, regnet's hinein. Er hat Sima nie gekannt – sie haben ihn umgebracht –, aber genauer kann man Sima nicht beschreiben. Sie ist, sie war eine schöne Frau, groß, langbeinig, blond, dunkle Augen. Dabei ein kluger Kopf. Nein ...« Dessauer winkte ab. »Klug war sie nie. Intelligent. Schon während der Schulzeit hat sie Spanisch und Italienisch gelernt.« Er schüttelte seinen Kopf. »Wozu muß ein Jid spanisch sprechen? Will sie eine neue Inquisition?«

»Wozu muß ein Jid deutsch reden?« erwiderte Weinberg. »Willst du einen neuen Hitler?«

Die Kumpane sahen sich erschrocken an. Dann ertränkten sie ihr Entsetzen in Gelächter und Wodka. Dessauer fuhr fort, über Sima zu sprechen.

»Die Burschen sind ihr schon auf der Schule nachgerannt wie läufige Hunde. Aber keiner war ihr fein genug. Auch mit unseren Jingalach in der zionistischen Jugendorganisation hat sie Katz und Maus gespielt. Nach dem Abitur ist sie nach Israel gegangen, um Journalistin zu werden. Ich war froh, daß sie weg wollte. Aber wegen Hella habe ich Sima gewarnt. Ich hab ihr vorgeschlagen, erst mal in Deutschland oder zumindest in Europa zu studieren und in den Journalismus zu gehen. Sima hat mich behandelt wie einen von ihren pickelgesichtigen Bochern. Sie wußte alles besser. ›Es ist verlorene Zeit, zunächst in Paris oder in Oxford zu studieren, später in Frankreich oder Großbritannien eine journalistische Karriere zu beginnen und erst dann den Sprung nach Israel zu unternehmen. Ziele müssen direkt angegangen werden, das müßtest du als Kaufmann doch wissen, Luzer. Ich werde also gleich nach Israel aufsteigen.‹

Das hat sie auch getan. Unmittelbar nach dem Abitur ist sie nach Zion gegangen. Die Israelis haben auf diese eingebildete Ziege aus Deutschland gewartet, die sich zu fein war, wie alle anderen Männer und Frauen ins Militär zu gehen. Gerade von ihr sollten sie sich sagen lassen, was sie lesen, denken und tun sollten. Niemand hat die deutsche Besserwisserin beachtet. Statt die Konsequenzen zu ziehen und nach Deutschland zurückzukehren, ist sie stur wie ein Esel in Israel geblieben, um Journalistin zu werden. Sie konnte sich's erlauben. Meine Hella hat ihrem Augenstern jeden Monat einen dicken Scheck geschickt. Irgendwann hat Sima eine Stelle als Redakteurin bei den ›Israel Nachrichten‹ gefunden.«

»Das ist doch die Zeitung der deutschen Einwanderer. Ein sinkendes Schiff!« warf Weinberg ein.

»Eben. Die alten Jeckes sterben, und neue deutsche Leser wachsen nicht nach. Heutzutage liest jeder Idiot englisch. Die ›Jerusalem Post‹. Immerhin, Sima hatte einen Posten in ihrem Traumberuf. Jeder andere wäre zufrieden gewesen. Nicht Simale. Sie hat mit einem Journalisten vom deutschen Fernsehen angebandelt. Sima hat für ihn die Hilfsarbeiten gemacht. Die Deutschen sind heute viel raffinierter als die Nazis. Uns haben sie gemartert und umgebracht. Die modernen Deutschen haben das nicht mehr nötig. Für ein paar Mark tanzen die Jidn freiwillig nach ihrer Pfeife. Auch in Israel – für das deutsche Fernsehen. Die hochmütige Sima hat das nicht wahrhaben wollen. Sie hat gedacht, sie zeigt den Deutschen eine Weile, was für eine hervorragende Journalistin sie ist, und als Belohnung wird sie Fernsehkorrespondentin. Lebt in Israel und kassiert deutsche Mark. Die einfältige Gans hat nicht begreifen wollen, daß die Deutschen nach Israel keine Juden als Korrespondenten und Diplomaten schicken. Die haben ihre eigenen Judenreferenten und lassen sich von uns nicht vorschreiben, welche Meinung sie über Zion haben sollen. Der schlaue deutsche Korrespondent hat Sima aber so lange glauben lassen, daß sie unentbehrlich ist, bis er in ihr Bett steigen durfte...«

»Woher weißt du das?«

»Woher wohl? Von Hella. Als gute jüdische Mamme telefoniert sie jeden Tag mit ihrem Kind. Sima vertraut ihrer Mamme alles an. Und wenn Hella es nicht mehr aushält, erzählt sie es mir.«

»Auch daß der deutsche Journalist sie getrennt hat?«

»Gerade das! Denn sobald der Chaser Sima getrennt hat, hat er sie rausgeworfen.«

Weinberg verstand den zwiespältigen Blick des Freundes. Dessauers Genugtuung über das Scheitern der arroganten Stieftochter wurde beeinträchtigt durch die Demütigung, daß ein Deutscher sie benutzt hatte. Weinberg erinnerte sich an Sima. Sie war eine attraktive Frau. Jeder Mann wollte sie haben. Auch er. Und gewiß Dessauer, der seit Jahrzehnten mit seiner häßlichen Hella zusammenlebte. »Am liebsten würdest du Sima trennen, Luzer.«

»Chaser!«

»Idiot.«

Weinberg winkte grinsend ab. Er goß die Gläser randvoll mit Wodka. Die Freunde leerten sie in einem Zug.

Dessauer wischte sich mit der Linken über den Mund. Er sah Weinberg so eindringlich an, wie es sein Rausch zuließ, schleuderte dem Kumpan ein »Alter Ochs!« an den Kopf, winkte mit seiner Stummelhand ab und fuhr fort. »Sima ist danach zu uns nach München gekommen. Hella und damit auch ich wollten sie wieder überreden zu bleiben. Aber sie hat nicht auf uns gehört. Sobald sich ihre Niedergeschlagenheit einigermaßen gelegt hatte, ist sie wieder nach Erez gesaust. Hella hat Sima begleitet und als Belohnung für ihre Dummheit und Arroganz eine Luxuswohnung in Jerusalem gekauft. Kaum war die Mamme fort, hat sich Sima mit einem Araber eingelassen...«

»... statt mit dir«, lachte Weinberg.

»Damit war sie in Israel gesellschaftlich und beruflich tot. Sie hat außer ein paar Artikeln in Araber-Gazetten, die jüdische Nestbeschmutzer brauchen, und in Heften von israelischen Kommunisten keine Zeile untergekriegt. Aus der Traum von der journalistischen Karriere!«

»Was tut Sima jetzt?«

»Nichts! Sie badet in Zores und im Schlamassel.«

»Hol sie nach Hause! Sie braucht ihre Mamme.«

»Nein! Sobald Sima hier ist, wird sie den ganzen Tag zu Hause sitzen. Ihre Mamme wird sie ins Geschäft schleppen. Und im Laden wird sie sich mit allen zanken. Mit Heini, Rachel und vor allem mit mir. Hella wird zu ihrem Kind halten. Mit Freude wird Sima Streit zwischen meiner Frau und mir stiften. Das kommt nicht in Frage! Ich liebe mein Weib.«

»Du kannst Sima doch nicht allein und unglücklich in Erez lassen.«

»Doch! In Deutschland würde sie unter Garantie den Enkel von Himmler heiraten. In Israel findet sie vielleicht noch einen Jidn und gründet mit ihm eine Familie.«

»Ich dachte, du hast nichts gegen deutsche Enkelkinder.«

»Nicht bei dir«, grinste Dessauer. »Nein, gegen Deutsche hab ich nichts … nichts mehr. Ich hab meinen Frieden mit ihnen gemacht. Du kannst nicht fünfzig Jahre in einem Land leben und seine Menschen hassen. Das macht dich krank.«

»Du hast den Nazis verziehen?«

»Den Nazis werde ich nie vergeben. Ich möchte jeden einzelnen von diesen Mördern umbringen.« Er holte tief Luft. »Aber die Nazis und die SSler sterben aus. Wie wir! Neunzig Prozent der Deutschen können keine Nazis gewesen sein, weil sie zu jung sind. Warum soll ich sie hassen?«

»Und wenn ihre Eltern Nazis waren?«

»Ich kann nicht und will nicht bei jedem Kunden untersuchen, ob sein Vater Nazi war.«

»Eine Schwiegertochter ist kein Kunde. Willst du einen Enkel von Adolf Eichmann haben?«

»Nein!« Dessauer versuchte seinen Freund zu fixieren. »Wie kannst du hier leben, wenn du so denkst? Wenn du die Deutschen so haßt, Kuba? Wie kannst du jede Nacht bei deiner deutschen Schickse schlafen?«

Weinberg wußte keine Antwort. Und Dessauer drängte ihn auch nicht dazu. Die Freunde tranken stumm.

Jakob Weinberg sah sich in der Bar um. Die Gäste an den Nebentischen sahen aus wie normale Menschen. Er beobachtete gewohnheitsmäßig die Frauen. Eine üppige Brünette wand sich auf der winzigen Tanzfläche in den Armen eines Mannes. Die Frau zog ihn an. Er begehrte sie und andere Frauen. Weinberg lebte mit einer deutschen Schickse zusammen, wie Dessauer ihn gemahnt hatte. Barbara stand ihm viel näher als je seine verstorbene Lea.

»Die Schicksalech gefallen dir, aber ihr Volk haßt du«, wußte Dessauer, der trotz seines Suffes die widersprüchlichen Gefühle des Freundes spürte. Die Männer prosteten sich erneut zu.

»Wir schickern heut wie die Gojim.«

»Mmm.«

Dessauer schüttelte seinen Kopf. »Die Gojim saufen. Wir schickern.«

»Was ist der Unterschied?«

»Keiner.«

Dessauer schenkte rasch nach. Die Freunde tranken erneut. Weinberg stierte Dessauer an. »Nu! Erzähl mir endlich, was dir auf dem Herzen liegt, daß du so viel schickern mußt.«

Dessauer trank ein weiteres Glas, ehe er seinem Chawer von seinem Besuch bei seinem Sohn in Boston berichtete.

Schlojme war sein Erstgeborener. Er war ein freundliches und gescheites Kind. Der Junge war fast nie krank und brachte gute Zeugnisse nach Hause. Dessauer liebte seine Söhne. Er versuchte, keinen zu bevorzugen. Aber die Kinder spürten, daß Schlojme dem Vater am nächsten stand. Als Erstgeborener hatte er einen natürlichen Gefühlsvorsprung. Schlojmes friedfertiges Naturell erinnerte Dessauer an seinen Großvater, nach dem er seinen Sohn genannt hatte. Der Rabbiner war trotz seines hohen Ansehens ein bescheidener und freundlicher Mann, der sich Zeit für jeden Menschen nahm, auch für seinen umtriebigen Enkel Lazar. Der Name Schlomo, sein Frieden, beschrieb treffend den Charakter von Großvater und Urenkel.

Schlomo Dessauer war kein Raufbold. Er spielte gern mit seinen Freunden. Nach der Bar Mizwa entwickelte sich Schlojme zur Leseratte, ohne zum Eigenbrötler zu werden. Er suchte die Nähe des Vaters und lauschte neugierig dessen Geschichten. Später unterhielten sie sich viel über Politik. Auch wenn sie unterschiedliche Meinungen vertraten, stritten sie sich fast nie. Selbst in der Pubertät blieb Schlojme verträglich. Dann machte er ein gutes Abitur – fast ein sehr gutes. Doch Simas Zeugnis stellte die Leistung von Dessauers Sohn ein letztes Mal in den Schatten.

Schlojmes Berufswunsch war für den Vater eine arge Enttäuschung. Dessauer war entschlossen, seinen Erstgeborenen in die Schmuckhandlung zu ziehen. Er wollte Schlojme zum Kaufmann ausbilden und gemeinsam mit ihm das Geschäft ausbauen. Doch sein Sohn wollte in Amerika studieren. Schlojme zeterte nicht und wurde nicht beleidigend. Er bestand schlicht auf seinem Willen.

»Deutschland ist mir zu engstirnig und Israel erst recht«, erklärte er. Dessauer diskutierte lange mit Schlojme, doch der Junge blieb bei seinem Standpunkt. Sein Sohn wußte, was er wollte. Dessauer mußte ihn ziehen lassen. Schlojme ging nach Boston und entschied sich nach einer Weile für die Juristerei. Wie vom Vater erwartet, wurde sein Sohn ein hervorragender Student. In rascher Folge erlangte Schlojme Bakkalaureus-, Magister- und Doktorgrad. Mittlerweile war er Jura-Professor in Harvard. Daneben wirkte er als Experte und Berater für Völkerrecht. Lazar Dessauers Stolz auf seinen Erstgeborenen wurde jedoch getrübt durch die Sehnsucht nach Schlojme. So oft es ihm möglich war, besuchte er seinen Sohn in Amerika.

Lazar Dessauer wünschte sich sehnlich Enkelkinder von seinem Lieblingssohn. Vorsichtig, aber bestimmt drängte er Schlojme zu heiraten. Der meinte jedoch, die richtige Frau noch nicht gefunden zu haben. Ebenso wie bei Heini versuchte der Vater auch bei Schlojme dem Schicksal nachzuhelfen. Er sah sich nach passenden Heiratskandidatinnen um und arrangierte, mehr oder minder zufällig, Verabredungen. Schlojme traf die vom Vater ausgeguckten Frauen – dabei blieb es. Sein Sohn spielte Radio Eriwan. Er fand die Damen prinzipiell sympathisch, hatte aber an jeder etwas Konkretes auszusetzen. Dessauer beschloß den anderen Weg zur Erkenntnis zu gehen. Der Vater unterhielt sich mit Miriam Saphir, die er zuvor zu einem Tête-à-tête mit seinem Sohn überredet hatte. »Ich weiß nicht, ob Schlojme sich wirklich für Frauen interessiert«, meinte sie. Da war Schlojme bereits abgereist.

Bei seinem nächsten Amerikabesuch stellte Dessauer seinen Sohn zur Rede. Schlojme erbleichte, dann fiel er seinem Vater weinend um den Hals. »Ich bin froh, daß es endlich heraus ist, Tate.« Schlojme bekannte sich zu seiner Homosexualität. Er hatte es dem Vater bislang verschwiegen, um ihn nicht zu enttäuschen und seine Liebe nicht zu verlieren.

»Idiot! Ich werde dich immer lieben.« Sie umarmten einander.

»Nachher bin ich in mein Zimmer und habe geweint. Immer habe ich Pläne für meine Söhne gemacht. Aber Gott oder der Teufel haben mir immer alles auf den Kopf gestellt.« Dessauer starrte Weinberg an. Seine vom Alkohol gedehnten Gesichtszüge strafften sich. »Ich habe Demut lernen müssen. Ich habe begreifen müssen, daß ich nicht Gott bin – auch nachdem ich das Lager überlebt habe.« Dessauer legte seine Linke auf Weinbergs Arm. »Auch du bist nicht der Herr der Welt, Milchmann. Auch du kannst deinem Sohn nicht vorschreiben, wem er ein Kind macht. Freu dich über deinen Enkel. Sonst verlierst du beide: deinen Sohn und deinen Enkel.«

»Ich brauche keinen Nazienkel. Ich habe einen jüdischen Enkel in Israel. Er wird bald Soldat sein.«

»Er lebt in Israel. Und du hier. Wie Udo. Sei kein Idiot, Kuba! Mach Scholem mit deinem Kind und mit dem Land, in dem du fast dein ganzes Leben gelebt hast!«

»Niemals!«

Dessauer fühlte, daß es sinnlos war, Weinberg von seinem Haß abzubringen. Die Freunde zechten weiter. Gegen drei Uhr morgens machten sie sich auf den Heimweg.

Ehe sie die Bar verließen, fiel Dessauer ein, daß er Weinberg noch etwas zu sagen hatte.

»Du mußt Itzig Adler helfen, sein Auge in Israel gesund zu machen . . .«

»Woher weißt du von der Sache?«

»Ich hab's erfahren.«

»Von wem?«

»Das spielt keine Rolle. Du mußt ihm helfen!«

Frujim Blumenthal schreckte vor keiner Denunziation zurück. »Nein!«

»Warum nicht?«

»Itzig sagt, ich bin ein Nazi.«

»Wenn man Angst hat, blind zu werden, sagt man alles.«

»Nicht, daß ein Jid ein Nazi ist.«

»Du bist kein Nazi, du bist ein Schmock. Du mußt Itzig helfen!

144

Wir alle müssen ihm helfen. Er ist ein Nebbich, aber er ist ein Mensch.«

»Itzig ist ein Unmensch.«

Dessauer streckte seinen Arm nach Weinberg aus. Er griff zunächst neben dessen Schulter. Erst im zweiten Versuch bekam er seinen Kumpan zu fassen und zog ihn zu sich. »Kuba, die Jidn geben dir Respekt, weil du der Milchmann bist. Weil du Jidn gerettet hast. Wenn du Itzig Adler jetzt im Stich läßt, werden dich alle Jidn verachten.« Dessauer zog seinen Arm zurück. »Auch ich.«

Donnerstag

Jakob Weinberg haßte Spaziergänge und Wanderungen. Im Lager war er genug marschiert. Sobald Weinberg sich 1948 ein Auto leisten konnte, fuhr er, wohin er mochte und mußte. Heute wollte er zu Hause bleiben. Aber die Weiber ließen ihn nicht. Barbara drängte Weinberg zu einem Ausflug nach Benediktbeuern. Was hat ein Jid in einem Kloster zu suchen? Mönche? Antisemiten?

Schuld an der Fahrt und dem Marsch aber war Chaja Adler. Gestern hatte sie Barbara sturmreif telefoniert. Bis dahin hatte Chaja »die Schickse« ignoriert. Sobald sie von seiner Verbindung zu Barbara erfahren hatte, ließ sie Weinberg ihre Verachtung spüren. Seither vermied Chaja jedes Zusammentreffen. Sie nutzte selbst ein Telefonat Weinbergs bei Itzig dazu, ihn zu demütigen. Chaja legte den Hörer ab und rief, so laut, daß Weinberg es am anderen Ende hören sollte: »Itzig, der Schicksenjäger will was von dir.« Weinberg rief fortan nicht mehr bei Adler an. Nun wollte Chaja sein Geld! Also sprach Chaja am Telefon sogar mit der »Schickse«. Später suchte sie Barbara zu Hause auf. Chaja heulte, bettelte und erzählte von ihrer Zeit im KZ. Welche anständige Schickse konnte dem widerstehen? So erpreßte Chaja Barbara und machte sie zur Verbündeten ihrer Schnorrerei. »Sie müssen mir helfen, Frau Weinberg ...« – um den Erfolg ihrer Mission zu sichern, adelte Chaja die frühere Schickse zur jüdischen Gattin – »... mein Itzig wird blind werden, wenn ihr Mann uns nicht die paar Mark für die Operation leiht.«

Als Weinberg gegen halbvier Uhr nachts ins Bett stolperte, wachte Barbara auf. Sie versuchte ihn umgehend zu überzeugen, seinem »armen Freund zu helfen«. Weinberg brachte die Gefährtin barsch zum Schweigen. Er wollte seinen Rausch ausschlafen. Am nächsten Morgen wurde Jakob Weinberg von seiner Geliebten geweckt. Barbara war schon angezogen und geschminkt. Sie berichtete Weinberg, Chaja Adler warte im Salon auf ihn.

»Schmeiß das Weibsstück raus!«

»Das kann ich nicht, Jakl. Die alte Dame ist extra hergekommen, dich zu bitten, ihrem Mann zu helfen ...«

»Sie soll zum Teufel gehen.«

»Der Itzhak ist doch dein Spezi.« Barbara drängte Weinberg, Chaja zu empfangen. Maulend gab er nach. Zuvor duschte und rasierte sich Weinberg ausgiebig. Dabei steigerte sich seine Wut auf die Schnorrerin.

Nachdem Weinberg seine Haare geföhnt hatte, ging er endlich in den Salon. Er bat Barbara, das Zimmer zu verlassen, während er mit Chaja sprach. Doch die Adler ließ es nicht zu. Sie bestand darauf, »daß deine Frau ...«

Weinberg verzichtete darauf, Chajas Anmaßung richtigzustellen.

»... mit eigenen Augen sieht und mit ihren Ohren hört, daß du meinen Itzig in den Tod treibst.«

»Wenn etwas deinen Itzig in den Tod treibt, ist es deine böse Zunge, Chaja.«

»Itzig wird sich das Leben nehmen, weil du ihn blind machst.«

»Ich habe ihm nie etwas getan ...«

»Du hast Itzig ins Gefängnis werfen lassen, und jetzt willst du, daß er blind wird und sich umbringt, du Mörder!«

Allein Barbaras Gegenwart hinderte Weinberg, die Keifende aus seinem Haus zu werfen.

»Mit einem Mörder gibt man sich nicht ab. Warum kommst du her, Chaja?«

»Weil du der einzige bist, der Itzig retten kann!«

»Also kein Mörder, sondern ein Engel?«

»Wenn du Itzig hilfst zu sehen, bist du Gott«, rief Chaja pathetisch.

»Es gibt weder Teufel noch Gott.«

»Doch! Es gibt Gott, und Er wird dafür sorgen, daß du Itzig hilfst.«

»Wir werden sehen, was er fertigbringt...«

Chajas Wangen liefen rot an. Sie schlug ihre braunen Zähne in ihre Unterlippe. Doch ihr Zorn über Weinbergs Gotteslästerung war mächtiger als ihr gewaltsamer Selbstbeherrschungsversuch. Chajas Stimme überschlug sich. »Kuba Weinberg! Du glaubst, du bist schlauer als Gott. Aber du bist ein Nichts. Ein Stück Dreck. Eine hinterlistige Giftschlange. Gott wird dich für deinen Hochmut strafen. Du wirst leiden...«

»Möglich.«

»Jetzt langt's, Jakl.« Barbara machte aus ihrer Verärgerung über Weinbergs Gotteslästerung und über seinen Hochmut gegenüber Chaja Adler kein Hehl. Dies wiederum erzürnte den Hausherrn, der von seiner Geliebten unbedingte Loyalität erwartete.

»Ja! Jetzt langt's wirklich. Ich lasse mich nicht in meinem Haus verfluchen. Chaja, geh!«

»Ich rühre mich so lange nicht von der Stelle, bis du mir das Geld für die Operation von Itzig gibst.«

»Dann wirst du hier erstarren wie Lots Weib.« Weinberg wollte aus dem Zimmer. Doch Barbara trat an seine Seite. »Jakob, bitte! Die Frau Adler hat Angst um ihren Mann. Sie meint es nicht so...«

»Und ob sie's so meint!«

»Mir imponiert, wie Frau Adler um ihren Mann kämpft. Ich würd's genauso tun. Für dich.«

»Die Schickse hat mehr Herz im Toches als du im Leib...« Chaja hielt inne. »Entschuldigen Sie, Frau Weinberg, ich hab's nicht so gemeint...«

»Ich weiß, Frau Adler.« Barbaras Miene verriet Weinberg jedoch, daß Chajas Worte sie getroffen hatten.

»Was du meinst oder nicht, interessiert mich einen Dreck!« bestimmte Weinberg. »Ich will dich in meinem Haus nicht mehr sehen. Verschwinde! Auf der Stelle!« Er stürmte aus dem Raum, ohne sich von Barbara aufhalten zu lassen. Die versprach Chaja Adler, sich bei Weinberg für ihren Mann einzusetzen. Im Moment sei es jedoch sinnlos. Sie hätte Chaja gern in den Arm genommen und getröstet, doch deren Beschimpfung als Schickse blockierte sie.

Ähnlich erging es Chaja Adler. Sie erkannte Barbaras guten Willen und wollte sich bei ihr entschuldigen. Doch die Angst, ihr Gesicht vor der Deutschen zu verlieren, hieß sie, sich am einzigen Kapital der Armen festzuklammern, ihrem Stolz. Mit steinerner Miene folgte Chaja Adler Barbara Schäfer zur Tür. Die Frauen gaben sich flüchtig die Hand. Als ob jede Angst hätte, von der anderen festgehalten zu werden.

Jakob Weinberg hockte in der Küche und versuchte, sich auf die Lektüre der ›Süddeutschen‹ zu konzentrieren. In Burundi waren 250 Hutus von Tutsis ermordet worden. Die großgewachsenen Tutsis fühlten sich als Herrenmenschen. Obgleich in der Minderheit, hatten sie jahrhundertelang die kleineren Hutus gewaltsam beherrscht. Das imponierte Weinberg. Hätten sich die Juden in der Diaspora auf das Schwert, statt auf das Buch und den Geldsack verlassen, hätten sie Furcht verbreitet, wäre ihnen die Verfolgung erspart geblieben. Raubtiere fallen immer die Schwächeren an. Die wehrlosen Juden waren die idealen Opfer. Vor Leseratten hat niemand Angst.

Kaum der Mutterbrust entwöhnt, wurden die Diasporajuden in die Welt des Buches gestoßen. Sie verschwendeten ihren Geist und ihre Kraft mit dem Erlernen und Interpretieren der Bibel. Die Jidn befaßten sich mit Märchen und Sagen, statt zu lernen, wie man den Herausforderungen des Lebens begegnete. Auf diese Weise wurden die Köpfe der Juden trainiert, ihr Kampfeswille und ihre Muskeln aber verkümmerten. Die Juden ließen sich von den Nazis wie Schafe abschlachten.

Nach der Bibel und religiösen Schriften war ›Onkel Toms Hütte‹ Weinbergs erstes weltliches Buch gewesen. Jakob war damals neun Jahre alt. Er hatte bitter über die Ungerechtigkeit der Welt geweint. Alle Schwarzen erschienen ihm als Brüder. Sie wurden versklavt, die Juden verfolgt. Jakob liebte die Schwarzen. Als erwachsener Mann wollte er nach Amerika auswandern und ihnen helfen. Nach dem Lager hatte Jakob Weinberg in seiner Bar leibhaftige Schwarze kennengelernt. Sie waren genauso geil und rauflustig wie Deutsche und weiße Amerikaner. Doch wegen ihrer Leidensgeschichte fühlte Weinberg Sympathien für die Schwarzen. Ihm gefiel, daß sie ebenso wie die Juden aus dem Ghetto ausgezogen waren. Doch anders als die Juden lehrten sie die Weißen nicht nur im Boxring das Fürchten.

Mitte der sechziger Jahre begannen die Schwarzen, die Juden in Amerika zu mißhandeln und ihre Geschäfte zu plündern. Später predigten die Black Panthers und die schwarzen Muslims offenen Antisemitismus. Damit verloren sie Weinbergs Sympathie. Nun probten die Schwarzen in Afrika den Völkermord. Weinberg hätte Verständnis gehabt, wenn sie sich an den Weißen rächen wollten. Doch sie brachten sich lieber untereinander um – sie waren keinen Deut besser als die Nazis. Er erinnerte sich an einen Ausspruch des alten Sigmund Freud: »Die Menschheit ist ein kümmerlicher Haufen.«

Barbara betrat die Küche. Ihre Gesichtszüge waren unbewegt. Der Glanz war aus ihren Augen gewichen. Weinberg legte die Zeitung beiseite, nahm die Geliebte in den Arm, doch ihr Körper blieb starr wie der eines gekränkten Kindes. Weinberg fuhr Barbara sachte übers Haar. Allmählich lockerte sich ihre Haltung, die Augen wurden wieder lebendig. Sie küßte seine Stirn und sah ihn eindringlich an: »Sicher ist Frau Adler durcheinander. Aber sie kämpft für ihren Mann, und das imponiert mir.« Weinberg hatte kein Bedürfnis, den vorangegangenen Streit fortzusetzen. Doch seine Entscheidung stand fest. Er würde den bösartigen Adlers keinen Pfennig geben. Chaja sollte sich um einen neuen Gott bemühen.

»Du wirst doch dem Itzhak helfen, Jakl?«

Die Schickse konnte seine Gedanken lesen. »Ich will darüber nachdenken.«

»Du sagst, denken taugt nichts. Man weiß von vornherein, was richtig und falsch ist.«

»So ist es.«

»Warum mußt du dann beim Itzhak Adler nachdenken?«

»Ich weiß wirklich nicht . . .«

»Der Itzhak ist doch dein Freund!«

»Auch ein Freund darf sich nicht alles erlauben.«

»Aber er ist krank.«

Weinberg mußte lügen, um sich Barbaras Wohlwollen zu bewahren, zumindest, um Zeit zu gewinnen. »Ich werde sehen, was ich für ihn tun kann.«

»Wenn du magst, kannst du's.« Ihre Augen leuchteten wieder. Chaja war eine Hexe und Itzig ein Idiot. Jakob Weinberg war entschlossen, ihnen nicht zu erlauben, sein privates Glück zu zerstören – ohne ihrer Erpressung nachzugeben.

»Worüber denkst du nach?«

»Du hast doch grad selbst gesagt, daß ich nie denke.«

»Jedenfalls behauptest du's.«

Um den eben errungenen Frieden in seinem Haus nicht erneut zu gefährden, willigte Jakob Weinberg in Barbaras Vorschlag ein, einen Ausflug nach Benediktbeuern zu machen. Das Wetter hellte sich auf. Ein straffer Föhnwind hatte die Wolkendecke aufgerissen.

Die Autobahn nach Garmisch war am späten Vormittag leer. Weinberg spürte die ruhige Kraft des Motors, der umgehend auf seinen Pedaldruck reagierte. Ab Höhe Seeshaupt wurden die vom Föhn weiß und blau geputzten Berge sichtbar. Früher war Weinberg im Sommer oft mit seinen Kindern zum Staffelsee bei Murnau zum Schwimmen gefahren. Vom Strandbad hatte man eine hervorragende Sicht über das Gebirgspanorama, das sich südlich des Sees ausbreitete. Jakob Weinberg entwickelte ein Gefühl der Vertrautheit für die bayerischen Berge. Auch jetzt, als er auf sie zuraste, stellte sich bei ihm heiteres Wiedererkennen ein. Diese Stimmung zog jedesmal ein Schuldgefühl nach sich. »Naziland!« entfuhr es Weinberg. Barbaras Blick drückte Verstörung, Frage und Amüsement zugleich aus.

»Hitler ist durch dieses Land gefahren. Die Menschen hier haben ihn geliebt.«

»Nicht alle.«

»Aber die meisten.«

»Jetzt lebst du hier. Und die Nazis sind tot.«

Weinberg wußte, daß die Geister der Nazis weiterlebten. Aber nicht, warum er hier lebte. Weil er eine Deutsche liebte. Unsinn! Er wohnte bereits vierzig Jahre in Deutschland, ehe er Barbara kennenlernte. Warum? Die Grübelei war zwecklos. Die Alpen waren weder jüdisch noch deutsch. Sich daran zu erfreuen war keine Sünde – gar für ihn, der an nichts glauben wollte.

Es war für die Jahreszeit noch sehr warm. So setzten sie sich in eine windgeschützte Wandnische vor dem Klosterstüberl an einen grünen Plastiktisch. Barbara aß ein Zanderfilet und trank ein Spezi, Weinberg verzehrte einen Lammbraten, den er mit einer Maß Bier hinunterspülte. Er war kein passionierter Biertrinker. Doch das Getränk paßte ins Voralpenland, und sein gestriger Rausch machte ihn durstig. Nach dem Essen und Trinken erfaßte Weinberg eine angenehme Müdigkeit, die ihn in den Schlaf ziehen wollte. Er bat Barbara, sie nach Hause zu chauffieren. Doch sie schüttelte bestimmt ihren Kopf. »Bei dem Wetter setz ich mich nicht sofort wieder ins Auto. Laß uns a bißerl wandern und die letzten Sonnenstrahlen genießen, ehe uns der Winter in den Sack steckt.«

Weinberg blieb nichts übrig, als mit Barbara durchs Voralpenland zu spazieren. Das Land war eben. Die Berge lagen vor ihnen wie eine Theaterkulisse. Sie schritten entlang der eingleisigen Eisenbahnstrecke nach Kochel, ehe sie vor einer engen Unterführung nach Süden in den Prälatenwanderweg einbogen, der über die Loisach zum Kochelsee führte.

Jakob Weinberg war kein Naturbeobachter. Doch seine Sinne nahmen die Landschaft auf. Die Luft war klar, erfüllt von dem Geruch eines warmen Spätherbsttages. Die Felder, durch die sie marschierten, erstreckten sich kilometerweit bis zum Loisachufer. Die flache Wiesenlandschaft wurde nur durch Heuschober unterbrochen, deren Holz Schnee und Regen grau gewaschen hatten. Jenseits des Wäldchens am Uferstreifen erhoben sich die runden Berge gegen den azurblauen Himmel. Weinberg hörte lediglich ihre Schritte. Gelegentlich war von ferne das Pfeifen eines Zuges zu vernehmen. Dann wieder Stille.

Wozu hockte er in der Stadt? Warum mietete er sich nicht ein Häuschen in dieser Gegend? Was sollte ein Jid am Rande der Alpen den ganzen Tag tun? Wandern? Jodeln? Schuhplatteln? Machte er in München Sinnvolleres? Er ging zum Doktor und zerstritt sich mit Sohn und Freunden. Seit dem Besuch beim Urologen waren seine Beschwerden verschwunden. Er war nur zum Arzt gegangen, weil Barbara ihn dazu genötigt hatte. Jakob Weinberg ließ sich von niemandem zu etwas zwingen. Konnte Finkelstein ihm helfen? Wenn es tatsächlich Krebs war, würde ihn Benni zur Operation drängen und zur Chemotherapie. Sie würden Weinberg zerlegen wie einen Pessach-Karpfen und braten wie einen Tschulent. Wozu? Weinberg war fast siebzig. Er hatte das Lager überlebt. Einerlei, ob er sich behandeln ließ oder seine Würde bewahrte – Barbara und ihr Arzt hatten ihm die Angst ins Herz gepflanzt.

Die Gegenwart des Todes hatte Weinberg in die Streitereien der letzten Tage getrieben. Udo hatte sein Entgegenkommen als Schwäche ausgelegt und versucht, ihn zu demütigen. Adler und sein hysterisches Weib wollten Weinberg erpressen. Selbst Lazar Dessauer, dem Weinberg in dessen schwerster Stunde beigestanden hatte, wollte ihn zum Zahlen nötigen. Und dies, obgleich der reiche Dessauer Itzigs Operation aus seiner Portokasse zahlen könnte. Doch der kannte den Schnorrer und dachte nicht daran, ihm Geld in den Rachen zu werfen. Wozu, wenn er Weinberg dazu zwingen konnte. Weinberg beschloß, seine Würde zu bewahren und dem Leben die Stirn zu bieten, solange er Kraft zum Atmen besaß.

Weinbergs mit einem Mal fester Schritt und seine gesammelte Miene fielen Barbara sogleich auf. Sie konnte sich vorstellen, was den Gefährten beschäftigte.

»Du mußt dir keine Sorgen wegen deiner Gesundheit machen, Jakl.« Barbara sah ihn an. »Trotzdem wäre es vielleicht nicht schlecht, wenn du deine Angelegenheiten in Ordnung bringen würdest.«

Weinberg stapfte wortlos weiter. Wahrscheinlich war es der verkehrte Augenblick, mit Jakob darüber zu reden. Jeder Moment war falsch hierfür – dennoch mußte sie das Thema ansprechen.

»Hast du deine Angelegenheiten in Ordnung gebracht, Jakob? Hast du ein Testament gemacht?«

Weinbergs Puls jagte hoch. Ihm wurde heiß. Er wollte nichts sagen. Doch ihre Dummheit ließ ihm keine Wahl. »Ich dachte, ich muß mir keine Sorgen um meine Gesundheit machen?«

»Das eine hat mit dem anderen nichts zu tun. Man sorgt vor...«

»Hast du«, er betonte die Worte, »deine Angelegenheiten in Ordnung gebracht? Hast du ein Testament gemacht, Barbara?«

»Nein...« Sie war erst zweiundvierzig. »Ich habe nichts zu vererben. Warum sollte ich ein Testament machen?«

»Jeder hat was zu vererben.«

»Ja.«

Das Paar ging eine Weile schweigend nebeneinander her. Alles war ruhig, friedlich. Es war falsch gewesen, ausgerechnet hier mit Jakl über den Tod reden zu wollen, den die Angst davor plagte. Doch nun konnte Barbara nicht mehr zurück. Jetzt abzubrechen und zu Hause erneut das Thema zur Sprache bringen, durfte sie Jakob nicht zumuten.

»Ja...«, hob Barbara erneut an. Ihre Stimme klang jetzt eine Oktave höher, was Weinberg sogleich wahrnahm. »... du auch, Jakl. Dir fehlt zwar im Moment nichts. Aber ich glaube, es wäre vernünftig, wenn du jetzt festlegst, wie dein Vermögen eines Tages verteilt werden soll.« Ohne ihn anzusehen, wußte sie, daß er sie aufmerksam beobachtete. »Du hast ja auch schon mit Udo darüber geredet ...«

»Woher weißt du das?«

»Er hat's mir gesagt ...«

»Beratet ihr euch schon über meinen Tod?«

»Nein ...«

»Du lügst!«

Jakob Weinberg hatte Barbara noch nie beschimpft. Sie wußte nicht, was sie erwidern sollte, mußte aber antworten.

»Ich hab dich noch nie belogen, Jakob ...«

»Du hast soeben selbst zugegeben, daß du mit Udo über meinen Tod gesprochen ...«

»Blödsinn!« Der Schock wich Zorn. »Der Udo hat mir gesagt, daß du Angst vor deiner Krankheit und dem Tod hast.«

»Ich habe niemals Angst!«

Weinbergs angestrengte Selbstachtung amüsierte sie. »... und ihm Hilfe angeboten ...«

»Das ist vorbei. Ich will mit diesem ... ihm nichts mehr zu schaffen haben.«

»Ich will mit dir zu schaffen haben, Jakl ...«

Weinberg fuhr fort, Barbara zu beobachten.

»... und deshalb möchte ich, daß du mich in deinem Testament bedenkst. Wir sollten uns darüber unterhalten.«

Diese Schickse! Er war noch nicht tot. Sie schwatzte, daß ihm nichts fehle. Gleichzeitig aber gierte sie nach seinem Geld! Selbst dem meschuggenen Udo war sein Erbe egal. Er wollte nicht einmal darüber reden. Udo war eben Weinbergs Sohn. Er hatte ein jüdisches Herz. Die Schickse dagegen dachte nur ans Erben. Die Deutschen hatten sich nicht geändert! Nachdem sie die Juden vergast hatten, brachen sie ihnen die Goldzähne aus dem Kiefer. Barbara war keinen Deut besser! Sie lebte seit fünf Jahren mit Weinberg zusammen. Sie redete von Liebe und schlief jede Nacht im gleichen Bett mit ihm. Weinberg hatte keine Frau so gut behandelt wie diese Schickse, auch nicht seine eigene Frau Lea. Deren jüdische Liebe hatte er nicht zu würdigen gewußt. Statt dessen warf er sich der Nazienkelin an den Hals wie ein verliebter Jüngling und überhäufte sie mit Geschenken. Zum Dank lauerte sie auf seinen Tod. Die Schickse würde umsonst warten! Weinberg hatte Barbara aus gutem Grund nicht in seinem Testament bedacht. Dabei würde es bleiben! Solange er lebte, würde er fortfahren, großzügig zu ihr zu sein – danach gab's für sie nichts. Das war Weinbergs Lebensversicherung. Sobald er ihr etwas vermachte, würde die Schickse dafür sorgen, daß er schnell unter die Erde kam. Die Deutschen hatten Erfahrung darin, Jidn umzubringen.

Jakob Weinberg würde Geld und Häuser seiner Mischpoche hinterlassen. Dinah und Ariel. Auch Udo mußte er etwas vererben. Der Junge war zwar ein Narr, aber sein Erstgeborener. Weinberg hatte die Pflicht, für Udo auch nach seinem Ableben zu sorgen. Aber nicht für dessen Schickse und ihren Bankert. Am besten richtete er eine Stiftung zugunsten Udos ein, wie Dessauer es für seinen Heini vorhatte. Weinberg mußte mit seinem Anwalt die juristischen Details klären.

Welch jämmerliche Kinder hatten die Jidn in Deutschland großgezogen! Die Eltern hatten die Nazi-Lager überstanden. Doch ihre Nachkommen waren zu schwach, den Lebenskampf zu bestehen. Sie waren krank, verweichlicht, dumm, hochmütig, schwul, intellektuell oder alles miteinander. Wahrscheinlich trugen die Eltern die Schuld, die ihre Kinder zu sehr verwöhnt hatten. Die Israelis schickten ihre Söhne und Töchter zum Militär. Sie mußten von Jugend auf kämpfen. Das waren ganze Kerle, die sich von niemand etwas gefallen ließen. Israel verdankte seine Existenz allein der Härte seiner Soldaten. Nicht dem Geschwafel der Diplomaten. Nur Männer wie Yitzchak Rabin oder Menachem Begin, die den Arabern zuvor kräftig aufs Haupt geschlagen hatten, wurden von den Muselmanen respektiert. Sie allein besaßen die Autorität, Frieden zu schließen.

Weinberg war stolz, daß sein Enkel Ariel demnächst zur israelischen Armee einrücken mußte. Er bereute, daß er seinen Sohn einst nicht zum israelischen Militär geschickt hatte. Die Armee hätte den Burschen zum Mann gemacht. Statt dessen hatte Lea einen Waschlappen großgezogen. Selbst Weinbergs Tochter war in Israel zu einer stolzen Jüdin gereift. Dinah hatte zwar nicht in der Armee gedient, doch in Zion gelernt, sich durchzusetzen. Vor fünf Jahren hatte sie die Schickse überrannt wie ein israelischer Merkava-Panzer. Damals war Barbara recht kleinlaut gewesen. Nun aber, da sie Weinberg alt, schwach und krank wähnte, versuchte sie ihn auszuschlachten. Er würde es ihr nicht erlauben. Das war er seinen jüdischen Kindern schuldig und dem eigenen Respekt. Weinberg blieb stehen. Er sah Barbara eindringlich an. Sie hielt ebenfalls inne und erwiderte seinen Blick.

»Udo hat dir sicher auch erzählt, daß er keinen Pfennig von meinem Geld nehmen wollte.«

»Auch ich will dir nichts nehmen. Ich möchte nur, daß du deinen Nachlaß regelst.«

»Das werde ich tun.«

»Wann und wie?«

Die Chuzpe der Schickse war bewundernswert. Das war keine Chuzpe, sondern Kälte. Die Deutschen waren nicht zufällig Nazis geworden. Weinberg stapfte weiter. Barbara blieb einen Moment zurück. Dann eilte sie ihm nach. So schwierig hatte sie sich die Aussprache nicht vorgestellt. Jakob war knapp siebzig. Sein Arzt hatte eine Gewebeprobe entnommen. Selbst wenn er keinen Krebs hatte, würde er früher oder später an die Reihe kommen. Barbara hatte auf Jakobs Wunsch ihre Arbeit aufgegeben. Solange Weinberg lebte, ging es ihr gut. Doch was dann? Sie mußte sich um ihre Versorgung kümmern. Kein Mensch sprach gern über sein Testament, schon gar nicht ein jüdischer Hypochonder, der sich vor dem Tod fürchtete.

»Jakl, sag mir bitte, wie du dir meine Versorgung vorstellst.«

Die Schickse kannte kein Erbarmen.

»Deine Versorgung interessiert mich einen Dreck.«

Barbara erschrak über seinen harschen Tonfall mehr als über die Worte. Ihr Erbleichen erfüllte ihn mit Genugtuung. Weinberg wollte Barbara seine Macht demonstrieren. »Dir geht's nur um mein Geld.«

»Nein! Um meine Versorgung.«

»Mir geht's um mein Leben, nicht um deine Versorgung.«

»Das ist das gleiche!«

Was sollte er ihr antworten? Die Gojim nahmen den Tod unaufgeregt hin. Freund Hein! Wenn die Jidn ebenso denken würden, gäbe es sie nicht mehr. Das jüdische Volk hatte jahrtausendelange Verfolgung und Not nur überstanden, weil es den Tod mit aller Macht bekämpfte. Das hatten die Gojim nicht nötig. Es würde sie immer geben. Einerlei, wer die Kriege gewann und wie viele Menschen dabei oder an Krankheit starben. Die Gojim waren ein unzerstörbares Kollektiv. Die Juden dagegen geborene Einzelkämpfer. Weil es so wenige gab, war jeder Jid wertvoll. Bei den Gojim zählte das Individuum kaum.

»Du sorgst dich mehr um mein Geld als um mich.«

»Jakl, du spinnst.«

»Du redest von nix anderem als meinem Geld ...«

»Ich mach mir nur Gedanken über meine Versorgung.«

»Warum machst du dir keine Sorgen um meine Gesundheit?«

»Dir fehlt nichts, Jakl.«

»Warum hast du mich dann zum Doktor geschickt?«

»Das zeigt ja, daß ich mir Sorgen um deine Gesundheit mache.«

»Gerade hast du gesagt, daß du keine Angst um meine Gesundheit hast.«

»Du warst ja beim Arzt.«

»Der mich auf Krebs untersucht hat.«

»Das zeigt, daß er ein gewissenhafter Mediziner ist.«

»Was nützt mir das, wenn ich Krebs habe?!«

»Wart erst mal ab, was bei der Untersuchung herauskommt ...«

»Du wartest auch nicht ab!«

»Ich?«

»Ja. Du kannst es gar nicht abwarten, an mein Geld zu kommen.«

»Jetzt langt's aber, Jakob!«

»Du sprichst von nichts anderem.«

»Ich rede nicht von deinem Geld, sondern von meiner Versorgung.«

»Das ist für dich doch das gleiche.«

»Nein!«

»Gut. Dann muß ich mich ja nicht drum kümmern.« Er lächelte triumphierend und marschierte voran. Barbara blieb zurück. Weinberg hatte sie überlistet. Er imponierte ihr, selbst wenn er seine Schläue gegen sie richtete.

Barbara Schäfer wollte sich jedoch nicht mit Spitzfindigkeiten abspeisen lassen. Sie mußte Jakob dazu bringen, ihre Versorgung sicherzustellen. Es blieb ihr dazu wenig Zeit, denn sollte der Befund ungünstig ausfallen, dann wäre Jakob noch gereizter und noch weniger geneigt, über sein Erbe zu reden. Denn Jakob war, trotz seiner Klugheit und seines Stolzes, keineswegs der furchtlose Held, für den er sich hielt. Er hatte panische Angst vor dem Tod – der jeden ereilen mußte. Wäre Jakobs Diagnose dagegen günstig, so hätte er erst recht kein Bedürfnis, mit ihr über seinen Nachlaß zu reden. Barbara beschleunigte ihren Schritt. Sie holte ihn ein. Eine Weile wanderten sie schweigend nebeneinander her. Weinberg beobachtete die Geliebte. Er spürte, daß sie mit ihm reden wollte. Doch er dachte nicht daran, das Gespräch zu eröffnen.

»Jakl, du weißt, mein größter Wunsch ist, daß du gesund bleibst ...« Ihre Blicke trafen sich. Er sah Barbara aufmerksam an, ließ sie zappeln. »... aber irgendwann müssen wir uns über meine Versorgung unterhalten.«

Weinberg schwieg eine Weile, ehe er antwortete. »Du hast vor zwei Minuten erklärt, daß deine Versorgung mich nichts angeht.«

»Ich habe gesagt, daß es mir nicht um dein Geld geht.«

»Um was dann?«

Seine Direktheit und Klarheit erschreckten Barbara, aber sie durfte nicht zurückstecken. »Ich will nicht eines Tages ohne einen Pfennig dastehen ...«

»Wenn ich tot bin?«

»Ja.«

»Warum zerbrichst du dir die ganze Zeit deinen Kopf über meinen Tod und dein Erbe?«

»Das tue ich nicht!«

Weinberg haßte Lügen. »Noch mal: Weshalb denkt Udo keinen Moment ans Geld?«

»Da mußt du ihn fragen.«

»Weil Udo mein Sohn ist.«

»Deshalb ist er dein Erbe.«

»Nein, Dinah und Ariel sind meine Erben.«

»Du kannst doch den Udo nicht enterben!«

»Ich kann alles!«

»Was bildest du dir eigentlich ein?« schrie es aus ihr heraus. »Du fürchtest den Tod wie der Teufel das Weihwasser. Aber gleichzeitig spielst du dich auf wie der Herrgott. Du glaubst, du kannst alles. Einen Schmarrn kannst du! Deiner Tochter, die in Israel hockt und sich nicht um dich kümmert, willst du dein Geld hinterlassen. Und den Udo, der dir jahrelang die Drecksarbeit mit dem Kino gemacht hat ...«

»Hat er dir das gesagt?«

»Er muß mir nichts sagen! Ich habe Augen im Kopf!« Barbara holte kurz Luft. »... und mich willst du ohne eine Mark stehenlassen. Udo und ich – wir lieben dich doch!«

»So ist das. Du und Udo habt meine Liebe und Dinah und Ariel mein Geld.«

»Du kannst doch nicht so unverantwortlich sein und uns mittellos zurücklassen!«

»Ich kann.« Weinberg sah die Geliebte lächelnd an. »Und außerdem lebe ich noch. Niemand soll mein Fell verteilen, solange ich noch atme.«

Barbara begriff, daß es sinnlos war, Weinberg jetzt zwingen zu wollen, sie in seinem Testament zu bedenken. Hoffentlich war er gesund. Wenn nicht, würde sie weitersehen. Barbara versuchte, ihn streng anzublicken. Doch Weinberg spürte, wie ihre Wut verebbte. Er schob sich näher an sie heran und legte den Arm um ihre Schultern. »Depp«, rief sie und drückte sich an ihn.

Die beiden passierten eine Holzbrücke über die Loisach. Entlang dem Flüßchen marschierten sie über einen vom Regenwetter der vergangenen Tage aufgeweichten Fußweg. Rechts lag ein großes Bauernhaus. Auf dem Hof türmte sich ein hoher, mit schwarzen Planen abgedeckter Müllhaufen. Aus den Fäulnisgasen sollte Energie gewonnen werden, erklärte eine Tafel des bayerischen Umweltministeriums am Zaun des Gehöfts den Spaziergängern. Demokratie erforderte Transparenz und Propaganda. Die Menschen wollten wissen, wofür ihre Steuern verwandt wurden. In Auschwitz erläuterten keine Hinweistafeln, was mit den Fäulnisgasen der erschlagenen Juden geschah. Die Technik war noch nicht so weit. Daher beschränkten die Deutschen sich auf die Haare, Goldzähne, Schuhe, Kleider und den Schmuck der Juden. Was lamentierte er? Weinberg lebte freiwillig in Deutschland. Noch dazu mit einer deutschen Schickse. Über die Vergangenheit von deren Familie er sicherheitshalber nichts erfahren wollte. Er genoß das Zusammensein mit ihr. Die schwere bayerische Landschaft war ihm vertraut – im Gegensatz zum gleißenden Sonnenland Israel. Und dennoch bejammerte Weinberg, der vorgab, das Gewissen sei eine christliche Erfindung, sein Dasein in Deutschland. Jeder Misthaufen, von denen es in Israel gewiß nicht weniger gab als hier, erinnerte ihn daran, daß er es sich im Land der Mörder gutgehen ließ. Was würden seine ermordeten Eltern und sein Bruder dazu sagen?

Immerhin lebten seine Tochter und sein Enkel in Israel. Ariel würde eine neue Ära seiner Familie in Zion eröffnen. Aber sein Enkel hieß Givati. Weinberg mußte ihn dazu überreden, seinen Familiennamen zu ändern. Unsinn! Ein siebzehnjähriger israelischer Rotzer würde nicht freiwillig einen deutschen Familiennamen annehmen. Weinberg mußte Dinah überzeugen – indem er in sein Testament eine Sperrklausel einbauen ließ, daß Dinah und ihr Sohn sein Erbe nur unter der Bedingung ausbezahlt bekämen, daß Ariel den Familiennamen des Großvaters annahm. Und wenn Ariel sich nach drei Jahren wieder einen hebräischen Namen zulegte? Das war höhere Gewalt. Selbst Jakob Weinberg durfte sich nicht anmaßen, Generationen nach seinem Tod das Geschehen bestimmen zu können. Dennoch mußte er es versuchen. Allein um seiner ermordeten Familie willen. Welchen Sinn hätte sonst sein Vermächtnis, den Namen Weinberg weiterzugeben?

Udos Kinder würden Weinberg heißen. Aber sie würden Gojim sein. Er durfte sich seinen Erstgeborenen nicht zum Feind machen. Udo hatte ein gutes Herz. Vielleicht würde es Weinberg gelingen, ihn im letzten Moment von der Schickse wegzubringen. Udo würde dem Willen des Vaters nicht standhalten können. Was wäre damit gewonnen? Weinberg würde seinen Sohn mit einer Frau wie Rachel Dessauer verkuppeln, die Udo betrügen würde wie die Chonte Heinis. Udo war zwar kein Idiot wie Dessauers Sohn, aber einem bösen jüdischen Weib ebensowenig gewachsen wie der reiche Schmuckhändlerssohn. Weinberg nahm sich vor, sich unter allen Umständen mit Udo zu versöhnen.

Das Paar hatte den Bauernhof und das Wäldchen entlang der Loisach passiert. Vor ihnen öffnete sich das weite Bergpanorama. Barbara genoß die matten Sonnenstrahlen. Weinbergs Griff um ihre Schultern war lockerer geworden. Sie spürte, daß er wieder einmal grübelte. Über seine Gesundheit, sein Geld, sein Alter? Sie löste sich aus seinem Arm, ergriff seine Hand, schwang sie. »Weg mit deinen finsteren Gedanken! Sie verdüstern uns sonst die letzten Sonnenstrahlen.«

Weinberg schmunzelte, atmete tief durch, schloß die Augen und wandte sein Gesicht der Sonne zu. Er nahm einen orangen Farbton wahr. Das Licht besaß nicht mehr die Kraft zu gleißendem Gelb oder glühendem Weiß, doch es wärmte. Weinberg wollte sich auf eine grüne Holzbank am Rande des Weges setzen. Am liebsten wäre er in ein weiches Bett gesunken. Das durfte er nicht! Seit dem Lager war sein Leben Kampf. Er war überzeugt, daß er dieses Ringen und damit sein Leben verlieren würde, sobald er seinem Ruhebedürfnis nachgab. Jetzt, wo es um seine Gesundheit ging, durfte er nicht nachlassen. Weinberg riß seine Augen auf, setzte einen entschlossenen Blick auf, drückte Barbaras Hand schmerzhaft fest und marschierte los.

Der Weg quer durch die Wiesen mündete wieder in einen engen Pfad entlang der eingleisigen Bahnstrecke nach Kochel. Auf der Südseite verstellten ungepflegte hölzerne Ferienhäuser den Blick auf die Berge. Gelegentlich donnerte ein Zug vorbei. Weinberg langweilte sich. Er war froh, als sie nach fast zweistündigem Marsch endlich in Kochel, einem eintönigen Touristendorf, anlangten. Barbara wollte zum See. Doch Weinberg drängte es nach Hause. Sie gingen zum Bahnhof. Der Schalterbeamte der verschlafenen Station beantwortete Weinbergs Frage nach dem nächsten Zug Richtung Benediktbeuern mit dem Hinweis auf den Fahrplan. Barbara sah nach. 15.42 Uhr. Sie wollte am Schalter Fahrkarten kaufen.

»Die müssen Sie sich am Automaten besorgen«, belehrte sie der Brillenträger hinter dem Glasschalter.

»Wozu sind Sie da? Wenn Sie weder Auskunft geben noch Fahrscheine verkaufen?«

»Dies entspricht den Bestimmungen der Bundesbahndirektion München.«

»Wenn die Bundesbahndirektion Ihnen sagen würde, Züge nach Auschwitz zu dirigieren, würde Sie es auch tun«, mischte sich Weinberg von der Seite ins Gespräch ein. Barbara erwartete, daß der Beamte protestieren würde. Doch der Mann verzog keine Miene und vertiefte sich in seine Zeitung.

»Kannst du an nichts anderes denken als an Auschwitz?«

»Wenn ich solche Kreaturen sehe und reden höre, nein.«

Der Bahnbeamte und Jakob hatten Barbara die Lust am Spaziergang zum See geraubt. So warteten sie über eine halbe Stunde auf dem Bahnsteig, der sich erst kurz vor Abfahrt des Zuges allmählich mit Wanderern und Spaziergängern füllte.

Die Fahrt durch den Wald entlang der Loisach dauerte nur wenige Minuten. In Bichl/Benediktbeuern kletterten Barbara und Jakob aus dem hohen Waggon auf den asphaltierten Bahnsteig. Es begann bereits zu dämmern. Sie überquerten die Bahngleise und wandten sich zum Klosterhof. Davor auf dem Parkplatz stand ihr

Auto. Weinberg hatte das Bedürfnis, sofort nach Hause zu fahren. Doch zuvor wollte er Barbara versöhnen. Also lud er sie zu einem frischen Apfelkuchen mit Vanillesauce im Klosterstüberl ein. Nach kurzem Zögern stimmte sie zu. Der Kuchen mit Kaffee und Cognac löste ihre Stimmung ein wenig. Kurz nach Einbruch der Dunkelheit begab sich das Paar auf die Fahrt nach München.

Udo hatte lange gezögert, Georg Riedl aufzusuchen. Doch Anne hatte ihn beharrlich dazu gedrängt. »Wenn du einen Film machen willst, mußt du wissen, wie man es macht. Schorsch weiß Bescheid. Der hat sogar mal den Bundesfilmpreis für das beste Drehbuch bekommen.« Udo hatte sich bei ›Zweitausendeins‹ in der Türkenstraße Syd Fields ›Handbuch zum Drehbuch‹ mit ›Übungen und Anleitungen zu einem guten Drehbuch‹ gekauft und sorgfältig studiert. Daraufhin hatte er die Geschichte eines modernen jüdischen Schlemihls komponiert. Die Filmkomödie sollte ›Der Musterverkäufer‹ heißen.

Mit einem ausführlichen Exposé fuhr Udo mit der S-Bahn nach Moosach. Das beschriebene Haus in der Baumbergerstraße war eine ehemalige Fabrik, die einen privaten Radiosender sowie mehrere Firmen mit englischen Namen beherbergte. Der Besucher suchte vergeblich nach dem Büro oder der Firma von Georg Riedl. Schließlich klopfte er zaghaft an einer Tür, hinter der er Stimmen hörte, und erkundigte sich bei einem gelangweilten Sekretärinnenduo nach Riedl. Die Frauen hatten den Namen noch nie gehört. Udos schüchterne Entschlossenheit bewog die Ältere schließlich, telefonische Erkundigungen einzuziehen. »Ach so. Ja. Klar.« Die rundgesichtige Frau setzte ein Lächeln auf. »Der ist Producer bei ›Global PR-Enterprises‹. Die san im zwoaten Stock.« Die bayuwarische Aussprache des englischen Namens verlieh ihrer Auskunft zusätzlichen Reiz. Udo bedankte sich. War Riedl als Drehbuchschreiber gescheitert?

Die ›Global PR-Enterprises‹ war in einem weiträumigen Loft untergebracht. Es herrschte reger Betrieb. Jüngere, leger gekleidete Männer und Frauen eilten durch den Raum. Scheinwerfer, Kameras, Kabelrollen, Filmkassetten wurden hin und her geschleppt. Telefone und Handys klingelten, knappe Anweisungen wurden gerufen. Udo erkundigte sich bei einer langhaarigen Brünetten mit Schriftstücken unter dem Arm nach Riedl. »Der Schorsch ist im Moment hinten am Set. Aber das dauert nicht mehr lang. Du kannst in seinem Büro auf ihn warten.« Sie führte Udo in ein kleines Zimmer, ohne nach seinem Namen zu fragen. Der Raum war mit Ikea-Möbeln spärlich ausgestattet. Der dunkle Schreibtisch wohlgeordnet. In dem Regal standen Videokassetten und Broschüren aufgereiht. An der Wand war ein Drehplan aufgezogen. Gegenüber hing ein Filmposter eines Dorfes, ›Finsteres Bayern‹. Für diesen Streifen hatte Riedl zahlreiche Auszeichnungen erhalten. Udo studierte das Plakat. Riedl hatte das Drehbuch geschrieben, Regie geführt und den Film geschnitten. Udo erhoffte von ihm nützliche Hinweise. Ihn interessierte, wo Riedl sich die Mittel für die Realisierung seines Drehbuchs beschafft hatte. Besaß Riedl Interesse, in Udos Film die Regie zu übernehmen? Oder sollte er sich selbst darum kümmern? Gewiß kannte Riedl einen geeigneten Produzenten.

»Hallo!« Ein großer, grobknochiger Mann war ins Zimmer getreten. Udo fiel der gesammelte Blick aus den kleinen hellbraunen Jagdhundaugen auf.

»Ich bin Udo Weinberg. Die Anne, die Anne Herbst, hat mir empfohlen...«

»Ich weiß, sie hat mich angerufen. Ich bin der Schorsch.« Er sprach mit ruhiger Baritonstimme. Ohne Dialekt. Allein das rollende R verriet seine Herkunft. Riedl drückte Udo knapp und fest die Hand. »Nimm Platz.« Udo hockte sich in einen Stoffsessel. Riedl zog seinen Bürostuhl hinter dem Schreibtisch hervor, schob ihn zu Udo und setzte sich. Er sah seinen Besucher aufmerksam an. »Was kann ich für dich tun?«

Udo drückte die College-Mappe mit seinen Aufzeichnungen fest in seinen Schoß. »Ich will einen Film machen über einen

Jeansverkäufer, der zum Medienstar wird, weil er Jude ist. Das gibt ihm die Möglichkeit, den Leuten alles zu sagen ...«

»Was soll ich damit?«

»Die Anne hat gemeint, Sie ... du könntest mir behilflich sein ...«

Riedls Augen blieben offen, doch Udo spürte, daß sein Blick sich sperrte – sich gegen ihn sperrte. Er war unfähig weiterzureden.

»Die Story interessiert mich nicht.«

Udo riß seinen Blick von den Augen seines Gegenübers. In den grauen Augen seines Vaters schwamm selbst in Momenten des Zorns, ja sogar des Hasses, Anteilnahme, zumindest Gefühl mit. Riedls Blick dagegen war kalt, bar jeder Emotion. Udo kam der KZ-Witz seines Vaters in den Sinn.

Ein SS-Mann im Lager fordert einen Häftling zur Wette auf:
»Ich hab ein Glasauge, Jud. Du mußt erraten, welches.«
»Das linke, Herr Scharführer.«
»Wie hast du's so schnell gewußt?«
»Es schaut so menschlich.«

Riedl bemerkte Udos Verstörung. »Versteh mich nicht falsch. Mich stört nicht, daß dein Stoff jüdisch ist. Von mir aus ist er islamisch oder buddhistisch. Ich hab genug von der Filmerei.«

»Aber du hast doch den Bundesfilmpreis und ...«

Riedls Mundwinkel zuckten kurz aufwärts, sein Blick blieb kühl. »Das ist Augenwischerei.« Er sah zum Filmplakat. »Damals, vor fünfzehn Jahren, dachte ich, ich bin der Größte. Abschlußarbeit an der Filmhochschule und schon Bundesfilmpreis. Der Innenminister hat mir die Hand gedrückt, und die Feuilletonisten haben mich als neuen Rainer Werner Faßbinder gefeiert. Ich wurde als Erneuerer, Epiker, Radikalrealist gefeiert und mit anderen Wortleichen beworfen. Ich durfte einige Vorträge halten und ein paar Interviews geben. Nach zwei Monaten war der faule Zauber vorbei, und ich stand mit zwanzigtausend Mark Schulden da. Ich wollte einen richtig großen Kinofilm über mein Leben machen. Das Drehbuch hatte ich schon geschrieben.« Leben war in Riedls Augen geströmt.

»Und?«

»Nichts. Filmemachen in Deutschland ist Schwindel. Und Schwachsinn obendrein. Da kann nur Mist rauskommen. Wenn du in Amerika ein gutes Drehbuch geschrieben hast, gibst du es einem Agenten, der sucht dir einen Produzenten. Der beschafft Geld, Regisseur und Schauspieler. Und das Publikum entscheidet an der Kinokasse, was der Film wert ist.«

Riedl bemerkte, wie die Farbe aus Udos Gesicht wich. Der Gast klammerte sich an seiner Mappe fest.

»In Deutschland dagegen regiert Sicherheitsdenken. Noch eh du ein Skript schreibst, beantragst du Drehbuchförderung bei der Landesfilmförderungsanstalt. Dort entscheiden zwei Dutzend Beamte und Verbandsfunktionäre, die nicht wissen, wie eine Filmkamera aussieht oder wozu ein Drehbuch gut sein soll, über dein Skript. Und wehe, du schreibst was gegen die Regierung oder die Opposition oder die Kirche . . .« Er blickte zu Udo. ». . . oder die Juden oder die Banken oder die Gewerkschaften. Wehe, du bist frech oder du bist zynisch oder du hast Humor, dann ist's aus.«

»Aber du hattest doch ein fertiges Drehbuch.«

»Das war ja das Fatale. Damit hätt ich die Förderer ja arbeitslos gemacht. Also hab ich nichts gekriegt.«

»Trotz Bundesfilmpreis?«

»Gerade deshalb. Und genauso ist es weitergegangen. Als ich endlich einen Produzenten für meinen Spielfilm gefunden hatte, wurde eine Förderung meines Films abgelehnt.« Riedl versuchte, süffisant zu lächeln. »Klar. Der Bauernverband war dagegen und die CSU und die Kirche und die Frauen auch, weil sie eine Frauenrolle dumm fanden. Und so ging's mir in allen Gremien in allen Bundesländern.«

»Und im Fernsehen?«

»Da gibt's den Rundfunkrat. Überall sitzen Verbandsvertreter, die keine Ahnung und kein Interesse am Film haben. Die aber alles blockieren, was ihnen nicht in den Kram paßt.«

»Aber du hast doch Fernsehfilme gemacht.«

»Sicher. Auftragsarbeiten. Die öffentlich-rechtlichen Rundfunkanstalten wollten sich mit einem Bundesfilmpreisträger schmücken. Mir blieb nichts übrig. Ich hab das Geld gebraucht, um meine Schulden zu zahlen. Sobald mich die Fernsehsender an der Angel hatten, haben sie mich plattgemacht.«

»Wie? Warum?«

»Weil die Redakteure alle verhinderte Künstler sind. Germanistikstudium. Danach ist's aus mit der Kreativität. Und dann eine Rundfunkbeamtenkarriere. Hier wird ihnen die Courage ausgetrieben – falls sie je eine besaßen. Die Burschen sind unfähig, einen geraden Satz zu schreiben, geschweige denn einen Dialog...« Riedls Wut hatte seine freiwillige Selbstkontrolle überrannt. Seine Augen glühten. »Sie wissen, daß sie nix können. Aber wenn du als kleiner Drehbuchschreiber daherkommst mit frechen, neuen Ideen und vor allem mit einem Filmpreis, dann müssen sie dir zeigen, wo der Bartl den Most holt. Dann führen sie sich auf wie die Pauker. Sie korrigieren mit Rotstift dein Manuskript, zerpflücken deine Dialoge, zerlegen die Handlung – daß zum Schluß nur noch ihr öffentlich-rechtlicher Eintopf übrigbleibt.«

»Aber du bist doch der Autor. Du kannst doch auf deinem Text bestehen...«

»Das kannst du im Drehbuchseminar, nicht im Fernsehen. Ehe die nicht das Drehbuch abgenommen haben, kriegst du kein Geld. Jeder kleine Redakteur kann dich so lange hängen lassen, bis du genau das schreibst, was er will.« Riedl lachte auf. »Wenn du diese Tortur überstanden hast und von deiner Schweinshaxe nur noch Hackfleisch übrig ist, geht's erst richtig los. Dann kommt nämlich der Regisseur ins Spiel. Der haut dir deinen Baz so lange um die Ohren, bis du taub bist. Bis du aufgibst und ihn bittest, mitzuschreiben.«

»Was hat er davon?«

»Geld. Der Redakteur hat ein festes Gehalt. Der quält dich aus reinem Spaß an der Freude, um dir zu zeigen, daß er Shakespeare ist und du eine Null bist. Der Regisseur aber ist freischaffender Künstler, also genauso ein armes Schwein wie du. Er will möglichst viel an dem Film verdienen. Das Regiehonorar steht fest, circa fünfzigtausend Mark pro Film. Die einzige Möglichkeit, mehr zu kriegen, ist sich als Koautor des Drehbuchs einzunisten.

Dann kassiert er doppelt und dreifach. Als Regisseur, als Autor und er hat Anteil am Wiederholungshonorar. Das steht normalerweise nur dir als Drehbuchschreiber zu. Aber wenn der Regisseur mitschreibt, dann räumt er mit ab – auf deine Kosten.«

»Die Sender lassen das zu?«

»Denen ist's recht. Der Schreiber hat seine Schuldigkeit getan, sobald er das Drehbuch abgeliefert hat. Den Regisseur dagegen braucht man weiter, um den Film zu drehen. Also werfen sie ihm ein paar Scheine hin, die sie dem Schreiber abziehen. Scheißspiel.«

Udo wollte einen Kinofilm machen. »Es hat doch auch gute deutsche Filme gegeben. ›Der junge Törless‹ vom Schlöndorf, die Faßbinderfilme, zum Beispiel den ›Berlin Alexanderplatz‹ nach Döblins Roman und jetzt ›Jenseits der Stille‹ von der Caroline Link.«

»Ja, ja. Und die ›Blechtrommel‹ vom Schlöndorff und ›Out of Rosenheim‹ vom Adlon. In jedem Misthaufen finden sich a paar Körndl.« Riedl schüttelte das bajuwarische Idiom aus seinem kantigen Schädel. »Aber das ändert nichts an der deutschen Filmsauerei. Seit den Heimatfilmen in den fünfziger Jahren hat fast kein deutscher Film an den Kassen sein Geld verdient. Alles Subventionsschrott. Hin und wieder schafft es einer der Filme nach Amerika wie die ›Blechtrommel‹. Aber nicht richtig. Den Amis ist das Geld für eine Synchronisation zu schade. Die Filme kriegen lediglich englische Untertitel, das ist eine Garantie, daß das Publikum die Streifen meidet. Die Filme laufen in wenigen Programmkinos in New York und San Francisco im Nachtprogramm. Ein paar Vorstellungen, dann ist Sense. Der einzige deutsche Nachkriegsfilm, der die Amis interessiert hat, war ›Das Boot‹. Klar! German Nazi-U-Boot-War. Das ist a bisserl wenig für ein halbes Jahrhundert deutschen Nachkriegsfilm. Findest du nicht?«

Udo versuchte, seine Gedanken und Empfindungen zu ordnen. Er war hergekommen, um sich Rat für die Verwirklichung seines Filmprojektes zu holen. Dabei war er auf einen Zyniker gestoßen, der sich wie die meisten seinesgleichen als enttäuschter Idealist entpuppte. Statt Udo in seinem Filmprojekt zu ermutigen, raubte er ihm alle Hoffnungen.

Warum?

»Weil du mich an mich selbst erinnerst. Du bist sogar noch hilfloser und naiver, als ich damals war. Aber ein Filmsüchtiger bist du auch.« Riedl gestattete sich kein Lächeln, doch in seinen Jagdhundaugen schimmerte Sympathie. »Ich möchte dir die gleiche Ochsentour ersparen, das selbe Irrenhaus. Du bist ja ein paar Jahre älter als ich und stehst erst am Anfang.«

Riedl attackierte das letzte Reservat von Udos geplagter Seele, das Lebenslicht jeder Kunst, jedes Märchens, jedes Liedes, jedes Romans und vor allem jedes Films: die Phantasie. Wußte der Jagdhund, was er tat? Offenbar. Er drehte doch nach wie vor Filme.

Riedls Gesicht nahm wieder den konzentrierten Takt des Gesprächsbeginns an. »Ich mache jetzt ehrliche Filme. Ich produziere Werbeclips. Wenn meine Streifen den Kunden und den Zuschauern gefallen, dann war der Film gut, und ich verdiene vernünftiges Geld. Wenn ich daneben lange, dann gibt's nix. Das ist gerade Arbeit. Ohne Gremien, ohne besserwisserische Redakteure, vor allem ohne Arschkriecherei.«

Riedl fiel es nicht schwer, Udos Gedanken, die zwischen Trotz und Neid hin- und herflogen, zu erraten. »Ich habe einen Kompromiß gemacht. Jeder Erwachsene muß einen Vergleich mit dem Leben schließen, sonst bleibt er ein verwöhnter Bub, bis er zum verbitterten Greis umkippt. Es kommt darauf an, daß du mit dem Kompromiß leben kannst, ohne deine Seele zu verkaufen.«

Udos Verzweiflung ergoß sich aus seiner Seele, lähmte seinen Körper, füllte den Raum, berührte den Filmemacher. Riedl legte Udo die Hand auf die Schulter und spürte sogleich, wie sich dessen Körper versteifte, ohne die Kraft zu besitzen, ihn abzuschütteln. Riedl zog seine Hand zurück. Er sprach, ohne Udo anzusehen. Das Mitleid mit seinem Gast war stärker als seine Neugier. »Ich hab dir das nicht gesagt, um dich zu deprimieren.« Udo wollte aufschreien, warum dann, doch ihm fehlte der Mut. Riedl erteilte ihm die Antwort. »Wenn du magst, kannst du bei uns anfangen. Zunächst als ...«, er hielt inne, um Udo nicht zu verletzen, »... Mann für alles, als Libero sozusagen. Und später, wenn du Freud an uns hast und wir an dir, dann finden wir eine neue Aufgabe für dich, bei der du dein Hirn gebrauchen kannst.« Riedl senkte langsam seinen Blick. Udo war in seinem Stoffsessel zusammengesunken. Sein Besucher machte jetzt das durch, was Riedl und zahllose andere Filmjunkies früher oder später auszuhalten hatten. Riedl konnte Schicksal spielen und dem armen Kerl helfen. Er trat vor seinen Besucher, streckte die Hand aus. »Schlag ein!« Udo riß sich aus seiner Lähmung und zwang sich aufzustehen. Zögernd, dann entschlossen, ergriff Udo Riedls Hand.

Das Paar sah sich die Nachrichten im Fernsehen an. Jakob Weinberg interessierte sich vor allem für das internationale Geschehen. Bis zur Wiedervereinigung richtete die deutsche Presse ihr Augenmerk auf das Ausland. Nach dem Fall der Mauer ergingen sich die Deutschen in Nabelschau. Die ›Tagesschau‹ sendete einen Bericht über die Umbenennung von Straßen und Plätzen im früheren Ostberlin. Namen ehemaliger kommunistischer Funktionäre, wie die der ehemaligen Alterspräsidentin des Reichstags und Stalinistin Clara Zetkin wurden durch Demokraten oder die einstmaligen Straßennamen ersetzt. Jeder Sieger wollte die Geschichte umschreiben. Weinberg erbitterte jedoch, daß Kasernen der Bundeswehr und deutsche Kriegsschiffe jahrzehntelang nach Generälen Hitlers benannt wurden. Die Deutschen stellten Mielke, Honnecker und Mauerschützen vor Gericht, während tausende Nazimörder ungeschoren davongekommen waren – sie hatten lediglich Juden umgebracht.

Danach wurde über die Jugoslawien-Verhandlungen in Dayton berichtet. Die Bosnier kämpften um einen eigenen Staat. Die Serben hatten sie massakriert. Rache für die Verbrechen der muslimischen Bosnier, die unter osmanischer Herrschaft als deren Handlanger galten. Nach dem Ersten Weltkrieg hatten die Serben die Moslems unterdrückt. Diese rächten sich, indem sie während der deutschen Besatzung die Nazis unterstützten. Es gab sogar zwei muslimische Divisionen der Waffen-SS. Fochten sie für ein arisches Europa, dem sie nicht angehören konnten? Und jetzt? Welche Politik würde Sarajevo einschlagen? Konnte es nach Jahrhunderten Krieg Frieden geben? Wie zwischen Deutschen und Franzosen? Deutschen und Juden? Herrschte jetzt deutsch-jüdischer Frieden oder lediglich Waffenstillstand?

Das Telefon läutete. Barbara sprang sofort auf. Sie erwartete gute Nachrichten. Weinberg dagegen hatte gelernt, daß freudige Mitteilungen wesentlich rarer waren als schlechte. Sie wurden zudem so gut wie nie am Telefon übermittelt. Da war eher mit Alarmrufen zu rechnen, in denen von Krankheiten, Unfällen und Tod die Rede war. Barbara reichte Weinberg den Hörer.

»Ich halte es nicht länger aus in diesem Scheißland.«
Dinah.
»Millionen Juden wären glücklich, wenn sie in Erez leben könnten.«
»Warum hockt ihr dann in der Diaspora? Warum spuckst du in Deutschland große Töne, statt hier zu leben?!«
Selbst auf die Entfernung von über dreitausend Kilometern regte sich Weinberg über das hysterische Wortstakkato seiner Tochter auf. Am liebsten hätte er den Hörer vom Ohr genommen, doch er wollte verhindern, daß Barbara Dinahs Keifen hörte. Von wem hatte sie ihre Hysterie? Ihre Mutter Lea besaß einen ruhigen Charakter, und Weinberg war beherrscht – sonst hätte er nicht überlebt.
Was machte Dinah diesmal meschugge?
»Du fragst noch? David fliegt aus der Armee. Der Versager wird nächsten Monat vierzig und hat es nicht mal zum Major geschafft. Andere sind hier mit Mitte dreißig schon General. Sogar aus dem Militär werfen sie diesen Nichtskönner! Diese Schande!«

»David wird etwas anderes finden.«

»Einen Dreck wird er finden!«

»Unsinn! David ist Offizier, gesund, fleißig ...«

»Er ist ein Idiot. Jeder, der sich ein paar Minuten mit ihm unterhält, merkt das.«

»Warum hast du ihn geheiratet?«

»Weil du mich dazu gezwungen hast.«

»Ich hab David gar nicht gekannt.«

»Du hast mich von Peter losgerissen!«

»Ein Goj!« Weinberg erntete einen strafenden Blick Barbaras. Und Dinahs Geschrei: »Das mußt du mir sagen! Du hast Mamme ständig mit Schicksen und Chonten betrogen und lebst jetzt mit der schlimmsten von allen zusammen.«

»Halt dein Pisk!«

»So kannst du mit deiner gojischen Hure reden, nicht mit mir.« Sie holte kurz Luft. »Peter war ein anständiger, kluger Mann. Ich habe mit Peter geschlafen.«

Deshalb hatte er sie nach Israel geschickt.

Dinah kränkte Weinbergs schweigende Genugtuung.

»Damals sowieso! Aber auch heute. Jedesmal, wenn ich in Deutschland bin, bin ich mit Peter zusammen.«

»Chonte!«

»Heuchler!«

»So lasse ich nicht mit mir reden. Wenn du dich nicht auf der Stelle entschuldigst, lege ich auf!«

»Erst mußt du dich entschuldigen, weil du mein Leben verpfuscht hast.«

Die Wetterkarte flimmerte über den Fernsehschirm. Weinberg verstand keinen Ton, sah aber Tiefdruckgebiete und Regentropfen. Barbara fuhr kurz über seine Hand, erhob sich, schaltete das Gerät aus und verließ das Zimmer.

»Du bist der größte Sadist, der mir je untergekommen ist. Du bist ein Nazi-Musterschüler. Das einzige, was dir Spaß macht, ist anderen weh zu tun. Vor allem deiner Mischpoche. Mutter hast du schon umgebracht, Udo ruiniert, jetzt bin ich an der Reihe!«

»Quassel nicht! Sag, was dir nicht paßt, konkret!«

173

»Ich kann nicht mehr. Ich halte es in diesem Irrenhaus nicht mehr aus.« Dinahs Geschrei ging in Schluchzen über.

»Du lebst doch schon zwanzig Jahre in Israel.«

»Bis jetzt war dieser Idiot wenigstens beim Militär.« Sie schneuzte sich. »Wenn der Trottel den ganzen Tag bei mir zu Hause hockt, werde ich meschugge!« Sie wimmerte. »Dann bringe ich mich um.«

Hysteriker nahmen sich nie das Leben. Aber wenn Dinah sich dennoch etwas antat? Aus Trotz? Weinberg neigte nicht zur Panik. Doch die Kinder waren sein ein und alles.

»Du trägst Verantwortung für deinen Sohn!«

»Sonst hätte ich längst Schluß gemacht. Ariel ist ein sensibler Junge. Er braucht mich.«

»So ist es!«

»Aber jetzt wird der Versager zu Hause herumhängen und den Jungen zwingen, in die Armee zu gehen! Das ist mein Ende.«

»Was soll das? Jeder Israeli muß zur Armee, sonst kann unser Land seine Feinde nicht schlagen!«

»Spar dir dein patriotisches Gefasel für die zionistische Spendenparty auf. Mir geht es um das Leben meines Kindes.«

»Ein israelischer Junge muß zum Militär!«

»Du selbst hast Udo nicht in die Armee gelassen.«

»Udo ist kein Israeli.«

»Aber er wollte einer werden.«

»Ich durfte diesen Tolpatsch nicht zu den Soldaten lassen. Er wäre als erster auf eine Mine getreten...«

»Aber mein Kind willst du ins Minenfeld treiben. Mörder!«

War er ein Mörder, weil er fremden Weibern kein Geld gab oder verlangte, daß der eigene Enkel wie jeder andere Israeli seine Pflicht tat?

»Ariel ist ein besonnener Junge.«

»Stimmt! Deswegen will er unter keinen Umständen zum Militär.«

»Er muß!«

»Wenn du unbedingt Soldat werden willst, dann geh du zur Armee.«

»Ich hätte mein Leben darum gegeben, zum israelischen Militär gehen zu dürfen. Statt dessen mußte ich im Lager...«

»Hör endlich mit deinem KZ-Dreck auf! Ich kann's nicht mehr hören!«

»Dir ist nichts heilig.« Seine Lider zitterten vor Aufregung.

»Ein KZ ist keine Synagoge.«

Weinberg zwang sich, tief durchzuatmen. Er war mit Nazi-Mördern im Lager fertig geworden. Also würde er auch seine hysterische Tochter in den Griff kriegen. »Dinah! Fange die Fische nicht vor dem Netz! Du hast keinen Grund zur Sorge. Warte erst mal ab, wie sich alles entwickelt. Vielleicht wird David...«

»Nein! Ich habe zwanzig Jahre gewartet. Du hast mein Leben durch deine Stillhalteappelle ruiniert.«

War keiner von diesen jungen Kackern fähig, sein Leben in die eigenen Hände zu nehmen und selbst Verantwortung zu tragen? Mit dieser Einstellung hätten sie im Lager keinen Tag überlebt. Die Nacht, in der er den Muselmann in seine Baracke geschafft hatte, kam Weinberg in den Sinn. Udo und Dinah würden ihn verdammen, wenn sie davon wüßten – doch sie verdankten ihr Leben allein seinem entschlossenen Handeln. Jeder Jid, der das Lager überstand, mußte ähnliche Herausforderungen aushalten. Dinah dagegen drohte mit Selbstmord, weil ihr Mann nicht Major wurde. Den Kindern fehlte die harte Schule der Armut oder gar die mörderische Eliteschmiede des Lagers.

»Ich werde nicht zulassen, daß du mein Kind in den Tod jagst.«

»Ariel geht zum Militär und damit basta!«

»Ist das dein letztes Wort?«

»Ja. Jakob Weinberg läßt sich von niemandem erpressen – auch nicht von seiner Tochter. Wenn du dich umbringen willst, dann tu's.«

»Das könnte dir so passen!« Zornige Entschlossenheit hatte das hysterische Gekeife in Dinahs Stimme abgelöst. »Ich werde mein Kind retten!«

»Richtig. Indem du den Jungen zum Militär schickst.«

»Nein. Indem ich mit ihm nach Deutschland gehe.«

»Das kommt nicht in Frage!« Weinberg mußte verhindern, daß

die Berserkerin wieder bei ihm einfiel, Barbara aus dem Haus trieb, die er jetzt mehr denn je brauchte, und mit dem Goj ihr Verhältnis fortsetzte. Obendrein würde sie das Leben seines einzigen Enkels verpfuschen, indem sie ihn zur Fahnenflucht anstachelte und verhinderte, daß Ariel beim israelischen Militär zum Mann gestählt wurde, statt in Deutschland als Diaspora-Waschlappen zu enden. Darüber hinaus würde er diesen Irrsinn finanzieren müssen, denn Dinah hatte in ihrem Leben noch keinen Tag gearbeitet.

»Glaubst du im Ernst, ich lasse mir von dir etwas verbieten? Ich bin eine moderne Frau.«

»Tu, was du willst, du moderne Frau. Von mir bekommst du keinen Pfennig.«

»Du hast mich und Ariel zu deinen Universalerben eingesetzt.«

Weinberg war froh, daß Barbara nicht im Zimmer war. »Ein Testament ist ein Fetzen Papier. Ich kann es jederzeit zerreißen und ein neues schreiben.«

»Da täuschst du dich. Du hast nämlich kein gewöhnliches Testament verfaßt. Ich habe auf ein notarielles Legat für mich und mein Kind bestanden, und du hast unterschrieben. Du wirst zahlen, bis du schwarz wirst!«

Erst spielte sie die Selbstmörderin. Tatsächlich aber war sie eine erbarmungslose Räuberin, die seinen Tod nicht abwarten konnte. Nicht mit Jakob Weinberg!

»Lieber verbrenn ich mein Geld und meine Häuser, als dir einen Heller zu geben!« schrie Weinberg und hängte ein. Was mochte Barbara denken? Auch sie konnte sein Erbe nicht erwarten. Der einzige, der sich würdevoll benahm – zumindest in dieser Hinsicht –, war Weinbergs Erstgeborener. Er rief umgehend bei Udo an, wollte dringend mit seinem Sohn sprechen.

»Worüber?«

»Über mein Erbe.«

»Danke. Kein Bedarf.«

Was sollte das heißen?

»Ich habe dein Geld nicht nötig. Ich habe einen neuen Job.«

»Was für einen Luftberuf diesmal?«

»Ich bin Produktionsassistent in einer Werbefilmagentur...«

»Assistent! Mit 45! Bei mir warst du mit zwanzig schon Geschäftsführer. Du Narr.«

»Du...« Weinberg vernahm, wie Udo sein Aufbrausen zu einem Konversationstonfall zwang. »Nicht närrisch genug, um mich nicht mit dir zu streiten. Gute Nacht.«

Das Telefon wurde aufgelegt.

Freitag

Flackerndes Kerzenlicht. Die Männer hocken auf ihren Pritschen oder stehen im Gang. Sie trinken gierig. Ihre Gurgeln zittern. Sie schlürfen, schmatzen, rülpsen, kotzen. Sie schreien und fluchen. Alle trinken seine Milch. Weinberg quält Ekel und Haß. Schlimmer ist sein Durst. Er packt Lejb Goldmanns Milchkonserve. Naphtali Fischel wirft sich ihm entgegen. Sie stürzen zu Boden, ringen. Fischel würgt ihn. Weinberg drischt von oben mit letzter Kraft Birnbaum die Milchkonserve gegen den Schädel. Je stärker er auf Fischel einschlägt, desto mächtiger wird dessen Würgegriff. Weinberg ringt panisch nach Luft. Dumpfe Schläge treffen seinen Rücken und Hinterkopf. Ein SS-Wachmann prügelt mit dem Gewehrkolben auf ihn ein, der Streifenführer richtet den Strahl seiner Taschenlampe auf Weinbergs Gesicht. Er brüllt unverständliche Befehle, während der Wachmann weiter auf Weinberg eindrischt und Fischel ihm die Luft abwürgt. Ein harter Stoß wirft Weinberg auf den Rücken. Der SS-Mann richtet sein Gewehr auf Weinbergs Kopf, das Licht der Taschenlampe blendet ihn. »Mitkommen! Du gehst ins Gas!« Der Wachmann schlägt Weinberg den Gewehrkolben gegen die Brust. Die Rippen stoßen ans Herz. Ihm bleibt die Luft weg.

Weinberg erwacht mit drückenden Brustschmerzen. Sein Herz rast. Es ist dunkel. Er tastet nach seinem Nitrospray, hält die Mündung in seinen Mund, preßt den Daumen auf den Auslöseknopf. Es zischt. Weinberg spürt den bitteren Geschmack des kalten Sprays unter seiner Zunge. Wartet. Bald wird sein Kopf schmerzen. Verflucht soll sie sein, die SS. Die Deutschen! Neben sich hört Weinberg Barbaras regelmäßigen Atem. Das mindert seine Angst. Auch Barbara ist eine Deutsche. Ist sie besser als die SS-Männer? Barbara behauptet, Weinberg zu lieben. Doch sie sorgt sich mehr um sein Geld als um seine Gesundheit.

Vom Hinterkopf kriecht ein prickelnder Schmerz unter die Schädeldecke. Das Medikament weitet Weinbergs Gefäße – im Herz, auch im Gehirn. Er haßt das Nitroglyzerin, jegliche Arznei. Sie machte ihm die Nähe des Todes bewußt. Weinberg schiebt seinen Kopf näher an Barbara. Er sieht die Geliebte nicht, aber er riecht sie. Jugend. Leben. An Leas Grab hatte Weinberg vorgestern Todesmoder geatmet. Und soeben drohte er zu ersticken. Er wälzt sich zu Barbara, umfaßt ihren warmen Leib. Sie ist noch nicht wach, doch sie spürt seine Angst, nimmt ihn in ihre Arme. Der Kopfschmerz hat seine Stirn erreicht. Doch die Brust wird leichter, seine Nerven freier. Die Wärme der Geliebten mindert Weinbergs Angst vor der Nacht.

Das Telefon schrillt. Weinberg fährt hoch.

»Mein Itzig kann wegen dir kein Auge zutun, drum sollst du auch keine Ruhe finden! Ich werde dich so lange nicht schlafen lassen, bis du ihm hilfst – oder krepierst!«

Jakob Weinbergs Rauswurf hatte Chaja Adler nicht abgeschreckt, ihn aus dem Schlaf zu reißen. Ein harsches Wort von ihm genügte, um Itzig zu kränken – und damit in Ruhe gelassen zu werden. Sein Weib war aus härterem Holz geschnitzt. Chaja faßte Weinbergs Verweigerung als Herausforderung auf. Itzigs Gesundheit war ihr zweitrangig, obgleich sie von nichts anderem redete. Mit ihren Terroranrufen morgens um halb sieben verärgerte sie Weinberg, statt ihn gewogen zu stimmen. Doch darum war es der Machscheife nicht zu tun. Sie wollte Weinberg zermürben. Jakob Weinberg ließ sich von niemandem erpressen, schon gar nicht von Habenichtsen. Er war fest entschlossen, Itzig Adler nichts zu schenken. Dennoch nötigte Chaja Weinberg Respekt ab. Sie war furchtlos. Jakob Weinberg hatte in Auschwitz seine Angst nicht überwunden – er hatte lediglich gelernt, sie zu unterdrücken. Doch die Angst hatte sich in seiner Seele eingenistet. Sie überfiel ihn, wann immer es ihr paßte. Meist nachts, in seinen

Träumen oder wenn er stundenlang im Bett lag und keinen Schlaf finden konnte. Tagsüber verkroch sich die Angst in ihre Höhle, schlief, sammelte Kräfte. Doch sobald er für einen Moment hilflos war, wie Dienstag beim Doktor, sprang ihn die Angst an und verbiß sich in ihm.

Jakob Weinberg hatte in Chajas Augen gesehen. Sie waren klar. Das Lager hatte ihre Seele nicht zu brechen vermocht. Sie zeigte keine Angst vor ihm, obgleich es in seiner Hand lag, ihren Mann zu retten. Doch Chaja gab Weinberg keine Macht über sich, weil sie sich weigerte, ihn zu fürchten.

Angst war sinnlos. Auch die Angst vor dem Tod. Alle wußten, daß sie sterben mußten. Warum fürchteten sich die einen davor, während die anderen gleichgültig blieben – nicht nur so taten wie Weinberg, sondern tatsächlich ohne Angst waren? Weil Furchtlosigkeit nicht das Ergebnis philosophischer Einsichten war, sondern ein Gottesgeschenk oder eine seelische Eigenschaft. Die Angst fehlte den Furchtlosen wie anderen Menschen ein Wirbel, ein Zeh, Musikalität oder Intelligenz. Angstlose Leute besaßen zumeist ein schlichtes Gemüt. Ihr Hirn hatte weniger Windungen. Wie das Chaja Adlers.

»Wenn du mir nicht heute noch das Geld für meinen Itzig gibst, werde ich deinen Ruf in der Gemeinde zerstören. Die Menschen werden ausspucken, wenn sie deinen Namen hören.«

Weinbergs Herz setzte einen Schlag aus, sprang wieder unregelmäßig an. Was wußte Chaja Adler von seiner Lagerzeit? Nichts! Die Männer seiner alten Baracke waren vergast worden. Am nächsten Tag, unmittelbar im Anschluß an den Morgenappell. Niemand von ihnen hatte Gelegenheit gehabt, über Weinberg Schlechtes zu berichten. Wessen hätte sie ihn beschuldigen können? Daß er ihnen unter Lebensgefahr Milch besorgt hatte? Daß er sich von ihnen als Belohnung dafür halbtot schlagen gelassen hatte? Gefährlich werden konnte ihm nur die neue Baracke, also der Kapo Baruch Trautmann. Er allein wußte, daß Weinberg den Muselmann umquartiert hatte. Aber Trautmann war Kapo. Das entwertete seine Aussage. Welche Aussage? Kein Gericht verhandelte über jüdische KZniks, noch dazu mit einem Kapo als Zeugen der Anklage. Schon gar nicht ein deutsches Gericht. Die hatten genug damit zu tun, ihre eigenen Mörder ungeschoren davonkommen zu lassen. Adolf Eichmann wäre von deutschen Richtern wegen Mangels an Beweisen freigesprochen worden. Oder man hätte ihn verurteilt, und ein halbes Jahr später wäre er wegen schlechter Gesundheit und guter Führung vorzeitig entlassen worden. Ein Monat Haft pro ermordeter Million. Bei Juden gab es Mengenrabatt. Statt nach dieser Katastrophe zusammenzuhalten – wie die Gojim den Juden naiverweise unterstellten –, machten die Jidn sich das Leben gegenseitig schwer. Wie Chaja, die Weinberg mit ihren Drohungen erpressen wollte.

»Tu, was du willst, Chaja.« Weinberg bemühte sich um einen eindringlichen Ton. »Aber wenn du noch einmal hier anrufst, zeige ich dich wegen Hausfriedensbruch an und schicke dir die Polizei!«

»Deutsche Polizei?!« schrie es aus dem Hörer. »Du wagst es, mir mit Nazi-Polizei zu drohen?«

»So ist es. Und wenn das nichts helfen sollte, sorge ich dafür, daß dich einige entschlossene Männer besuchen, die dir die Finger brechen, damit du mich nie wieder anrufen kannst.«

»Das willst du tun?«

»Wenn du mir keine andere Wahl läßt, ja!« Weinberg wartete ihre Antwort nicht ab und legte auf.

Barbara hatte sich umgedreht und ihren Kopf ins Kissen gewühlt. Nur wenige Sekunden, nachdem Weinberg das Telefonat beendete, hob und senkte sich ihre Brust wieder regelmäßig. Barbara besaß die Ruhe der Gojim und der Jugend. Weinberg dagegen war noch von seinen Träumen aufgewühlt. Chaja versuchte, Weinbergs Leid zu steigern. Woher hatte sie von seinen Lagerschrecken erfahren? Wahrscheinlich wußte sie einen Dreck. Sie ahnte lediglich, daß alle von den Ängsten des KZs gemartert wurden. Sie auch? Gab es Menschen, die sich dieser Angst entziehen konnten? In jedem Fall versuchte Chaja, Weinberg mit seinen Ängsten zu erpressen. Er mußte sich wehren. Weinberg hatte keinen Umgang mehr mit Gangstern, die anderen die Finger brachen. Aber selbst wenn er solche Verbrecher kennen würde, hätte er sie Chaja nicht auf den Leib gehetzt. Ein Jude verletzte keinen anderen. Weinberg wollte Chaja lediglich einen Schrecken einjagen. Er würde ihr nicht nachgeben – und wenn er sich dabei zu Tode ärgerte. Doch soweit würde es nicht kommen. Weinberg war Chaja geistig zu sehr überlegen. Seine Drohungen würden genügen, um sie von weiteren Erpressungen abzuhalten.

Jakob Weinberg fühlte sich zerschlagen. Seine Glieder schmerzten. Er brauchte Ruhe und Schlaf – wie Barbara neben ihm. Doch er wußte, daß es sinnlos war, jetzt erneut einschlafen zu wollen. Außer er nahm ein Valium. Dann würde er nach zwei Stunden wieder aufwachen und sich den ganzen Tag müde fühlen. Weinberg hatte keine Zeit zu verschenken. Erst recht nicht jetzt, da er nicht wußte, welche Lebensspanne ihm verblieb. Er erhob sich behutsam, um den Schlaf der Geliebten nicht zu stören. Im Flur schlüpfte er in seine Lederpantoffeln und schlurfte zum Bad. Er zog sich sein Unterhemd über den Kopf – Weinberg benutzte keine Pyjamas, sie erinnerten ihn an seine Häftlingskluft – und kroch aus seiner Hose. Die Wäsche warf er in den Weidenrutenkorb. Im bodenlangen Spiegel betrachtete sich Weinberg eingehend. Er konnte keine Veränderung feststellen. Jakob Weinberg sah aus wie stets. Groß, schlank, aber nicht abgezehrt, auch seine Wangen waren nicht eingefallen wie das bei Krebskranken vielfach, aber nicht immer, der Fall war, sein graues Haar war voll, seine hellgrauen Augen blickten aufmerksam aus einem dünnen Faltengespinst in den Spiegel, die Runzeln hatten sich nicht tiefer in sein Gesicht und seine Stirn gegraben. Der Krebs steckte also noch im Anfangsstadium, wahrscheinlich hatte er noch keine Metastasen in anderen Körperteilen gebildet. Weinbergs Blick streifte seine Lenden. Die Haut seines Schmocks war noch straff, nicht wie bei alten Männern. Weinberg konnte durchaus noch Barbara befriedigen. Natürlich besaß er nicht mehr die Potenz von einst. Schließlich war er bereits siebzig. Vor zwei Jahren hatte er eine Herzattacke erlitten. Kein Infarkt glücklicherweise. Die behandelnden Ärzte hatten eine Verengung der Herzkranzgefäße festgestellt und eine Bypass-Operation empfohlen. Weinberg war ihrem Rat nicht gefolgt. Wozu sollte er sich dem unkalkulierbaren Risiko eines komplizierten, langwierigen Eingriffs aussetzen? Sein Hausarzt Gideon Rosenfeld bestätigte Weinbergs Operationsangst.

»Recht hast du, Kuba. Du bist fast siebzig, da lohnt sich eine Operation kaum noch. Wenn du dich schonst und keinen Marathonlauf unternimmst – Sport in unserem Alter ist nur etwas für Meschuggene –, geht's auch ohne Schnipselei.«

Der Arzt verschrieb Weinberg Betablocker. »Damit kannst du zwar nicht mehr richtig trennen, aber das spielt in unserem Alter keine große Rolle mehr.«

Seit Weinberg Barbara kannte, gewann die Sexualität für ihn wieder große Bedeutung. Er war nicht mehr von seinem Trieb besessen. Sex war für ihn vielmehr Bestätigung seiner männlichen Vitalität. Die Medikamente aber dämpften Weinbergs Lust. Fortan zwang er sich oft dazu, mit Barbara zu schlafen. Er begehrte ihren Körper, doch nicht als erotisches Objekt, sondern als Droge gegen sein Alter. Aller Anstrengung zum Trotz ließ seine Manneskraft stetig nach. Sollte er die Herzpillen absetzen, um mehr Spaß mit der Geliebten zu haben?

»Mach, was du willst, du alter Idiot. Ein Infarkt beim Vögeln ist ein schöner Tod. Aber nicht billig. Danach gibt's nämlich gar nichts mehr, keinen Sex und kein Leben. Ich würde die Arznei weiternehmen.«

Jakob Weinberg folgte dem Rat seines alten Doktors – zumal Barbara sich nicht beschwerte. Dennoch bemühte er sich, sooft es ihm möglich war, ihr zu Willen zu sein. Tatsächlich aber gehorchte er auch seiner Angst, die junge Geliebte zu verlieren.

Weinberg stieg unter die Dusche. Er genoß es, sich minutenlang von den warmen Wasserstrahlen massieren zu lassen. Zwei Jahre hatte Weinberg in Auschwitz und in anderen Lagern ohne heißes Wasser auskommen müssen. Die Häftlinge durften nur einmal wöchentlich unter die Brause. Das Wasser war im Sommer lauwarm. Im Winter floß es eiskalt aus der Dusche. Die Männer versuchten, sich möglichst wenig naß zu machen, um beim anschließenden Appell im Freien nicht noch mehr zu frieren und krank zu werden. Weinberg fühlte sich im Lager stets schmutzig. Der eigene Gestank und mehr noch der seiner Mitgefangenen erregte ihm Übelkeit.

Heute konnte er so lange, so oft und so heiß brausen, wie es ihm gefiel. Jakob Weinberg war vermögend und hatte eine junge Geliebte. Sie war so deutsch wie sein Mercedes. Gut, teuer, zuverlässig. War der Preis für den Einzug und das Verweilen im deutschen Paradies die Aufgabe seines Hasses? Weinberg haßte die deutschen Mörder unvermindert. Doch dies hatte keine objektive Bedeutung. Sein Haß war privat und ohnmächtig. Er konnte gegen die Nazimörder, ihre Kinder, ihr ganzes Volk nichts ausrichten. Ja, er wagte es nicht einmal, seinen Haß gegenüber Deutschen zu äußern – obwohl er wirtschaftlich unabhängig war. Nicht einmal Barbara erzählte er von seinem Ingrimm. Sie wäre verblüfft gewesen zu erfahren, daß ihr Geliebter ihr Volk haßte. Sie und die anderen Deutschen würden Weinberg umgehend fragen: Wenn Sie uns hassen, warum leben Sie in unserem Land? Darauf hatte Weinberg keine ehrliche Antwort. Obgleich er sie ahnte: Ich habe mich an euch Mörderkinder und euer Land gewöhnt. War Weinberg selbst Deutscher geworden, wie sein Sohn behauptete? Nein! Udo sagte dies nur, um die eigene Enttäuschung darüber zu mildern, daß er dabei war, Vater eines Nazibalgs zu werden. Weinberg hatte eine jüdische Frau geheiratet und mit ihr jüdische Kinder gezeugt. Barbara war nichts weiter als eine Geliebte, ein Trostpflaster gegen Alter und Einsamkeit.

Mußte Weinberg tatsächlich schon sterben? Wozu hatte Benni Finkelstein Fleisch aus seinem Körper geschnitten? Das war sein Geschäft. Weinberg war entschlossen, eine Operation zu vermeiden – wie im Falle seiner verengten Herzkranzgefäße. Mochte der Tumor langsam und natürlich wachsen – wenn seine Zeit abgelaufen wäre, würde Jakob Weinberg unoperiert in Würde abtreten.

Weinberg stellte das Wasser ab, stieg aus der Dusche. Sein Entschluß stand fest. Er packte ein frisches Handtuch vom Halter und frottierte sich. Dann eilte er ins Wohnzimmer. Weinberg suchte im Telefonbuch Benni Finkelsteins Privatnummer. Er wählte. Der Anrufbeantworter nannte Bennis Praxisadresse und die Sprechzeiten. Weinberg haßte Anrufbeantworter. Sie waren Festungen, in denen sich die Feiglinge verbargen und nur die ihnen genehmen Besucher über die Zugbrücke ihres Telefons passieren ließen. Nicht mit ihm! Weinberg rief Moische Finkelstein an und verlangte von ihm die »Geheimnummer« seines Sohnes.

»Benni hat keine Geheimnummer.«

»Du willst mir doch nicht erzählen, daß auch du jedesmal durch die Anruf-Schleuse mußt, um deinen eigenen Sohn zu sprechen?«

»Doch. Benni ist Arzt. Darauf muß ich Rücksicht nehmen.«

Die Eltern ließen sich heutzutage alles von ihren Kindern gefallen. Finkelstein hatte wie jeder gute jüdische Vater seinem Sohn den Toches geputzt. Er war Tag für Tag für Benni dagewesen, hatte ihm das Studium und die Praxis finanziert. Als Dank mußte er sich wie ein Schnorrer in die Schlange der Bittsteller einreihen, um seinen Sohn zu sprechen. Wenn Finkelstein sich dareinschickte, war es seine Sache. »Moische! Ruf Benni an und sag ihm, er soll mich auf der Stelle antelefonieren.«

»Das kann ich nicht machen. Es ist erst halb acht. Benni und Daniela wollen mit den Kindern ungestört frühstücken.«

»Benni ist Arzt! Ich bin sein Patient. Ich brauche ihn jetzt!«

»Was fehlt dir, Kuba?«

»Das geht dich nichts an. Das ist Arztgeheimnis!«

»Ich dachte nur...«

»Du sollst nicht denken, sondern deinen Sohn anklingeln!«

»In einer Stunde wird Benni in seiner Praxis sein...«

»Sofort!«

»Meinst du?« Finkelsteins Stimme krächzte noch ärger als gewöhnlich.

»Ja! Schalom.«

»Schalom.«

Wenige Minuten später läutete das Telefon.

»Benni bittet dich, ihn ab neun Uhr in der Praxis anzurufen ... wie ich dir gesagt hab!«

»Das soll er mir persönlich sagen, und zwar auf der Stelle.«

»Hast du große Schmerzen?« Finkelstein senkte seine Stimme vertraulich.

»Das werde ich dem Doktor sagen, nicht dir. Er soll mich anrufen!«

»Das wird er nicht tun.«

»Dann werde ich in der ganzen Gemeinde erzählen, daß dein Sohn seine Patienten erbarmungslos im Stich läßt wie ein KZ-Arzt.«

»Das wirst du nicht tun, Kuba!«

»Ich verlange nur, daß er mich anruft.«

Kurz darauf meldete sich der Arzt.

»Herr Weinberg! Wenn Sie akute Beschwerden außerhalb der Sprechstundenzeit haben, dann müssen Sie den ärztlichen Notdienst anrufen. Das ist auf der ganzen Welt so – auch in Israel.«

Weinberg registrierte die zunehmende Verärgerung Bennis.

»Daß Sie mich aber als KZ-Arzt titulieren, lasse ich mir nicht bieten!«

»Blas dich nicht so auf! Sag mir lieber, was bei meiner Untersuchung rausgekommen ist!«

»Der Befund liegt noch nicht vor.«

»Dann leg ihn vor!«

»In welchem Ton reden Sie mit mir? Ich bin Ihr Arzt.«

»Laß meinen Ton und gib mir meine Diagnose!«

»Ich habe noch keinen definitiven Befund vom Labor erhalten.«

»Red nicht so geschwollen daher und sag mir, wie es um mich steht!«

»Das kann ich Ihnen beim besten Willen nicht sagen.«

»Du hast mich untersucht!«

»Mein Befund war negativ. Nun müssen wir auf das Ergebnis der Gewebeprobe warten.«

»Ich will wissen, was mit mir los ist. Sofort!«

»Sie werden sich wie alle Patienten gedulden müssen, bis wir eine präzise Gewebediagnose haben.«

»Meine Geduld ist in Auschwitz vergast worden.«

»Das versteh ich ja, Herr Weinberg. Aber Gewebe ist gleich, ob jüdisch oder deutsch. Das ist in Haifa nicht anders als in Hamburg. Das Labor braucht für seine Untersuchung eine Woche Zeit!«

»Ruf dort an und sag, daß du mein Ergebnis sofort willst!«

»Das werde ich nicht tun, Herr Weinberg.«

»Doch!«

»Ich kann nicht jedesmal dort anrufen ...«

»Nicht jedesmal! Jetzt!«

»Nein! Für mich ist jeder Patient gleich.«

»Für dich! Ihre Väter haben uns vergast!«

»Ich kann in diesem Land nur arbeiten, wenn ich alle Menschen gleich behandele ...«

»Einen Jidn ebenso wie einen SS-Mann?«

Weinberg schoß das Blut zu Kopf. Hatten er und die anderen Juden das KZ überlebt und ihren Kindern alles gegeben, damit sie ihre Väter verrieten und sich bei SS-Mördern anbiederten? Das war der Endsieg von Hitler, Himmler und Eichmann. Die Juden hatten ein halbes Jahrhundert nach Auschwitz ihre Selbstachtung verloren und verkauft. Zumindest jene in Deutschland. Sie waren Abschaum. Sein Udo zeugte Nazienkel. Benni war darauf versessen, Nazikiller zu heilen, statt jüdischen Helden zu helfen. Und Weinbergs eigene Tochter ließ sogar ihren Mann stehen und verriet ihre Heimat, um mit ihrem Goj rumzuhuren und dabei gleich auch seinen Enkel zur Fahnenflucht aus Israels Armee anzustiften.

»Ich hoffe, ein ehemaliger SS-Angehöriger ...«

»Einmal SS, immer SS, merk dir das!«

»Sicher. Also, ich glaube nicht, daß so einer mich aufsucht. Mein Name, Benjamin Finkelstein, wird ihn gewiß davon abhalten.«

»Idiot! Die Schweine wissen, daß ein jüdischer Doktor mehr taugt als ihre SS-Metzger. Was tust du dann?«

»Ich müßte ihn behandeln . . .«

». . . wie jeden anderen Patienten! Wie deinen jüdischen Vater?« Weinbergs Zorn steigerte sich mit jedem Wort.

»Ja . . .«

»Du würdest versuchen, die Bestie zu heilen?!«

»Ich müßte es versuchen. Ich habe den Eid des Hippokrates geschworen, jedem Menschen . . .«

»Das sind keine Menschen! Das sind Mörder. Die haben deine Familie ausgelöscht. Und du willst sie heilen! Während du dir zu schade bist, für den jüdischen Freund deines Vaters, der dein Patient ist, sogar dein Privatpatient, ein einziges Telefongespräch zu führen.«

»Ich muß . . .«

»Zum Teufel gehen!«

Weinberg lief ins Schlafzimmer, während er sich aus dem Bademantel wand. Er schleuderte das Frotteegewand auf sein Bett, riß den Schrank auf, packte eine Unterhose, zog ein Hemd heraus, das er ebenfalls auf sein Bett warf. Barbara war durch den Lärm und die Unruhe Weinbergs erwacht. Lächelnd beobachtete sie, wie der Nackte, auf einem Bein balancierend, in sein Untergewand schlüpfte.

»Wo willst du denn hinsausen in aller Herrgottsfrühe?«

Weinberg versuchte Barbara zu ignorieren. Er ergriff sein Oberhemd und knöpfte es auf, da packte sie ihn am Unterarm. Ihr Griff war fest, die Hand schlafwarm und trocken. Sie zog Weinberg zu sich. Er gab ihrem Druck nach kurzem Zögern nach und ließ sich neben sie aufs Bett plumpsen. Die Schokoladenaugen der Gefährtin umarmten und lockten ihn. Weinberg starrte auf den halbgeöffneten Mund Barbaras, er spürte ihren warmen Atem, ihre vollen Lippen versprachen Lust. Es kribbelte leise in seinen Lenden.

Das Alter war eine Demütigung. Früher war ihm in solcher Lage das Blut in den Schmock geschossen. Heute lauschte er auf ein Säuseln seiner Lust. Barbara verließ sich nicht auf ihr Gehör. Sie schlang ihre Arme um Weinbergs Nacken und zog ihn auf sich. Ihre feuchte Zunge schob sich in seinen Mund, wühlte, lockte. Er kam ihr entgegen, fuhr über das straffe Fleisch ihres Mundes. Barbaras fester Leib gab Weinberg Wärme und Kraft. Ihre Finger ergriffen seinen Schmock, massierten ihn zart. Sie halfen ihm auf und führten ihn in ihren feuchten Leib. Barbaras Körper sog ihn auf, zog ihn zu sich herab und schob ihn wieder empor. Weinberg hob seinen Kopf. Er sah in die weit geöffneten Augen der Geliebten, ihren vollen, feuchten Mund, der kurze, dunkle Laute hervorstieß. Ihre Wangen waren gerötet, die Haare zerzaust. Weinbergs Finger tasteten nach Barbaras Brüsten, die sich unter ihrem weißen T-Shirt abzeichneten. Er hob das Hemd an, sie packte es, riß es über ihren Kopf, lachte, während ihr Becken fortfuhr, sich aufzubäumen und zu senken. Barbaras runde Brüste schwammen auf ihrem Brustkorb. Die Brustwarzen reckten sich empor, die weiche Weiblichkeit mündete in zusammengezogener Lust. Weinberg vergrub seinen Kopf in Barbaras Brüsten. Seine Zunge tastete nach ihren Nippeln, seine Lippen sogen daran. Er spürte die Härte seines Schmocks, schob sein Becken gegen ihres, fühlte ihren Schoß weit und naß. Weinberg lutschte, koste, küßte Barbaras Brust. Er lauschte ihrem kurzen, heller werdenden Stöhnen, sog ihr Körperaroma ein. Sein Verlangen steigerte sich. Doch er fühlte, daß alle Reize nicht reichen würden, seine Lust platzen zu lassen. Verbissen kämpfte Weinberg gegen seine schwindende Potenz und die abstumpfenden Sinne. Immer schneller stieß er seinen Unterleib gegen den Schoß der Geliebten. Die Anstrengung ließ ihn keuchen – und die Angst, die Geliebte nicht befriedigen zu können. Barbara fühlte Weinbergs Furcht. Ihre Hände packten sein Gesäß, preßten es an ihren Leib. Weinberg strampelte weiter, da spürte er, wie ihr Finger in ihn hineinstieß. Schmerz und Lust prallten zusammen und mündeten in einer abrupten Entladung. Früher glich Weinbergs Orgasmus einem rasenden Wellenritt, sein Kopf, sein Körper zitterten im Rhythmus seines zuckenden Schwanzes. Nun markierte sein Höhepunkt den Absturz ins Nichts. Seine Lust versiegte. Weinberg war erleichtert, es vollbracht zu haben – dank Barbaras jungem Körper und ihres

Zeigefingers in seinem Toches. Der Orgasmus des alten Mannes glich eher einem Triumph des Willens als einem Akt der Lust.

Weinberg ruhte in Barbaras Armen. Die Anspannung seiner Muskeln ließ nach, sein Atem und sein Herzschlag wurden ruhiger. Er spürte, wie sich sein Schmock zusammenzog und aus der feuchten Wärme von Barbaras Schoß schlüpfte. Früher war sein Schwanz noch lange hart geblieben, so daß er, wenn ihm der Sinn danach war, seine Rute weiter in der Schoß der Frau trieb. Das war vorbei.

Weinberg hob seinen Kopf. Sein Ohr hatte einen rötlichen Abdruck auf Barbaras Brustkorb hinterlassen. Er blickte in ihre satten Augen, die ihn noch ruhiger als gewöhnlich ansahen. »Geht's dir gut?«

Barbara lächelte breit, senkte und hob ihre Lider zustimmend.

»Warum hast du mich ins Bett gezogen?«

»Du hast mir gefallen. Ein nacktes Rumpelstilzchen.« Der Anflug eines Runzelns huschte über ihre gewölbte Stirn. »Was hat dich so aufgeregt am frühen Morgen?«

»Der Arzt wollte mir die Diagnose nicht geben.«

»Du hast mir gesagt, das dauert eine Woche …«

»Ich hab ihn gebeten, sich im Labor zu erkundigen.«

»Warum mußt du dir immer eine Extrawurst braten lassen?«

»Damit sie koscher ist.«

Sie grinste. »Und?«

»Er hat sich geweigert. Lieber behandelt er SS-Leute.«

»Schmarrn!«

»Das hat er mir wortwörtlich gesagt.«

»Könnt ihr nicht wie normale Menschen miteinander umgehen?«

Weinberg schoß empor. »Was meinst du mit normale Menschen?«

»Ich glaub einfach nicht, daß ein jüdischer Doktor gern SSler behandelt, und das dir auch noch sagt!«

»Drum bin ich so wütend geworden. Ich wollte auf der Stelle hinfahren, um dem Rotzlöffel ins Gesicht zu schlagen.«

Sie lachte. »Dann hab ich genau das Richtige getan.« Barbara strahlte. Sie griff nach Weinbergs Hand. »Es ist immer gut, wenn wir zwei Liebe machen.«

»Ja, ja.«

Er stand auf, sammelte seine Unterwäsche zusammen.

»Wohin gehst du, Jakl?«

»Ins Bad.«

»Und danach?«

Er wollte aus dem Zimmer, doch ihr Blick in seinem Rücken hielt ihn fest.

»Wohin?«

Er wandte sich um. »Ich fahr in die Praxis und werd dem Finkelstein ordentlich Bescheid sagen.«

Ein nackter alter Mann mit entschlossenem Gesicht wirkt lächerlich. »Das wirst du nicht tun, Jakob!«

Einen derart bestimmten Ton hatte er noch nicht von ihr vernommen – nicht einmal, als sie ihre Erbschaft angemahnt hatte.

»Das geht...« Er besann sich. »Was ich meinem Doktor sage, ist meine Sache.«

»Sicher, Jakl. Aber wenn du mit dem Arzt rumschimpfst wie die Frau Adler hier...«

»Vergleiche mich nicht mit dieser dummen Person!«

»...wird er dich abwimmeln wie du sie.«

»Das soll er wagen!«

»Jakl, du brauchst den Dr. Finkelstein noch. Du darfst ihn nicht verärgern.« Barbara warf einen buntgemusterten Seidenkimono über, den Weinberg ihr von einer Reise in die Schweiz mitgebracht hatte. Der klare Verstand Barbaras beeindruckte ihn. Sie war sogleich zu dem entscheidenden Punkt gekommen, den er aufgrund der Unverschämtheit Finkelsteins vernachlässigt hatte. Weinberg war auf den Arzt angewiesen, mehr als Chaja Adler auf ihn – zumindest bis er die Diagnose erfuhr. Bei einem neuen Doktor mußte er die Prozedur nochmals über sich ergehen lassen. Wenn er ihn verärgerte, würde Finkelstein reagieren wie Weinberg. Chaja spielte lediglich mit Itzigs Schicksal, für Weinberg dagegen ging es um das eigene Leben – oder den Tod.

Weinbergs Schweigen bewies Barbara, daß der Geliebte ihre Mahnung guthieß. Doch er war zu stolz, dies einzugestehen. Sie nahm zwei Handtücher aus dem Schrank, drückte eines Weinberg in die Hand. Dabei trafen sich ihre Blicke.
»Ich mach Frühstück, Jakl.«

Weinberg schlürfte seinen Tee. Aus dem Bad hörte er das Rauschen des Wassers. Barbara duschte. Danach würde sie sich für ihn schön machen. Salben und ölen wie ein biblisches Weib für ihren Gebieter. Weinberg liebte die Aromen der Cremes und Parfüms auf Barbaras junger Haut – Lea hatte nie Duftwasser benutzt. Sie war sauber, doch sie roch nach dem Tod. Weinberg köpfte sein weiches Ei, löffelte es aus und vertiefte sich in die Zeitung.

Rudolf Scharping war in Gaza mit dem Palästinenserchef Arafat zusammengetroffen. Bei der Begrüßung hatten sie sich umarmt. Am Vortag hatte der SPD-Chef in Jerusalem die Schoah-Gedenkstätte Yad Vashem besucht. Dabei war er von einem Münchner Juden begleitet worden. Max Mannheimer war Vorsitzender der ehemaligen KZ-Häftlinge des Lagers Dachau, Mitherausgeber der ›Dachauer Hefte‹. In seiner Freizeit hielt er in Schulen und Kirchen Vorträge. Die Schüler wurden von verantwortungsbewußten Lehrern, die Gläubigen von ihrem Gewissen zu den KZ-Gesprächen getrieben.
Weinberg und seine Chawejrim äußerten sich nie öffentlich über ihre Zeit im Lager. Ihre Seelen waren zu sehr verletzt, der Wundeiter des Hasses allgegenwärtig. Wie fast alle Juden in Deutschland waren sie unwillens und unfähig, sich zum Objekt der Neugier und des guten Willens der Bußfertigen machen zu lassen. Mannheimer ging den umgekehrten Weg – er stiftete Verständnis und guten Willen. Auch bei Scharping. »Immer erin-

nern, nie wieder geschehen lassen«, schrieb der Politiker in das Gästebuch der Gedenkstätte. »Daß ich zum ersten Mal hier bin, beschämt mich«, vertraute Scharping dem Reporter an. Der Journalist erwähnte in seinem Artikel, daß Scharping vor einen Jahr bereits das Holocaust-Memorial in Washington besucht und dortselbst Tränen vergossen hatte. Weinberg haßte diesen Exhibitionismus. Trauer, die zur Schau getragen wurde, verlor ihre Würde. Dazu paßte, daß der Politiker dem Reporter zu verstehen gegeben hatte, der Besuch in Yad Vashem sei ihm wichtiger als die Vorbereitung auf den SPD-Parteitag in Mannheim. Stimmte dies, dann war Scharping ein schlechter Politiker, ansonsten ein Heuchler.

Nur einen Tag, nachdem Scharping gemeinsam mit seinem jüdischen Genossen Max Mannheimer Yad Vashem besucht und dort tote jüdische Kinder beweint hatte, schäkerte er in Gaza mit Yassir Arafat, der jüdische Kinder hatte ermorden lassen. Mittlerweile hatte sich der Palästinenser vom Terroristen zum Staatsmann gemausert, wie vor ihm Menachem Begin. Auch Yitzchak Rabin hatte sich mit Arafat ausgesöhnt – er brauchte ihn als Partner für den Frieden. Doch Rabin hatte seine Würde gewahrt und begegnete Arafat mit Reserve. Der deutsche Judenbetrauerer aber poussierte sogleich mit dem palästinensischen Exterroristen. Währenddessen verübten unweit von Arafats Residenz im Gaza-Streifen dessen Landsleute einen Sprengstoffanschlag nach dem anderen gegen Juden. Am gleichen Tag waren elf Israelis verletzt worden. Warum beweinte Scharping nicht sie? Erstreckte sich sein Mitleid nur auf tote Juden? Weinberg zerknüllte die Zeitung und warf sie zu Boden.

»Was ist, Jakl? Stimmen die Börsenkurse nicht?« Barbara war in ihrem Kimono in die Küche getreten.

»Du weißt genau, daß ich keine Aktien besitze. Nicht jeder Jude ist ein Börsenspekulant!«

»Aber die meisten sollen Humor haben. Was man von dir, zumindest im Augenblick, nicht behaupten kann.« Sie drückte Weinbergs Schulter. »Geh zu, Jakl. Ich kenn doch deine Geschäfte.

Ich war mal deine Kreditsachbearbeiterin bei der Bank ... oder hast du das schon vergessen?«

»Nein ... Worüber lachst du?«

»Über dich. Du schaust aus wie ein Lausbub, der bei einer Unverschämtheit erwischt wurde.«

»Unverschämt ist die Zeitung!« Weinberg starrte auf das am Boden liegende Blatt. »Und der Dreck, über den sie schreiben.«

»Du mußt ja nicht jeden Schmarrn lesen.«

Wie jeder leidenschaftliche Zeitungsleser war Jakob Weinberg vom Gegenteil überzeugt. Alles ging ihn an. Vor allem Berichte über Israel und Juden. Aber war es tatsächlich von Bedeutung, ob und wo Herr Scharping in Gedenkstätten Tränen vergoß? Das taten alle – danach gingen sie ihres Weges und verfolgten ihre Interessen. Weinberg wußte dies, er ärgerte sich lediglich über die Heuchelei. Seit Auschwitz, vielmehr seit ihrer bedingungslosen Niederlage, hatten die Deutschen gegenüber Juden ein Betroffenheitsritual angenommen – wie betrügerische Ehemänner, wenn sie erwischt wurden. Die Juden mußten dieses Getue akzeptieren wie betrogene Ehefrauen – oder sich scheiden lassen, das heißt, nach Israel auswandern. Es war sinnlos, dies Barbara erklären zu wollen. Sie würde es nicht verstehen. Sollte sie es dennoch begreifen, würde sie ebenso meschugge werden wie die Juden. Jakob Weinberg aber brauchte und liebte die Normalität seiner Schickse. Er sah Barbara an.

»Ich möchte mit dir in die Stadt und dich später zum Mittagessen einladen.«

»Aber gib mir bitte Zeit. Ich muß heute zur Kosmetik und zum Friseur. Das wird eine Weile dauern.«

Weinberg lächelte schief. Er zahlte für Barbaras Schönheitsreparaturen – nicht unwillig, denn er genoß es, sie anzusehen, sie zu riechen, sie anzufassen und schließlich sie zu trennen wie heute morgen. Aber mußte sie ausgerechnet jetzt, da er ihr ausgleichendes Temperament nötig hatte, zum Haareschneiden?

Das Telefon klingelte. Barbara ging an den Apparat. Bald darauf kehrte sie in die Küche zurück.

»Für dich, Jakl.«

Er hob fragend die Hände. Da sie nicht antwortete, erkundigte er sich: »Wer?«

»Frau Adler...«

»Ich will sie nicht sprechen.«

»Sag ihr das bitte selbst.«

»Nein!«

Sein bestimmter Tonfall vertrieb die morgendliche Heiterkeit aus ihrem Gesicht. Das brachte ihn noch mehr gegen Chaja Adler auf. Doch bald mußte er grinsen.

»Sag ihr, sie soll Dr. Finkelstein anrufen und ihm die Hölle heiß machen.«

Kopfschüttelnd verließ Barbara die Küche. Sie telefonierte längere Zeit mit Chaja. Derweil beendete Weinberg sein Frühstück. Um sich nicht erneut aufzuregen, ließ er den politischen Teil der Zeitung am Boden und blätterte im Sportteil. ›Bayern München‹ mußte morgen nach Frankfurt. Die Bayern waren klarer Favorit. Doch Weinberg traute der Eintracht eine Überraschung zu. Die Frankfurter Elf taugte zwar nicht viel, doch die Münchner kamen mit ihrem neuen Trainer Otto Rehagel nicht zurecht. Weinberg sah ihn gelegentlich im Café ›Altschwabing‹ in der Schellingstraße. Rehagel war ein ausgekochter Trainer. In München aber besaß nur einer Geltung, der eingebildete Kaiser. Franz Beckenbauer residierte an der Isar länger als Adolf Hitler und durfte sich mehr herausnehmen. Weinberg legte die Zeitung einen Moment ab.

Konnte man als Jid in Deutschland nicht zwei Zeilen Sport lesen, ohne an Hitler zu denken? Franz Beckenbauer war ein unpolitischer Bursche. Wie Boris Becker oder Michael Schumacher oder Mark Spitz. Der amerikanische Schwimmer hatte 1972 bei der Olympiade fünf Goldmedaillen gewonnen und damit die Mär vom unsportlichen Juden ein für allemal widerlegt. Selbst Max Schmeling hatte die Boxweltmeisterschaft im Schwergewicht gegen einen Juden verloren: Max Baer, der einen Davidstern auf seine Shorts hatte sticken lassen, um den arischen Herrenmenschen zu demütigen, ehe er ihn k.o. schlug. Die Nazis hatten diese Niederlage als Ansporn verstanden, um desto härter gegen die Juden zuzuschlagen. Was hatte das alles mit einem simplen Bundesligaspiel zwischen Frankfurt und München zu tun?

Weinberg erhob sich. Er trat leise in den Flur. Barbara hatte ihr Gespräch mit Chaja Adler beendet. Weinberg ging ins Schlafzimmer. Er genoß es, Barbara beim Umziehen zuzusehen. Mit unzähligen Frauen war er zusammengewesen, hatte ihre nackten Körper gesehen, befühlt. Er hatte dabei Gier, Verlangen, Lust oder Überdruß empfunden. Meist war seine Lust in Langeweile umgeschlagen. Bei Lea empfand er Widerwillen. Nur Barbara sah Weinberg mit nicht nachlassendem Genuß an.

Nach dem Lager hatte Weinberg keine Zeit für Erotik. Es ging ihm darum, seinen Trieb zu befriedigen. Die Lust nach Leben, nach Geld, nach Macht, nach Anerkennung war dominant. Die Sexualität war Teil dieser Lebensgier. Die Frauen waren dabei austauschbar. Zunächst mußten es möglichst viele sein, danach legte er Wert auf attraktives Äußeres, schließlich auf die Schwierigkeit der Eroberung, wobei die Kriterien fließend blieben. Lea war seine Ehefrau, die Mutter seiner Kinder, selbstverständlich Jüdin. Ihr trotz Reinlichkeit Gestank vorzuwerfen war sinnlos und unmenschlich; zumal Weinberg allmählich begriff, daß Leas übler Geruch eher seinen vermodernden Gefühlen entsprang als Leas Ausdünstungen. Barbaras Aussehen und ihr Geruch dagegen bereiteten Jakob Weinberg Vergnügen. Weil sie jung und er alt war? Weil er von Lea befreit war? Weil sein Leben zu Ende ging? Das alles mochte stimmen. Doch es war mehr. Weinberg wollte, daß es mehr war, denn er liebte seine Gefährtin.

Barbara hatte das Schlafzimmer bereits verlassen. Vor dem Spiegel des Badezimmers puderte sie sich Wangen und Stirn. Er trat hinter sie, fing ihr Lächeln auf und küßte sie auf ihren warmen Nacken. Sie umarmten einander, bis Barbara sich losmachte, ihre Augen mit einem Kajalstift umrandete, das Bad und kurz darauf die Wohnung verließ.

Weinberg ging zurück in die Küche. Er glättete und faltete die Zeitung, zögerte kurz, ob er sie wegschmeißen sollte, entschied sich anders und trug das Blatt ins Wohnzimmer. Barbara hatte recht, die Lektüre regte ihn auf. Doch ein Jude durfte seinen Kopf nicht in den Sand stecken. Es genügte, morgens und abends die Nachrichten zu hören, um informiert zu sein. Ob Rudolf Scharping, Helmut Kohl und Franz Beckenbauer Yad Vashem besuchten, war ebenso einerlei wie das Geschwätz, das sie dabei von sich gaben. Wenn er auf die Lektüre der Zeitung verzichtete, stellte sich für ihn die allgemeine Rentnerfrage, einerlei ob Goj oder Jude: Was sollte er mit seiner Zeit anfangen? So sehr Barbara ihm gefiel – er konnte ihr nicht den ganzen Tag nachlaufen wie ein Schoßhündchen. Das war unter der Würde eines Jakob Weinberg.

Hatte seine Krankheit doch einen Sinn? Er hatte sein Leben gelebt. »*Für alles gibt es die richtige Stunde, und eine richtige Zeit für jegliche Sache unter dem Himmel. Es gibt eine Zeit, geboren zu werden, und eine Zeit zu sterben*«, hieß es im Buch des Salomon. Diese Erkenntnis war zutreffend, unabhängig davon, ob Gott existierte oder ob König Salomon den Spruch verfaßt hatte oder ein anonymer Hofpoet, wie der jüdische Dichter Stefan Heym in seinem klugen Buch ›Der König David Bericht‹ suggerierte. Jakob Weinberg hatte sein Leben gelebt. Er hatte Dinge gesehen und überstanden wie wenige Menschen. Weinberg hatte dem Tod tapfer die Stirn geboten. Doch nun war für ihn die Zeit zum Sterben gekommen. Ihm blieb die Pflicht, seinen Nachlaß zu regeln und dann in Würde abzutreten. Bis dahin wollte er seine junge Geliebte genießen und gute Bücher lesen. Weinberg beschloß, zur ›Basis-Buchhandlung‹ um die Ecke in der Adalbertstraße zu gehen und sich nach weiteren Büchern von Heym zu erkundigen. Er zog sich an.

Das Telefon klingelte. Chaja Adler! Seine verbleibende Zeit war zu kostbar, um sie mit Chaja zu vertun.

»Jetzt ist es genug, Chaja!«

»Du bist meschugge, Kuba. Und ein schlechter Prophet obendrein«, hörte er das lachende Gemecker von Pinje Weiss.

»Chaja macht mich meschugge. Sie ruft Tag und Nacht hier an. Heute hat sie schon um halb sieben in der Früh angeklingelt…«

»Bei mir auch. Kuba! Darüber will ich mit dir sprechen.«

Was gab es da zu reden? Weiss war ebensowenig in der Lage wie er, Chaja den Mund zu stopfen. Andererseits war ein Schwatz mit Pinje Nus allemal amüsanter als langwieriges Büchersuchen im ›Basis‹-Antiquariat. »Gut. Wann und wo?«

»Am besten gleich. Es ist bald Mittag. Treffen wir uns kurz nach zwölf im ›Franziskaner‹.«

»Gojischer geht's nicht. Sollen wir Weißwürstl essen und Weißbier schickern? Am besten in Lederhosen…«

»Wenn es dir hier plötzlich zu deutsch ist, kannst du nach Israel fliegen und heute abend in Mea Shearim gefillten Fisch essen. Du hast sowieso nichts Besseres zu tun, Kubtschik.«

»Kisch mech im Toches!«

»Soll sein. Mittag im ›Franziskaner‹.«

Weinberg parkte seinen Wagen vor dem ›Annasthaus‹ am Odeonsplatz. Er ging an der Feldherrnhalle vorbei in die Residenzstraße. Hier war am 10. November 1923 die Marschkolonne der putschenden Nazis im Kugelhagel der berittenen bayerischen Polizei auseinandergestoben. Sechzehn Nazis wurden getötet, Dutzende verletzt, unter ihnen Hermann Göring. Hitler, der in der ersten Reihe marschierte, kam ohne Schramme davon. In den folgenden Jahrzehnten überlebte er zahllose Attentate. Darunter vermeintlich todsichere Anschläge wie den mit der Höllenmaschine des Tischlergesellen Georg Elser, die am 9. November 1939 im Bürgerbräukeller explodierte und einige Nazis erschlug. Wenn es einen Gott gab, dann hatte er alle Hände voll zu tun, Hitler zu beschützen, damit der ungehindert morden konnte. War dies Vorsehung? Weinberg passierte die Rokokobauten der Viscardigasse, hinter denen Weiss einen seiner Schuhläden in der teuren Theatinerstraße eingerichtet hatte.

Zur Linken öffnete sich der weite Vorplatz des Nationaltheaters. In dem mächtigen, nach dem Krieg restaurierten Bau mit der neoklassizistischen Säulenfront hatte der jugendliche Schwärmer König Ludwig II. den Opern des Erzantisemiten Richard Wagner gelauscht. Hatte Pinje Nus recht? Sollte Weinberg nach Jerusalem gehen? Litt er unter Verfolgungswahn – allein, weil er daran denken mußte, daß auf seiner kurzen Wegstrecke die Erzfeinde seines Volkes Hitler und Wagner gewirkt hatten? Machte nur er sich dieses bewußt? Hatten die anderen Juden vergessen, was sich hier ereignet hatte? Und die Deutschen? Viele wußten, was hier geschehen war. Es stand in jedem Geschichtsbuch und in den meisten Reiseführern. Doch was sollten die Deutschen tun? Sich Asche aufs Haupt schütten? Immerhin, Entschädigung hatten sie gezahlt. Die Deutschen konnten nicht nach Zion auswandern wie die Juden. Wie Jakob Weinberg, der sein Arbeitsleben schon hinter sich gebracht hatte und auf einen würdigen Tod wartete. War ein »würdiger Tod« möglich? Und wer sollte, solange er lebte, seine Häuser verwalten? Und würde Barbara mit ihm nach Israel gehen? Weinberg hatte sie nicht gefragt.

Weinberg bog in die Perusastraße ein. Vorbei an einem Zigarrenladen und einem Hutgeschäft gelangte er zum ›Franziskaner‹. Die Gaststätte war ein ebenerdiger Bau, der mit dunkelgebeizten Eichenmöbeln ausgestattet war. Die Bedienungen trugen bayerische Tracht, Lederhosen und Dirndl. Weinberg sah sich um. Pinje war noch nicht da, er tat immer sehr beschäftigt. Er setzte sich an einen der langen Tische, die quer zu den hohen Fenstern des Pavillons standen. Kurz darauf stürmte Weiss ins Lokal. Die Freunde sahen sich sogleich. Pinje bestellte tatsächlich ein Weißbier und ein Paar Weißwürstl. Weinberg sah auf seine Uhr, schüttelte den Kopf.

»Aus dir wird nie a g'scheiter Bayer, Pinchas. Du woaßt net a moi, daß mir Bayern nach elf Uhr niemals keine Weißwürstl nicht essen.«

Weinberg orderte eine Forelle und Mineralwasser.

Sobald der Ober den Tisch verlassen hatte, wandte sich Weiss wieder seinem Gegenüber zu.

»Kuba, wir müssen die Geschichte mit Itzig Adler so schnell wie möglich in Ordnung bringen.«

Weinberg sah direkt in die aufmerksamen Augen von Weiss. Die übliche Verschmitztheit fehlte. Ernster Wille leuchtete durch.

»Hat Chaja dich weichgekocht?«

»Mich macht niemand weich. Das hat nicht mal die SS geschafft.«

Weinberg verzog seinen Mund. Wenn ein Jid seine Unbeugsamkeit oder Stärke beweisen wollte, rief er seine schlimmsten Feinde als Kronzeugen auf. Jakob Weinberg hatte es umgekehrt erlebt. Angesichts der nackten Todesdrohung wurde jeder Mensch schwach. Doch nach der Befreiung wurde die Erinnerung, zumindest die öffentlich geäußerte, umgewertet. Jeder Überlebende gebärdete sich als Held.

Der Kellner brachte die Getränke. Die Freunde prosteten sich zu. Weiss setzte sein im Geschäft antrainiertes Lächeln auf.

»Itzig ist in Not. Wir sind seine Chawejrim. Also ist es unsere Pflicht, ihm zu helfen. So einfach ist das.«

»So einfach war es schon am Dienstagabend. Weshalb wolltest du ihm da nicht helfen? Warum heute plötzlich, Pinje?«

»Itzig ist ein Nebbich. Man kann ihn nicht zugrunde gehen lassen.«

»Du hast meine Frage nicht beantwortet.«

Pinje Weiss trank einen Schluck Bier, danach griff er sich eine Breze und begann zu mümmeln. Er dachte konzentriert nach.

»Gestern rief mich Luzer Dessauer an. Er hat mich beschworen, Itzig zu helfen.«

»Wenn Luzer Itzig helfen will, Masl tow. Luzer hat mehr Geld als wir alle zusammen. Seine Schwiegertochter Rachel ist die Nichte von Frujim. Und Frujim ist der beste Chawer von Itzig. Mischpoche ist wichtig. Gut. Aber was will er von dir und mir...«

»Wir alle sind Chawejrim. Du hast schon im Lager Jidn gerettet, Milchmann ...«

»Laß mich mit'm Lager, Pinje Nus! Itzig muß nicht gerettet werden.«

»Er wird blind werden.«

»Sagt er.«

»Hast du kein Rachmones, Milchmann?«

»Nein!« Weinberg sah Weiss hart an. »Vor drei Tagen hast auch du kein Erbarmen mit Itzig gehabt. Kaum ruft Luzer an, jammerst du von Rachmones. Gib ihm soviel Geld, wie du willst, aber hack mir nicht in' Kopf mit Erbarmen. Ich glaub dir kein Wort.« Er hob sein Glas. »Du wirst doch nicht mal vor der SS weich.« Weinberg trank das Mineralwasser und beobachtete dabei Weiss über den Rand seines Glases.

Die Speisen wurden an den Tisch gebracht. Der Kellner schöpfte die Würste aus einer Emailleterrine und servierte sie auf den Teller, sodann kredenzte er Weinberg den Fisch. Weiss begann sogleich seine Würste zu sezieren. Dann tunkte er sie in Senf und verspeiste sie mit sichtlichem Genuß.

»Sag mir die Wahrheit, Pinje Nus! Was ist in dich gefahren, daß du von einem Tag zum anderen den Zadik spielst?«

»Luzer Dessauer ...«

»Interessiert mich einen Dreck! Ich will wissen, wovor du solche Moire hast, daß es dir nicht genügt, Itzig Geld zu geben. Du willst auch noch mich dazu bringen, dem Idioten Geld in den Rachen zu werfen.«

Weiss hielt im Kauen inne. »Ich will, daß wir alle Chawejrim bleiben.«

Weinberg winkte ab. »Wovor hast du Angst?«

»Chaja Adler hackt mir in' Kopf ...«

»Laß sie hacken.«

»Sie ist meschugge.«

»Sie sind beide meschugge. Drum geb ich ihnen nichts.«

»Du kannst doch einen Menschen, einen Chawer, nicht blind werden lassen, nur weil er nicht gescheit ist, Kuba!«

»Pinje! Ich brauch nicht deine frommen Vorträge. Wenn mir danach ist, gehe ich in die Synagoge.« Weinberg, der eben begonnen hatte, die Forelle zu entgräten, hob sein Besteck mit geballten Fäusten. »Sag mir endlich die Wahrheit, Pinje! Deine Angst ist größer als dein Geiz. Warum!?«

»Chaja hat gedroht, in der ganzen Gemeinde zu erzählen, daß wir schuld an Itzigs Blindheit sind.«

»Soll sie reden, was sie will. Alle Jidn wissen, daß sie nicht normal ist.«

»Luzer Dessauer?«

»Weiß es am besten.«

»Sie will es auch unter den Gojim verbreiten.«

»Bitte!« lachte Weinberg. »Soll sie sich auf den Marienplatz stellen und es jedem Fußgänger sagen.«

»Sie will zur Zeitung laufen und erzählen, daß wir Schwarzmarktgeschäfte gemacht haben ...«

»Und? Welcher Deutsche hat nach '45 keine Schwarzmarktgeschäfte gemacht?«

»Sie wird auch sagen, daß wir die Bar hatten und die Chonten ...«

»Und wer waren die Chonten? Deutsche. Und wer waren ihre Freier? Auch Deutsche.«

»Kuba! Ich muß dir doch nicht erklären, daß das zwei Paar Stiefel sind. Das eigene Kind kann anstellen, was es will, man liebt es trotzdem. Die Deutschen können Jidn derhargenen und ihre eigenen Krüppel vergasen, und jetzt kann dieser Jürgen Schneider eine Milliardenpleite hinlegen – kein Mensch regt sich darüber auf. Niemand weiß, ob der Mielke katholisch oder evangelisch ist. Aber bei Micha Wolff, weiß jeder, daß er ein Jid ist – auch wenn es nicht stimmt. Seine Mutter war eine Schickse.«

»Na und? Was ist daran neu? So war es immer. So wird es bleiben.«

»Und das stört dich nicht?«

»Es stört mich. Es stört jeden von uns. Trotzdem leben wir in Deutschland.«

»Warum, Milchmann?«

»Ich weiß es nicht, Pinje. Wahrscheinlich gibt es nicht eine, sondern sechzigtausend Antworten. Sechzigtausend Jidn in Deutschland stellen sich jeden Tag die gleiche Frage: Wie kann ich in Hitlerland leben? Keiner weiß die Antwort. Niemand zwingt uns, hier zu bleiben. In Israel würden sie uns mit offenen Armen aufnehmen, und trotzdem kleben wir hier. Seit mehr als tausend Jahren. Die einen sagen, wir sind das Salz in der deutschen Suppe, die anderen behaupten, wir sind die Läuse im deutschen Pelz. Sie haben uns zerquetscht und verbrannt. Nicht erst die Nazis. Umsonst. Wir Jidn sind Lemminge, die sich immer wieder ins deutsche Meer stürzen.«

»Hör mir auf mit deinen Lemmingen...«

»Du bist auch einer, Pinje.«

»Nein! Ich bin Geschäftsmann. Und wenn in der Zeitung steht, daß ich Schwarzhändler war und Barmensch, dann...«

»Wirst du keinen einzigen Kunden verlieren. Warum kaufen die Leute bei dir? Weil deine Nus so lang ist, oder weil du so schön bist? Nein! Sie gehen in deinen Laden, weil deine Schuhe besser und billiger sind als bei der Konkurrenz. Ob du ein Jud bist, schert sie einen Dreck. Nicht mal die Nazis haben ihre Leute davon abhalten können, bei Jidn zu kaufen. Am 1. April 1933 haben sie angefangen, jüdische Geschäfte zu boykottieren. Fünf Jahre später haben die Antisemiten immer noch in jüdischen Geschäften gekauft. Aus diesem Grund haben sie im November 1938 ihre Kristallnacht organisiert.«

Weiss nickte unwillkürlich, äußerte aber sogleich Bedenken.

»Das ist alles klug und logisch. Aber Chaja ist weder das eine noch das andere. Was tu ich, wenn sie trotzdem zur Zeitung läuft und uns anschwärzt?«

»Das wird sie nicht machen. Denn damit würde sie sich selbst das Wasser abgraben. Sie könnte uns nicht mehr erpressen.«

»Und wenn sie's doch tut?«

»Ich bin sicher, daß keine Zeitung etwas Negatives über uns abdrucken würde, selbst wenn Chaja es ihnen aufdrängen wollte. Denn wenn sie schreiben, wie schlecht wir kleinen jüdischen Schwarzhändler vor fünfzig Jahren zu den armen Deutschen waren, dann müßten sie auch berichten, wie sich die guten Deutschen in den Jahren zuvor zu den Juden benommen haben.« Weinberg lächelte sardonisch. »Das riskieren die Journalisten nicht. Da geben sie sich lieber als Judenfreunde, um nicht an den Dreck ihrer Väter erinnert zu werden.«

Mittlerweile hatte der Ober zwei Schnäpse serviert. Weinberg fuhr in seiner Rede fort, ohne ihn zu beachten. »Und wenn ein junger Wichtigtuer dennoch einen Artikel schreibt, daß wir vor einem halben Jahrhundert böse jüdische Schwarzhändler waren, wird das deine Kunden, wie gesagt, so beeindrucken wie ein Furz im Wind. Und in der jüdischen Gemeinde wären Chaja und Itzig als Denunzianten tot.«

Die Freunde prosteten sich zu und kippten das Obstwasser in einem Zug hinunter.

Weiss stellte sein Glas ab. Er fuhr sich mit dem Handrücken über den Mund und gab einen wohligen Laut von sich. Doch sobald er anfing zu reden, wurde sein Blick konzentriert und seine Sprache klar.

»Ich hab dir gesagt, wovor ich mich fürchte. Jetzt möchte ich wissen, was dir angst macht, Itzig Adler zu helfen.«

»Ich habe keine Angst.«

»Ich kenn dich seit über fünfzig Jahren, Milchmann. Du hast genauso Angst wie jeder andere Mensch.«

Weinberg reagierte nicht.

»Wovor hast du Angst, Jakob Weinberg?«

»Ich gebe kein Geld für Idioten und Erpresser. Das ist alles.«

»Trotzdem ist Itzig unser Chawer, und wir müssen ihm helfen.«

»Ich muß einen Dreck.«

»Du weißt genau, daß dir nichts übrigbleiben wird, als ihm zu helfen, und mir auch nicht. Wir dürfen ihn nicht blind werden lassen.«

»Ich darf.«

»Warum?« Seine Augen blieben auf Weinberg geheftet.

Hartnäckigkeit war das Erfolgsgeheimnis von Pinchas Weiss. Weinberg spürte, daß der Freund nicht nachgeben würde, ehe er erfahren hatte, was er wissen wollte. Er mußte dem Hund zumindest einen Knochen vorwerfen.

»Es gibt härtere Schicksale als Itzigs.«

Die Freunde sahen sich schweigend an. Weiss beobachtete Weinberg. Mit einem Mal schwand das Lauernde aus seinem Blick, er wurde weich, einfühlsam, schließlich senkte Weiss die Augen.

»Du bist krank, Milchmann. Was fehlt dir?«

Weinberg unterdrückte seine Rührung. Sein eigener Sohn war nicht willens oder fähig, die Krankheit des Vaters zu spüren. Allein die Sorge um Udo zwang ihn, sein Schweigen zu brechen. Zum Dank hatte sein Erstgeborener ihn aus dem Haus geworfen. Pinje Weiss dagegen fühlte, ohne daß er ihm ein Wort gesagt hätte, sogleich seine Not. Weinberg streckte seine Hand aus. Pinje Weiss ergriff sie. Stumm hielten sich die Freunde die Hand. Wozu taugte die eigene Mischpoche, aus welchem Grund zog man Kinder auf, wenn sie einen in der Misere im Stich ließen? Weshalb hatte er sich eine Geliebte gehalten, die in seiner ärgsten Not nur ihre Versorgung im Kopf hatte? Pinje Nus dagegen war ein hartgesottener Kaufmann, ein unsentimentaler KZnik – er allein hatte seine Not gespürt und stand jetzt zu ihm. Weinberg schluckte seine Rührung hinunter.

»Danke, Pinje Weiss. Danke!« sprach er leise, ehe er seine Hand aus der des Freundes löste.

»Kann ich dir helfen, Milchmann?«

»Nein, Pinje. Danke!«

Die Freunde drückten sich erneut kräftig die Hand und sahen einander an. Jeder entdeckte im Auge des anderen das Glitzern zurückgehaltener Tränen. Da zog Weiss seine Rechte zurück, gleichzeitig bekam sein Blick wieder einen lauernden Ausdruck. Die Stimme bemühte sich um Überzeugung. »Milchmann! Sag mir wie, wann und wo ich dir beistehen kann!«

Weinberg nickte.

»So wie ich dir beistehe, Kuba, so erwarte ich, daß du auch Itzig Adler hilfst.«

»Wie kannst du uns mit Itzig vergleichen!?«

»Chawer bleibt Chawer!«

Jakob Weinberg durfte der Erpressung nicht nachgeben, wenn er seine Selbstachtung bewahren wollte, die gerade jetzt, da sein Lebenskampf in die letzte Runde trat, für ihn unentbehrlich war. Andererseits konnte er Pinje, seinen besten Chawer, der soeben seine Liebe zu ihm unter Beweis gestellt hatte, nicht enttäuschen. Er grübelte. Der Talmud gab auf jede Lebensfrage eine vernünftige Antwort.

»Ich kann Itzig noch nicht helfen, Pinje.«

Weiss sah den Freund verständnislos an.

»Mein Schicksal ist noch nicht entschieden. Da darf ich nicht für andere entscheiden.«

»Brauchst du Geld, Kuba? Soll ich dir was vorschießen, damit du Itzig helfen kannst?«

Das schnörkellose Denken des Freundes imponierte Jakob Weinberg. Weiss war überzeugt, jedes Problem mit Geld lösen zu können. Andererseits machte ihn eben diese Überzeugung für Chajas Erpressung empfänglich. Weinberg wollte den Freund davor bewahren – zumindest sein Verständnis für die eigene Haltung gewinnen.

»Der Talmud verbietet Geschäfte mit Gott. Ein Jude darf nicht versuchen, seine Heilung durch ein Gelübde zu erkaufen.«

»Geld für Kranke zu geben ist eine Mizwa, Kuba.«

»Aber nicht mit dem Hintergedanken, Gott milde zu stimmen.«

»Du glaubst doch nicht an Gott.«

»Das hat mit Gott nichts zu tun. Ich halte mich lediglich an eine alte jüdische Tradition.«

Weiss sah den Freund nachdenklich an. Kein normaler Mensch konnte nach Auschwitz ungebrochen seinen Glauben bewahren. Wie viele gab sich Weinberg danach als Atheist. Doch ohne Gott konnte er nicht auskommen. Zumal jetzt, da er krank war und um sein Leben bangte. Offen zum Glauben zurückkehren konnte er auch nicht – das würde seinen Stolz verletzen. Also schlich er sich durch die Hintertür zu Gott zurück, indem er seine Gebote beachtete, aber seinen Glauben leugnete. Dies Weinberg vorzuhalten, wäre selbstgerecht. Pinchas Weiss wollte seinem Freund helfen, das Gesicht zu wahren.

»Du weißt, was du tust, Milchmann. Und du sollst wissen, daß du dich auf mich verlassen kannst.«

Jakob Weinberg wollte allein sein. Das Treffen mit seinem Chawer hatte ihn nachdenklich gestimmt. Pinje Weiss war kein vorwitziger Schlaumeier. Er war vermögend geworden, weil er gerade dachte und pragmatisch handelte. Pinchas Weiss machte materielle Erwägungen zum Maßstab seines Tuns. Damit besaß er eine objektive Erfolgskontrolle. Jakob Weinberg dagegen verstand sich als Idealist. In seiner Jugend glaubte er an Gott und versuchte, dessen 613 Gebote einzuhalten. Doch sein Herr hatte ihn enttäuscht, und so glaubte Jakob Weinberg, sich selbst zum Maß aller Dinge nehmen zu dürfen. Er schwang sich zum Richter über das Verhalten seiner Mitmenschen und seiner eigenen Taten auf.

Jakob Weinberg begab sich auf den Heimweg. Er ließ sein Auto stehen und ging zu Fuß. Er folgte den Trambahnschienen durch die Perusastraße vorbei am Betten-Rid-Haus in die Maffaistraße. Weinberg bog rechts in die Kardinal-Faulhaber-Straße ein. Michael von Faulhaber wurde als Gegner der Nazis gepriesen. Der überzeugte Monarchist war auch ein eingeschworener Feind der Weimarer Demokratie gewesen. Seine Hetzpredigten gegen Revolution und Republik dienten den Faschisten als Alibi in ihrem Kampf gegen die Republik. Bereits im Februar 1919 ermordete Graf Arco Valley an dieser Stelle Kurt Eisner. Der Berliner Jude hatte im November 1918 die Wittelsbacher Monarchie gestürzt und ebenfalls in dieser Straße den Freistaat Bayern proklamiert. In jener Zeit begann der Geflügelzüchter Heinrich Himmler seine politische Karriere. 1933, unmittelbar nach der Gleichschaltung Bayerns, setzte Hitler Himmler als Münchner Polizeipräsidenten ein. Er amtierte im Präsidium an der Ettstraße, zwei Minuten Fußweg von der Kardinal-Faulhaber-Straße entfernt.

Weinberg kam in die Briennerstraße. Gegenüber, am Wittelsbacher Platz, versteckte sich hinter einem Reiterstandbild die Zentrale von Siemens. Der Konzern hatte Juden als Arbeitssklaven beschäftigt. Während der Schoah schufteten jüdische und andere Zwangsarbeiter für Adolf Hitler und die Dividenden von Siemens.

Auf der gegenüberliegenden Straßenseite befand sich das ›Café Luitpold‹, ein beliebter Treffpunkt älterer Juden. Weinberg versuchte, die jüngste deutsch-jüdische Vergangenheit aus seinem Bewußtsein auszublenden – er war dazu ebenso unfähig wie die meisten Deutschen und Juden. Es bleibt unmöglich, da jedes Haus, jede Straße, viele Namen an die Geschichte erinnern. Er ging an der Gedenkflamme am Platz der Opfer des Nationalsozialismus vorbei. Dahinter wurden die teuren Läden und Boutiquen durch elegante Geschäftshäuser abgelöst. Vorbei an der Türkenstraße, wo Heinrich Himmler das erste SS-Büro installiert hatte, gelangte Weinberg zum weiten Rund des Karolinenplatzes. In der Mitte des Runds erhob sich ein Obelisk, der aus erbeuteten Kanonen des Napoleonischen Heeres gegossen worden war. Keine Hitlerei! Er bog in die Barerstraße ein. Die Briennerstraße führte weiter zum neoklassizistischen Königsplatz, dem Herzen der braunen Hauptstadt. Hier stand bis 1945 der Ehrentempel für die Gefallenen des November 1923 und anderer Nazi-Märtyrer. Am Königsplatz ließ Hitler SA, SS und Partei aufmarschieren, dahinter lag das Braune Haus, das Hauptquartier der Nazibewegung.

Jakob Weinberg marschierte die Barerstraße nach Norden. Der Gedanke, daß er Hitler und die Nazis überlebt hatte und nun in dessen Stadt wohnte, tröstete ihn nicht. Hitler und die Deutschen hatten Mittelosteuropa de facto »judenrein« gemordet. Die jüdische Gemeinde Polens, die 1939 dreieinhalb Millionen Menschen zählte, war ausgelöscht, und mit ihr Jakob Weinbergs Mischpoche. Das deutsche Judentum, einst die Blüte des hebräischen Volkes, war ebenso zerstört wie die Gemeinden Österreichs, Ungarns, Tschechiens – allesamt kulturelle Zentren der Juden.

Linker Hand stand die mächtige Alte Pinakothek inmitten eines Parks quer zur Straße. Nach dem Tod Leas besuchte Weinberg die Gemäldesammlung oft. Am besten gefiel ihm der Niederländer Rembrandt. Sein Spiel mit Licht und Schatten rührte Weinberg an. Der Amsterdamer war bereits ein Vorreiter der Moderne – damit begann nach Weinbergs Ansicht das Chaos in den Beziehungen zwischen den Menschen. Andererseits waren Aufklärung und Moderne Voraussetzung der Judenemanzipation. Sonst wären Weinberg und seine Leute noch im Ghetto eingesperrt – ohne vor antisemitischem Haß geschützt zu sein. Judenmord, Völkermord hatte es schon seit je gegeben. Die Thora war voll davon. Die klassische Kunst hatte lediglich eine Oase der Ruhe und Ordnung suggeriert, die es niemals gegeben hatte. Der Spanier Goya hatte im 18. Jahrhundert der falschen Idylle ein Ende gemacht.

Weinberg blieb stehen. Er hatte das Bedürfnis, die Alte Pinakothek zu besuchen, um seinen Sinnen Freude und seiner Seele Frieden zu gönnen. Doch Angst und Unrast trieben ihn voran. Solange Finkelstein sich weigerte, ihm die Diagnose zu verraten, würde er nicht die Ruhe finden, die Bilder zu genießen.

Und danach? Würde er zumindest Gewißheit haben. Er könnte sich für den Kampf gegen die Krankheit wappnen oder die Gnadenfrist seiner Gesundheit genießen – und auf die nächste Krankheit warten.

Beim Weitergehen zwang sich Jakob Weinberg dazu, auch weiterzudenken. Seine Entscheidung, Itzig Adler kein Geld zu geben, war richtig. Doch sein rationaler Entschluß stiftete mehr Schaden als Nutzen. Weiss' Angebot, ihm das Geld für Itzig vorzustrecken, bewegte Weinberg. Pinjes Fürsorge war vorbehaltlos. War sie uneigennützig? Handelte ein Mensch je, ohne an den eigenen Vorteil zu denken? Ja! Weinberg tat alles, damit seine Kinder auch nach seinem Tod in Sicherheit und Anstand leben konnten. Doch sie wollten nicht auf seinen Rat hören. Udo weigerte sich sogar, sein Geld anzunehmen. Weiss dagegen drängte Weinberg sein Geld geradezu auf. Warum? Allein, um Itzig Adler zu helfen? Nein. Sonst hätte er dem Nebbich unverzüglich unter die Arme gegriffen. Weiss war lediglich bereit, Itzig beizustehen und Weinberg obendrein, um den Kreis der Chawejrim zu erhalten, die einzige vertraute Gruppe, die er besaß. Weiss und Lazar Dessauer waren bereit, den Preis der Freundschaft zu Itzig Adler zu zahlen. Jakob Weinberg dagegen lag nichts an Itzigs Freundschaft. Und er haßte Erpressung. In Auschwitz-Birkenau hatte er tun müssen, was die Nazis von ihm verlangten. Danach hatte er sich geschworen, nie wieder einer Nötigung nachzugeben. Weinberg war entschlossen, Chajas Druck standzuhalten. Doch er begriff, daß mehr auf dem Spiel stand: der Erhalt der Freundesrunde. Dabei gab es wie überall Animositäten und Intrigen – doch die Gruppe war ein letzter Rest ostjüdischer Heimat in Deutschland. War ihm dieses sentimentale Gefühl mehr wert als seine Selbstachtung? Jakob Weinberg wußte, was richtig und was falsch war. Aber er fühlte, daß ihm im Moment die Kraft fehlte, das Richtige durchzusetzen. Zunächst mußte er wissen, wie sein Leben weitergehen würde – und ob.

Weinberg überquerte die Schellingstraße. Zwei Häuser hinter der Straßenkreuzung stand das erste Parteihauptquartier der Nazis. Ein geköpftes Adlerrelief über der Hauseinfahrt erinnerte Eingeweihte noch heute daran. Es war Zufall, daß der Jahrhundertschlächter Hitler sein Haus in der Straße aufschlug, die nach Schelling, dem Philosophen des Idealismus, benannt war. Doch in Weinbergs Augen besaß diese Namensverbindung eine symbolische Bedeutung. Adolf Hitler war kein Teufel, der aus der Hölle schnurstracks Deutschland angesprungen hatte. Der Nazihäuptling und seine Bewegung waren eine Wucherung des deutschen Geisteslebens. Die Deutschen hatten ein unstillbares Bedürfnis nach Romantik und Irrationalität. Hitler stilisierte sich als moderner Parsifal. Waren ihm die Deutschen daher so begeistert gefolgt?

Der ›Schelling-Salon‹ auf der gegenüberliegenden Straßenseite war Hitlers Stammlokal. Hier plante er beim Essen mit seinen Vasallen den Aufstieg zur Macht. Weinberg haßte das Lokal. Er konnte Udo nicht verstehen, der mit seinen Spießgesellen gern im ›Schelling-Salon‹ Billard spielte und schwadronierte: »Für mich ist das der Endsieg, wenn ich ins gleiche Pissoir pinkelte wie der Adolf. Aber er ist tot, und ich lebe.«

»Dein verpißter Sieg hat sechs Millionen Juden das Leben gekostet«, empörte sich Weinberg. Daraufhin nannte ihn sein Sohn komplett meschugge. »Egal, wo und wohin ich in diesem Land pisse, in dem du mich in die Welt gesetzt hast: Überall gab es große und kleine Hitlers und überall wurden Juden erschlagen – auch schon lange vor Adolf.«

Der Streit mit Udo hatte Weinberg den ›Schelling-Salon‹ noch widerlicher gemacht.

Weinberg ging rasch weiter. Bald stand er vor seiner Haustür und fuhr im engen Lift in seine Wohnung im 3. Stock. Barbara war noch nicht daheim. Er ging ins Wohnzimmer, hob die Zeitung auf, las rasch das Streiflicht und die Meldungen der ersten Seite. Dann ließ er die Gazette wieder sinken. Unschlüssig stand er eine Weile mitten im Zimmer. Weinberg schaltete das Radio an. Es war halb fünf. ›Bayern 5 – aktuell‹ meldete sich mit Nachrichten. Der Immobilien-Tycoon Jürgen Schneider hatte in einem Brief an Bundeskanzler Kohl die Einsetzung eines Untersuchungsausschusses gefordert, um die Rolle der ›Deutschen Bank‹ beim Zusammenbruch seines Imperiums prüfen zu lassen. Recht hatte der Bursche. Was er angerichtet hatte, waren Peanuts im Vergleich zur Schuld, die die deutschen Banken in der Schoah auf sich geladen hatten. Doch die Juden prangerten die Banken nicht an, obgleich die Geldinstitute systematisch ihre Geschäfte, ihr Vermögen, ja sogar das Gold aus ihren Leichen gestohlen hatten. Man ließ sich als Wucherer beschimpfen und kuschte vor den Banken, die Hitlers Krieg samt Konzentrationslager finanziert hatten. Noch enger als die ›Deutsche‹ hatte die ›Dresdner Bank‹ mit den Nazis kooperiert. Sie war tonangebend im »Freundeskreis Reichsführer-SS

Heinrich Himmler« und finanzierte die Verbrecherbande. Dennoch brauchten alle, auch Jakob Weinberg, die Banken. Daher würde es keinen Untersuchungsausschuß gegen sie geben. Nicht im Fall des Jürgen Schneider und erst recht nicht über die Rolle der Geldinstitute während der Schoah.

Weinberg ärgerte sich über seine Gedankensprünge. Warum konnte er sich nicht damit begnügen, eine banale Nachricht über einen Immobilienbetrüger zu hören und zu vergessen, ohne an das große Morden zu denken?

Der Rundfunksprecher gab bekannt, die Bundesregierung habe die Auslieferung des deutschen Kriegsverbrechers Priebke nach Italien begrüßt. Der SS-Offizier hatte 1944 die Erschießung von mehr als dreihundert italienischen Geiseln befohlen. Nach dem Krieg war er mit Hilfe des Vatikans nach Argentinien geflüchtet, und nach einem halben Jahrhundert hatte ein Gericht in Buenos Aires seine Überstellung nach Italien angeordnet. Dies kommentierte ein Sprecher des Bundesjustizministeriums mit den Worten, es komme darauf an, daß »die Verbrechen gesühnt würden – wo, spiele keine Rolle«. Sollten sich Argentinier und Italiener mit den Nazi-Verbrechen herumschlagen. Hauptsache, die Deutschen waren aus der Pflicht. Was das Leben von Jakob Weinberg und anderen Juden in Deutschland zur Hölle machte, waren nicht die Morde der Vergangenheit, sondern der Unwille und die Unfähigkeit der Deutschen, dafür zumindest die moralische Verantwortung zu übernehmen. Statt dessen begnügten sie sich mit einer materiellen Abfindung – Almosen für die Hinterbliebenen der Opfer. Weinberg schaltete das Radio aus und genehmigte sich ein Wasserglas voll Wodka aus dem Kühlschrank.

Das wärmte den Leib und ließ seine Beine angenehm weich werden. Er stakste ins Schlafzimmer, warf seine Kleider über den Sessel und sank ins Bett. Weinberg fiel in einen tiefen, aber unruhigen Schlaf.

Es war schon dunkel, als Barbara heim kam. Sie fand Weinberg schnarchend im Bett. Auch im Schlaf behielt sein Gesicht den Ausdruck von Entschlossenheit und Energie. Barbara schwankte, ob sie ihn wecken sollte. Wenn sie es unterließ, müßte sie sich mit einem Katzenimbiß begnügen, denn sie war nicht zum Einkaufen gekommen, und Jakob kümmerte sich nicht um den Haushalt. Danach konnte sie allein fernsehen. Mitten in der Nacht würde Jakob aufwachen, durch die Wohnung geistern und sie wecken, um sich mit ihr zu unterhalten. Barbara wollte sich jetzt mit ihrem Gefährten aussprechen und hatte zudem Hunger auf ein ausgiebiges Abendessen. Also weckte sie Weinberg mit einem Kuß. Der fuhr auf, sah sich in der Dunkelheit um und fragte sogleich: »Ist die Tagesschau schon gelaufen?«

»Du bist ein Stoffel, Jakl. Ich gebe dir einen Kuß, und du fragst nach der Tagesschau.« Sie schnüffelte geräuschvoll Weinbergs Atem ein. »Und außerdem hast du gesoffen wie ein Goj.« Weinberg mußte schmunzeln. Da fiel ihn erneut die Angst um seine Krankheit an. Warum gönnte Finkelstein ihm heute keine Gewißheit? Doch was nützte ihm das Wissen, Krebs zu haben? Andererseits hätte das Bewußtsein, gesund zu sein, seiner Seele Frieden verschafft. Vielleicht kannte der Doktor die Diagnose schon und wollte Weinberg ein letztes unbeschwertes Wochenende verschaffen. Sollte er ihn nochmals anrufen und tüchtig unter Druck setzen? Wozu? Was nützte es ihm, ein Wochenende zu wissen, todkrank zu sein, ohne etwas unternehmen zu können? Lieber wollte er sich mit seiner jungen Geliebten ein letztes Mal amüsieren.

Weinberg stemmte sich aus dem Bett, küßte Barbara auf den Mund. Sie schmeckte nach Leben. Weinberg wünschte sich, diesen Geschmack lange zu genießen – wenn es Gott gäbe, hätte er darum gebetet. Er streichelte ihre Wange und sah dabei in ihre kecken Augen.

»Kommst du, um mich zur Tagesschau zu holen?«

»Die ist längst vorbei. Aber ich berichte dir gern, was die gesagt haben.« Sie hob lächelnd den Kopf. »Frau Barbara Schäfer aus

München muß sofort zum Essen ausgeführt werden, weil sie ihrem Mann eine wichtige Mitteilung zu machen hat.«

»Welche?«

»Das wird er beim Essen erfahren.«

»Ich möchte es jetzt wissen.«

»Das geht nicht.«

»Warum?«

»Weil es bereits grad in der Tagesschau gesagt wurde.«

»Was?«

»Zieh dich an, Jakl. Wir gehen in fünf Minuten.« Sie küßte ihn fröhlich auf die Stirn und reichte ihm seine Kleider. Beim Verlassen des Zimmers schaltete sie das Licht aus.

Sie gingen um die Ecke ins ›Mario‹. Das italienische Restaurant in der Adalbertstraße war für seine hervorragende Pizza bekannt. Freitagabends herrschte reger Betrieb. Die meisten Tische waren besetzt. Vor allem die begehrten Nischentische entlang der Fensterfront. Doch Weinberg und Barbara waren Stammkunden, und so verschaffte ihnen der Geschäftsführer rasch einen Zweiertisch. Weinberg zwängte sich auf den engen Holzstuhl mit der geflochtenen Sitzfläche. Ohne nachzufragen, bestellte er Barbaras Lieblingsgericht, eine Pizza Quattro Stagioni, dazu einen halben Liter Chianti. Für sich selbst orderte er eine Paillard und ein Fachinger.

»Und bringen Sie bitte auch ein Weinglas für meinen Mann. Der trinkt mit«, bat Barbara den Kellner. Kaum hatte sich der Ober entfernt, wollte Weinberg von Barbara die Neuigkeit erfahren. Doch ihr machte es Spaß, ihn auf die Folter zu spannen. Zunächst wollte sie mit ihm anstoßen.

»Hat es etwas mit meiner Gesundheit zu tun?«

»Eher mit meiner«, lächelte Barbara.

Weinberg besah die Geliebte. Die zarten Faltensträuße, die sich aus ihren Augenwinkeln in die Schläfen zogen, waren eher Zeichen ihrer Fröhlichkeit als ihres Alters. Barbara war gesund. Er wußte, wie eine kranke Frau aussah und roch. Die Geliebte machte sich einen Spaß, ihn zu necken und seine Neugier anzustacheln. Am

Ende hatte sie ihm eine Nichtigkeit mitzuteilen. Etwa den Wechsel ihres Friseurs. Weinberg blickte auf ihre Haare. Ja, sie war beim Friseur gewesen. Die Haare waren kürzer und ein wenig aufgebauscht. König Salomon pries im Hohelied die Haarflechten seiner Geliebten. Auch den Autoren des Talmud war der Liebreiz der Weiberhaare bekannt. Um zumindest die Ehefrauen daran zu hindern, dank ihrer Haarpracht fremde Männer zu verführen, ordneten sie an, das Haupthaar der Frauen nach der Hochzeit abzuschneiden. Religiöse Jüdinnen trugen bis heute Kopftücher oder Perücken. Allein ihre Männer durften im Bett die kurzgeschorenen Frisuren ihrer Frauen sehen. Auch Jakobs Mutter Malka hatte eine Perücke getragen. Weinberg stellte sich Barbara mit rasiertem Schädel vor – wie die jüdischen KZ-Frauen. Barbaras Schwärmerei für das Judentum wäre damit abrupt zu Ende gewesen.

»Was geht dir durch den Kopf, Jakl?«

Wenn er es ihr sagte, würde er Barbaras Fröhlichkeit erwürgen.

»Du hast eine schöne neue Frisur.«

»Danke. Und du hast eine schöne neue Frau – oder?«

»Sicher.«

Der Kellner brachte die Getränke. Das Paar prostete sich mit »Le Chaim« zu.

Barbara setzte ihr Glas ab. Sie sah Weinberg in die Augen. Ihr Blick war fröhlich, aber gesammelt. Barbara ergriff mit beiden Händen Weinbergs Rechte und drückte sie sanft.

»Ich möchte ein Kind von dir, Jakl.«

Er sah sie ungläubig an. Ihre Augen umarmten ihn. Sie liebte ihn. Sein Herz setzte einen Schlag aus, um schleunig weiterzupochen. Weinberg drückte Barbaras Hand. Ihre Finger waren, anders als gewöhnlich, feucht.

»Ich bin siebzig.«

»Na und? Charlie Chaplin war noch älter…«

»Ich bin nicht Charlie Chaplin.«

»Vater werden kannst du genauso. Wetten?«

»Ich weiß nicht, ob ich in ein paar Monaten noch lebe…«

»Das weiß kein Mensch.«

»Ich habe Krebs.«

»Unsinn!«

»Der Doktor hat mir eine Gewebeprobe entnommen.«

»Weil du ihn mit deiner Angst narrisch gemacht hast.«

»Woher willst du das wissen?«

»Der Arzt hat es mir selbst gesagt.«

»Wann?« Weinberg zog seine Hand mit einem Ruck zurück.

»Heute mittag.«

»Du...« Weinbergs Stimme klang hohl und dunkel, als würde er aus einem Mausoleum rufen.

»Ja, weil ich gemerkt habe, daß dir die Angst über den Kopf wächst...«

War er alt und dumm geworden? Er hatte am Telefon mit dem Arzt gekeift wie die alte, vertrottelte Chaja, statt einfach hinzugehen und sich zu erkundigen wie seine Schickse.

»Was ist, Jakl? Du bist blaß.«

»Ich hab keine Angst. Und ich wünsche nicht, daß du zum Arzt gehst und ihm solchen Unsinn erzählst.«

Weinbergs aufgerissene Augen straften seine Worte Lügen. Doch Barbara wollte ihn das Gesicht wahren lassen.

»Ich hab ihm gar nichts erzählt. Außerdem bin ich nach dem Friseur selbst zur Ärztin gegangen.«

»Warum?«

»Weil ich wissen wollte, ob ich ein Kind bekommen kann.«

»Und?«

»Die Frau Dr. Rebmann sagt, daß ich gesund bin und einer Schwangerschaft nichts im Wege steht.« Sie hob ihr Glas, rief »Le Chaim«. Weinberg erwiderte den Trinkspruch, ohne sein Glas zu heben.

»Ich stehe einer Schwangerschaft im Wege.«

»Warum?«

»Weil ich alt und krank bin. Und außerdem ist die Rebmann Internistin, keine Gynäkologin.«

»Sie ist eine gute Ärztin. Ich vertraue ihr. Das ist mir genug.«

»Mir nicht.«

»Du mußt den Menschen vertrauen, Jakl...«

»Das kann einen das Leben kosten.«

»Du lebst nicht mehr im KZ. Du vertraust niemandem. Nicht mal dir selbst.«

»Mach dir keine Sorgen um mich.«

»Doch, Jakl! Ich mach mir Sorgen um dich. Ohne Vertrauen zu anderen Menschen kann keiner leben. Du nicht...« Ihr Ton wurde bestimmt. »...und ich nicht. So will ich nicht leben.«

Weinberg bemühte sich um eine feste Stimme, während seine Kinnbacken seine Worte zermahlten. Er hatte offenbar Angst, von ihr verlassen zu werden. Barbara hätte ihn am liebsten umarmt, doch das hätte er als Mitleid mißverstanden.

»Wie willst du leben?«

»Als deine Frau und Mutter deines Kindes.«

Weinberg trank sein Glas mit mehreren schnellen Schlucken aus. Er brauchte Barbara und wollte mit ihr zusammenbleiben. Doch es war ihm unmöglich, sie zu heiraten. Weinberg konnte seinem Sohn nicht verbieten, eine Schickse zu heiraten, und es selbst tun. Soeben erst hatte er Udo aufgefordert, seinen Bastard wegzumachen, und nun verlangte Barbara von ihm, ein Kind zu zeugen. Es war ihm nicht erlaubt, ein Wesen in die Welt zu setzen, dessen deutsche Vorfahren Jakob Weinbergs Eltern und seinen Bruder vergast hatten. Aber das durfte er Barbara nicht sagen.

Adolf Hitler stand zwischen ihnen. Er war stets präsent wie ein Dibbuk. Zwischen Udo und Anne gab es keinen Hitler mehr. Hatte der Nazi-Satan sich in seiner KZ-Hölle in den Seelen der Juden festgebissen, während ihnen die KZ-Nummer ins Fleisch gebrannt wurde? Den SS-Männern war die Blutgruppe in die Achsel tätowiert worden. Hatte sich Hitler auch bei ihnen eingenistet und bei den acht Millionen Parteigenossen und bei seinen 17 Millionen Wählern und den übrigen Deutschen? Wurden sie den Teufel nicht los, solange sie lebten? Waren die Deutschen zu ewigem Antisemitismus verurteilt? War das der Fluch von Auschwitz? Und ihre Kinder sollten frei sein von diesem Bann – obgleich die Deutschen ihre Brut zum Judenhaß erzogen?

Jakob Weinberg hatte versucht, seine Kinder von den Deutschen fernzuhalten. Er hatte ihnen gedroht, doch sie hatten nichts

Besseres zu tun, als sich mit ihnen einzulassen. Udo war sogar dabei, einem deutschen Balg zum Leben zu verhelfen. Und nun verlangte seine Schickse, daß er dasselbe mit ihr tue! Offenbar haßten die jungen Deutschen die Juden nicht länger. Oder wollte Barbara ein Kind als Versorgungsgarantie? Weinberg hatte nicht sein Lebtag geschuftet, um sein Erbe einem deutschen Kind zu vermachen.

Abraham-Adolf Weinberg, eine deutsch-jüdische Mißgeburt. Doch Abraham-Adolf wäre nicht lange sein Kind.

»Hat dir Dr. Finkelstein das Ergebnis der Gewebeprobe mitgeteilt?«

»Nein.«

Weinberg spürte Barbaras Verärgerung. Er griff nach ihrer Hand. Doch sie zog sie zurück.

»Es war mutig von dir, daß du zum Doktor gegangen bist, um dich nach meiner Gesundheit zu erkundigen. Aber er hat dir nichts gesagt...«

»Jetzt langt's, Jakl. Ich will ein Kind von dir. Ich möchte mit dir zusammenleben. Und du schwätzt nur von deinen eingebildeten Krankheiten!«

»Ich bin ein alter Mann.«

»Dann mußt du dir eine alte Frau nehmen.« Wieder sah Barbara, wie die Angst Weinberg packte. »... oder du reißt dich zusammen und genießt das Leben mit mir und unserem Kind!«

Weinberg schenkte sich Wein nach. Doch er nippte nur am Glas. Er durfte sich nicht beschickern. »Ich glaube nicht, daß du dich über mich beschweren kannst.«

»Bis jetzt nicht.« Barbara unterdrückte ein Lächeln. »Aber du scheinst Gefallen an der Rolle des eingebildeten Kranken und Alten zu finden.«

»Lassen wir das!« Weinberg stellte sein Glas abrupt auf den Holztisch. Er durfte sich vor Barbara keine Blöße geben und mußte gleichzeitig seinen Standpunkt wahren. »Ob ich mir meine Krankheit einbilde oder nicht, ist unwichtig.«

»Mir nicht.«

»Selbst wenn mir nichts fehlt...«

»Du bist gesund, Jakl!«

»... kommen wir nicht daran vorbei, daß ich siebzig bin.«

»Na und? Abraham war neunzig.«

Sie konnte seinen Gedanken an Abraham-Adolf nicht erraten haben! Jedenfalls kämpfte sie mit allen Mitteln um das Kind und damit ihre eigene Versorgung.

»Lassen wir Abraham und die Bibel und sehen wir den Tatsachen ins Auge. Wenn du morgen deine Pille absetzt und alles klappt und du schwanger wirst und das Baby in neun Monaten kommt und das Kind kein Idiot ist ...«

»Warum mußt du unbedingt alles und jedes schwarz sehen?«

»Weil Kinder von alten Männern und nicht mehr ganz jungen Müttern oft mongoloid sind.«

»Das ist selten.«

»In der jüdischen Gemeinde leider nicht. Da gibt's eine Menge Kranke.«

»Es gibt noch mehr Gesunde. Auch du hast gesunde Kinder.«

»Damals war ich über vierzig Jahre jünger.«

»Du willst also kein Kind mit mir, weil du Angst hast, daß es das Downsyndrom haben wird?«

Weinberg begriff, daß er zur Sache kommen mußte. »Nein. Das Entscheidende ist mein Alter. Ich wäre einundsiebzig, wenn der Junge zur Welt käme ...«

»Und wenn's ein Mädchen wird?«

»Werde ich dadurch auch nicht jünger. Das heißt, ich wäre knapp achtzig, wenn das Kind zur Schule käme. Ein Greis. Ich würde nie erleben, daß der Junge oder das Mädchen ins Gymnasium geht. Das Kind müßte ohne Vater aufwachsen.«

»Niemand weiß, ob er erleben wird, daß seine Kinder groß werden.«

»Ich weiß sicher, daß ich's nicht erleben werde – das ist der Unterschied.«

»Du weißt gar nichts, Jakl. Hab ein wenig Zuversicht und Mut.« Sie wollte ihr Glas heben. Da trat der Kellner an den Tisch, servierte die Speisen und schenkte Wein nach. Barbara trank einen Schluck, sie wünschte Weinberg guten Appetit und begann ihre Pizza mit großem Appetit zu verzehren. Er sah ihr mit einer Mischung aus Wohlwollen und Neid zu. Barbara aß und trank und schlief und trennte, wenn ihr der Sinn danach stand. Warum konnte er nie etwas tun, ohne darüber nachzudenken? Barbara hatte kein KZ durchmachen müssen. Hatte allein das vergangene Leid ihn zu dem gemacht, der er war? Pinje Weiss war ebenfalls in Auschwitz gewesen und lebte so unmittelbar wie Barbara. Beide waren wie Tiere. Sie nahmen sich, was sie brauchten, und waren zufrieden, wenn sie es bekamen. Diese Wesen benötigten keine Regeln und Gesetze. Ihre Instinkte führten sie sicher durchs Leben. Normale Menschen wie Weinberg dagegen konnten nie genug kriegen. Nicht aus Habgier, sondern aus Angst. Angst vor dem Leben. Barbara, Pinje, selbst die meschuggene Chaja Adler hatten keine Lebensangst. Auch sie fürchteten sich gelegentlich, doch sie schämten sich dessen nicht. Weinberg und die meisten anderen dagegen empfanden Angst als Schwäche und versuchten sie zu verbergen.

Kultur, Entdeckungen und Erfindungen wurden nicht von Barbara, Pinje Nus und ihresgleichen gemacht, sondern von Menschen wie Jakob Weinberg. Sie zettelten auch Kriege und Grausamkeiten an. Insofern gehörte Weinberg zur gleichen Kategorie wie Adolf Hitler, Stalin, aber auch Beethoven und Heinrich Heine. Nein! Beethoven und Heine hatten ihre Ängste genutzt und Kunst geschaffen, hatten niemandem geschadet, aber viele Menschen erfreut. Hitler und Stalin dagegen hatten Menschen vernichtet. Wo lag die Grenzlinie? Warum komponierte der eine, während der andere mordete? Gottes Gebot »Du sollst nicht morden!« war unwichtig. Denn Heine glaubte ebensowenig an Gott wie Hitler oder Jakob Weinberg. Wo stand er zwischen den beiden? War Weinberg Hitler näher als Barbara – obgleich sie eine Deutsche war und er ein Jude? Weinberg konnte keine dieser Fragen beantworten. Sicher wußte er dagegen, daß er kein Gottvertrauen besaß und ihm daher die Verantwortungslosigkeit fehlte, ein Kind in die Welt zu setzen, das ohne Vater aufwachsen würde. Jakob Weinberg wollte mit einer Schickse kein Kind zeugen. Er mußte Barbara die Idee ausreden. Weinberg begriff nicht, daß keine liebende Frau sich von dem Wunsch nach einem Kind abbringen ließ. Er würgte ein halbzerkautes Stück Kalbfleisch hinunter, spülte mit einem Schluck Mineralwasser nach.

»Egal, ob ich fünfundsiebzig oder achtzig werde, Barbara. Ich will kein jüdisches Kind allein in Deutschland aufwachsen lassen.«

»Wieso muß das Kind jüdisch sein?«

»Weil ich der Vater bin ... wäre. Und weil ich Auschwitz nicht überlebt habe, um christliche, deutsche Kinder zu zeugen.«

Sie ließ ihr Besteck sinken. »Wenn ich die Mutter bin, können die Kinder keine Juden sein, auch wenn du zwanzig wärst.«

»So ist es.«

»Das heißt, du willst keine Kinder mit mir.«

»Ich kann nicht, selbst wenn ich wollte.«

»Willst du ein Kind mit mir, Jakl?«

Nur ein Unmensch konnte diesen schimmernden Augen Nein sagen. Barbara wußte das und setzte ihren Liebreiz als Waffe ein – wie alle Frauen. Weinberg mußte jetzt hart zur Schickse bleiben, sonst machte sie mit ihm, was sie wollte.

»Ich will zwanzig sein, gesund und schön. Aber es kommt nicht auf meinen Willen an.«

»Mir doch, Jakob.«

Weinberg schwieg.

»Ich will wissen, ob du ein Kind mit mir willst!«

»Ich hab dir doch gesagt, daß ich es nicht kann.«

»Ja oder nein?« Der Schimmer ihrer Augen war starrer Entschlossenheit gewichen.

»Warum ist dir ein Kind von mir so wichtig?«

»Weil ich dich liebe, verdammt!«

Barbara wurde nie in der Öffentlichkeit laut. Weinberg versuchte, die Umsitzenden nicht zu beachten.

»Wir lieben uns doch schon einige Jahre ...«

Barbara nickte.

»... warum willst du jetzt ein Kind von mir?«

»Weil auch ich älter werde. Und das meine letzte Gelegenheit ist, ein Kind von dir zu bekommen.«

»Dir ist bewußt, daß du irgendwann mit dem Kind allein sein wirst?«

»Ja.«

»Das ist unvernünftig ...«

Barbaras Augen verströmten eine Wärme, die die Anspannung aus ihrem Gesicht vertrieb und auch Weinbergs Züge löste.

»Jakl, ich weiß, du hältst mich für eine dumme Schickse. Und mir war von Anfang an klar, daß es unvernünftig war, meinen sicheren Arbeitsplatz deinetwegen aufzugeben. Dein Alter war mir auch bekannt. Aber ich habe keine Sekunde bereut, daß ich ohne jede Absicherung zu dir gezogen bin.« Barbara ließ Weinberg nicht aus den Augen. Sie sprach ohne Schärfe, doch sie betonte nun jedes Wort: »Und ich bin mir genauso sicher, daß ich es nie bereuen werde, ein Kind mit dir zu haben. Egal, wie alt oder gesund du bist.«

Jakob Weinberg begriff, wie kleinlich seine Einwände waren. Doch er wußte gleichzeitig, daß die Bedenken seinem Lebensverständnis entsprangen. Mit siebzig wird man kein anderer Mensch, auch wenn man liebt. Weinberg mußte sich entscheiden. Für die fragwürdige Geborgenheit seines bisherigen Daseins im Judentum oder das ungewisse Abenteuer der Liebe in Krankheit und Siechtum, also eine Alterstorheit. Er blickte in Barbaras Augen, fühlte sein Herz gegen die Rippen trommeln. Jakob Weinberg beugte sich über den Tisch und küßte Barbara. Ihre Lippen waren weich, und ihr Mund schmeckte zart.

Udo kam nach zehn Uhr abends nach Hause. Er hatte den ganzen Tag Botendienste verrichtet. Essen holen, Autos entladen, Akkus schleppen. Udo war körperliche Arbeit nicht gewohnt. Um aktiv zu bleiben, trank er ständig Kaffee und Cola und rauchte. Als Udo sich gegen halb acht Uhr abends anschickte, mit den anderen Feierabend zu machen, hatte ihn ein Assistent Riedls angewiesen, ein Modell zum Flughafen zu bringen. Das Modell entpuppte sich als junger Mann. Der Bursche gab sich blasiert, hockte sich in den

Fond und sprach kein Wort. Udo fuhr ihn zum Franz-Josef-Strauß-Airport. Statt sich für die Fahrt zu bedanken, ließ sich der Modell-Mann von Udo seinen eleganten Kofferkuli bis zum Flugschalter schleppen. Der Kerl genoß seine Macht. Er war nicht halb so alt wie Udo. Nachdem er den Burschen endlich los war, raste Udo über die kaum befahrene nächtliche Autobahn nach München. Der Tacho des BMW zeigte 230 Stundenkilometer.

Anne war noch unterwegs. Wahrscheinlich hing sie im ›Fraunhofer‹ herum und versuchte, ihren Regisseur davon zu überzeugen, doch noch den Faßbinder-Müll aufzuführen. Ebenso erfolglos wie er gestern bei Riedl für seine Filmkomödie geworben hatte. Sie waren beide Versager. Warum? Das Faßbinderstück paßte gewiß mehr ins heutige Deutschland als die Sauf- und Hurenlieder eines François Villon, und Udos Filmprojekt war nicht weniger wert als ein beliebiger Werbeclip von Riedl. Warum konnten er und Anne sich nicht durchsetzen? Allein seinem Vater, den Juden oder den Antisemiten die Schuld zu geben, war billig. Andere Juden setzten sich hervorragend durch. Anne war keine Jüdin, doch als Versagerin stand sie ihm in nichts nach.

Udo verspürte Sehnsucht nach der Geliebten. Er wollte sie sehen, ihren Körper fühlen. Udo erwog, mit dem Firmenwagen, der ihm bis Montag überlassen blieb, ins ›Fraunhofer‹ zu fahren und Anne abzuholen. Aber vielleicht war sie schon unterwegs zu ihm. Udo holte sich eine Dose Bier aus dem Kühlschrank, setzte sich in seinen alten Kunstledersessel und trank ein paar kräftige Schlucke. Seine Anspannung ließ nach. Was machte den Unterschied zwischen einem Erfolgreichen und einem Versager aus? Durchsetzungsvermögen. Was war das? Kraft? Klugheit? Opportunismus? Udo hielt sich für intelligent. Doch das war nicht das Gleiche wie Klugheit. Vor Jahren hatte er ein Buch von Karl Deutsch über ›Kybernetik‹ gelesen. Fazit: Nur ein wandlungsfähiges System überlebt. Riedl war wandlungsfähig. Als er begriff, daß er mit seinen engagierten Heimatfilmen nicht weiterkam, verlegte er sich auf Werbung. Udo war dabei, den gleichen Weg zu beschreiten. Anne dagegen blieb ihren Vorstellungen treu. War sie deshalb dumm? Einerlei. Udo liebte sie. Er holte sich ein zweites Bier.

Anne erschien kurz vor Mitternacht. Sie fielen sich in die Arme und liebten sich. Danach lagen sie gelöst beieinander. Udo fuhr mit seiner Hand über ihren Bauch, doch noch war kein neues Leben zu spüren. Sie sprachen über ihr Kind. Anne dachte über Namen nach. Ein Mädchen sollte Rebecca, ein Junge David heißen.

»Nenn ihn doch Hans«, schlug Udo vor.

»Hans kommt auch aus dem Hebräischen.«

»Das weiß kein Mensch.«

»Du weißt es. Und ich weiß es. Das sind schon mal zwei.« Anne wandte sich um, sie legte ihre Hand an Udos Wange, sah ihm in die Augen. »Und jetzt möcht ich wissen, warum du partout kein Jude sein willst, während alle Deutschen sich einen siebenarmigen Leuchter ins Fenster stellen und Klezmer-Musik hören.«

»Ich bin eben ein Snob...«

»Du bist ein Hirsch.« Sie zog ihre Hand zurück. »Hast du so wenig Vertrauen zu mir, daß du's mir nicht sagen willst?«

»Ich will, daß es vorbei ist. Auschwitz. Hitler. Der ganze Mist.«

»Das war doch schon vorbei, als du geboren wurdest, Udo.«

Er setzte sich auf. »Du meinst die Gnade der späten Geburt? Falsch! Der Dreck geht ewig weiter.«

»Du denkst an die Faßbinder-Kontroverse?«

»Nein! Ich meine kein intellektuelles Geschwafel, sondern antisemitischen Müll. Mord und Totschlag.« Udo wollte Anne die Wirklichkeit nicht ersparen, nachdem sie ihn immer wieder mit ihrem idealistischen Philosemitismus gereizt hatte. Er zündete sich eine Zigarette an und erzählte ihr eine Jugendgeschichte.

»Mit achtzehn ging ich in eine jüdische Jugendgruppe. Wir nannten uns ›Sinai‹. Das klang in unseren Ohren zionistisch und religiös. In Wirklichkeit aber interessierten wir uns wie alle anderen nur für Mädchen oder Jungens. Wir veranstalteten Partys, machten Ausflüge, gingen ins Kino und übten Küssen und Petting. Mehr erlaubten unsere Eltern nicht – und wir hielten uns daran. Denn die Tradition gebot, daß eine jüdische Maid unberührt in die Ehe geht. Kurz und gut, wir waren eine mehr oder minder normale Jugendgruppe. Taugenichtse und Schwarmgeister, die verkündeten, nach Israel auszuwandern, aber im Ernst nicht daran dachten. Wir träumten statt dessen, endlich mit unseren Mädchen zu schlafen, dachten an nichts anderes und übten, so oft es ging.

Einmal in der Woche aber vollbrachten wir wirklich eine gute Tat, zumindest taten wir etwas Nützliches. Jeden Sabbat nachmittag besuchten wir die Männer und Frauen im jüdischen Altersheim. Es war im Vorderhaus der Synagoge in der Reichenbachstraße 27, gegenüber dem Gärtnerplatztheater, untergebracht. Samstag für Samstag gingen wir ins Heim. Wir sangen mit den Alten, wir machten ihnen kleine Geschenke, wir spielten und schwatzten mit ihnen. Kurz und gut, wir gaben ihnen Lebensmut für die ganze Woche – und sie vermittelten uns das Gefühl, mehr zu sein als Tunichtgute: anständige Juden.«

Udo zog an seiner Zigarette.

»Das ging zwei Jahre so, bis zum 13. Februar 1970. Es war ein kalter, trockener Winterabend. Ich war mit meinem Freund Helmut Hauner im Kino. Danach zogen wir in unser Stammlokal ›Meine Schwester und ich‹, einige Häuser weiter. Als ich mir in der Garderobe Zigaretten besorgen wollte, hörte ich zufällig in ›Bayern 3‹ einen Bericht von einem Brand in der Synagoge in der Reichenbachstraße. Ich dachte, Gott sei Dank, in der Synagoge ist um diese Zeit niemand. Aber ich hatte furchtbare Angst um die alten Leute. Ich habe meinen Mantel gepackt und bin zur Schellingstraße gerannt. Dort habe ich mir ein Taxi genommen.

Die Reichenbachstraße war abgesperrt. Ich habe mich bis zum Gemeindehaus durchgeboxt. Dort war kein Durchkommen mehr. Das ganze Gebäude brannte. Feuer schlug aus den Fenstern und aus dem Dach, wo unsere Alten wohnten. Es herrschte Chaos.

Polizei, Feuerwehr, Rotes Kreuz. Notarztwagen, Löschfahrzeuge, Blaulicht, Geschrei, Sanitäter, Ärzte. Mehrere aus unserer Gruppe waren schon da, bald kamen die übrigen nach. Auch einige andere Juden tauchten auf und jede Menge Gaffer. Immer wieder hörten wir markerschütterndes Geschrei. Wir wollten so nah wie möglich ans Haus, aber man ließ uns nicht. Je länger der Brand andauerte, desto trauriger wurden wir. Einige von uns beteten, doch die meisten blieben stumm. Wir hielten uns an den Händen und weinten und konnten kein Wort sagen in all dem Lärm und Geschrei. Irgendwann drängte uns die Polizei aus der Reichenbachstraße. Wir standen am Gärtnerplatz wie gelähmt. Notarztwagen passierten das Rondell, später Leichenwagen. Spät in der Nacht liefen wir nach Hause. Zunächst gemeinsam. Dann jeder allein. Ich wollte meine Eltern nicht wecken, konnte aber nicht schlafen. Ich lag im Bett und zitterte. Um sechs Uhr früh schaltete ich die Nachrichten ein. Sieben alte Leute waren verbrannt oder in Panik in den Innenhof gesprungen. In den nächsten Tagen stellte sich heraus, daß das Feuer im Treppenhaus gelegt worden war. Die Täter hat man nie gefaßt.«

Udo stampfte seine Zigarette in den Aschenbecher und fuhr fort, ins Leere zu sprechen.

»Das war das Ende unserer Jugendgruppe. Einige Mädchen gingen nach Israel und heirateten, auch Dinah. Die meisten blieben in München und wurschtelten sich durch. Meinen Vater hat der Brand nicht erschüttert. Der hatte Auschwitz gesehen. Aber mich!« Udos Stimme wurde rauh. »Ich bin 1950 in der demokratischen und toleranten Bundesrepublik Deutschland geboren worden. Aber auch ich mußte erleben, wie in diesem Land Juden verbrannt wurden. Ich habe genug! Ich will nicht, daß meine Kinder die gleiche Kacke erleben müssen.« Er rieb sich die Augen, seine Schultern begannen zu zucken.

Sabbat

Barbara schlief ruhig. Im Licht des anbrechenden Tages entdeckte
Weinberg Silberfäden in ihrer Frisur. Der Figaro hatte ihr Haar
geschnitten, dadurch wurden die vereinzelten grauen Haare
sichtbar. Auch Barbara wurde älter. Doch ihre Haut duftete frisch
wie eine ungepflückte Frucht. Würde Barbara in zwanzig Jahren
noch so frisch riechen wie heute? Zu dieser Zeit würde Weinberg
längst unter der Erde vermodern.

Er besah wieder seine Geliebte. Barbaras Züge waren gelöst. Keine
Falte kräuselte ihre hohe, runde Stirn. Weinberg lauschte auf das
leise Schnaufen aus ihrer kräftigen Nase. Barbara besaß eine gojische Himmelfahrtsnase. Er würde mit ihr gojische Kinder zeugen
wie sein Sohn Udo mit seiner Schickse – selbst wenn Barbara
Weinberg zuliebe konvertierte. Sie würde nie eine echte Jüdin werden. Weinberg schalt sich wegen seines Kleinmuts. Udo nannte
ihn einen Rassisten. Sah der einst dunkelhaarige, braunäugige
Helmut Kohl aus wie ein typischer Deutscher oder Theo Waigel
oder der kleingewachsene Hinkefuß Josef Goebbels? Dagegen
wirkte der große, blauäugige israelische Botschafter Primor wie
ein Bilderbuchgermane. Barbara liebte Weinberg. Wenn sie bereit
war, Jüdin zu werden, wollte er nicht strenger sein als ein Rabbiner. Schließlich war die Moabiterin Ruth die Stammesmutter der
jüdischen Könige. Barbara war seine Ruth. Weinberg fuhr der Geliebten zärtlich mit dem Zeigefinger über die Wange, ohne sie zu
wecken.

Der Morgenschlaf war Jakob Weinberg sein Lebtag versagt geblieben. Schon mit vier Jahren wurde er jeden Tag im Morgengrauen ins Cheder geschickt. Später mußte er die allgemeine Schule besuchen. In den Ferien, während seine gojischen Klassenkameraden ausschlafen durften, mußte er an Talmud-Thora-Kursen in einer Jeschiwa teilnehmen. Danach half er von früh an in der Textilhandlung seines Vaters.

Im Lager mußten die Häftlinge sommers wie winters um 5.30 Uhr aus den Pritschen. Um sechs Uhr war Morgenappell. Selbst während der Schwarzhändlerzeit nach dem Krieg konnte Weinberg nicht ausschlafen. Denn je früher man unterwegs war, desto mehr Gelegenheit gab es, günstige Geschäfte zu machen.

Weinbergs Bar öffnete erst abends. Aber es galt, schon am Morgen im Lokal zu sein, um die Putzfrauen und die Lieferanten zu beaufsichtigen. Wenn Weinberg sich mit einer Barfrau oder einer anderen Chonte bis in die Morgenstunden vergnügt hatte, versuchte er zu Hause auszuschlafen. Doch die Kinder standen früh auf, um zur Schule zu gehen, und lärmten so lange, bis er aufwachte. Allein Lea schlich leisetreterisch durch die Wohnung. Ihr trauriger Gesichtsausdruck zeigte Weinberg, daß sie ahnte, auf welche Art er seine Nächte zubrachte.

Später, als erfolgreicher Unternehmer, war Weinberg vom frühen Morgen bis zum späten Abend unterwegs. Jeden Morgen kämpfte er mit dem Wecker um wenige Minuten Schlaf. Doch die Angst, etwas zu versäumen, trieb ihn aus Bett und Haus.

Nach Leas Tod litt Weinberg unter Schlafstörungen. Nun, da er eine begehrenswerte Gefährtin gefunden hatte, war er zu alt und die Kraft seiner Lenden zu schwach geworden, um seine freie Zeit zur Lust nutzen zu können. Obgleich oder gerade weil ihn niemand drängte, fand Jakob Weinberg selten die Ruhe des Schlafes. Nachts lag er lange wach und erinnerte sich an die Zärtlichkeit seiner Mutter, an den Ernst seines Vaters, gelegentlich auch an die wilden Nächte im ›Sabrina‹. Doch fast immer wurden diese angenehmen, vertrauten Bilder und Empfindungen von den Schrecken des Lagers eingeholt. Weinberg spürte die Panik, als Naphtali Fischel seinen Kopf in die Latrine drückte und der Unrat in seinen Mund und seine Nase gurgelte und ihm den Atem raubte. Er mußte an den Moment zurückdenken, als er erkannte, daß die SS die ganze Baracke ins Gas schicken würde. Dabei entbrannte sein Gesicht stets von neuem, und das Herz jagte seine wilden Trommelschläge gegen Rippen, Hals und Schläfen. Von Jahr zu Jahr drückte Weinberg die Last des Muselmanns, den er in den Waschraum geschleppt hatte, schwerer. In diesen Momenten versuchte er ruhig durchzuatmen. Weinberg schluckte Valium, Lexotanil, Tavor oder ähnliche Angstdämpfer und klammerte sich an Barbaras Rücken. Sie fühlte sein »Flattern«, wie sie es nannte, und nahm ihren »unruhigen Vogel« in die Arme. Die Geborgenheit bei Barbara und die Wirkung der Medikamente beruhigten Weinberg und ließen ihn einschlafen. Doch im Traum verfolgten ihn die Schreckenserlebnisse erneut. Meist erwachte er mit dem Morgenlicht. Seine Muskeln waren verspannt, sein Nacken steif. Dennoch fühlte sich Weinberg erleichtert. Die Ohnmacht der Nacht, der Träume und unkontrollierten Ängste war vorbei. Er konnte seinen Willen dagegensetzen, den Schrecken bekämpfen. Weinberg schälte sich behutsam aus dem Bett.

Nachdem er geduscht und sich rasiert hatte, verließ Jakob Weinberg das Haus. Es war kalt und nieselte leicht. Weinberg zog die Schultern ein. Im Backwarenladen an der Ecke kaufte er Mohnbrötchen für Barbara und für sich Brez'n und ein Roggenbrot. Anschließend besorgte er im Gemüseladen Obst. Vitamine waren in der kalten Jahreszeit wichtig. Weinberg überquerte rasch die Barerstraße. Er freute sich auf ein ruhiges Frühstück. Barbara schlief am Wochenende lange. Er würde sich einen Tee brauen und eine Breze streichen. Danach würde er in Ruhe den Sportteil lesen. Er war neugierig auf die Vorberichte zum Bayern-Spiel bei der Frankfurter Eintracht. Wahrscheinlich waren die Sportjournalisten die gleichen Scharlatane wie ihre Kollegen vom politischen Teil. Doch sportliche Fehldiagnosen amüsierten Weinberg

lediglich. Diagnose! Das Wort allein ließ Weinbergs Herz rascher
schlagen. Montag würde er seinen Befund erfahren. Bis dahin
mußte er zermürbende Grübeleien über seine Gesundheit verhindern. Lieber ärgerte er sich über Politik. Weinberg war zwar entschlossen, den Politikteil der Zeitung unbeachtet zu lassen, aber er
wußte, daß es ihm dabei ergehen würde wie einem Trinker, der
sich vorgenommen hat, seine Sucht zu bezwingen, dem aber jeden
Tag Alkohol vorgesetzt wird. Auch Weinberg würde schließlich
der Versuchung erliegen und sich über das politische Geschehen
auf dem laufenden halten. »Ein Jid ohne Gazette ist wie ein Buch
ohne Worte«, hatte Weinbergs Vater seine ausgiebige morgendliche Zeitungslektüre begründet.

Weinberg schloß leise die Wohnungstür auf. Barbara kam ihm im
Nachthemd entgegen. Ihre Augen waren verschlafen klein. Sie
küßte ihn zärtlich. Ihr Mund schmeckte nach Zahnpasta.
    »Wieso bist du schon wach?«
    Ihre Stimme war noch belegt. »Dein Freund Dessauer hat an-
gerufen. Er bittet dich, in die Synagoge zu kommen. Heute ist die
Jahrzeit seiner Eltern.« Sie hauchte Weinberg einen Kuß auf die
Wange und tappelte ins Schlafzimmer. Weinberg ging in die
Küche.

Lazar Dessauer meinte es gut. Doch alles war Schwindel. Kein
Mensch wußte, wann Dessauers Eltern vergast worden waren. Er
hatte sie zuletzt im November 1942 gesehen. Vielleicht waren sie
während der Deportation verhungert, verdurstet oder erstickt.
Oder sie waren unmittelbar nach ihrer Ankunft in Birkenau, Maj-
danek oder Treblinka vergast worden. Möglicherweise war einer
sofort umgebracht worden, während der andere noch Monate oder
Jahre dahinvegetiert hatte. Dessauer wußte es nicht. Denn er hatte
sich Mitte 1942 aus dem Ghetto von Lodz gestohlen. Zunächst
hatte er versucht, sich den polnischen Partisanen anzuschließen,
doch die wollten nichts mit einem Juden zu tun haben. Also mußte
sich Dessauer allein in den Wäldern durchschlagen. Im Sommer
war das möglich. Er hielt sich vor den Förstern und Waldarbeitern

verborgen. Doch im Winter zwang ihn die Kälte, bei Bauern um Nahrung zu betteln. Sie denunzierten Dessauer bei der polnischen Polizei, die ihn der Gestapo auslieferte. Die Deutschen steckten ihn ins KZ. Dort verlor er seinen Glauben ebenso wie fast jeder, der denken konnte. Doch der Erfolg an der Seite seiner klugen und vermögenden Frau Hella führte ihn wieder in die Synagoge. Dessauer behauptete, er habe seinen Frieden mit Gott gemacht. Weinberg hielt das für Geschwätz.

»Hat Gott deine Eltern wieder lebendig gemacht oder meine? Bei uns Menschen bestraft er jede Lappalie als Sünde, aber er läßt ungerührt Millionen seines Volkes ermorden – und wir sollen ihm verzeihen? Kommt nicht in Frage!«

»Menschen haben Menschen erschlagen. Nicht Gott . . .«

»Er hat es zugelassen. Damit ist er für mich tot«, entschied Weinberg.

Dessauer entwickelte sich zum regelmäßigen Synagogenbesucher. Weinberg nahm an, daß der Kaufmann Trost ob seiner mißratenen Söhne suchte. Gott würde ihm dabei ebensowenig helfen, wie er einst seine Eltern vor dem Tod bewahrt hatte. Weinberg steckte sich ein Stück Würfelzucker unter die Zunge, schüttete Tee aus der Kanne auf seine Untertasse und schlürfte ihn. Die heiße Flüssigkeit tränkte den Zucker und ließ ihn süß unter den Zungennerven schmelzen.

Dessauer kannte Weinbergs unmißverständlichen Atheismus. Dennoch lud er ihn zum Totengebet ein. Seine alten Freunde starben weg. Dessauer wollte die letzten um sich haben, einerlei, ob sie seinen wackligen Glauben teilten oder nicht. Das bedeutete, daß auch die anderen Chawejrim und Itzig Adler in der Synagoge sein würden. Gewiß würde auch Chaja in der Schul hocken und ihn vor oder nach dem Gottesdienst in der Vorhalle belästigen.

Jakob Weinberg hatte kein Bedürfnis nach einer heuchlerischen Totenandacht. Der Talmud untersagte Scheingebete. Die Anrufung des Herrn war nur gestattet, wenn man an seine Allmacht glaubte. Da dieser Glaube nach Auschwitz nur wenigen erhalten geblieben war, verhielt sich Jakob Weinberg nach eigener Überzeugung konsequenter und ehrlicher als die meisten Synagogenbesucher zaghaften Glaubens. Andererseits würde Lazar Dessauer gekränkt sein, wenn Weinberg nicht an dessen Kaddisch-Gebet teilnahm. Deshalb hatte er Barbara gebeten, ihm die Einladung zu übermitteln.

Weinberg rief Dessauer an und bat, ihn zu entschuldigen: »Ich fühle mich nicht wohl . . .«

»Todkrank wirst du nicht sein.«

»Luzer, wenn du Wert darauf legst, daß ich beim Kaddisch-Gebet für deinen Vater dabei bin, werde ich in der Schul sein, aber du weißt . . .«

»Ich lege Wert darauf, Jankl. Sonst hätte ich dich nicht am Schabbes angerufen.«

»Ich werde da sein.«

Weinberg schlug mit der Faust auf den Küchentisch, daß die Teekanne auf dem Stövchen tanzte. Er wütete, daß ihm der Mut fehlte, Dessauer zu bitten, sein Schmierentheater um seine erschlagenen Eltern ohne ihn zu inszenieren. »Sonst hätte ich dich nicht am Schabbes angerufen.« Jeder orthodoxe Jude, und Dessauers Vater war gewiß einer gewesen, hätte sich lieber die Finger verbrannt, als am Sabbat zu telefonieren, Auto zu fahren oder gar sein Geschäft zu öffnen. Lazar Dessauer tat all dies, spendete reichlich für religiöse Belange und ließ sich in der Gemeinde als orthodoxer Jude feiern. Gegen eine beachtliche Summe hatte das Rabbinat seinem Schmuckladen einen Dispens vom Sabbat-Ruhegebot erteilt. Damit nicht genug, nötigte er seine Freunde in seiner Posse mitzuwirken. Weinberg kritzelte Barbara eine Nachricht auf den Notizblock und begab sich auf den Weg in die Synagoge. Zu Fuß! Dies war seine subtile Rache an Lazar Dessauer – er wollte der einzige sein, der das Sabbat-Ruhegebot einhielt.

Nach einstündigem Marsch durch die Innenstadt, über den belebten Viktualienmarkt, der in seiner Sauberkeit, Ordnung und seinen erlesenen Waren eher an ein Feinkostgeschäft denn an einen Markt erinnerte, und das weite Rund des Gärtnerplatzes langte

Jakob Weinberg in der Reichenbachstraße an. Das zügige Gehen hatte Weinbergs Kreislauf angeregt, so daß sein anfängliches Frieren einer kräftigen Wärme gewichen war. Auch seine üble Laune hatte sich gelegt. Zu Hause hätte er sich bald gelangweilt und über die Zeitungsnachrichten geärgert. In der Synagoge würde er den einen oder anderen alten Bekannten treffen. Lazar Dessauer hatte gewiß alle Chawejrim eingeladen, um Frieden zu stiften.

Das Gemeindehaus glich einer Festung. Die Fenster aus spiegelndem Panzerglas und die Fernsehkameras am Eingang verliehen dem Bau, der in den siebziger Jahren nach dem Brand und dem Abriß des alten Gebäudes errichtet worden war, ein abweisendes Äußeres. Zivile israelische Sicherheitskräfte mit militärisch kurzem Haarschnitt patrouillierten auffallend unauffällig vor dem Gemeindezentrum. Als Weinberg am Tor anlangte, schwang die zentimeterdicke Sicherheitsglastür automatisch auf. Er trat ein. Ein Angestellter der Gemeinde, der Weinberg kannte, nickte einem bayerischen Polizisten zu, der die Sicherheitsschleuse freigab.

Der Schutzkorridor war in den achtziger Jahren von Zwicka Steinberg gegen hartnäckigen Widerstand des Rabbiners installiert worden, der darin eine Störung der Sabbat-Ruhe sah. Steinberg, ein ehemaliger israelischer Elitesoldat, der für die Sicherheit der Gemeinde verantwortlich war, ließ sich vom Rabbi nicht beirren. Er bekam einen seiner berüchtigten Wutanfälle, zieh den Rabbiner der religiösen Kurzsichtigkeit und drohte, von seinem Amt zurückzutreten, wenn nicht alles getan werde, um »unsere Menschen zu schützen«. Der Gemeindevorstand folgte seinem getobten Befehl. Doch ehe die Sicherheitsschleuse installiert werden konnte, starb Zwicka Steinberg, noch nicht fünfzigjährig, an Leukämie. Erst da wurde bekannt, daß der Israeli länger als ein Jahrzehnt gegen den Blutkrebs gekämpft hatte. Der einzige Mensch, der außer seinen Ärzten von seiner Krankheit wußte, war Steinbergs deutsche Freundin.

Allenthalben stieß Weinberg nun auf Krankheit und Tod. Dutzende Male war er durch die Sicherheitsschleuse in die Synagoge gelangt, ohne an Zwicka Steinberg zu denken. Jetzt, da er selbst vom Krebs bedroht war, trat der Israeli in sein Bewußtsein – und dessen deutsche Freundin. Weinberg hatte sie bei Steinbergs Beerdigung kurz gesehen. Hatte sie sich auch ein Kind von ihrem jüdischen Geliebten gewünscht oder gar bekommen? Er nahm sich vor, das nächste Mal, wenn er den Friedhof besuchte, Steinberg zu ehren, indem er einen Stein auf sein Grab legte.

Jakob Weinberg betrat den Vorraum der Synagoge. Die kleine Halle diente auch als Gedenkstätte der Gemeinde. Während des Versöhnungstags, am Jom Kippur, leuchteten hunderte Jahrzeitlichter in einer Nische am Eingang. Heute brannten nur zwei Kerzen für Lazar Dessauers Eltern. An der Stirnwand waren Gedenktafeln für die Opfer des Brandanschlags vom Februar 1970 angebracht. Gegenüber führten gläserne Schwingtüren zum Betraum der Männer. Aus Gewohnheit küßte Weinberg die Mesusa am Türrahmen, ehe er die Synagoge betrat und die drei Marmorstufen zur Bethalle herabstieg. Die blanken Holzbänke und der Marmor der Wandverkleidungen wurden von zahllosen matten Glühbirnen in warmes Licht getaucht.

Die Morgengebete waren bereits verrichtet. Nun wurde aus der Thora gelesen. Die Pergamentrollen lagen auf dem steinernen Almemor, der von einem blauen Samttuch bedeckt war. Der Kantor war in einen seidenen schwarzweißen Talith gehüllt, der auch seine Stirn bedeckte. Er deklamierte den uralten Singsang der Thora, während seine Hand das silberne Thoralesezeichen, das in einen Finger mündete, über die mit schwarzer Tusche handgeschriebenen hebräischen Buchstaben führte. Jakob Weinberg ging mit bedächtigem Schritt den rechten Hauptgang entlang nach vorne.

Als Kind war ihm der Synagogenbesuch am Sabbatvormittag der Höhepunkt der Woche. Jakob und sein jüngerer Bruder Nathan wurden von der Mutter in ihr bestes Gewand gesteckt. Ihre weißen Hemden waren steif gebügelt, die Schuhe auf Hochglanz geputzt. Ihr Vater Juda trug seinen feinen Anzug. Würdevoll und stolz auf seine Söhne schritt er in die Synagoge. Seine Frau Malka saß auf der Frauengalerie des Holzgebäudes. Die Münchner Synagoge war ein Steinbau, doch sie erinnerte Weinberg an das Gotteshaus seiner Kindheit und Jugend in Galizien. Das kam nicht von ungefähr.

Die Synagoge im Rückgebäude der Reichenbachstraße 27 war Mitte der zwanziger Jahre von polnischen Juden erbaut worden. Die Einwanderer wurden damals von den eingesessenen deutschen Juden als Ostjuden verachtet. Die ansässigen Hebräer versuchten mit aller Macht, von ihren christlichen deutschen Landsleuten angenommen zu werden. Walter Rathenau, einer der einflußreichsten deutschen Juden, forderte die Hebräer auf, sich an ihre deutschen Landsleute »anzurassen«. Umsonst. Die Deutschen verwehrten den Juden die Assimilation. Rathenau, der im Ersten Weltkrieg die Rohstoffversorgung des deutschen Heeres organisiert hatte, blieb den Rechten als Hebräer verhaßt. »Schlagt tot den Walter Rathenau, die gottverdammte Judensau«, hetzten sie. 1922 ermordete ein Femekommando den Möchtegerndeutschen Rathenau in Berlin. Die polnischen Juden wollten von ihren hochmütigen deutsch-jüdischen Glaubensgenossen, die ihre Synagogengebete wie christliche Gottesdienste mit Orgelmusik zelebrierten, Abstand wahren. So bauten sie ihre eigene »Schul« – schlicht, mit viel Holz und einer separaten Frauengalerie über dem Betraum der Männer.

Im Frühjahr 1938 befahl Hitler die Zerstörung der großen deutsch-jüdischen Synagoge Münchens. Ein halbes Jahr später, während der Kristallnacht vom 9. November, brannte die SA das orthodoxe Bethaus in der Herzog-Rudolf-Straße nieder.

Die Synagoge in der Reichenbachstraße wurde damals nicht gebrandschatzt. Die Feuerwehr befürchtete, daß die Flammen auf die umliegenden Häuser übergreifen würden. So begnügte sich die SA damit, den Betraum zu demolieren, Thorarollen, Gebetbücher und Ritualgegenstände wurden zerrissen, zerschlagen und auf den Müll geworfen. Das Gotteshaus diente fortan als Lagerhalle.

Zwei Jahre nach dem Krieg wurde die Synagoge in Gegenwart des US-Militärgouverneurs General Lucius D. Clay sowie des bayerischen Ministerpräsidenten feierlich wieder eingeweiht. Vor Hitler hatten mehr als 11 000 Juden in München gelebt. Nach dem Krieg wohnten knapp über zweihundert Juden in München. In den folgenden Jahren zogen tausende Überlebende der Konzentrationslager, die zunächst in Displaced-Person-Camps im Umland Münchens untergebracht worden waren, nach München und prägten das Leben der Gemeinde. Aus der arroganten deutsch-jüdischen Gemeinschaft war, mit indirekter Hilfe der Nazis, eine ost-jüdische Gemeinde, in der nur noch wenige deutsche Juden lebten, geworden.

Lazar Dessauer saß, umgeben von seinem Sohn Heini, Ephraim Blumenthal und Itzig Adler, in der Mitte der dritten Reihe vor dem Thoraschrein. Sein schmaler, blauweißer Talith lag locker um seine Schultern. Vor sich hatte er das aufgeschlagene Buch der Thora. Statt der Lesung zu folgen, unterhielt er sich leise mit Blumenthal. Weinberg nickte einigen Bekannten zu, ehe er sich in die hölzerne Sitzreihe zwängte. Dessauer erhob sich, kam Weinberg entgegen und drückte ihm beide Hände. Auch sein Sohn und Frujim Blumenthal begrüßten Weinberg. Selbst Itzig Adler ergriff Weinbergs ausgestreckte Hand – offenbar hatte Dessauer ihn zuvor dazu ermahnt. Doch Adler wich Weinbergs Blick aus. Rasch zog Weinberg seine Hand zurück. Derweil bat Dessauer seinen Sohn Heini, den Platz freizumachen, damit Weinberg sich neben ihn setzen konnte.

»Kommt nicht in Frage, Luzer. Ich werde Heini nicht von seinem Platz vertreiben. Gerade heute, an der Jahrzeit seiner Großeltern, muß dein Sohn, ihr Enkel, an deiner Seite sein!« Tatsächlich aber widerstrebte es Weinberg, neben Itzig zu sitzen. Er sah, daß Dessauer ihn verstand, sein Verhalten aber nicht guthieß. Nach einigem Hin und Her ließ Dessauer schließlich den Freund ziehen.

Ein Gottesdienstbesucher erhielt einen Aufruf zur Thora, eine Aliya, was wörtlich Aufstieg bedeutet. Tatsächlich stieg der Gottesdienstbesucher die vier Treppen zur Kanzel empor. Dort sprach er die vorgeschriebene Segensformel:

»Gesegnet sei der Name des Ewigen.
Gesegnet sei der Name des Ewigen – allzeit.
Gesegnet sei der Name des Ewigen, der uns die Thora
der Wahrheit gab.«

Daraufhin drückte er die Schaufäden seines Gebetschals auf das Pergament der Thora und küßte sie. Nun folgte er der Lesung des nächsten Thoraabschnittes. Für die Ehre der Aliya verpflichtete sich der Mann zur Zahlung einer Geldsumme in die Synagogenkasse. Nachdem das Kapitel vorgetragen war, wurde der Geehrte vom Vortragenden mit Handschlag verabschiedet. Der nächste Synagogenbesucher wurde zur Thora aufgerufen und zur Kasse gebeten.

Vom kleinen Bücherbord an der Thorakanzel nahm Weinberg ein Sidur und zog sich in die hinteren Reihen zurück. Er setzte sich auf einen Klappsessel und schlug sein Gebetbüchlein auf. Mit sicherem Griff fand er das Kaddisch. Gelernt ist gelernt. Nicht umsonst hatte er sechs Jahre eine Jeschiwa besucht. Weinberg betrachtete die hebräische Quaderschrift. Trotz seines Alters benötigte er keine Brille. Weinberg kannte das Kaddisch auswendig, er hatte es zu oft gesprochen, obgleich ihm die Lobpreisung des Herrn angesichts des Todes als Hohn erschien. Einerlei, ob sie an Gottes Existenz glaubten oder nicht, sprechen alle Juden beim Tod ihrer Angehörigen, auf Beerdigungen oder Totenandachten das Kaddisch. Weinberg selbst hatte das Gebet bei Leas Tod deklamiert. Für ihn war es ein Bekenntnis zum Judentum – nicht zu Gott. Beim Blättern im Sidur fand er alle vertrauten Gebete seiner Jugend wieder, das Sch'ma Israel, ›Höre Israel!‹, das jüdische Vaterunser, das die tiefe Verbundenheit der Juden mit dem Land Israel dokumentierte. Da drohte der Herr seinem Volk, den Regen einzustellen, ihre Ernten verdorren und ihr Vieh verdursten zu lassen, wenn sie neben ihm andere Götter anbeteten. Hielten sie ihrem Herrscher aber die Treue, befolgten sie seine Gebote und lehrten sie diese ihren Kindern, dann wurden den Israeliten reiche Ernten in Aussicht gestellt. Die Land- und Bodenbesessenheit der Zionisten hatte religiöse Wurzeln, obgleich der Schöpfer des politischen Zionismus, Theodor Herzl, kein Gläubiger war.

Weinberg blätterte in dem Kompendium. Nach den Morgen- und Abendgebeten folgten die Liturgien der Festtage.

»Wirst du auf deine alten Tage zum frommen Jidn, Jankl?« Lazar Dessauer setzte sich auf den freien Platz neben Weinberg. Die Sitzfläche seines Holzklappstuhls leierte quietschend herab. Weinbergs Augen blieben ernst, während er dem Freund mit spöttischer Miene antwortete.

»Solange mein Kopf so klar ist wie meine Augen, sicher nicht. Ich hab viel zu lange an den Tinnef geglaubt.« Er sah, daß Dessauer bei dem Wort Tinnef zusammenzuckte.

»Du weißt doch, daß es bei uns nicht aufs Glauben ankommt, sondern auf das Tun, Jankl. Man soll sich nicht um Gott kümmern, sondern seine Gesetze befolgen.«

»Das ist falsch, Luzer. In jedem Gebet wird Gott gepriesen und verherrlicht.«

»Wenn du jemanden um einen Gefallen bittest, mußt du höflich sein.«

»Wenn dieser Jemand aber nicht existiert, ist es sinnlos, höflich zu sein und seine Vorschriften zu befolgen.«

»Woher sollen diese Gesetze und die Thora kommen, wenn nicht von Gott?«

Weinberg sah den Freund forschend an. Lazar Dessauer war ein nüchterner Geschäftsmann. Warum tat er so naiv? Warum klammerte er sich so sehr an seinen Gott, dessen Versagen, Hilflosigkeit, ja Nichtexistenz Dessauer im Lager ebenso erlebt hatte wie Weinberg?

»Weil ich ihn brauche, Jankl.«

»Ich brauche ihn nicht.«

»Jeder braucht Gott.«

»Unsinn. Ich komme ohne Gott aus. Ich hasse ihn ...«

»Wie kann man etwas hassen, das es nicht gibt?«

»Ich hasse nicht das Nichts, sondern die Religion, alle Religionen. Die Rabbis und Priester, die den Menschen etwas vorgaukeln, das es nicht gibt. Auf diese Weise bleiben die Menschen unreif und verantwortungslos.«

»Ich weiß nicht...« Dessauer wiegte seinen Kopf. »Ich habe den Eindruck, als ob unsere Kinder, die ohne Glauben aufwachsen, unreifer und verantwortungsloser sind als wir, die im festen Glauben erzogen wurden.«

»Uns hat das Lager erwachsen gemacht hat, nicht der Glaube.«

»Aber der Glaube hat uns geholfen, die Hölle zu überstehen...«

»Luzer!« Dessauers Versuch, nachträglich alles als Gottesbeweis zu werten, regte Weinberg auf. »Du willst mir doch nicht einreden, daß du im KZ nicht an Gott gezweifelt hast?!«

»Es war damals schwer, fest zu bleiben...«

»Im Gegensatz zu heute, Luzer. Mit Millionen auf dem Konto ist es leicht, von Gottes Gnade zu schwadronieren.«

»Du bist doch ein Jid, Jankl... Wenn du nicht an Gott glaubst, was ist an dir jüdisch?«

»Der Sohn einer jüdischen Mutter ist Jude, sagt der Talmud. Ob du glaubst oder nicht, spielt keine Rolle. Ich glaube eben nicht.«

Dessauer lächelte. Sein kluger Freund bemühte sogar den Talmud, um seinen Atheismus zu rechtfertigen. Doch wo blieb der Sinn? Was war ein Judentum ohne Glaube wert?

»Das ist eine typische Vermessenheit des Religiösen, Luzer. Bei euch muß alles einen Sinn haben. Wozu? Was hat ein Furz für einen Sinn?«

»Er soll Erleichterung verschaffen.«

»Ach was. Er stinkt, das ist alles. Die Geschichte der Religion, von mir aus die ganze Menschheitsgeschichte, ist nichts als ein Furz im ewigen Lauf der Welt. Ihr Religiösen seid unfähig, euch mit dem Tod abzufinden. Deshalb habt ihr Gott erfunden, der euch ewiges Leben, Liebe und Gerechtigkeit verheißt. Auf Erden kann passieren, was will, der Satan persönlich kann die Welt beherrschen – na und? Im Himmel wird alles gut.«

»Du hättest Philosoph werden sollen, Jankl.«

»Lieber würde ich bei der Müllabfuhr arbeiten!«

»Und trotzdem, du Schlaumeier, gibt es einen Grund, einen objektiven Grund, warum gerade wir«, er wies mit dem Zeigefinger auf Weinberg und sich, »du und ich und Itzig und Frujim bei Gott bleiben müssen.«

»Nu?«

»Wenn es Hitler gelungen wäre, durch seine Verbrechen die Juden von Gott abzubringen, hätte er uns endgültig und vollständig besiegt.«

»Du glaubst also nur an Gott, damit Hitler nicht gewinnt?« rief Weinberg laut aus. Ein Betender in der Reihe vor ihnen wandte sich um und ermahnte ihn barsch zur Ruhe.

»Hier ist nicht der Ort, sich über Hitler zu unterhalten!«

Dessauer wartete eine Weile, ehe er mit gedämpfter Stimme fortfuhr. »Ich bin Jude, weil ich muß. Ich brauche die Gebote und den Halt des Allmächtigen, seit ich denken kann.«

»Nein! Seit dein Vater und der Lehrer im Cheder es dir eingetrichtert haben.«

»Dafür werde ich ihnen danken, solange ich lebe. Allein dieser Glaube hat mich die Hölle überleben lassen . . .«

»Du hattest Zweifel!« beharrte Weinberg und erfuhr sogleich ein gezischtes »Schhh!«.

»Der Ewige hat mir geholfen, meinen Zweifel zu besiegen.«

Jedesmal, wenn Dessauer Gottes Name oder dessen Umschreibung in den Mund nahm, leuchteten seine Augen auf. Ihn von der Nichtexistenz Gottes zu überzeugen, war nahezu unmöglich. Gelänge es Weinberg dennoch, würde es den Freund in eine Lebenskrise stürzen. Ein Siebzigjähriger, dem sein Glaube abhanden käme, würde seine Orientierung verlieren. Die Angst vor dem nahen Tod würde ihn überwältigen. Andererseits dachte Weinberg nicht daran, Dessauer das letzte Wort zu lassen.

»Bei mir war es genau umgekehrt, Luzer. Mich hat die Aufgabe des Aberglaubens an Gott gerettet. Dadurch konnte ich meine ganze Kraft für den Kampf um's Überleben nutzen.«

»Der Herr hat jedem auf seinen Weise geholfen. Mir, indem er mir direkt beistand, und dir, indem er sich zurückzog.«

»Dein Herr hat meinen Eltern und deinen Eltern, deren Jahrzeit du jetzt begehst, und Millionen Juden in die Gaskammer geholfen!«

»Scha! Still!« Der Vordermann schlug mit seiner Faust auf das Holzpult und wandte sich erneut um. »Hören Sie endlich auf zu stören! Wir sind in der Synagoge, nicht im Caféhaus.«

»Halt'n Pisk, Idiot!« entfuhr es Weinberg.

»Verschwinden Sie. Dies ist ein Gotteshaus, nicht die Gosse!« rief der Beleidigte.

Einige Betende sahen auf.

»Entschuldigen Sie. Entschuldigen Sie«, bat Dessauer. Hilflos hob er seine Arme. Doch mit einem Mal kam Entschlossenheit in seinen Blick und seine Stimme. Dessauer griff nach Weinbergs Hand und erhob sich. »Setz dich zu mir, Jankl.« Weinberg folgte ihm. Zornig. Die Synagoge war der einzige Platz, an dem man als Jude in Deutschland nicht offen seine Meinung sagen durfte. Weinberg mußte ein sinnloses Zeremoniell über sich ergehen lassen und zudem Dessauer gegenüber höflich bleiben. Das war der Preis ihrer Freundschaft. Er hatte das Bedürfnis, davonzulaufen, wie ein Kind vor dem Zahnarzt. Oder ein Erwachsener vor einer Operation oder einem Gerichtstermin. Erwachsensein bedeutete, ständig Unangenehmes zu erdulden, ohne zu fliehen. Während sie nach vorne gingen, blickte Weinberg sich um. Die Reihen hatten sich im Laufe der Zeit gelichtet.

Nach dem Krieg war die Synagoge stark besucht. Die Juden gingen in den Tempel nicht um zu beten, sondern um einander zu sehen und miteinander zu reden. Ob sie an Gott glaubten, war zweitrangig. Zumindest kannten sie die Gebete. Heute blickten die wenigen Jugendlichen, die ihre Väter begleiteten, gelangweilt. Sie waren nicht imstande, die hebräischen und aramäischen Gebete zu lesen, geschweige denn zu verstehen. Der Gottesdienst geriet zur Farce. Der Kantor und der Thora-Vorbeter deklamierten Gebete. Den Jüngeren blieben sie unbegreiflich wie tibetanische Tempelgesänge. Zwischen den Alten und den Jungen klaffte eine

Lücke: Die Nazis hatten die Generation der heute Fünfzig- bis Sechzigjährigen fast vollständig erschlagen. Erst nach der Befreiung konnten die ehemaligen KZniks wieder Kinder zeugen.

Als Weinberg neben Dessauer in der Mitte der Reihe Platz nehmen mußte, drehte Itzig Adler seinen Kopf zur Seite. Anschauen will er mich nicht, aber mein Geld möchte er haben, um wegsehen zu können, dachte Weinberg.

Kurze Zeit später war die Thoralesung beendet. Der Vorbeter winkte Lazar Dessauer zum Lesepult. Gemeinsam mit dem Kantor und dem Vorbeter drehte Dessauer die Thorarollen zusammen und verschnürte sie mit einem Seidenband. Anschließend stülpten die Männer der Thora ihr Seidengewand über und schmückten deren Holzgriffe mit einer silbernen Krone – die Thora war die Königin der Juden.

Dessauer hievte die Thora vom Pult und stemmte sie in die Höhe, damit jeder Betende die Quelle der Gesetze seines Volkes sehen konnte. Dessauer erinnerte sich, wie er als Dreizehnjähriger bei seiner Bar Mizwa-Feier erstmals die schwere Thora halten durfte. Fortan war er ein jüdischer Mann mit allen Rechten und Pflichten. Zunächst drückte Dessauer lediglich das Gewicht der Pergamentrollen. Erst nach dem Einmarsch der Deutschen wurde ihm die wahre Last der Thora bewußt.

Dessauer folgte dem Rabbiner, dem Kantor und dem Vorbeter. Hinter ihm ging der Schammes. Die Thoraprozession durchschritt die Gänge. Die Betenden kamen aus ihren Reihen und küßten die Thora oder sie drückten die Schaufäden ihres Talith an das Samtgewand der Thora und küßten sie anschließend. Schließlich stiegen die Männer auf einem roten Läufer zur Empore. Dessauer trat an die Seite des Kantors. Derweil zog der Schammes den blauen Samtvorhang vor dem Thoraschrein zurück und öffnete dessen hölzerne Tür. Der Kantor stimmte ein Loblied auf die »Thora der Wahrheit« an. Als er endete, trat Dessauer vor und stellte seine Rolle in den Schrein. Der Synagogendiener verschloß den Schrank und zog den Vorhang zu. Der Rabbi und die anderen Männer reichten Dessauer die Hand. Daraufhin kehrte er zu seinem Platz zurück. Derweil erklomm der Rabbiner die wenigen Stufen zur Kanzel vor dem Thoraschrein.

Rabbi Jonathan Kupferthal war noch keine vierzig. Er stammte aus einem alten Rabbinergeschlecht. Der Israeli war ein gutaussehender Mann mit feingeschnittenem Gesicht, gepflegtem grauen Bart und modischer Goldrandbrille. Kupferthal wußte um sein attraktives Äußeres. Der Rabbi zog seinen reichbestickten Talith über den Kopf, rückte ihn aus der Stirn, zupfte den Gebetsschal zurecht und räusperte sich dabei.

Nachdem er Talith und Stimme in Form gebracht hatte, begrüßte Kupferthal die Betenden mit der hebräischen Formel »Meine Rabbiner und Herren«, um in einem deutsch-jiddisch-hebräischen Kauderwelsch fortzufahren. Der Rabbi behandelte in seiner Rede wie üblich den gegenwärtigen Wochenabschnitt der Thora.

»Der Herr, gesegnet sei er, wollte Seinen Knecht Abraham auf die Probe stellen. Er sprach zu ihm: »*Nimm deinen einzigen Sohn Yitzchak, den du liebst, und gehe in das Land Morijah, und bringe ihn dort zum Opfer auf einem der Berge, den ich dir ansagen werde.*«

Am nächsten Morgen nahm Abraham sein Kind, Holz für ein Brandopfer und ein Schlachtmesser und zog los, um zu tun, was Gott von ihm verlangt hatte.«

Jonathan Kupferthal legte eine Kunstpause ein. Er sah über die Köpfe der Männer im Parkett hinweg, ohne zur Frauengalerie aufzublicken, ehe er mit erhobener Stimme fortfuhr. »Meine Rabbiner und Herren, das ist Judentum! Der Allmächtige und Allwissende befahl, und sein Knecht Abraham gehorchte. Er hat sich nicht überlegt, warum verlangt der Ewige dieses Opfer von mir. Abraham hat den Herrn nicht einmal um Gnade für sein geliebtes

Kind angefleht. Nein! Der Ewige hat ihm einen Befehl gegeben, und Abraham hat sich ohne Verzug aufgemacht, Gottes Wort zu erfüllen. Das ist Glaube! Nur das ist Glaube, meine Rabbiner und Herren! Wenn wir anfangen würden, die Gebote und Taten des Allwissenden mit unserem begrenzten menschlichen Wissen erforschen zu wollen, wäre das das Ende des Judentums. Nein, meine Brüder! Judentum heißt schlicht Gottvertrauen. Nicht mehr und nicht weniger. Der Allmächtige allein weiß in Seiner unendlichen Weisheit und Güte, was richtig für uns Menschen ist. Wir müssen Ihm und Seinem göttlichen Erbarmen vertrauen, dann sind wir sicher. Wie Jitzhak im Schoße Abrahams, den der Ewige in Seiner himmlischen Güte selbstverständlich errettet hat!«.

So selbstverständlich wie er in seiner himmlischen Güte mehr als eine Million jüdische Kinder durch die Nazis ermorden ließ, haderte Weinberg. Der religiöse Eifer des Rabbiners erzürnte ihn. Sein Freund Lazar Dessauer war trotz seines Wohlstands ein naiver Mann. Er klammerte sich an seinen Glauben, weil er einen Halt brauchte. Rabbi Kupferthal dagegen war ein Profi. Er bestritt seinen Lebensunterhalt, indem er den ihm anvertrauten Menschen vorgaukelte, sie müßten nur Gott, und damit ihm als dessen Prediger, vertrauen, dann wären ihre Unsicherheit und ihr Leid besiegt. Wer solches nach Auschwitz verkündete, war ein Scharlatan.

Erneut raffte der Rabbiner seinen Talith zur Symmetrie und fuhr fort. »Der Herr der Welten begnügte sich nicht damit, Jitzchak vor dem Opfertod zu bewahren. Er hat auch das Vertrauen Seines Knechts Abraham tausendfach, nein millionenfach vergolten, indem er Seinen Engel dem Vater zurufen ließ: »*Bei mir habe ich geschworen, ... daß ich dich segnen werde, und mehren deinen Samen wie die Sterne des Himmels und wie der Sand am Rande des Meeres ... Und sich segnen werden mit deinem Samen alle Völker der Erde, zum Lohne, daß du gehorcht hast meiner Stimme.*«

Meine Rabbiner und Herren, damit hat der Ewige unser Volk auserwählt vor allen Nationen. Gott schenkt uns Seine unendliche Gnade und wir Juden haben nur eine kleine Pflicht, die auch eine Gnade, ist: dem Ewigen und Seinen Gesetzen ohne Wenn und Aber zu folgen.«

Der Rabbiner hielt inne. Nun senkte er seinen Blick und sah die Männer intensiv an – von der ersten bis zur letzten Reihe. Er straffte kurz seine Ärmel und fuhr mit einschmeichelnder Stimme fort.

»Meine Brüder, im Heiligen Land, in der Heimat aller Juden, sind bald Wahlen. Ich bin kein Politiker. Ich werde Ihnen nicht empfehlen, diese oder die andere Partei zu unterstützen. Doch gleichzeitig ist es meine Pflicht, Ihnen zu sagen: Allein die Männer und Parteien verdienen Ihre Unterstützung, die sich nach Gottes Gebot richten. Jene Kräfte aber, die sich anmaßen, über Gottes Wort zu stehen, müssen wir verachten und verdammen. Lassen wir uns allein vom Wort der Thora leiten. So sagt der Herr der Welt zu seinem Knecht Jehoschua: *Zieh über den Jordan, du und das ganze Volk, in das Land Israel, das ich den Kindern Israels gegeben habe. Von der Wüste bis zum Libanon und vom Euphrat bis an das große Meer. Und Jeruschalaim, die Stadt König Davids, ist die Ewige Hauptstadt Israels.*

Meine Rabbiner und meine Herren, wir haben Gott in allem zu gehorchen, jedem Wort und jedem Buchstaben Seiner heiligen Schrift, der Thora. Wer sich darüber aus kleinlichen, irdischen Erwägungen hinwegzusetzen sucht, ist ein Feind des Judentums.« Der Rabbiner hob seine Stimme. »Vertrauen wir allein jenen, die dem Allmächtigen bedingungslos folgen. Amen!«

Kupferthal senkte seinen Blick und beobachtete aus den Augenwinkeln flink die Wirkung seiner Predigt auf die Männer der Gemeinde. Er sah zustimmende Mienen und Kopfnicken. Andere riefen »Amen!«, auch Dessauer und Blumenthal. Jakob Weinberg dagegen biß die Lippen aufeinander. Dessauer bemerkte den Zorn des Freundes. »Was regst dich jetzt wieder auf? Der Rabbi hat doch schön geredet.«

»Er soll sich um Gott kümmern, nicht um Politik!«

»Gott ist alles – auch Politik.«

»Kupferthal wird bezahlt, damit er sich um diese Gemeinde sorgt. Wenn er Politik machen will, soll er nach Israel gehen.«

»Hätte der Rabbi gesagt, was du hören willst, würde dich seine politische Meinung nicht stören.«

»Ich brauch ihn nicht als politischen Berater. Keiner braucht ihn. Er ist ein Scharlatan.«

»Jankl! So tut man nicht über einen Rebben reden!« Die Verärgerung über die Kränkung des Rabbiners ließ Dessauer ins Jiddische verfallen.

Nachdem er seinen Gebetschal ein letztes Mal gerafft hatte, stieg Kupferthal behende von der Kanzel herab und schritt mit energischen Schritten zu seiner Bank. Er ließ sich auf seinem Platz nieder und blickte beifallheischend zu seiner Frau, die inmitten der Galerie thronte.

Die Kritiklosigkeit Dessauers erzürnte Weinberg. »Die Bibel ist ein altes Märchenbuch, kein aktuelles politisches Programm.«

»Die Männer hier denken anders darüber. Für sie ist Gottes Wort ewig.«

»Was denkst du, Luzer?«

»Ich weiß es nicht, kein Mensch weiß es ...«

»Also auch nicht Kupferthal. Dann soll er seinen Mund halten.«

»Ein Rebbe muß reden. Dafür wird er bezahlt.«

»Aber nicht über Politik. Und schon gar nicht über israelische. Yitzchak Rabin weiß, was er tut.«

»Er gibt den Arabern israelisches Land.«

»Für Frieden!«

»Es bleibt jüdisches Land.«

»Die Palästinenser leben seit Jahrhunderten dort.«

»Die Thora sagt, daß es unser Land ist«, beharrte Dessauer.

»Sie sagt auch, daß die ganze Küstenebene, also Tel Aviv, Haifa, Netanja, wo zwei Drittel der Israelis heute leben, Philisterland ist. Würdest du es an die Palästinenser zurückgeben?«

»Nein.«

»Nach der Thora ist es nicht jüdisch.«

»Aber es gehört uns. Frankreich gibt Deutschland das Elsaß auch nicht zurück, Polen behält Schlesien, Rußland Ostpreußen...« Er hielt kurz inne. »Sie haben den Krieg gewonnen – wie Israel.« Und die Thora?« erinnerte ihn Weinberg.

Dessauer zog seine Stirn in Falten.

»Kupferthal benutzt die Thora nur, wo es ihm paßt – wie ein Taschenspieler.«

»Das tun die israelischen Politiker auch.«

»Nicht alle! Nur die Nationalisten und die Frommen. Yitzchak Rabin will einen Kompromißfrieden. Das wird anerkannt. Er hat den Nobelpreis bekommen.«

»Von den Gojim«

»Die Juden sind nicht allein auf der Welt, Luzer. Deine Kunden sind Gojim. Du machst mit ihnen Geschäfte. Israels Nachbarn sind Gojim – es muß mit ihnen Frieden machen.«

»Sicher. Aber man kann den Arabern nicht alles geben. Auch Deutschland hat Frieden mit Frankreich gemacht – ohne Elsaß und Lothringen.«

»Nach zweihundert Jahren Krieg!«

»Die Menschen brauchen Zeit, um sich an den Frieden zu gewöhnen.«

»Nein! Sie gehen nur in den Krieg, weil sie aufgehetzt werden. Von gewissenlosen Burschen wie Netanjahu und Kupferthal.«

»Netanjahu ist kein Hetzer, aber Arafat ist ein Mörder!«

»Begin war auch ein Mörder...«

»Menachem Begin war Soldat!«

»Arafat glaubt auch, er ist Soldat.«

»Arafat ist ein Mörder! Ein Nazi! An seinen Händen klebt das Blut unschuldiger jüdischer Kinder.«

»Rabin hat ihm die Hand gegeben.«

»Dann soll sie ihm verdorren«, rief Dessauer ohne Rücksicht auf den Fortgang des Gottesdienstes.

Jakob Weinberg hätte den Idioten am liebsten am Kragen gepackt und ihm die Arroganz aus dem Leib geschüttelt. Dessauer lebte in Deutschland und gebärdete sich als israelischer Nationalist. Täglich, auch am Schabbes, während er sich in der Synagoge als frommer Jid gab, machte er Geschäfte mit alten und jungen Nazis. Er war ein ehrloser Bursche wie alle Juden, die nach Hitler in Deutschland lebten. Und dieser Diasporajude maßte sich an, Yitzchak Rabin zu verfluchen, der einer der tapfersten Soldaten Israels und sein größter Feldherr war. Der General hatte 1967 den Sinai, den Golan, Judäa, Samaria und Jerusalem, die ewige Hauptstadt der Juden, erobert. Nun war Rabin als Israels Regierungschef bereit, auf Land zu verzichten, um Frieden für sein Volk zu erlangen.

Weinberg wandte sich ab. Er wollte nicht in Dessauers selbstgefälliges Gesicht sehen.

Jakob Weinberg blickte zur Frauengalerie hoch. Er starrte, ohne sich dessen zunächst bewußt zu sein, auf die Mitte der Balustrade. An dieser Stelle hing bis vor wenigen Jahren die Uhr des Henkers. Ihre goldenen Zeiger wanderten über ein blaues Zifferblatt, dessen Stunden von silbernen hebräischen Buchstaben markiert wurden – von Aleph, eins, bis Jud-Beth, zwölf. Die Uhr war eine Gabe von Chaim Burg.

Burg stammte aus einer Kleinstadt in den Karpaten. 1943 wurde er mit seinen Eltern und vier Geschwistern nach Auschwitz-Birkenau deportiert. Chaim war gerade dreizehn Jahre alt. Körperlich war er schon ein Mann. Seine Stimme war tief, und sein Bart sproß bereits. Er hatte einen mächtigen Brustkorb und muskulöse Arme und Beine. Seine physische Mächtigkeit ließ den Jungen alle Selektionen überleben.

Noch vor seinem zehnten Lebensjahr war Chaim unangefochten der stärkste Junge der kleinen sechsklassigen Schule. Falsche Freunde wollten ihn dazu bewegen, sich mit den Burschen des

Städtchens zu prügeln. Sie boten ihm verheißungsvolle Überzeugungshilfen: Pausenbrote, Wurstecken und Schokolade. So stellte sich Chaim den Jungen des Ortes zum Händel – er schlug sich und verdrosch sie. Chaims Vater kam den Schlägereien seines Sprößlings schließlich auf die Spur. »Du bist ein Jid. Du hast ein Vorbild zu sein und deinen Nächsten zu lieben. Gerade jetzt, wo die Antisemiten ganz Europa beherrschen. Statt dessen benimmst du dich schlimmer als ein Goj. Wenn du nicht sofort damit aufhörst, wirst du am Strick enden!«

Die Geschichte liebt es gelegentlich, die Vernunft zu verhöhnen. Ein Jahr nach dem Tadel seines Vaters wurden die Burgs ins Konzentrationslager deportiert. Chaim überlebte als einziger seiner Familie. Die Kapos bedienten sich Chaims Kraft zur Einschüchterung der Häftlinge und zu ihrer Bestrafung.

Chaims Schläge waren der Preis seines Überlebens. Er war bereit, ihn zu zahlen. In seiner Seele aber fühlte Chaim, daß sein Vater recht hatte – nur eben nicht in Auschwitz. Chaims Überlebensrechnung ging auf. Nach der Räumung von Auschwitz wurde Burg mit anderen Häftlingen in ein süddeutsches KZ deportiert. Hier beförderte der Blockälteste ihn zum Kapo. Das bedeutete ausreichendes Essen und ersparte Chaim, die Gefangenen prügeln zu müssen. Seine Körperlichkeit genügte, damit die ihm unterstellten Häftlinge taten, was er von ihnen verlangen mußte.

Da geriet Chaims Tod-Leben-Gleichung unversehens aus dem Gleichgewicht. Häftlinge hatten den Henker des Lagers erschlagen. Der Schutzhaftlagerführer ernannte Chaim zum neuen Scharfrichter. Burg war kein Märtyrer. Er fügte sich ins Unvermeidliche und tötete die Männer, die er umzubringen hatte. Die Delinquenten wurden gehängt, weil sie versucht hatten zu fliehen, zu stehlen, weil sie den Gehorsam verweigerten. Chaim wurde bei den Häftlingen zunehmend verhaßt. Ihm blieb nichts übrig, als seiner Kraft zu vertrauen und auf der Hut zu sein, damit ihn nicht jemand hinterrücks erschlug wie seinen Vorgänger. Die Feindseligkeit der Häftlinge, die Anspannung, jederzeit einen Angriff aus ihren Reihen gewärtigten zu müssen, die Unberechenbarkeit der SS – wer wußte, ob sie nicht zuletzt versuchen würde, alle Gefangenen umzubringen –, zudem die Schande als geächteter Henker ließen Chaim grimmiger werden. Er schrie häufig, drohte und prügelte. Doch drosch er nicht auf am Boden Liegende ein und tötete niemand – es sei denn, sein Dienst als Henker verlangte dies. Chaims Mischpoche war tot, weil sie körperlich und seelisch zu schwach war, den unbarmherzigen Lebenskampf des Lagers zu bestehen. Herschl Burg mußte die Schande seines Sohnes nicht erleben, und wenn die Hölle vorbei wäre, würde Chaim das Kaddisch für seinen Vater und seine ganze ermordete Familie sprechen. Der Gedanke tröstete Chaim.

Eines Tages mußte Chaim wieder sein Werk verrichten. Ein Häftling war beim Brotdiebstahl ertappt worden. Ein Lagerkapo schlug ihn mit seinem Knüppel, bis er am Boden lag und sich nicht mehr rührte. Dann meldete er den Mann den Deutschen. Der Sicherheitschef entschied umgehend, daß er für seine Tat am Galgen büßen sollte. Um die abschreckende Wirkung der Strafe und die Qualen des Opfers zu erhöhen, ließ er den Delinquenten zwei Tage im Krankenbau wieder aufrichten. Derweil bekam Chaim den Auftrag, erneut den Galgen aufzustellen. Er tat, wie geheißen. Am übernächsten Morgen ließ der Schutzhaftlagerführer die Häftlinge nach dem Appell in Habachtstellung verharren. Er hielt eine kurze Ansprache.

»Ihr Juden brüstet euch, Erfinder der Zehn Gebote zu sein. Da heißt es: Du sollst nicht stehlen. Aber ihr seid ein so verkommenes Pack, daß ihr euch nicht mal an die eigenen Gesetze haltet. Also müssen wir Deutsche euch Nachhilfeunterricht geben. Wer stiehlt, wird aufgeknüpft. Der Kerl hat Brot geklaut, das für euch bestimmt war. Ihr müßt hungern, damit das Schwein sich vollfressen konnte. Dafür wird der Lump gehängt. Und ihr Schweine, die ihn gedeckt habt, werdet einen Tag auf Diät gesetzt. Der Kamerad, der den Banditen gefaßt hat kriegt eine Extraration. Der Henker auch. Wir Deutschen sind nämlich gerecht.«

Auf einen Wink des Schutzhaftlagerführers wurde der Todeskandidat, dessen Hände auf dem Rücken gefesselt waren, von einer SS-Streife auf den Appellplatz geführt, wo ihn der verräterische Kapo als weitere Anerkennung übernahm und zum Galgen führte. Chaim Burg, der am Abend zuvor den Strick geknüpft hatte, folgte wie alle Häftlinge der Zeremonie. Als der Kapo mit dem Delinquenten am Galgen anlangte, hob der SS-Offizier seine Hand. »Rauf mit ihm aufs Schafott!«

Der Todeskandidat wurde zum Galgen hochgeführt. Er ließ es widerstandslos mit sich geschehen. »Gleich bist du in der Hölle bei deinen Leuten, du Ganove«, rief der SS-Mann ihm zu und den Häftlingen: »Wer klaut, kann dem Lumpen sofort Gesellschaft leisten.«

Chaim Burg stand auf dem Holzgestell. Er packte seinen Klienten – dabei sah er erstmals das Gesicht des Mannes. Der Scharfrichter ließ den Arm des Delinquenten fahren. Der Gefesselte stieß einen heiseren Schrei aus und begann zu schluchzen. Die Lippen des Henkers zitterten. Chaim Burg griff mit einer fahrigen Bewegung nach dem Gesicht des Delinquenten.

»Was ist da oben los?« rief der SS-Offizier. »Wollt ihr eine Todespolka tanzen, oder überkommt dich plötzlich die Rührseligkeit – nachdem du schon ein Dutzend von deinen Brüdern aufgeknüpft hast?«

Burg nahm Haltung an. »Herr Schutzhaftlagerführer gestatten ... ich ... ich kann nicht ...«, sein ansonsten grollender Baß war zu einem Krächzen abgebröckelt, »... ist es möglich, daß dieses Mal ...«, die Lippen rüttelten seine Worte, »... nur dieses eine Mal ein anderer ...«

Während der Offizier näher an den Galgen trat, öffnete er sein Pistolenhalfter. »Befehlsverweigerung wird augenblicklich mit dem Tode bestraft!«

»Der Mann . . .«, Burg wies auf den vor ihm Stehenden, ». . . der Mann ist mein Onkel Meier . . .«

»Woher weiß ich, daß du nicht lügst?« fragte der SS-Offizier, besann sich aber sogleich. »Ob Meier oder Müller ist mir scheißegal! Deine Banditen-Mischpoke interessiert mich nicht. Du bist hier Scharfrichter, also hast du den Lumpen zu hängen – und zwar augenblicklich!«

»Kann nicht ein anderer Kapo . . .?«

Der SS-Mann zog die Waffe. »Wenn du den Verbrecher nicht auf der Stelle aufknüpfst, lasse ich euch beide baumeln.«

Chaim Burg stand gelähmt vor seinem Onkel, die Tränen liefen ihm die Wangen herab. Er hatte keine Angst. Er fühlte nur Schande. Sein Onkel Meier war Zeuge seiner Schmach geworden. Bald würde er seinem Vater berichten, daß sein Sohn Chaim ein Nazi-Henker geworden war und Jidn umbrachte. Du wirst am Strick enden, hatte sein Vater gewußt. Seine Worte waren wahr geworden.

Der SS-Mann hob seine Pistole. »Wird's bald!?«

Meier Burg stieß den Kopf vor das Gesicht seines Neffen. »Heng mech!« Als der nicht reagierte, wiederholte Meier seine Anweisung mit fester Stimme. Der Befehl riß Chaim aus seiner Erstarrung. Durch den Schleier seiner Tränen sah er in die Augen seines Onkels. Sie waren hart und ließen keinen Widerspruch zu.

»Nu!«

Chaim legte seinem Onkel den Strick um den Hals. Er zögerte, dann straffte er den Strick.

»*Sch'ma Israel! Adonai Elohejnu, Adonai echad*«, murmelte Meier Burg und befahl: »Mach!« Sein Neffe riß den Balken unter ihm weg. Meier Burg stürzte ins Leere. Seine Beine zappelten in der Luft.

Der Schutzhaftlagerführer steckte seine Waffe wieder ins Koppel. Er befahl, den Gerichteten zur Abschreckung hängen zu lassen. Chaim Burg verlor umgehend seine Stellung als Kapo und Henker. Lethargisch hockte er Tag für Tag auf seiner Pritsche. Seine Mithäftlinge ließen ihn in Frieden. Da er nicht länger auf der Hut war und seinen privilegierten Platz am Barackeneingang verloren hatte, wäre es ein leichtes gewesen, ihn im Schlaf zu erschlagen. Doch niemand dachte daran, ihn durch einen Schlag auf seinen mächtigen Schädel von seiner Seelenpein zu erlösen. Auch nicht, nachdem zwei Monate nach der Hinrichtung des Onkels das Lager aufgelöst und die Häftlinge von der Wachmannschaft in einem mehrwöchigen tödlichen Irrmarsch durch Bayern nach Dachau getrieben wurden. Dank seiner Kraft überstand Chaim Burg die Tortur ohne Mühe. Seine Robustheit bewahrte ihn auch in den letzten Tagen vor einer Ansteckung mit der umlaufenden Typhusepidemie. Ende April wurde das KZ von amerikanischen Truppen befreit.

Die Mehrzahl der Überlebenden war schwach und krank und mußte von amerikanischen und deutschen Ärzten gepflegt werden – dennoch starben in der Folgezeit Tausende an Unterernährung, Entkräftung und Krankheiten. Chaim Burg dagegen blieb körperlich gesund.

Schon wenige Wochen nach der Befreiung begannen die Kräftigen Schwarzmarktgeschäfte mit Amerikanern und Deutschen zu machen. Andere planten ihre illegale Einwanderung ins britisch besetzte Palästina oder die Rückkehr in ihre Heimat. Chaim Burg dagegen verharrte in Apathie. Er hockte auf seiner Pritsche, aß und trank, war jedoch unfähig, etwas zu unternehmen, zu denken, zu fühlen – außer einer allumfassenden Schande. Dieser Zustand änderte sich in den folgenden Jahren kaum. Burg versuchte weder, an seinen Geburtsort zurückzukehren, noch wollte er nach Israel oder ins Gelobte Land Amerika einwandern – er blieb ein Opfer seiner einzigen Furcht: einem überlebenden Angehörigen seiner Familie zu begegnen.

Nach der Auflösung des Lagers ließ sich Burg mit anderen ins DP-Camp Föhrenwald im Süden Münchens schaffen. Er hielt sich abseits vom erwachenden Leben – die Bewohner wiederum mieden ihn und nannten ihn fortan »Henker«. Burg wurde den Namen nie wieder los – er blieb ihm eingebrannt wie seine KZ-Nummer. Anfang der fünfziger Jahre lösten die deutschen Behörden das Lager Föhrenwald auf. Chaim Burg folgte den Überlebenden nach München, wo die Stadt die Gebrochenen in Sozialwohnungen im Arbeiterviertel Giesing abstellte.

Chaim Burg verließ sein Zuhause nur, um sich Lebensmittel zu besorgen. Kein Jude kümmerte sich um ihn und er suchte niemand auf. Seine einzigen Besuche galten der Synagoge. Jeden Schabbes und Feiertag marschierte er zwei Stunden zu Fuß in die Reichenbachstraße. Dort stand er weit abseits der Thoraempore und sprach mit gedämpfter Baßstimme die Gebete. Selbst wenn die Synagoge an hohen Feiertagen voller Menschen war, blieben die Plätze um Burg unbesetzt.

Jakob Weinberg erfuhr den Grund für den Bann des Henkers. Die Selbstgerechtigkeit der Juden erzürnte ihn. Keiner hatte das Lager überstanden, ohne sich schuldig zu machen. Der Teufel sorgt dafür, daß in der Hölle niemand kalt bleibt. Am liebsten hätte er den Betenden ihre Heuchelei ins Gesicht geschleudert und sich zum Henker gesetzt. Doch damit hätte Weinberg sich selbst isoliert, ohne Burg zu helfen. Man hätte nach dem Grund seiner Solidarität mit dem Henker gefragt und begonnen, in seiner Lagervergangenheit herumzuwühlen. Wer wußte, welche Lügengeschichten über ihn verbreitet würden? Statt sich durch den Henker zu belasten, schuf Weinberg sich mit Hilfe des Schnorrers Ruben Feuer einen unangreifbaren Leumund. Chaim Burgs Ruf als Henker dagegen lastete auf ihm wie das Joch auf einem Ochsen.

Unverhofft erschien Schlojme Morell in Burgs Wohnung und bat, ihm »ein paar Tage im Geschäft auszuhelfen.« Morell hatte mit geliehenem Geld am Münchner Großmarkt einen Viehhandel eröffnet. Bald darauf war sein Gehilfe mit der Kasse verschwunden. Dem Händler fehlte Geld für einen neuen Schammes. Vergeblich suchte er einen Gehilfen, der auf Kredit arbeitete. Als sich niemand fand und sein Geschäft, und damit auch er selbst, vor dem Scheitern stand, kam er zu Burg und bat ihn um seine Mitarbeit.

»Du weißt, wer ich bin!« grollte ihm dessen Baß entgegen. Als Morell Chaim gegenüberstand, begriff er, daß er sich bis dahin, ebenso wie die anderen Juden, nicht der Mühe unterzogen hatte, den Henker näher anzusehen oder ihm Gerechtigkeit widerfahren zu lassen.

Chaim Burg wirkte aus der Nähe weit imposanter als von einem entfernten Platz in der Synagoge. Seine Körperkräfte würden Morell viel Arbeit ersparen. Burgs Blick berührte den Viehhändler. Er begriff, daß er erwartet hatte, in die Augen eines Mörders zu sehen. Statt dessen blickte er in gebrochene Kinderaugen.

»Ich weiß nicht, wer du bist«, antwortete Schlojme Morell auf die präventive Selbstbezichtigung des Hausherrn. »Ich weiß nur, daß dich die Jidn beschimpfen, obwohl keiner von uns besser ist als du. Die Besseren sind derharget worden. Wir, die das Gehenom überlebt haben, sind alle schuldig geworden. Alle! Und deshalb müssen wir einander helfen. Ich will dir helfen, Chaim – und dich bitte ich, daß du mir hilfst.«

Morell war sicher, daß dies die ersten verständnisvollen Worte waren, die Burg seit seiner Deportation gehört hatte. Der Viehhändler streckte seine Hand aus. Burg ergriff sie.

»Wann brauchst du mich?«

»Morgen um vier Uhr früh hol ich dich ab.«

Behutsam drückte Burg die Hand seines Gastes. »Danke!«

Chaim Burg besaß eine gute Auffassungsgabe, konnte selbständig denken. Bald schon überließ Morell die Arbeit mit den Tieren vollständig seinem Gehilfen. Es genügte, daß er Burg sagte, wann wie viele und welche Tiere gebracht wurden, wie lange sie blieben und wann sie zum Schlachten abzuliefern waren.

Burg kümmerte sich um die Versorgung des Viehs, und Morell konzentrierte sich auf die Führung seines Geschäfts. Er durfte auf die unbedingte Loyalität seines Gehilfen zählen. Die Firma reüssierte. Morell bot Chaim Burg eine Teilhaberschaft an, doch der lehnte entschieden ab: Die Arbeit genügte ihm. Sie schlug Schneisen in die Schande und die Trauer seines Daseins.

Trotz des geschäftlichen Erfolges veräußerte Schlojme Morell nach wenigen Jahren sein Unternehmen zu einem guten Preis. Das Schlachtvieh erinnerte ihn zunehmend an die Juden in den Lagern. Mit dem Geld erwarb Morell eine Lebensmittelhandlung, ebenfalls in der Großmarkthalle. Er eröffnete Filialen an den Münchner Bahnhöfen. Die Geschäfte gingen glänzend, und Morell bestand darauf, Burg an seiner Firma zu beteiligen. Doch der weigerte sich, das Anerbieten anzunehmen. Er verstehe nichts von Geschäften. Sein Chef wußte es besser. So zahlte er Monat für Monat ein Viertel seines Gewinns auf ein Sperrkonto auf Burgs Namen. Morell ahnte, daß er nicht lange zu leben hatte. Als bei ihm eine schwere Krankheit festgestellt wurde, handelte er umgehend. Da er unverheiratet und kinderlos war, verkaufte Morell die Geschäfte und vermachte das Geld seiner Mischpoche in Israel. Den Lebensmittelgroßhandel in der Markthalle aber überschrieb er seinem Gehilfen. Morell redete mit ihm Tacheles.

»Chaim, du warst nicht der einzige Kapo und der einzige Henker – bilde dir nichts ein! Ich kenne deine Geschichte, aber du kennst meine Meisse nicht. Ich war nicht besser als du. Ich bin nach dem Churbn nicht umsonst allein geblieben wie ein Hund – ohne Mischpoche. Die anderen waren schlechter vun uns. Sie haben geheiratet, sie haben Kinder gekriegt. Sie schreien sich Zionisten. Aber daß sie dich gequält haben und quälen, statt dir zu helfen, ist schlecht. Du bist zu mir immer gewesen ein anständiger, ein guter Mensch. Du sollst was haben von dem, was wir aufgebaut haben – nicht die Schlechten. Du mußt es tun, sonst werde ich keine Ruhe im Këiwer finden!« Morell bestand darauf, daß Burg ihm »wie beim ersten Mal« in die Hand versprach, die Firma fortzuführen und das vermachte Geld anzunehmen. Der Riese tat es mit einer Behutsamkeit, die Morell ihm nicht zugetraut hätte. Anschließend warf Morell den Gehilfen aus seinem Zimmer – damit jeder ungehindert weinen konnte.

Chaim Burg hielt sein Versprechen. Er führte die Firma seines Mentors fort. Die Hälfte des ihm überschriebenen Barvermögens von mehreren hunderttausend Mark spendete er der Gemeinde. Dafür wurde ihm das Privileg zuteil, eine hebräische Uhr im Betraum der Synagoge anbringen zu lassen. Das war seine einzige Genugtuung. Doch sein Geschenk wurde als »Henkersuhr« verspottet. Die Häme und die Selbstgerechtigkeit nahmen kein Ende, der Bann gegen den Henker blieb bestehen. Seine einzige jüdische Gesellschaft blieben Schnorrer, Spendensammler und gelegentlich im Synagogenhof Kinder. Entgegen dem Rat seines verstorbenen Meisters versuchte Burg nicht, eine Lebenspartnerin zu finden. Eine Jüdin würde ihn nicht nehmen, wenn sie etwas taugte, redete sich Burg ein, und von Deutschen hatte er genug. So blieb die Arbeit die einzige Insel im Meer seiner Verzweiflung. Am Schreibtisch seiner Firma starb Chaim Burg im Herbst 1978. Er war keine fünfzig Jahre alt geworden. Seine zarte Seele war unter dem Joch seines schlechten Namens, unter der Bosheit seiner Mitjuden erstickt.

Burg hatte sein Erbe eingedenk der Undankbarkeit der Gemeinde restlos dem Zionistischen Nationalfond vermacht, damit dieser in Israel einen Hain auf den Namen seiner Eltern und Geschwister anlege. Da Burg mehr als eine Million Mark hinterließ, wurde ein Wald daraus. Aus Dankbarkeit finanzierte der Fond die Überführung von Chaim Burg nach Israel, wo er am Rande seines Waldes beigesetzt wurde. Im Boden des Heiligen Landes zu ruhen und auf die Erlösung durch den Messias zu warten, war eine Ehre, mit der der Henker zu seinen Lebzeiten nicht gerechnet hatte.

»Erhoben und geheiligt werde Sein großer Name in der Welt, die Er nach Seinem Willen erschaffen hat. Sein Reich erstehe in eurem Leben und in euren Tagen und dem Leben des ganzen Hauses Israel schnell und in naher Zeit und sprechet: Amen!«

Während Jakob Weinberg über das Schicksal des Henkers nachsann, war der Gottesdienst beim Totengebet angelangt. Lazar Dessauer war aus seiner Bankreihe getreten und hatte mit lauter Stimme das Kaddisch rezitiert. Als er am Ende des ersten Absatzes anlangte, ertönte ein vielstimmiges »Amen!« der Umstehenden. Der aufgeschreckte Weinberg warf ihnen ein »Amen!« hinterher. Warum? Er glaubte nicht an Gott. Seine Preisung war ihm zuwider, und dennoch rief er »Amen!«. Allein um Dessauer und seinen Chawejrim zu gefallen.

»Sein großer Name sei gepriesen in Ewigkeit und Ewigkeit der Ewigkeiten«, fuhr Dessauer fort. »Gepriesen sei und gerühmt und verherrlicht und erhoben und erhöht und gefeiert und hocherhoben und gepriesen der Name des Heiligen, gelobt sei er, hoch über jedem Lob und Gesang, Verherrlichung und Trostverheißung, die je in der Welt gesprochen wurde und ihr sprechet: Amen!« betete Dessauer. Seine Gemeinde echote das Amen. Weinberg folgte ihr. Weshalb fehlte ihm der Mut, seinen Mund zu halten, statt eine Gebetsbekräftigung zu heucheln? Dessauers Eltern wurden weder durch die Gebete ihres Sohnes noch durch Weinbergs Amen wieder lebendig. Und Gott? Der »hoch über jedes Lob Erhabene« ließ sich von den Söhnen Seines auserwählten Volkes unentwegt preisen. Nein! Es gab Ihn nicht. Doch seine schlauen jüdischen Erfinder nötigten ihr Volk, Ihm pausenlos – und bedingungslos – zu huldigen, während ihre Priester im gleichen Atemzug die Anständigsten und Tapfersten verdammten.

»Israel, den Lehrern, ihren Schülern, allen ihren Schülern und allen, die sich mit der Lehre beschäftigen, die an diesem Orte und an jedem Orte, es sei ihnen Fülle des Friedens, Gunst, Gnade, Erbarmen, langes Leben, reicher Lebensunterhalt und Erlösung von ihrem Vater im Himmel und auf Erden, sprechet: Amen!«
Weinbergs Lippen formten ein Amen. Doch seine Stimme blieb stumm, verweigerte dem Gebet ihren Odem.

»*Der Name des Ewigen sei gepriesen, jetzt und in Ewigkeit*«, wiederholten die Betenden Dessauers Formel.

»*Fülle des Friedens und Leben vom Himmel mögen uns und ganz Israel zuteil werden, sprechet: Amen!*«

Dessauer tippelte, wie es der Brauch erheischte, vor der letzten Anrufung des Herrn drei Schritte zurück und sprach mit erhobener Stimme: »*Der Frieden stiftet in seinen himmlischen Höhen, stifte Frieden unter uns und ganz Israel, sprechet: Amen!*«

Unwillkürlich fiel Weinberg erneut ins Amen ein – um sich sogleich darüber zu erbittern. Hier wurde ein nicht existenter Friedensgott angerufen und im Namen des Friedens zum Unfrieden gehetzt. In der Schul flehten die Juden Gott um Gunst, Gnade, Erbarmen und langes Leben an und verweigerten eben diese Gnade und das Erbarmen ihren Nächsten. Die selbstgerechten Gläubigen verdammten Männer, die keinen Deut schlechter waren als sie selbst. Sie bannten und hetzten die Wehrlosen so lange, bis sie zerbrachen.

Jakob Weinberg war auf Bitten seines Freundes hierhergekommen. Dabei hatte er wieder die Heuchelei der Religion und der Juden kennengelernt. Dies war ihm seit Auschwitz bekannt. Dennoch lief er wie ein unbelehrbarer Hund immer wieder zu seinem undankbaren Herrn, um stets aufs neue getreten zu werden – und danach über die Bosheit des Herrn und die eigene Dummheit zu jammern. Heute schmerzte Weinberg die Falschheit der Gemeinde und seiner Freunde besonders. Warum? Seine Krankheit, sein nahes Ende ließen ihn begreifen, wie wertvoll seine verbleibende Zeit war. Er durfte sie nicht mit Götzendienst und Heuchlern vergeuden – auch nicht mit falschen Freunden. Lazar Dessauer brauchte Weinberg heute nicht, damit er ihm in seinem Leid beistand. Er benötigte ihn lediglich als Statisten in seinem Trauertheater. Itzig Adler und Frujim Blumenthal haßten Weinberg sowieso. Weinberg beschloß, seine knappe Zeit für seine Nächsten zu nutzen: seine Kinder und Barbara.

Der Gottesdienst war beendet. Die Männer falteten ihre Gebets-
schals und schlossen sie zusammen mit ihren Büchern in ihre
Pultfächer. Der Schammes trat ans Lesepult. Er schlug mehrmals
mit der flachen Hand auf ein Gebetsbuch. Die dumpfen Laute
verschafften ihm Aufmerksamkeit. Mit erhobener Stimme verkündete er, daß Lazar Dessauer alle Synagogenbesucher aus An-
laß der Jahrzeit seiner Eltern zu einem Kiddusch im Restaurant
des Vorderhauses einladen und für ihr Kommen danken würde.
Weinberg reichte Dessauer die Hand und wollte sich verabschieden.

»Das kommt nicht in Frage, Jankl. Ich werde dich nicht gehen
lassen, ehe du ein Le Chaim mit mir getrunken hast.«

»Dir wird nichts übrigbleiben, Luzer.«

Weinberg wollte sein Gehen begründen, die Verärgerung des
Freundes durch eine ironische Bemerkung, eine freundschaftliche
Geste mildern. Doch die Entschlossenheit, seine verbleibende Zeit
nicht länger zu vergeuden, gab Weinberg die Kraft, der antrai-
nierten Freundlichkeit standzuhalten. Er nickte knapp, sagte ton-
los »Guten Schabbes« und wandte sich um.

»Bleib, wo du bist, Dinah.«

»Das würde dir so passen! Ich laß mir von dir nicht vorschreiben, wo ich lebe.«

»Tu, was du willst. Hauptsache, du läßt mich in Frieden.«

Dinah Weinberg hatte sich endgültig entschieden – bei ihr waren alle Entscheidungen endgültig –, nach Deutschland zurückzukehren. Wegen Ariel. Er war siebzehn und hatte bereits seinen
Musterungsbescheid erhalten. War er einmal für tauglich befun-
den, dann ließ ihn das Militär nicht mehr aus seinen Klauen.
Dann zerbrachen sie ihren Jungen und machten aus ihm einen
Kommißschädel wie ihren Mann. Dinah würde das nicht zulassen. Denn Davids Borniertheit und Hartleibigkeit war der andere
Grund, warum sie Israel verlassen wollte. Je länger sie mit diesem
stumpfen Kerl leben mußte, desto stärker sehnte sie sich nach Pe-

ter: seinen zärtlichen Händen, seinen klugen, verstehenden Augen. Der Blick ihres Mannes dagegen verriet dumpfe Triebhaftigkeit. David wollte sie nur schnell nehmen. Seine plumpen Hände benutzte er alleine, um sie festzuhalten, während sein Becken mit kurzen, heftigen Stößen sein hartes Ding in sie rammte. Sobald David sich in sie ergossen hatte, wälzte er sich von ihr, rollte zur Seite. Wenige Sekunden später ertönte sein erlösendes Schnarchen.

Sie hatte sich zunächst Mühe gegeben, nachdem ihr Vater sie gezwungen hatte, den Soldaten zu ehelichen. Ihr Vater hatte sich in den Kerl verliebt: ein jüdischer Kämpfer, der obendrein David hieß, war die Projektion jedes Juden, der in Deutschland hockte und mit Nazis und Huren sein Geld verdiente. Hätte der Alte doch David geheiratet – während sie bei Peter ihr Glück gefunden hätte! Dinah hatte sich ins Unvermeidliche gefügt und bemüht, ein gemeinsames Leben mit David aufzubauen. Sogar im Bett hatte sie versucht, die Zärtlichkeit ihres Mannes zu wecken. Auch David bemühte sich in der ersten Zeit. Er versuchte, sie mit seinen ungeschlachten Pfoten zu streicheln, mit seiner rauhen Ochsenzunge zu küssen, sein triebhaftes Rammeln zu einem menschlichen Liebesspiel zu zügeln. Vergeblich. Eine tote Pflanze kann nicht erblühen. David hatte keine Seele, oder sie war ihm in der Armee ausgerissen worden, damit er effektiver Araber killen konnte. Dinah gab David zu verstehen, daß er zu seinem ursprünglichen Paarungsgebaren zurückkehren durfte. Erleichtert tat er umgehend wie erlaubt. Zumindest währte die Tortur fortan nur noch kurz. Dinah versuchte währenddessen an ihren Peter zu denken, doch Davids Grobheit zerriß das feine Gespinst ihrer Phantasie. Einst wurden jüdische Männer wegen ihres Zartgefühls gepriesen und die Deutschen als gojische Grobiane verschrien. Hitler hatte die Welt auch hier auf den Kopf gestellt. Die Deutschen hatten ihrer Grausamkeit abgeschworen, während die Juden sie in den Konzentrationslagern eifrig studierten. Sie hatten genug vom Opferdasein und wollten fortan lieber Täter sein. Nun waren die Palästinenser an der Reihe. Von David und seinen Spießgesellen hatten sie begierig Brutalität gelernt und sie umgehend in der Intifada umgesetzt. Die Israelis antworteten mit gesteigerter Unbarmherzigkeit.

Dinah hielt die Friedenserwartungen der israelischen Intellektuellen für Wunschdenken. Ihr Mann war der lebende Gegenbeweis. Seine bevorstehende Entlassung aus dem Militär lastete er der Friedenspolitik von Rabin und Peres an. Davids Hoffnungsträger war Bibi Netanjahu. Der Likuddemagoge heuchelte zwar ebenfalls den Wunsch nach Frieden – aber zu seinen Bedingungen. Seine Anhänger verstanden sein Propagandaspiel. Sie wußten, daß Bibi ebenso wie sie nach Rache strebte. Netanjahus Bruder Jonathan, ein fanatischer Eliteoffizier, war bei der Befreiung jüdischer Geiseln in Afrika gefallen. Seither galt er in Israel als Nationalheld. Bibi mußte nur an ihn erinnern, dann wußten seine Gefolgsleute Bescheid. Dinah war überzeugt, daß Benjamin Netanjahu die bevorstehende Knessetwahl gewinnen würde – seine Geheimwaffe war der jüdische Verfolgungswahn und das aus dieser unversiegbaren Quelle gespeiste Revanchedenken der Israelis und Juden in aller Welt. Dem waren die alten Kämpfer der Arbeitspartei nicht gewachsen. Eine israelische Regierung unter Netanjahu würde das Land in ununterbrochene Konflikte und Kriege mit den Arabern stürzen, um ihren unstillbaren Rachedurst zu befriedigen.

Dinah hatte genug. Sie hatte für sich und ihren Jungen für Sonntag Flugtickets gekauft.

»Das ist ja morgen!«

»So ist es, Udo.«

Für diesen Tag benötigte sie ein Obdach.

»Steig bei Vater ab.«

»Das werd ich tun, verlaß dich drauf. Aber nicht von Anfang an. Ich will nicht, daß Ariel mitansieht, wie sein Großvater mit einer Schickse zusammenlebt. Er würde allen Respekt vor ihm verlieren.«

»Willst du Barbara rausgraulen?«

»Ich werde die Chonte auf der Stelle an die Luft setzen.«

»Das dürfte diesmal nicht so einfach ...«

»Laß das meine Sache sein, Udo!«

»Papa bildet sich ein, todkrank zu sein ...«

»Er war schon immer ein Hypochonder.«

»Diesmal hat ihm der Urologe tatsächlich eine Gewebeprobe entnommen ...«

»Oj wej!«

Udo stellte sich Dinahs entsetzte Hysterikermiene vor. »In dieser Situation wird er sich an Barbara klammern.«

»Du läßt das zu? Die Schickse wird sich sein ganzes Geld nehmen!«

»Na und?«

»Na und?! Du bist der größte Idiot auf Erden. Noch dümmer als David ...«

»Jetzt langt's! Mir ist es völlig wurscht, ob du oder die Schickse das Geld vom Alten erben.«

»Wage es nicht, mich mit einer Schickse zu vergleichen!«

»Und wage du es nicht, in diesem Ton mit mir zu reden. Auch meine Freundin ist keine Jüdin ...«

»Noch eine Schickse!«

»Du wirst bald Tante, Dinahherz, Anne ist schwanger.«

»Ihr seid alle meschugge. Das Nazi-Land macht euch verrückt.«

»Du lebst doch in Israel, Schwester.«

»Gott sei Dank!« Dinah besann sich. »... nicht mehr lange!«

»Und bist dennoch verrückt nach einem Goj, deinem Peter.«

Udo hörte Dinahs Atem an seinem Ohr. Sie suchte nach einer geistreichen Antwort, die ihr nicht einfiel. »Das ist etwas ganz anderes!«

»Selbstverständlich. Wir haben einen Schmock, und du hast ein Loch ... im Kopf.«

»Schwein!« Es war sinnlos, ihm seine Dummheit vor Augen zu halten. Sie brauchte ihn – vorläufig. Dinahs Stimme schmolz zur Verbindlichkeit. »Udo, ich möchte dich bitten, Ariel und mich morgen um neun vom Flughafen abzuholen.«

»Warum bittest du nicht deinen geliebten Peter?«

»Das geht nicht.«

»Weil er verheiratet ist. Auch Peter hat statt deiner eine Schickse genommen.«

»Ihr seid alle Idioten ...«

»... und trotzdem brennst du darauf, herzukommen. Warum?« Dinah schwieg.

»Warum?«

»Weil ich Verantwortung ...« – ein Wort, dessen Bedeutung kein Mann verstand, der Kindskopf Udo noch weniger als andere – »... für meinen Jungen trage. Weil ich nicht zulassen werde, daß er in einem idiotischen Männer-Krieg erschlagen wird.«

Dinah schluckte Udos Gerede über Feministinnen ebenso wie seine Bemerkung, in Israel würden auch Frauen im Krieg »mitmischen«. Ihre Mission war zu wichtig, um sich vom Gequassel eines Narren provozieren zu lassen.

Es war höchste Zeit, daß sie bei ihrer Mischpoche für Ordnung sorgte. Dinah würde nicht ruhen, ehe die Schicksen sich zum Teufel scherten und Ariels Erbe gesichert war. Sie dankte Udo nochmals für seine Bereitschaft, sie und ihr Kind abzuholen.

»Ich bin zu gar nichts bereit. Ich hab dir nichts zugesagt ...«

»Willst du deine Schwester im Stich lassen, nachdem alle mir in den Rücken gefallen sind?«

Udo wollte – aber er konnte nicht. Sein andressiertes Gewissen ließ es nicht zu.

Wenn Jakob in seine Judenschul ging, kam er jedesmal übellaunig nach Hause. Dennoch zog es ihn immer wieder in den Tempel. Anfangs hatte ihm Barbara geraten, die schmerzhaften Synagogenbesuche bleibenzulassen oder zumindest einzuschränken. Jakob glaubte eh nicht an Gott – zumindest tat er so. Barbara war überzeugt, daß jeder Mensch Gott brauchte, um dem Leben standzuhalten. Sie selbst bezog ihre Gelassenheit aus ihrem Glauben. »Immer heiter, Gott hilft weiter«, hatte ihr Schwester Pia in der Klosterschule geraten. Barbara war mit diesem Lebensmotto gut gefahren. Sie suchte Rat und Hilfe bei Gott, statt sich gegen das Unvermeidliche zu stemmen. Jakob dagegen haderte ständig mit seinem Herrn – an den er nicht glauben wollte.

Der Judengott war ein schwerer Brocken. Zwar verlangte auch er Nächstenliebe und ließ sich von seinem auserwählten Volk als Gott des Erbarmens und der Barmherzigkeit anbeten, doch gleichzeitig war dieser Jahwe ein eifernder Gott, ein Gott der Rache und der Heere, wie sie aus dem Alten Testament wußte. Ihm fehlte die unbedingte Liebe und Gewaltlosigkeit seines Sohnes Jesus. Ständig prüfte Jahwe sein Volk und bestrafte es mit unvorstellbarer Grausamkeit. Barbara konnte verstehen, daß Jakob im KZ seinen Glauben verloren hatte. Seither war er ein zürnender Sucher – wie sein Gott. Als Barbara Jakob empfahl, es mit Jesus zu versuchen, verhöhnte er sie.

»Bei uns hat Gott Abraham lediglich versucht, seinen Sohn Jitzchak zu opfern, bei euch hat er seinen eigenen Sohn ans Kreuz schlagen lassen. So ein ›lieber‹ Gott kann mir gestohlen bleiben!« Jakob argumentierte nicht wie ein Atheist, sondern wie ein eifriger Jude.

»Nie wieder gehe ich zu diesen Heuchlern«, tobte Weinberg. Barbara wußte, daß ein zustimmendes Wort von ihr genügen würde, ihn zu einem glühenden Verteidigungsplädoyer für das Judentum samt Synagoge mit wütenden Seitenhieben gegen das in seinen Augen antisemitische Christentum zu provozieren. Barbara ging aus dem Zimmer, machte sich zurecht, zog den Mantel an und erschien erneut bei Weinberg.

»Ich muß an die Luft und hungrig bin ich auch. Kommst du mit?«

Barbara und Jakob Weinberg überquerten die Arcisstraße. Weinberg zögerte, durch das offene Tor in der hohen Ziegelmauer zu treten.

»Was ist, Jakl?«

»Man soll am Schabbes nicht auf Friedhöfe gehen.«

»Du gehst doch jedesmal über den Gottesacker – auch am Sabbat.«

»Ja.«

Seine kräftigen Kiefer preßten die Lippen zusammen. Barbara hakte sich unter. »Du wirst dich doch nicht vor den Toten fürchten – wegen deiner damischen Untersuchung?«

»Nein.«

»Vielleicht gehen wir doch um den Friedhof herum?« Barbara lächelte ihn verstehend an. In ihrem Blick war Chuzpe – soweit eine Gojete dazu imstande war, aber auch Mitgefühl und Aufmunterung. Liebe. Warum waren die frommen Juden in der Synagoge dazu unfähig?

Der Kies knirschte unter ihren Sohlen. Links und rechts des Pfades durch den alten Nordfriedhof standen die Grabplatten, meist aus schwarzem, verwaschenem Granit. Darin eingraviert und mit abblätternder Goldfarbe überzogen die Namen und die Berufe der Verstorbenen. Städtischer Mittelstand, Handwerker, Ärzte, Anwälte, Beamte, Offiziere, Universitätsprofessoren. Sie waren in der ersten Hälfte des vergangenen Jahrhunderts geboren worden und vor, während und nach dem Ersten Weltkrieg gestorben. Während dieser Zeit hatten Weinbergs Vorfahren in galizischen Schtetln Luftexistenzen geführt: Hausierer, Schechter, Synagogendiener, Kleinhändler, eingezwängt zwischen geldgierigem polnischen Adel, antisemitischem Klerus, armen, aufgestachelten Bauern, korrupten Polizisten und Subalternbeamten der k.u.k.-Monarchie im fernen Wien.

Die Rasenflächen waren mit Laub in allen Gelb-, Rot- und Grautönen bedeckt. Dazwischen lagen vereinzelte Kastanien, deren Glanz längst verblaßt war. Zur frühen Nachmittagsstunde des kühlen Herbsttages, dessen grauer Wolkenhimmel gelegentlich nieselte, waren nur wenige Spaziergänger unterwegs. Vereinzelte Jogger drehten unermüdlich ihre Runden auf dem Umfassungsweg entlang der Außenmauer.

Am Ende des Weges lag die Friedhofsloggia. Sie überdachte die Gedenktafeln für die prominenten Toten, die Fabrikantenfamilie Maffai, Generäle, Minister und Aristokraten der bayerischen Monarchie. Da die Terrasse sich bei Stadtstreichern zu einem beliebten Unterschlupf entwickelt hatte, war sie von einem Maschendrahtzaun umgeben, abgesperrt worden. So beraubte man die Veranda ihres einzigen irdischen Wertes. Die Toten durften den lebenden Habenichtsen kein Nachtasyl gewähren.

Weinberg öffnete die brusthohe Gittertür am Rande der Loggia und ließ Barbara ins Freie treten. Sie gelangten an einen Spielplatz mit Kletterpyramide. Zwei Buben turnten an den roten Kunststoffseilen. Der Vater sah ihnen gelangweilt zu. Wenn Barbara mit ihrer sanften Beharrlichkeit Weinberg dazu brachte, mit ihr Kinder zu zeugen, würde er sie ebenso wie der Mann dort zum Spielplatz begleiten? Die Jungen waren etwa acht bis zehn Jahre alt. Weinberg wäre dann achtzig! Immerhin würde das bedeuten, daß er noch lebte, statt auf einem Friedhof in Deutschland oder Israel zu verrotten.

»Die Weinbergs! Grüß Gott!«

Charlotta von Wencks aufgesetzt fröhliche Stimme ließ das Paar aufmerken. Die gepflegte Sechzigjährige war ein aktives Mitglied des »Vereins für christlich-jüdisches Verständnis«, VcjV. Das Ziel der Gesellschaft war, die Schuld der Christenmenschen an den Juden abzutragen. Nur so schuf man gegenseitiges Verständnis und Versöhnung. Frau von Wenck befürwortete die Verbrüderung aus vollem Herzen. Verständnis, Versöhnung und Nächstenliebe bedeuteten ihr keine blutleeren theologischen Prinzipien, sondern praktische Lebensmaximen. Manchen christlichen Mitgliedern ging ihr Engagement zu weit. Frau von Wenck tat dies als kleinbürgerliche Vorurteile ab.

Nach dem Tod seiner Frau suchte auch Jakob Weinberg Trost und Verständnis bei den Christlich-Jüdischen. Charlotta verliebte sich in Jakob. Sie hatte das Bedürfnis nach seelischem Verständnis, tiefen Gesprächen, einem Opernbesuch, gepflegten Restaurants. Jakob Weinberg gab vor, dafür keine Zeit zu haben

– erst recht nicht für eine gemeinsame Reise nach Israel. Er
tauchte sporadisch auf, und dann wollte er nur das Eine. Dies war
Charlotta zu wenig. So erkaltete ihre Beziehung allmählich.
Dennoch versetzte es ihr einen Stich, als sie vernahm, daß Jakob
Weinberg sich mit einer anderen Frau liiert hatte: einer Christin
und obendrein einer Person, die seine Tochter oder gar seine
Enkelin sein könnte. Jakob Weinberg hätte eine passendere Ge-
fährtin verdient.

An diesem Sabbat- und Sonnabendnachmittag kam der VcjV-
Vorstand zusammen, um das Veranstaltungsprogramm zu be-
schließen. Charlotta wollte eine Sonderveranstaltung zu den
bevorstehenden Wahlen zur Knesset vorschlagen. Dazu hätte sie
am liebsten einen Vortrag von Professor Simon Engländer organisiert. Der gutaussehende Wissenschaftler hatte den ersten
deutschen Lehrstuhl für Holocaust-Wissenschaft inne. Sobald
der Vorstand ihren Plan billigte, wollte Charlotta von Wenck persönlich Kontakt zu Engländer aufnehmen. Und nun begegneten
ihr die Weinbergs. Sie sahen aus wie Vater und Tochter. Er hatte
sich bei seiner Begleiterin untergehakt. Ein lächerliches Ge-
spann! Jakob machte sich zum Narren.

»Ein hübsches Paar gebt ihr ab.« Charlotta von Wencks Mund
kräuselte sich zu einem Lächeln, doch Weinberg sah die Traurig-
keit in ihren Augen. Noch ehe er sich für ihr Kompliment bedanken konnte, fuhr die Wenck fort: »Seit du mit deiner jungen Frau
verheiratet bist, nimmst du dir überhaupt keine Zeit mehr für die
Christlich-Jüdische, Jakob.«

Weinberg stellte die beiden Frauen einander vor.

»Du hast recht, Charlotta. Wir sollten öfter zu euren Veranstal-
tungen gehen.«

»Ich freue mich schon auf dein Kommen, Jakob.«

»Was haben Sie uns denn Interessantes zu bieten, Frau von
Wenck?« ließ sich Barbara vernehmen.

»Ein Highlight. Professor Engländer wird über die bevorstehenden Wahlen zur Knesset«, sie lächelte Barbara an, »so heißt
das israelische Parlament, referieren.«

»Davon hat der doch keine Ahnung. Der ist Fachmann für die Endlösung.«

Charlotta von Wencks Gesichtszüge entgleisten zur Ratlosigkeit. Sie atmete mehrmals durch, ehe sie die Standardformel fand, zu der Deutsche Zuflucht nehmen, wenn sie im Gespräch mit Juden nicht weiterwissen.

»Du darfst das ja sagen, Jakob. Uns wird das als Antisemitismus ausgelegt.«

»Warum? Wir wissen doch alle, daß der Bursche sein Geld mit Leichenfledderei verdient.«

»Das ist eine sehr harte Formulierung, Jakob. Professor Engländer hilft uns Deutschen dabei, unsere Vergangenheit zu bewältigen.«

»Hört auf damit! Vergangenheit kann man nicht bewältigen. Tote kann man nicht wieder lebendig machen.«

»Aber wir haben die Pflicht, unsere Jugend aufzuklären, damit sich so etwas nicht wiederholen kann.«

»Es wiederholt sich überall. Trotz eurer Aufklärereien.«

»Willst du damit behaupten, daß ihr Israelis auch einen Völkermord begehen könntet?« Sie sah ihn maliziös an. ».. . an den Palästinensern?«

»Nicht jeder Schuß auf einen Demonstranten ist ein Völkermord.«

»Du hast selbst gesagt, daß ein Holocaust überall geschehen kann. Also auch in deiner Heimat.«

»Das würde euch so passen! Die Israelis als neue Nazis.«

»Ich verstehe deine Aufregung nicht, Jakob. Das habe ich mit keinem Wort gesagt.«

»Aber gemeint!«

»Nein!«

»Egal, wie's gemeint war. Mir ist es kalt. Ich habe Hunger und will jetzt essen.« Barbara ergriff Weinbergs Hand. Frau von Wenck entschuldigte sich für das »furchtbare Mißverständnis« und wollte sich verabschieden. Doch als sie hörte, daß Barbara und Weinberg statt nach Hause zu gehen ins ›Il Mulino‹ einkehren wollten, bat sie darum, ihnen »für einen kurzen Augenblick« Gesellschaft leisten zu dürfen. Sie wollte sich nicht im Streit verabschieden.

Weinberg bestellte eine Runde Grappa. Er stieß mit beiden Frauen auf »Le Chaim« und »Schalom« an und hoffte, daß die falsche Verständigerin sich rasch verabschieden würde. Charlotta von Wenck hegte den ehrlichen Wunsch, sich mit Jakob zu versöhnen und zur Vorstandssitzung der VcjV aufzubrechen. Doch die Herablassung Weinbergs und die Demütigung, wegen einer Jüngeren verlassen worden zu sein, überwogen den guten Willen zum friedlichen Abschied. Sie fesselten Charlotta von Wenck auf ihren Platz. Zunächst schwieg sie. Danach versuchte sie erneut ein Gespräch über die israelischen Wahlen in Gang zu setzen, doch Weinberg sagte kein Wort, und das junge Ding hatte keine Ahnung. So erkundigte sich Frau von Wenck, ob der »enorme Altersunterschied« die Beziehung ihrer Begleiter nicht lähme, »weil es doch keine Zukunftsperspektive gibt«.

»Wir sind glücklich miteinander. Alles andere zählt nicht«, gab Barbara zurück.

»Jede Vogelstraußpolitik hat ein Ende, sobald sie an der harten Realität des Lebens zerschellt«, wußte Frau von Wenck. »Du mußt nicht so borniert tun, Jakob. Auch du wirst älter und brauchst bald eine liebevolle Betreuung. Vor gar nicht allzulanger Zeit hast du meine Freundschaft noch sehr zu schätzen gewußt und dich über die jungen Dinger ausgelassen, und nun wirst du selbst zum Hahnrei ...«

»Wenn du damit andeuten willst, daß ich mit dir geschlafen habe, dann hast du recht. Stimmt. Jeder macht mal einen Fehler.« Charlottas Züge erstarrten. Weinberg empfand weder Genugtuung noch Mitleid. »Aber das ist fast zehn Jahre her ...«

»Sechs.«

»Egal! Es ist aus und vorbei. Und ich verbiete dir, meine Frau und mich zu belästigen!«

»Glaubst du, ich weiß nicht, daß ihr gar nicht verheiratet seid?«

»Das geht dich einen Dreck an. Laß uns in Ruhe! Mach, daß du wegkommst!«

»Jakl, bitte!«

»Geh! Auf der Stelle, sonst werf ich dich eigenhändig raus!« Jakob Weinberg schrie nicht, doch sein Ton war unmißverständlich.

Barbara legte der schluchzenden Frau den Arm um die Schultern.

»Bitte kommen Sie. Der Jakob ist halt sehr verletzlich.«

Barbara wartete, bis Charlotta von Wenck fähig war, sich zu erheben. Dann führte sie die ältere Frau aus dem Gastraum. Jakob Weinberg blieb apathisch sitzen. Er nahm die Blicke der übrigen Gäste nicht wahr. Nach einer Weile kehrte Barbara zurück. Sie hatte bereits gezahlt. Barbara streichelte Weinbergs Hände. Allmählich löste sich seine Erstarrung. Er tätschelte ihre Hand. Barbara küßte seine Stirn. In seinen Augen sah sie Angst.

Weinberg tat jeder Schritt weh. Der Streit im Lokal hatte ihn zum Zerreißen angespannt. Seine Beinmuskeln schmerzten. Doch er versuchte, Haltung zu bewahren, und trat behutsam auf. Sie gingen durch die Adalbertstraße. Das war zwar ein kleiner Umweg, doch Barbara wollte ihm einen erneuten Gang über den Friedhof ersparen, dessen karmesinrote Mauer die gegenüberliegende Straßenseite begrenzte. Ein verwittertes Messingschild neben dem Gartentor zu ihrer Linken wies auf einen Kindergarten im dahinterliegenden Haus hin.

Weinberg erinnerte sich, wie er seine Kinder einst mit dem Mercedes dorthin und später in die Volksschule chauffiert hatte. Udo war damals stolz wie ein König gewesen. Denn in den fünfziger Jahren besaßen nur wenige Eltern ein Auto. Allein sein Vater fuhr einen Mercedes. Der Junge war vernarrt in seinen Vater. Und Weinberg fühlte erstmals seit dem Lager, wie Liebe den Panzer seiner Seele öffnete. Er war entschlossen, ein Stück Welt für sich und seinen Erstgeborenen zu erobern. Doch später fehlten Udo die Klarheit des Denkens und die Energie des Vaters, um sich durchzusetzen. Sein Sohn war bis heute unwillig zu begreifen, daß das Leben kein Spiel, sondern ein unerbittlicher Kampf war. Udo versuchte noch immer, im Tretauto der Naivität über die Autobahn des Daseins zu holpern, und wunderte sich, daß er von den anderen ständig überholt und rücksichtslos zur Seite gedrängt wurde. Weinberg mußte seinen Sohn endlich überzeugen, aus dem Spielzeugwagen auszusteigen und sich neben ihn in seinen Mercedes zu setzen. Diese Aufgabe zu erledigen, war die wichtigste Pflicht in seiner verbleibenden Zeit. Dinah und Barbara waren stark genug, sich allein durchzusetzen.

Zu Hause würgte Weinberg zunächst zwei Lopressor-Betablocker-Tabletten hinunter. So einen meschuggenen Schabbes hatte er lange nicht mehr erlebt. Weinberg schaltete das Radio ein. ›Bayern München‹ lag 0:2 gegen die ›Eintracht‹ zurück. Sogar die Fußballer spielten heute verrückt. Er machte den Apparat sogleich aus. Barbara fiel es nicht schwer, Weinberg zu einem Nachmittagsnickerchen zu überreden. Er schmiegte sich an ihren Rücken.

Weinberg mußte gemeinsam mit anderen Häftlingen Gräber öffnen. Die Leichen waren bereits verwest. Ihr Gestank war atemraubend. Die Kapos trieben die Gefangenen mit Knüppelschlägen an. Jakob mußte mit Naphtali Fischel die Leichen herausholen und sie auf einen Karren werfen, der von zwei anderen KZniks gezogen wurde. »Schneller!« brüllte ein SS-Wachmann mit einem Schäferhund an der Leine. »Schneller!« gellte erneut sein Kommando. »Schneller«, tobte der Kapo und drosch Weinberg seinen Knüppel über den Schädel. »Schneller!« schrie Fischel. Weinberg schmerzten die Arme, er hatte keine Kraft mehr, die Leiche entglitt seinen Händen. Er sah, wie der SS-Mann sein Gewehr auf ihn anlegte. Weinberg warf sich zu Boden. Seine Brust wurde zusammengeschnürt. Er riß seinen Kopf hoch.

Barbara lag neben Weinberg. Er sah die weißrosa Haut ihrer nackten Oberarme, roch das blumige Aroma ihres Parfüms. Weinberg vergrub seinen Kopf in Barbaras Brust. Sie schreckte auf, spürte am rasenden Atem des Geliebten, daß ihn ein schlechter Traum geplagt hatte: Barbara schlang ihre Arme um Weinbergs Nacken. Sie fühlte, wie sein Atem ruhiger wurde, wie das Beben seines Körpers nachließ. Sie wollte Jakob lange Zeit im Arm behalten, um ihn vor drohender Unbill zu schützen.

Barbara servierte einen kräftigen Tee. Trotz seines Protests schaltete sie den Fernseher ein. Weinberg gab vor, von ›den Bayern‹ genug zu haben. Er wollte nicht Zeuge ihres erneuten Versagens werden. Doch beide wußten, daß er allem Gezeter zum Trotz zumindest am Fernseher kein Spiel »seiner« Mannschaft ausließ. Mit dem Fußball verhielt es sich ähnlich wie mit den Synagogenbesuchen. Weinberg gelobte Abstinenz – um bei nächster Gelegenheit rückfällig zu werden und die erwartete Enttäuschung zu erleben. Dann konnte das Spiel wieder beginnen.

Statt ihren Rückstand wettzumachen, verloren die Münchner schließlich mit 4:1! Barbara zog Weinberg mit der Niederlage seines Teams auf, sie wollte die Fernsehstunde beenden. Doch Weinberg schaltete zur ›Tagesschau‹ um. »Eine schlimmere Katastrophe als das Bayernspiel kann sich heute nicht mehr ereignen«, glaubte er. Während Barbara das Teegedeck abräumte, ließ Weinberg die Nachrichten abspulen – wie eine Toilettenrolle. Sein Gedächtnis riß davon nur zwei Blatt ab.

In Tel Aviv wurde eine große Friedensdemonstration vorbereitet, auf der neben Künstlern Premier Rabin und sein Außenminister Peres für eine Verständigung mit den Arabern – und ihre Wiederwahl warben. Bei den Präsidentschaftswahlen in Polen galt der ehemalige Kommunist Kwasniewski als Favorit. Die Polen waren verrückt! Seit Jahrhunderten kämpften sie gegen die russischen Erzfeinde um ihre Unabhängigkeit. 1944 hatte die Rote Armee in Warschau seelenruhig zugesehen, wie die SS den Warschauer Aufstand in Blut ertränkte und die polnische Hauptstadt dem Erdboden gleichmachte. Erst danach waren die Russen in den Westen Polens einmarschiert, hatten die Ruinen von Warschau und Auschwitz besetzt und ein kommunistisches Zwangsregime errichtet. Die Kommunisten waren ihre willigen Handlanger gewesen.

Noch 1980, nachdem sich die unabhängige Gewerkschaft ›Solidarität‹ etabliert hatte und für Freiheit und Demokratie eintrat, verrichteten die Kommunisten wiederum die Drecksarbeit für Moskau. Sie verhängten unter Führung des adeligen Kommunistengenerals Jaruselski das Kriegsrecht, zerschlugen die ›Solidarität‹, verhafteten deren Führer Lech Walesa und tausende anderer Freiheitskämpfer. Erst der Zusammenbruch der Sowjetunion zwang die polnischen Kommunisten zum Abtreten.

Lech Walesa war von der überwiegenden Mehrheit seiner Landsleute zum Präsidenten gewählt worden. Und nun schickten sich die Idioten an, den ehemaligen kommunistischen Funktionär Kwasniewski freiwillig zu ihrem Staatschef zu wählen. Das wäre, als ob die Ostdeutschen heute für Kommunisten votieren würden. Das taten sie! Die PDS war in Ostberlin stärkste Partei, der fixe Lügenbold Gregor Gysi war der populärste ostdeutsche Politiker. Und in Westdeutschland war der ehemalige Nazi Kurt-Georg Kiesinger Kanzler der Großen Koalition gewesen, wo er einträchtig neben dem Exkommunisten Herbert Wehner am Kabinettstisch saß. Die beiden alten Kämpfer verstanden sich hervorragend. Und in Israel fand die Hetzpropaganda des Holzkopfs Benjamin Netanjahu großen Zuspruch. Yitzchak Rabin wurde von israelischen Rechten als Nazi, Judenmörder beschimpft und als Palästinenserfreund denunziert. Weinberg hatte genug. Er schaltete das Fernsehgerät aus.

Barbara war ins Wohnzimmer zurückgekehrt. Sie blätterte in einer Illustrierten. Als sie Weinbergs Blick spürte, ließ sie das Magazin sinken und lächelte ihn an. Es war gut, die Frau an seiner Seite zu wissen. Er hätte Barbara gerne in den Arm genommen. Doch Jakob Weinberg wollte sich nicht als rührseliger Greis gebärden. Sie sahen sich an, verstanden einander. Er wartete, bis Barbara sich wieder in ihre Zeitschrift vertiefte – oder zumindest so tat.

Jakob Weinberg wollte nachdenken. Was blieb ihm zu tun? Seine Geschäfte waren konsolidiert. Er wollte sich von seinen Chawejrim zurückziehen. Sie waren für ihn nutzlos und schädlich wie die hysterische Schickse Charlotta. Sein persönliches Glück hatte er bei Barbara gefunden. Jakob Weinberg hatte seine Lebensaufgabe erfüllt – er konnte beruhigt abtreten. Ob er an Prostatakrebs zugrunde ging oder an einem Herzinfarkt starb, war einerlei. Als verantwortungsbewußter jüdischer Vater hatte Jakob Weinberg noch eine entscheidende Aufgabe zu erfüllen: Er mußte Udo helfen. Weinberg erhob sich. Er wanderte durchs Zimmer. Acht Schritte zum Fenster, acht Schritte zur Tür. Barbara tat zunächst, als ob sie die Unrast des Gefährten ignorierte. Als sie spürte, daß seine Käfigwanderung zum Marsch geriet, ging sie auf den Geliebten zu.

»Was läßt dich laufen?«

»Mein Sohn.« Weinberg durfte Barbara nicht als Klagemauer mißbrauchen. Auch wenn ihr Blick ihm verriet, daß sie ihm helfen wollte. Alle wollten einander helfen. Er seinem Sohn und Barbara ihm. Und niemand kam zum anderen durch.

»Udo braucht meine Hilfe. Ich will ihm unter die Arme greifen. Aber er läßt es nicht zu!«

»Ich hab nicht den Eindruck, daß der Udo ein sturer Büffel ist...«

»Bei dir nicht. Bei mir schon. Und auch bei anderen Leuten. Der Junge ist schon Mitte vierzig und hat gar nichts. Keinen Beruf. Kein Geschäft. Keine Familie. Nichts. Das kann doch nicht nur an den anderen liegen...«

»Weißt du, was der Udo will?«

Diese Frage hatte er seinem Sohn nie gestellt.

Warum? Weil Jakob Weinberg immer wußte, was er wollte: überleben, Geld verdienen, eine jüdische Familie gründen, Kinder in die Welt setzen. Das waren klare Ziele. Heute mußte kein Jude in Deutschland ums Überleben kämpfen. Udos Altersgenossen machten wenigstens Geschäfte und heirateten jüdische Frauen. Warum war Jakob Weinbergs Sohn dazu unfähig? Hatte er die tote Seele seiner Mutter geerbt?

Udo war ein kluges Kind gewesen. Er hatte seinen Vater bewundert. Darum hatte Weinberg Udo sein Vertrauen geschenkt und ihn schon mit zwanzig zu seinem Geschäftspartner gemacht. Doch Udo hatte versagt, bei ihm und auch anderswo. Seither haßte er seinen Vater und machte ihn für sein eigenes Scheitern verantwortlich. Was wollte Udo? Um seinem Sohn helfen zu können, kam Jakob Weinberg um eine Antwort auf diese Frage nicht herum. Udo hatte ihn bei ihren zahllosen Streitereien wieder und wieder beleidigt und zu kränken versucht – warum hatte er seinem Vater statt dessen nicht ein einziges Mal gesagt, was er wollte? Stets hatte er Weinberg verwünscht – oder sich arrogant gegeben. Warum fehlten ihm Mut und Vertrauen, dem eigenen Vater, der ihn mehr liebte als jeder andere, zu sagen, was ihn bewegte? Auch ein Arzt muß wissen, was einen Patienten plagt, um ihn zu heilen. Was war Udos Symptom? Weinberg setzte sich, dachte konzentriert nach.

Vor einigen Jahren hatte ihm sein Sohn zum Geburtstag den Roman eines jüdischen Schriftstellers aus Österreich geschenkt. Udo war von dem Roman begeistert. Weinberg hatte darin geblättert und es dann weggelegt. Er hatte für moderne Literatur wenig übrig. Die Bücher jüdischer Schriftsteller in Deutschland haßte er, obgleich er keines von ihnen vollständig gelesen hatte. Weinberg kannte ohnehin ihr »Erfolgsgeheimnis«: alles und alle schlechtzumachen. Die Deutschen, die Juden, insbesondere ihre eigenen Eltern, die unter den alten Nazis in Deutschland lebten. Warum gingen sie nicht nach Israel, wenn hier alles so furchtbar war? Statt dessen ließen sie es sich im »Mörderland«, wie sie es nannten, gutgehen, lebten auf Kosten ihrer Eltern und provozierten die Deutschen, um dann über deren Antisemitismus zu klagen. Die Judenschreiber waren deutsch-jüdische Nestbeschmutzer. Das gefiel Udo natürlich. Um zu erfahren, was sein Sohn wollte, mochte diese Lektüre passend sein.

Im Bücherregal des Schlafzimmers fand Weinberg sogleich das gesuchte Werk – Ordnung war kein deutsches Privileg! Das Buch hieß ›Gebürtig‹, der Autor war ein gewisser Robert Schindel. Weinberg schaltete die Leselampe ein, löschte das Deckenlicht und setzte sich in seinen Schmökersessel.

Nach einigen Seiten hatte er sich an die lautmalerische Sprache Schindels gewöhnt. Der Inhalt blieb ihm fremd. Die Handlung des Buches war ein einziges Tohuwabohu. Gojim und Juden. Allesamt Möchtegernintellektuelle und Nichtsnutze. Sie verbrachten ihre Zeit mit Trennen, Reisen und mit endlosem Gerede über die Vergangenheit, die sie nicht kannten, und die Gegenwart, die sie nicht begriffen. Das Geschwätz war sinnlos, denn ihre Geburt als Kinder von Nazis, Kommunisten und KZniks trennte Gojim und Juden wie eine unüberwindbare »gläserne Wand«. Das war Tinnef. Wichtigtuerisches Geschwätz. Udo lebte mit einer Schickse, hatte mit ihr ein Kind gezeugt. Jakob Weinberg wurde von Barbara geliebt und verstanden wie von keinem Menschen, schon gar nicht seiner jüdischen Frau. Barbara war eine Deutsche.

Weinberg war Jude und KZnik. Er kannte die Hölle auch ohne amerikanische Kitschfilme, deren Regisseure ihr Judentum erst durch die eigenen Streifen entdeckten und sich fortan als Gewissen und Lehrmeister der Menschheit gebärdeten. Die »gläserne Wand« war das Hirngespinst eines jüdischen Wichtigtuers.

Weinberg legte das Buch zur Seite. Er hatte daraus nichts Neues über seinen Sohn erfahren. Udo war wohl der gleiche Nichtsnutz wie die von Schindel beschriebenen Romanfiguren. Ihr Unglück war, daß sie schwatzten, statt etwas zu tun. Wenn er Udo dies auf den Kopf zusagte, würde er ihm an die Gurgel gehen.

Weinberg ordnete Schindels Buch wieder in das Regal ein. Wollte Udo dem Vater damit zu verstehen geben, daß er in einem Traumland lebte? Die gläserne Wand bestand nicht zwischen Juden und Deutschen, sondern zwischen Phantasie und Realität, zwischen Menschen, die bereit und fähig waren, sich dem Leben zu stellen, und Versagern.

Das Telefon läutete. Es war kurz nach zehn. Wer mochte um diese Zeit anrufen? Diese Chuzpe besaßen nur seine Chawejrim. Weinberg hatte heute in der Schul Dessauer doch mehr als deutlich zu verstehen gegeben, daß er und seine Spießgesellen ihn nicht mehr behelligen sollten.

Barbara kam ins Zimmer. »Für dich, Jakl ...«

»Dessauer?«

»Wer sonst?«

»Was willst du, Luzer?«

»Man hat auf Rabin geschossen.«

»Wo hast du das gehört?«

Weinbergs Herz jagte los, kam ins Stolpern. Seine rechte Hand, die den Hörer hielt, zitterte.

»Es kam eben in den Nachrichten. Nach der Veranstaltung in Tel Aviv hat jemand auf ihn geschossen ...«

»Lebt er!?« Weinbergs heiseres Geschrei alarmierte Barbara. Sie sah, daß er sich gegen die Wand lehnen mußte.

»Was ist passiert, Jakl?«

Weinberg winkte ab. Sie blieb neben ihm stehen.

»Sie haben nicht gesagt, daß er tot ist«, kam Dessauers Stimme aus dem Hörer.

»Ihr hobt ihn umgebracht! ... Mit eurem Gemasser!«

»Jankl! Kein Jid tu asoi redn!«

»Redn nicht, aber derhargenen! Ihr habt Rabin derharget ...«

»Er ist nicht tojt. Nur verwundet!«

Weinberg kümmerte sich nicht um Dessauers fernmündlichen Einwand.

»Ihr hobt Rabin derharget! Euer Rebbe hot oifn gehetzt.«

Barbara fuhr Weinberg übers Haar. Sein Nacken stand in kaltem Schweiß. Er nahm ihre Berührung nicht wahr.

Lazar Dessauer spürte die Verzweiflung des Freundes. Er ließ ihn schreien. Schließlich redete er mit begütigender Stimme auf Weinberg ein.

»Ich bin oichet trojrig un entsetzt. Ich hob Jahrzeit. Vor 52 Johrn haben die Nazis meine Eltern derharget ...«

»Un heit derharget ihr Yitzchak Rabin!« schrie es aus Weinberg.
Barbara streichelte seine Hand.

»Mir sind alle oifgeregt un betn, daß alles gut wird ...«

»Nachdem ihr Rabin derharget habt, betet ihr!«

»Jankl! Jankl, kumm aher zu deine Chawejrim. Loß uns zusammen sitzn un Scholem machen. Scholem!«

»Mit Rozejchim mach ich kein Scholem!«

Weinberg warf den Hörer aufs Telefon. Barbara zog den Geliebten an sich. Sie drückte seinen Kopf gegen ihre Schulter. Das erste Mal seit dem Lager weinte Jakob Weinberg ungehemmt. Nicht allein die Trauer um Rabin schmerzte ihn. Jakob Weinberg war erschüttert über die unbändige Lust der Menschen, einander ohne Not zu quälen und zu töten. Das Entsetzen darüber schüttelte ihn wieder und wieder. Barbara führte ihn ins Schlafzimmer, bettete ihn nieder, küßte und liebkoste den Gefährten. Sie flößte Weinberg eine Valiumtablette ein. Endlich verebbte Weinbergs Weinkrampf.

Er stemmte sich hoch. Sie blickten einander an, lange, schweigend. Jakob Weinberg sah seine Frau. Er wollte an ihrer Seite bleiben bis ans Ende seiner Tage.

Barbara teilte diesen Wunsch. Doch an diesem Sabbat begriff sie erstmals, was ihr bis dahin lediglich ein lästiger rationaler Gedanke war: Jakobs Zeit war begrenzt. Bis dahin schien der Gefährte alterslos, voller Vitalität und jugendlichem Ungestüm. Nun sah sie einen alten Mann an ihrer Seite. Sein Gesicht war eingefallen, tiefe Furchen umgaben seinen Mund. Das Schlimmste aber war, daß Jakobs Augen ihre helle Klarheit eingebüßt hatten. Er blickte Barbara mit dem verschleierten Blick eines Greises an. Das Alter war schlagartig über Jakob Weinberg gekommen. Sie fuhr ihm über die Wangen.

»Ist euer Ministerpräsident umgebracht worden?«

Weinberg hatte nicht die Kraft zu fragen, was sie unter »euer« verstand. Er wußte es ohnehin. Barbara teilte die Vorurteile ihrer deutschen Landsleute. Sie dachte in diesem Punkt genauso wie die meschuggene Wenck. Doch Weinberg liebte Barbara. Er nickte.

Sie nahm seine Hand, drückte sie. »Sicher ist das furchtbar. Aber wir leben in einer spinnerten Zeit. Auch bei uns schießt man auf Politiker und versucht, sie umzubringen. Den Schäuble, den Lafontaine. Verrückte gibt's überall.«

Weinberg setzte sich auf.

»Sicher. Aber nach Auschwitz darf ein Jid den anderen nicht derhargenen!«

Barbara verstand Weinberg, auch ohne das Mord-Wort zu kennen.

»Juden sind auch nur Menschen, Jakl.« Sie streichelte seine Wangen.

Weinbergs Blick fiel in sich zurück. Was Barbara sagte, stimmte. Und dennoch verstand sie nichts. Recht hatte der Schindel mit der gläsernen Wand.

Sonntag

»Verstehst du jetzt, warum ich unbedingt aus diesem Killerland weg wollte?«

»Meinst du Deutschland oder Israel?«

Udo Weinberg küßte seine Schwester Dinah und nahm ihr den Koffer ab. Danach begrüßte er seinen Neffen. Ariel überragte seine Mutter um Haupteslänge. Doch er hielt sich schlaff wie ein abgelegtes Hemd. Dinah dagegen war das kraftstrotzende »Eselchen« geblieben, als das er sie in ihrer Kindheit gehänselt hatte. Sie hatte die stämmige Figur, den dunklen Teint, die Augen und Haare ihrer Mutter geerbt. Doch sie besaß das Kämpferherz und den energischen Gang des Vaters – ohne dessen Zielgerichtetheit. Auch jetzt marschierte sie sogleich mit raschen Schritten nach links auf den Parkplatz zu, obgleich Udo den Wagen rechts auf dem Parkstreifen abgestellt hatte.

Udo hatte sich vorgenommen, Dinah möglichst zu meiden. Mochte sie sich mit ihrem Vater um dessen Erbe streiten, soviel es beiden gefiel. Doch Anne hatte, als Udo ihr erzählte, daß Ariel mitkäme, darauf bestanden, daß er die beiden abholte. Sie ahnte nicht, was sie sich damit einbrockte. Dinah würde den Zank auch in sein Haus tragen. So beschloß Udo zu verschlafen. Das Flugzeug landete um kurz nach neun. Sonntags um diese Zeit ruhte noch alles Leben in der Bau-, Brau- und Saustadt mitten in der bayerischen Hochebene, ganz gewiß die Langschläferin Anne. Später wollte Udo mit ihr im Firmenwagen einen Ausflug nach Salzburg machen.

Udos Vorhaben scheiterte an seinen Skrupeln. Er erwachte um

acht, seine Unruhe holte Anne aus dem Schlaf. Sie erinnerte sich und nachdrücklich ihn an seine Pflicht, bis Udo sich endlich, scheinbar unwillig, aber klammheimlich dankbar, daß er dazu genötigt worden war, auf den Weg zu Schwester und Neffen machte.

Es war bereits kurz vor neun als Udo die Autobahn erreichte und das Radio einschaltete. Doch statt der erhofften Musik auf Bayern 3 vernahm Udo die Nachricht von der Ermordung des israelischen Ministerpräsidenten Yitzchak Rabin. Ein Schauer fuhr über seine Haut, es schüttelte ihn. Udo wollte auf dem Seitenstreifen halten. Doch er zwang sich, weiterzufahren. Die Radiomeldungen prasselten auf ihn ein. Im Anschluß an eine Friedenskundgebung vor dem Tel Aviver Rathaus war Rabin von einem einzelnen Attentäter, Jigal Amir, hinterrücks niedergeschossen worden. Der Politiker war in ein Krankenhaus gebracht worden, wo er verblutete. Der Attentäter hatte sich, ohne Widerstand zu leisten, festnehmen lassen. Er habe allein gehandelt, aber Gott habe ihm beigestanden, behauptete Jigal Amir.

Politiker und andere Windmacher eröffneten ein Beileidstrommelfeuer. Am pathetischsten war die Verlautbarung des amerikanischen Präsidenten. Bill Clinton nannte Rabin einen »Märtyrer des Friedens«. »Ich habe ihn bewundert und sehr geliebt«, bekannte der amerikanische Präsident. Er schloß seine Botschaft mit den Worten: »Schalom, Chawer!« Das wird den Jidn gefallen, wußte Udo. Es folgte ein Seifenblasenstrauß von Beileidsphrasen aus aller Welt. Am Ende wurde die Verlautbarung der Bundesregierung verlesen. Es war, als ob die Deutschen sich zunächst der Betroffenheit der anderen versichern wollten, ehe sie das eigene Wortgeklingel ertönen ließen. Zuvor wurde die Stellungnahme des Vorsitzenden des Zentralrats der Juden in Deutschland, Ignatz Bubis, im Original eingespielt. Man vernahm das unverwechselbare Idiom des Frankfurters. »Daß es auf israelischer Seite solche Mörder gibt, ist unbegreiflich.« Bubis Stimme zitterte. Was war unbegreiflich? Überall gab es Mörder und Attentäter. In Amerika, Frankreich, England, Deutschland – warum nicht auch in Israel?

»Erst wenn unsere Gefängnisse voll sind, werden wir ein normales Land sein«, hatte einst Israels Staatsgründer David Ben Gurion gesagt. Der Politgangster aus Tel Aviv hatte in das Fadenkreuz der israelischen Normalität getroffen. Israel war nun ein Land wie jedes andere. Vorbei war die Zeit, in der die Juden ihren Staat als etwas Besonderes ansehen und die Araber drumherum als Halbwilde, Gangster oder Mörder verachten durften. Die Israelis waren keinen Deut besser.

Die Sonne warf ihr schwindsüchtiges Herbstlicht über das Land. Udo freute sich jetzt wieder auf die Spritztour nach Österreich. Sobald er Dinah und Ariel zu Hause abgeladen haben würde, wollte er mit Anne aufbrechen. Er trieb die schwere Limousine über die Autobahn.

»Ras nicht wie ein Meschuggener! Ich bin nicht hergekommen, um an einem deutschen Baum zu landen!«

»Wenn's dir zu schnell geht, kannst du gerne laufen.«

»Von wem hast du das Auto?«

»Vater hat's mir geschenkt.«

Dinah sah den Bruder skeptisch an. Udo wollte sie reizen. Möglich war alles. Vater und Sohn lebten mit Schicksen zusammen. Das verband sie. Doch Dinah kannte ihren Vater. Er war geizig. Zur Not schenkte er der Schickse ein Auto, nicht Udo. »Ich hoffe, du hast deinen Stall aufgeräumt?«

»Seit Anne bei mir lebt, ist die Bude tipptopp in Schuß.«

»Du hast hoffentlich die Schickse rausgeworfen...«

Udo bremste so abrupt, daß Dinah und Ariel gegen ihre Sitzgurte gedrückt wurden. Er lenkte den Wagen hart auf den Randstreifen und wandte sich seiner Schwester zu. »In meinem Haus tue ich, was mir paßt. Verstanden?«

»Ariel...!«

»Geht mich einen Dreck an!«

»Er ist mein Kind. Ein jüdischer Junge!«

Udo beherrschte sich, Dinah nicht in Ariels Gegenwart ihre Vögeleien mit Peter an den Kopf zu werden. Er schloß einen Moment die Augen. Dann sah er seine Schwester an. Neben ihm saß eine pummelige Cholerikerin, die er viel zu lange ernst genommen hatte. Dinah war auf ihn angewiesen – erstmals seit ihrer Kindheit. Er würde sie wie früher seine Überlegenheit fühlen lassen. Udo startete den Motor wieder. Er sprach während des Fahrens, ohne sie anzusehen. »Dinah, wenn du deinem Sohn die Anwesenheit meiner Freundin ...«

»Die Schickse!«

»... nicht zumuten willst ...«

»Red nicht so geschwollen daher, in deinem großkotzigen BMW!«

»... dann mußt du ins Hotel gehen.«

Dinah antwortete nicht. Udo begnügte sich nicht mit ihrem Remis-Angebot. Er steuerte das Fahrzeug auf die rechte Spur und verlangsamte die Geschwindigkeit. »Wohin soll ich dich bringen, Dinah?«

»Ich muß überlegen ...«

»Nein! Ich möchte auf der Stelle wissen, wo ich dich absetzen soll.«

»Wir sind noch nicht in der Stadt!«

»Wenn du mir nicht antworten willst, schaff ich dich gleich ins Hotel. Die Pension ›Schelling-Heim‹ ist bei Vater um die Ecke.«

»Wir würden lieber bei dir wohnen.«

»Und bei Anne!«

Udo verzichtete darauf, Dinah zu einer Antwort zu zwingen. Statt dessen gab er die Spielregeln vor. »Wenn du Anne Schickse nennst ...«

»Sie ist doch eine!«

»... oder meinst, sie kränken zu müssen, fliegst du ohne Warnung raus. Das geht ganz schnell.«

Dinah starrte aus dem Fenster. Nach einer Weile sagte sie unvermittelt: »Gib dir keine Mühe, Udo. Du wirst nie wie Vater.« Sie blickte auf den Asphaltstreifen. »Das schafft keiner von uns.«

Anne deckte den Frühstückstisch für die Gäste. Hier, im Wohnzimmer, würden Dinah und ihr Sohn auch schlafen – falls sie blieben. Es würde eng werden. Nach allem, was Udo erzählte, war seine Schwester eine Zankhenne. Auch Udo galt als Streithansl, doch er war weichherzig und ihr gegenüber sanft und rücksichtsvoll. Dinah war Udos Schwester, auch sie würde kein Drachen sein. Anne preßte Orangen aus, als die Wohnungstür geöffnet wurde. Sie trocknete sich die Hände und betrat den Flur.

Die Geschwister sahen sich auf den ersten Blick so ähnlich wie Pat und Patachon. Neben seiner dunklen, quicken, rundlichen Schwester wirkte der schlanke Udo mit seinen schildkrötenhaft bedächtigen Bewegungen wie ein exotisches Tier. Allein der weichlippige, breite Mund und die sanft geschwungene schmale Nase verriet ihre Verwandtschaft. Kinn und Stirn beider waren spiegelverkehrt: Dinah hatte eine niedrige Stirn und ein rundes, aber energisches Kinn. Udos Stirn türmte sich hoch, während sein Kinn scheinbar energielos abbrach. Allein ein längliches Grübchen wies daraufhin, daß Udo durchaus Kraftreserven mobilisieren konnte. Dinahs Sohn glich, abgesehen von seinen dunklen, melancholischen Augen, die von bürstendicken Wimpern umkränzt wurden, seinem Onkel wie ein Nachfolgemodell: in Gesichtszügen, Figur und Gestik. So mochte Udo im gleichen Alter ausgesehen haben. Anne lächelte. So würde ihr Kind aussehen – durchwachsen mit ihren Zügen.

»Willkommen. Ich bin Anne.« Sie streckte Dinah die Hand entgegen. Die Eintretende sah sie stumm an, zögerte, ehe sie kurz und unfroh zugriff und mit deutlicher Stimme verkündete: »Weinberg!«

Udo ließ Dinahs Koffer zu Boden plumpsen, er drängte sich zu Anne, umarmte und küßte sie. »Schön, endlich wieder bei dir zu sein«, sagte er betont laut. Dabei wurde er sich der Hilflosigkeit seiner Worte bewußt.

Anne begrüßte den Jungen, der trotz englischer Anrede zu schüchtern war, seinen Namen zu nennen. Udo tat es an seiner Statt und bat Dinah und Ariel ins Wohnzimmer.

»Wir haben schon im Flieger gefrühstückt«, verkündete Dinah und setzte sich statt an den Tisch auf die Couch. Sie wollte sich frisch machen und danach telefonieren. Doch Udo hielt seine Schwester zurück. »Nur keine Hektik.« Er sah auf seine Uhr. »Es ist noch zu früh, um bei Peter anzurufen. Er liegt sicher noch mit seiner Frau im Bett. Oder er macht Frühstück für seine Familie.«

»Von mir aus, ich muß jedenfalls aufs Klo.« Dinah erhob sich.

»Zweite Tür neben dem Eingang«, rief ihr Udo nach.

Udo aß mit großem Appetit die getoasteten Kürbiskernbrötchen vom Vortag, die er dick mit Honig bestrich. Er forderte Ariel auf, ebenfalls Platz zu nehmen und zu frühstücken. Anne schenkte ihm Orangensaft ein. Ariel bedankte sich mit einem höflichen »Thank you«.

»Ich dachte, du kannst deutsch, Arik«, tönte Udo jovial.

Der Junge lächelte scheu.

»Wanz dich nicht an die Deutsche an«, mahnte ihn seine Mutter, die soeben ins Zimmer getreten war, auf hebräisch. Udo verstand die Worte.

»Du scheinst große Lust zu haben, gleich rauszufliegen?« Er sprach ebenfalls hebräisch, um die Geliebte nicht zu verletzen. Aber er war in Dinahs Falle getappt. Er fuhr auf deutsch fort: »Wie lange wirst du in Deutschland bleiben?«

»Für immer! Ich kehre nicht mehr nach Israel zurück. Ich denke nicht daran, mein Kind einem Verbrecherland zu opfern!«

»Dann mußt du dich mit deinem Sohn auf den Mond schießen lassen. Auf Erden wird überall gemordet.«

»Nicht ein Regierungschef!«

»Doch!« beharrte Udo. »In Amerika, Indien, Schweden, Nigeria ...«

»Nicht in Deutschland!«

»Du solltest die Nachrichten über dein geliebtes Deutschland genauer lesen. Wolfgang Schäuble ...«

»Ist kein Kanzler und hat überlebt.«

»Er bleibt sein Leben lang an den Rollstuhl gefesselt.«

»Ich werde jedenfalls nicht zulassen, daß mein Arik drei Jahre dieser Mörderbande ausgeliefert bleibt.«

»Dein Mann ist schon seit zwanzig Jahren bei dem Haufen. Hast du nie Angst um David gehabt?«

»Nein!«

»Warum hast du den Kerl dann geheiratet?«

»Udo, der Junge ...«, bat Anne.

»Frag nicht so dumm! Du weißt, daß Vater mich dazu gezwungen hat.«

»Er ist nicht mit der geladenen Pistole hinter dir gestanden.«

»Er hat gedroht, mich zu enterben.«

»Was für dich schlimmer war als ein Revolver. Du hast dich von ihm bezahlen lassen wie eine Chonte.«

»Halt dein Maul, du Null! Bilde dir ja nicht ein, daß ich mir alles von dir gefallen lasse, weil ich zwei Tage bei dir absteigen muß.« Sie sprang auf. »Dich hat Vater zum Direktor gemacht. Mich hat er mit achtzehn aus der Schule geholt.«

»Ihm blieb nichts übrig. Du bist zum zweiten Mal durchgerasselt.«

»Weil kein Mensch sich um mich gekümmert hat. Du am allerwenigsten!«

»Ich bin kein Nachhilfelehrer!«

»Nein! Du bist ein egoistischer Sack!«

»Und du? Eine korrupte kleine ...«

»Genug, Udo!« gebot Anne.

»Vater hat dich nur wegen deiner Geldgeilheit in der Hand gehabt.«

»Dir hat er's in den Toches geschoben, mich hat er damit erpreßt.«

»Warum bist du nicht mit Peter auf und davon?«

»Damit du das Erbe allein kassierst?! Das hätte dir so gepaßt!«

»Steck dir dein Erbe sonstwohin!«

»Udo!«

»Was sag ich denn Falsches? Wir brauchen das Geld vom Alten nicht.« Udo fuhr Anne zärtlich übers Gesicht. »Wir sind auch so glücklich.« Udo sah Anne bestätigungsheischend an. Sie begann zu begreifen, woher Dinahs verletzliche Aggressivität rührte.

Dinah bemerkte Udos Blick und Annes trotziges Schweigen.

»Ich will mich nicht in Ihre Beziehung mischen, Anne. Aber Sie sollen wissen, daß Udo ein Heuchler ist – wie alle Männer. Sie sind schwanger?«

Annes Augen bestätigten ihr dies. »Kinder kosten Zeit und Geld. Und . . .«, Dinah sah ihren Bruder an, ». . . die Männer lassen uns mit ihrer Brut allein – egal, welche Liebesschwüre sie vorher leisten.«

Die Blicke der Frauen trafen sich.

»Ich mußte früh begreifen, daß eine Frau Geld braucht. Was immer die Kerle daherreden.«

Dinah setzte sich. Sie wollte sich einen Kaffee einschenken, doch ihre Finger zitterten. Anne füllte Dinahs Tasse und fuhr ihr, als sie die Kanne abgestellt hatte, über die Hand. Dinah zuckte zurück. Sie bereute ihren Reflex, griff nach Annes Hand und drückte sie. »Sie . . . du bist mir sympathisch. Aber ich bin keine Heuchlerin. Ich bin nach Deutschland gekommen, um Ariks Zukunft zu sichern und auch meine. Ich werde darum kämpfen. Wenn es sein muß auch mit . . . mit dir.« Dinah ergriff die Tasse mit beiden Händen und trank ihren Kaffee in kurzen Schlucken. Dann wandte sie sich ihrem Bruder zu. »Nimmt Vater seine Krankheit ernst?«

»Du weißt doch, daß er ein Hypochonder ist . . .«

»Sicher. Aber ich will wissen, ob er diesmal Angst hat zu sterben.«

»Ja.«

»Dann bin ich ja zur rechten Zeit gekommen.« Dinah erhob sich. »Udo, bring mich bitte zu Vater.«

»Ich bin nicht dein Chauffeur. Nimm die Trambahn vom Sendlinger-Tor-Platz.«

»Kannst du deine Schwester nicht bitte hinbringen?«

»Lassen Sie nur, Anne. Bei mir zeigt er sein wahres Gesicht. Bald wird er sich auch zu Ihnen so benehmen.«

»Mußt du ständig hetzen?«

»Ich sage lediglich, was ich weiß. Offen und geradeheraus. Anne soll dich kennenlernen, solange noch Zeit ist.«

»Zeit wofür?« schrie Udo auf. »Willst du sie wie Vater mich, überreden, das Kind abzutreiben?«

»Du hast einen Knall, Udo.«
Sie bat Anne, ihr ein Taxi zu rufen.

Dinah verließ die Wohnung, nachdem sie Anne gebeten hatte, sich um Ariel zu kümmern. Anne bot dem Jungen an, sich im Schlafzimmer auszuruhen. Doch Ariel fühlte sich nicht müde. Er zog es vor, sich auf die Wohnzimmercouch zu fletzen und sich mit Musik aus seinem Walkman zuzudröhnen. Udo trank noch eine weitere Tasse Kaffee, dessen bitteren Nachgeschmack er mit frischem Orangensaft versüßte.

»Glaubst du Dinahs böses Geschwätz?«

»Ich denke nicht, daß deine Schwester eine böse Person ist.«

»Ich kenn sie besser, glaub mir.«

»Dann hast du ja meinen Eindruck nicht nötig.«

»Anne!« Udo packte die Freundin an der Schulter, drückte sie fest. »Was ist denn los mit dir? Wir lieben uns, alles ist gut. Plötzlich drängt sich diese Person in unsere Wohnung und mischt in einer halben Stunde unser ganzes Leben auf.«

»Sie mischt gar nix auf. Aber du hast dich brutal zu ihr benommen. So kenn ich dich nicht.«

»Weil sie mich ununterbrochen provoziert. Von Kindheit auf.«

»Die kleine Schwester eines Buben muß sich irgendwie durchsetzen.«

»Sie ist geldgierig, sie haßt Männer. Und jetzt hetzt sie mich gegen dich auf.«

Anne blickte Udo mit ruhigen Augen an. »Meinst du, ich laß mich gegen dich aufhetzen?«

»Nein ...«

»Eben! Aber niemand kommt geldgierig auf die Welt. Sie klammert sich am Mammon fest, weil die Männer sie im Stich gelassen und erpreßt haben.«

»Dinah hätt ja bei ihrem Peter bleiben können, statt sich nach Israel zu verkaufen.«

»Glaubst du, eine Frau, die einen Mann liebt, läßt ihn für Geld stehen?«

»Dinah hat's getan.«

»Weil ihr nichts übriggeblieben ist.«

»Woher willst du das wissen?«

»Die Art, wie sie mir eine Abtreibung nahegelegt und mich gleichzeitig beschworen hat, es nicht zu tun – das macht nur eine Frau, die schon so was durchgemacht hat.« Damit verriet Anne Udo mehr über seine Schwester und sich, als er bislang wissen wollte.

Udo mußte aus dem Haus. Er bat Ariel, seine Kopfhörer auszustöpseln, und drängte ihn und Anne zum Ausflug nach Salzburg.

Ariel wollte lieber an den Tegernsee. Dort hatten seine Mutter und er vor zu wohnen. Ariel würde sein Deutsch verbessern und im nächsten Jahr das Abitur machen. Ariel schwärmte vom Tegernsee. »Ich war schon mal dort, mit Dinah und Großvater. Die Gegend ist klasse: Berge, Wasser, dunkle Wälder. Toll.«

»Aber auch sauteuer«, wandte Udo ein.

»Das ist kein Problem. Mutter hat in München Häuser. Die verkaufen wir. Davon kaufen wir eine Villa am See. Vom Rest des Kapitals leben wir.«

Ariel wollte unverzüglich los. Udo war einverstanden, doch Anne bat ihn für einen Moment ins Schlafzimmer.

»Udo, ich möcht dich bitten, nicht mit dem Buben zum Tegernsee zu fahren und statt dessen deinen Vater zu besuchen.«

»Ich hab dort nichts verloren!«

»Die Dinah ist hergekommen, um Kasse zu machen.«

»Sicher.«

»Ich weiß, daß dir das wurscht ist. Aber wir kriegen ein Kind, und dafür tragen wir Verantwortung.«

»Heißt das, du verlangst von mir, zum Alten zu rennen, um mit Dinah über sein Erbe zu streiten?«

»Udo! Ich möchte nicht, daß du dich mit deiner Schwester zankst. Und ich will auch keinen Pfennig vom Geld deines Vaters – genausowenig wie du!« Anne liebte Udo um seiner Unverdorbenheit und Naivität willen. Doch jetzt brauchten sie und ihr ungeborenes Kind einen Mann und Vater. »Du hast jetzt die Pflicht, für deine Familie vorzusorgen.«

»Ich habe keine Lust, mich um Geld zu streiten.«

»Du sollst nicht streiten, sondern unsere Interessen vertreten.«

»Vorhin warst du sauer, weil ich mit Dinah offen geredet habe.«

»Da ging's um nichts.«

»Und jetzt geht's ums Geld.«

»Nein, um unser Kind.«

Anne stand aufrecht wie ein bayerischer Garde-Ulan. Udos Seele dagegen krümmte sich wie Moses Mendelssohns Buckel.

»Du mußt lernen, dich durchzusetzen.«

»Bis jetzt bin ich ... sind wir gut ohne Papas Geld ausgekommen.«

»Bis jetzt waren wir auch keine Familie.« Sie nahm Udos Hand. »Du mußt für uns sorgen. Für das Kind und für mich.«

»Dazu brauch ich nicht das Geld von Vater.«

»Doch, Udo! Ich werde aufhören zu arbeiten. Ich will nach der Geburt bei meinem Kind bleiben.«

»Ich hab doch jetzt einen Job.«

»Gerade mal einen Tag. Wir wissen noch nicht, was draus wird.«

»Ich will keine Hure werden wie Dinah.«

»Sie sorgt sich um die Zukunft ihres Kindes, das ist alles ...«

»Durch ein Haus am Tegernsee!«

»Das ist das Geschwätz eines Buben.« Anne drückte Udo die Hand. »Ich bitte dich, zu deinem Vater zu fahren ...«

»Später!«

»Nein, jetzt! ... und das Erbe unseres Kindes zu sichern.« Ehe Udo ihr antworten konnte, fuhr Anne fort: »Du wirst darum kämpfen müssen, Udo. Du mußt keine Angst davor haben: Du kannst es.«

»Aber ich habe Arik versprochen ...«

»Ich kümmere mich um ihn. Und du fährst bitte zu deinem Vater und sorgst für unser Kind.«

Bei ihrem Eintreten wies Dinah die Deutsche an, sich zu packen. »Ich habe mit meinem Vater zu reden.«

»Sie sind hier nicht die Hausherrin.«

Das Wort mehr als die Aussage versetzte Dinah in Rage. Sie haßte den Ausdruck Herr, das klang nach Herrenmensch, war Nazisprache und zeugte von einer entsprechenden Gesinnung. Die Schickse wähnte sich bereits als Herrin des Hauses, ihres Vaters und damit seines Besitzes. »Ich werde nicht dulden, daß Sie sich hier wie eine Herrin aufführen. Die Herrenmenschen-Zeiten sind vorbei. Endgültig. Machen Sie, daß Sie wegkommen!«

»Nein. Ich bin hier, um auf Jakob aufzupassen.«

»Ich habe Ihnen bereits gesagt, daß damit Schluß ist! Aus und vorbei! Mein Vater braucht niemand, der auf ihn aufpaßt. Kein Jude braucht mehr einen Deutschen, der auf ihn aufpaßt. Schon gar nicht eine Herrenmenschin wie Sie.«

»Wollen Sie damit andeuten, daß Sie mich für eine Nazi halten?«

»Selbstverständlich.«

Die Feindseligkeit der Jüdin verschlug Barbara die Sprache. Sie mußte sich wehren, sonst würde diese Person sie überrollen wie eine Dampfwalze – und was schlimmer war, auch Jakob.

Die Aufregungen des gestrigen Tages hatten Weinberg derart mitgenommen, daß es sehr spät geworden war, ehe er endlich an Barbaras Seite in einen flachen Schlaf fiel. Weinberg hatte sich geweigert, ein weiteres Beruhigungsmittel einzunehmen. So war er bereits im Morgengrauen aufgewacht und hatte sogleich das Radio eingeschaltet. Seine Befürchtung bestätigte sich: Yitzchak Rabin war dem Attentat zum Opfer gefallen. Weinberg begann erneut am ganzen Körper zu zittern. Darauf hatte Barbara ihn trotz seines Lamentos dazu genötigt, eine Valium-Tablette einzunehmen. Die Arznei wirkte rasch. Jakob fand seinen Schlummer. Selbst das Läuten an der Haustür hatte ihn nicht aus dem Schlaf gerissen. Und nun stand diese Frau inmitten ihrer Wohnung, beleidigte sie und schrie herum, bis sie ihren Vater geweckt hatte, um ihn aufzuregen und wieder unter Druck zu setzen. Barbara mußte Jakob vor der eigenen Tochter schützen.

»Ihr Vater hatte gestern einen schweren Tag …«

»Das ist kein Wunder, wenn er mit Ihnen zusammensteckt.«

Barbara hatte Mühe, diese unverschämte Person nicht zu packen und hinauszuwerfen.

»Ihren Ministerpräsidenten habe ich jedenfalls nicht umgebracht.« Der kleine Triumph gab Barbara Kraft. »Jakob schläft. Ich bitte Sie, das zu respektieren. Sie können gern im Arbeitszimmer warten …«

»Was ich tue und wo, wirst du dahergelaufenes Weib mir nicht vorschreiben!«

Sie legt es darauf an, mich solange zu reizen, bis ich auf sie losgehe oder davonlaufe, dachte Barbara, setzte sich demonstrativ auf Weinbergs Ledersessel und schlug ein Bein übers andere. Die betonte Selbstverständlichkeit ihres Verhaltens wiederum provozierte Dinah bis zur Weißglut. »Du kleines Miststück willst dich hier aufspielen. Du bist ein Nichts! Mein Vater wird dich rauswerfen wie das letzte Mal. Aber diesmal endgültig. Dafür sorge ich. Verlaß dich drauf!«

Du rührst dich jetzt nicht vom Fleck! Egal, was dieses Ungeheuer sagt und tut, befahl sich Barbara.

Jakob Weinberg trat ins Zimmer. Beide Frauen erschraken. Seine Augen waren verklebt, das Gesicht hohlwangig, er war unrasiert und nicht gekämmt. Weinberg, der stets Wert auf seine äußere Erscheinung legte, hatte vergessen, den Reißverschluß seiner Hose zu schließen. Dinah lief auf ihren Vater zu. Sie umarmte ihn. Seine Bartstoppeln kratzten. Sie spürte die kühle, schlaffe Haut darunter.

»Papale! Was hat die Schickse aus dir gemacht?«

Weinberg winkte ab. »Das war nicht Barbara …«

»Die Schickse hat dich zugerichtet wie die Gestapo!«

»Das haben die israelischen Rozejchim gemacht und ihre Freunde hier.«

»Die Schickse.«

»Genug, Dinah!«

»Lassen Sie Ihren Vater bitte in Frieden!«

Barbara ging zu Weinberg, nahm seine Hand. Er streifte sie verlegen ab.

»Setz dich bitte her. Ich mach dir Frühstück, Jakl.«

»Jakl ...« Dinah dehnte das Wort betont. »Paß auf, Jakl! Sonst steckt sie dich in eine Lederhose und hängt dir ein Kreuz um. Am besten ein Hakenkreuz.«

»Hör auf, Dinah!«

»Nein! Ich werde so lange nicht aufhören, bis du die Schickse rausgeworfen hast.«

»Wenn Sie nicht augenblicklich Ruhe geben und aufhören, Ihren Vater aufzuregen, schmeiße ich Sie eigenhändig raus.«

»Hier wird niemand rausgeschmissen.«

»Richtig, Papale. Die Schickse soll sich nicht einbilden, daß sie etwas zu sagen hat.«

»Genug!« Weinberg sah Barbara an. »Mach mir bitte einen Kaffee zum Frühstück. Ich geh ins Bad ...« Er wandte sich zu seiner Tochter. »Und dann werden wir wie vernünftige Menschen miteinander reden.«

»Mit der da rede ich kein Wort.«

»Du bist meine Tochter und wirst tun, was ich sage.«

Weinberg entspannte unter dem heißen Wasser der Dusche. Langsam lösten sich Müdigkeit und Schlappheit. Später schaltete er auf kalt um. Die stechenden Wasserstrahlen ließen ihn erschauern, raubten Weinberg den Atem. Er japste nach Luft und zählte gleichzeitig bis dreißig. Dann drehte er das Wasser ab, stieg aus der Brause und frottierte seine Arme und Beine in Richtung des Herzens, wie ihm das sein Arzt beigebracht hatte.

Seine Figur war noch ansehnlich. Das Bild eines straffen Körpers wurde durch seinen kleinen Ranzen kaum beeinträchtigt. Die Haut runzelte sich an seinen Unterarmen und Beinen. In knapp sechs Wochen, am 15. Dezember, würde Jakob Weinberg siebzig, da mußte man einige Falten in Kauf nehmen. Weinberg hüllte sich in ein flauschiges Badetuch, das Barbara ihm auf das Wärmerohr gelegt hatte. Er trat an den Spiegel, schmierte das Ge-

sicht mit Rasierschaum ein. Seine Augen waren gerötet. Die Erinnerung an den Mord des gestrigen Abends kam Weinberg erneut
zu Bewußtsein und ließ sein Gesicht unter dem kalten Schaum
aufglühen. Ein Jude durfte einen anderen nicht ermorden – zumindest nicht im Frieden. Das war unverzeihlich. Weinberg
zwang sich, seine Aufmerksamkeit aufs Rasieren zu konzentrieren. Er schob eine neue Klinge über den Halter, öffnete den
Warmwasserhahn, wartete, bis das heiße Wasser dampfte und
hielt die Rasierklinge unter den Strahl. Dann schabte er sich mit
raschen Bewegungen den Schaum von Wangen, Mundpartie,
Kinn und Hals. Weinberg entfernte die Klinge, er haßte es, ge-
brauchte Rasiermesser zu benutzen, warf sie in den Abfalleimer,
säuberte den Apparat und ordnete ihn in sein Fach. Nun sprühte
er Davidoff-Aftershave auf seine Gesichtshaut und verteilte es
patschend. Der Alkohol des Parfüms brannte auf seiner Haut,
kühlte sie aber bald darauf.

Weinberg frisierte seine nassen Haare. Sein Friseur Werner aus
der Türkenstraße bewunderte Weinbergs Schopf. Sie seien fest,
voll und glänzten wie die eines jungen Burschen, hatte der jü-
disch-magyarische Friseur geschwärmt. Vielleicht war Weinberg
doch gesund? Der Blick aus seinen hellgrauen Augen war wieder
klar, seine Gesichtshaut straffte sich.

Jakob Weinberg fühlte sich nun stark genug, seine Frauen zur
Vernunft zu bringen. Nachdem er bedachtsam Hemd, Krawatte,
Anzug und Socken ausgewählt und sich sorgfältig angezogen
hatte, ging Weinberg ins Wohnzimmer.

»Papale. Toll siehst du aus.« Dinah bat den Vater, sich auf seinen Stuhl zu setzen. Barbara schenkte ihm Tee statt eines Kaffees
ein. Sie fühlte, daß er auch ihren Beifall für seinen Sieg im aussichtslosen Krieg gegen das Alter erwartete. Barbara schickte ihm
ein Lächeln. Sie erwartete von ihm Loyalität und – Geld. Jakob
Weinberg machte sich nichts vor. Dinah wollte sich den entscheidenden Sieg in ihrem langen Feldzug um das Erbe des Vaters sichern. Barbara war entschlossen, ihr Paroli zu bieten. Udo dagegen
nutzte seine strategische Position als Weinbergs einziger Sohn

und natürlicher Erbe nicht aus und weigerte sich, in die Schlacht zu ziehen.

Weinberg setzte sich auf die Couch und wartete. Keine der Frauen wollte das Gefecht eröffnen, um der Feindin nicht eine offene Flanke zu bieten. Statt ihn wie üblich zu Tisch zu bitten, brachte Barbara ihm die Teetasse an seinen Platz. Weinberg dankte ihr. Er genoß das feindselige Belauern zwischen seiner Tochter und seiner Geliebten. Die Stimmung lud sich auf wie vor einem Gewitter. Weinberg durfte sich nicht festlegen. Sobald er sich für eine Seite entschied, gab er seine Macht aus der Hand. Er trank einen Schluck und bat Dinah und Barbara, Platz zu nehmen. Die vorrangige Nennung der Tochter schien Barbara zu kränken. Weinberg stellte die Tasse ab.

»Seit wann bist du in Deutschland, Dinah?«

»Seit einer Stunde. Ich habe Ariel mitgebracht.«

»Wo ist der Junge?«

»Bei Udo.«

»Warum sind die beiden nicht mit zu mir gekommen?«

»Weil ich meinem Kind nicht zumuten will mitanzusehen, daß sein Großvater, über den er sein Leben lang nur Gutes gehört hat, mit einer Schickse zusammenlebt.«

»Du versuchst, meinen Enkel zu meinem Sittenrichter zu machen, Dinah. Das ist lächerlich!«

»Das ist keineswegs lächerlich, sondern eine Notwendigkeit. Wie soll ich Ariel sonst davon abhalten, sich später mit Schicksen rumzutreiben?«

»In Israel kann ihm das nicht passieren.« Weinberg wußte, daß seine Worte Barbara verletzten. Doch er mußte zunächst mit Dinah fertigwerden.

»Ariel wird nicht nach Israel zurückgehen. Wir bleiben in Deutschland.«

»Das kommt nicht in Frage!«

Dinah lachte auf. »Die Zeiten sind vorbei, Papa! Ich werde dir nicht erlauben, Ariels Leben ebenso zu zerstören wie meines.«

»Ein jüdischer Junge hat in Israel zu leben und zum Militär zu gehen.«

»Nur über meine Leiche!« Die Worte seiner Tochter brachten Weinberg erneut den Mord an Rabin zu Bewußtsein. Sein Gesicht glühte auf.

»Wenn du so fürs israelische Militär schwärmst, Papa, warum hast du dann nicht deinen eigenen Sohn hingeschickt?«

»Ich habe keine Lust, mich über die alten Geschichten mit dir zu streiten.«

»Das verlangt auch kein Mensch von dir. Du hast mich gefragt, warum ich Ariel nicht hergebracht habe, und ich hab's dir gesagt. Und ich sag dir gleich noch was! Solange diese Schickse hierbleibt, wirst du Ariel nicht sehen.«

»Jakob Weinberg läßt sich von niemandem erpressen – auch nicht von der eigenen Tochter.«

»Ich erpresse dich nicht, Papa. Ich schütze lediglich mein Kind vor dieser Person.«

»Paß auf, daß du dich und meinen Enkel nicht zu sehr schützt...«, Weinberg sah Dinah eindringlich an, »... beispielsweise vor meinem Geld.«

»Mach dir da keine Sorgen, Papa. Du hast mir bereits die Häuser überschrieben.«

»Einen Dreck hab ich überschrieben!«

»Ich habe eine beglaubigte Fotokopie mitgebracht, falls du gewillt sein solltest, es zu vergessen.« Sie wies auf Barbara. »Wegen der da.«

»Ich weiß genau, was ich unterschrieben habe – im Gegensatz zu dir. Ich habe eine Absichtserklärung abgegeben – die so verbindlich ist wie ein Horoskop.«

»Du hast ein gültiges Testament unterschrieben.«

»So ist es. Aber dir ist sicher bekannt, daß ich das Testament jederzeit ändern kann.«

»Das wirst du nicht wagen! Du wirst dein einziges jüdisches Enkelkind nicht enterben zugunsten einer Schickse, die nur daran denkt, wie sie dich am schnellsten ins Grab bringen kann.«

Weinberg zwinkerte Barbara zu. Sie war erfreut, daß der Geliebte sich so rasch von seinem gestrigen Schock erholt hatte – unter Druck war Jakob am besten. »Das würde meiner Barbara wenig nützen, denn noch sind Ariel und du die Haupterben.«

»Was willst du damit sagen?«

»Daß ich nicht daran denke, dich und Ariel dafür zu belohnen, daß du mich beschimpfst und erpreßt.« Weinberg lehnte sich zurück. »Außerdem habe ich vor, Barbara zu berücksichtigen. Statt mich ins Grab zu bringen, könnte sie ein Kind von mir kriegen – auch dafür will ich sorgen.«

»Du willst deinen jüdischen Enkel wegen eines Mamsers enterben? Das werde ich nie zulassen!«

»Dir wird nichts übrigbleiben. Meine jüdischen Kinder haben mir leider nicht nur ungeteilte Freude bereitet.«

»Nein?! Ich habe alles für dich aufgegeben. Mein Zuhause, meinen Beruf...«

»Du hast nie einen Beruf gehabt!«

»Weil du mich nichts hast lernen lassen!«

Weinberg verzichtete darauf, seine faule Tochter vor der Geliebten bloßzustellen.

»Und du hast mich von meinem Mann getrennt.«

»Mann! Ein dahergelaufener Goj. Wer weiß, was seine Eltern im Krieg verbrochen haben? Ich wollte keine Nazi-Enkel!« Weinberg konnte die Worte nicht wieder einfangen – Dinah schon.

»Statt dessen willst du Nazikinder. Aber du bist wohl unfähig, sie zu zeugen. Keine Sorge, Papa. Die Schickse wird schon einen Goj finden, der ihr einen rassereinen Nazibalg macht, den sie dir unterschiebt.«

»Halt dein Pisk!« Weinberg stürzte mit erhobener Hand auf Dinah zu.

»Jakob!« Barbara stellte sich ihm entgegen. »Nein! Sie will dich nur provozieren, damit du sie schlägst.«

»Das kann sie haben!« Weinberg stand mit hochrotem Kopf Dinah, die ebenfalls aufgesprungen war, gegenüber. Barbara fürchtete, daß Weinberg einen Herzanfall erleiden würde. Doch sein Zorn hielt ihn aufrecht.

»Wage es, mich anzurühren. Dann kratze ich dir die Augen aus, du Hurenbock.«

»Luder!«

Es klingelte. Weinberg und Dinah standen sich von Angesicht zu Angesicht gegenüber – Barbara dicht an ihrer Seite. Es läutete Sturm.

»Jakl, bitte beruhige dich. Die Nachbarn beschweren sich schon. Ich muß zur Tür. Hock dich hin und gib a Ruh!«

»Was gehen mich die Nachbarn an?«

»Dich geht niemand was an. Du lebst wie ein Gorilla im Dschungel!«

Barbara ging in den Flur. Weinberg betrachtete Dinah. Ihm kam in den Sinn, wie er seine Tochter erstmals in der Frauenklinik in der Maistraße im Arm gehalten hatte. Ein zerbrechliches Etwas. Leben aus seinen Lenden, ein neues Mitglied seiner Mischpoche – ein Triumph über Hitler und seine Mörderbande. Weinberg drückte das Bündel Mensch behutsam an seine Wange und sprach das traditionelle Gebet: »*Möge dich der Ewige segnen und beschirmen, bei all deinen Taten und auf all deinen Wegen.*«

Das war vor vierzig Jahren. Weinberg erschien es, als sei es gestern gewesen. Und nun stand Dinah vor ihm, beschimpfte ihn und versuchte, ihn schon zu seinen Lebzeiten auszunehmen. Er mußte einen Weg finden, sich mit Dinah auszusöhnen – ohne sich von ihr auf dem Kopf herumtrampeln zu lassen. Weinberg tätschelte unvermittelt ihre Wangen. Dinah sah ihn perplex an, ihre Züge entspannten sich. Sie verzog ihre Lippen zu einem spöttischen Lächeln. »Papa, du bist ein meschuggener Vogel.« Sie sah auf. Barbara betrat, gefolgt von Udo, das Zimmer.

»Wo hast du Arik gelassen?« wollte Dinah wissen.

»Zu Hause.«

»Sein Zuhause ist bei seiner Mutter, nicht bei deiner Schickse.«

»Du kannst deinen Knaben sofort abholen.«

»Nein! Bring ihn her! Du bist für ihn verantwortlich!«

»Ich bin weder für deinen Balg verantwortlich, noch bin ich sein Chauffeur.«

Weinberg unterbrach den Zank seiner Kinder.

»Wirst du endlich vernünftig und findest zu deinem Vater, Udo? Setz dich erst mal her.« Udo folgte zögernd der Aufforderung des Vaters. Weinberg sah zu Barbara. »Bist du bitte so gut und gibst Udo einen Tee?«

Weinberg wollte den Kindern seine Souveränität demonstrieren, indem er Barbara ignorierte. Tatsächlich kuschte Jakob vor dem erpresserischen Jähzorn Dinahs. Doch wenn es darum zu tun war, seinen Sohn zu bewirten, erinnerte er sich wieder an die Gefährtin, übersah aber, daß sie bereits den Tisch gedeckt hatte. Barbara wollte Jakob nicht vor seinen Kindern bloßstellen oder sich am allgemeinen Zank beteiligen. So kredenzte sie Udo eine Tasse Tee, für die er sich bei ihr bedankte.

»Was führt dich zu mir, Udo?«

Udo nahm einen Schluck. Am liebsten hätte er sich wie die alten Jidn zunächst ein Stück Zucker in den Mund geschoben und den Tee aus der Untertasse geschlürft, um Zeit zu gewinnen. Er sann über eine schlagfertige oder zumindest verbindliche Antwort nach.

»Also ich denke, wir sollten uns über die Erbschaft unterhalten.«

»Vor drei Tagen, als ich mit dir darüber reden wollte, hast du mich aus deinem Haus geworfen. Und jetzt kommst du daher und willst ausgerechnet darüber mit mir sprechen?«

»Die Schickse hat ihn angewiesen, seinen reichen jüdischen Vater auszunehmen.«

»Halt endlich deine Klappe mit deinen Nazi-Sprüchen!«

»Ich kann dieses Gerede auch nicht mehr hören!« bestätigte Barbara.

»Dann gehen Sie hin, wo der Pfeffer wächst!«

Weinberg wand sich unter dem Geschimpfe seiner Tochter, doch er fand nicht den Mut, ihr entgegenzutreten. Das, nicht die Provokation Dinahs, versetzte Barbara in Wut und ließ sie ihren Vorsatz, sich nicht in den Familienzank ziehen zu lassen, brechen. »Ich lebe hier. Und ich bleibe hier.«

»Nein! Sie fliegen hier raus, so wahr ich die Tochter einer jüdischen Mutter bin.«

»Dinah! Ich hab's dir schon vorhin gesagt, daß hier niemand rausgeworfen wird!«

»Merkst du nicht, was hier geschieht, Papa? Deine Schickse und die Schickse deines Sohnes haben längst dein Geld aufgeteilt, noch ehe du kalt bist.«

»Und was tust du?«

»Wie kannst du das vergleichen, Papa?! Ich will lediglich, daß du zu deinem Wort stehst, die Zukunft deines einzigen jüdischen Enkels zu sichern.«

»Darauf kannst du dich verlassen, Dinah.«

»Mein Kind soll die gleichen Rechte haben!«

»Das kommt nicht in Frage!« Dinah postierte sich vor ihrem Bruder. »Jüdische Kinder hatten in der Gaskammer auch nicht die gleichen Rechte wie die Nazi-Brut.«

»Mein Kind ist kein Nazi!«

»Aber seine Mutter.«

»Ist 35! Der Nazi-Spuk ist ein halbes Jahrhundert vorbei!«

»Nichts ist vorbei! Die alten Nazis leben, ihre Kinder leben, und ihr wollt mit ihnen Nazi-Enkel zeugen. Habt ihr keinen Funken Anstand?!« Dinah wandte sich an ihren Vater. »Deine Eltern würden sich im Grab umdrehen, wenn sie wüßten, daß ihr Enkel, ein Nazi-Kind in die Welt setzt und du dabei bist, es ihm nachzutun.«

»Elende Heuchlerin! Du bist ständig Peter nachgelaufen. Mit ihm hast du bei jeder Gelegenheit deinen jüdischen Mann betrogen – wer weiß, ob nicht er der Vater deines Balgs ist. Ariel, das Nazi-Kind ...«

Dinah schlug Udo mit der flachen Hand hart ins Gesicht. Er schüttelte seinen Kopf. »Wenn du das noch einmal wagst, dann haue ich dich windelweich.«

»Und wenn du noch mal mein jüdisches Kind als Nazi-Balg verleumdest, dann reiße ich dir die Zunge aus deinem Lügenmaul und schlage dir alle Zähne ein.«

Barbara trat in die Zimmermitte. »Jakob! Ich hör und seh mir das nicht länger an.«

»Bestens! Also verschwinden Sie endlich!«

»Genau das werde ich tun, Jakob. Wenn du deiner Tochter erlaubst, mich zu beschimpfen und deinen Sohn zu schlagen.«

Weinberg erhob sich schwer. »Ich habe Dinah das nicht erlaubt...«

»Feigling!«

»... aber du mußt auch meine Tochter verstehen, Barbara. Udo hat ihren Sohn als Nazi-Balg beschimpft. Das hört keine jüdische Mutter gern.«

»So ist es, Papa.«

»Tu, was du für richtig hältst, Jakob. Ich laß mir das nicht bieten. Entweder du sorgst dafür, daß diese Person...«

»Dinah ist meine Tochter!«

»... sich hier anständig aufführt...«

»Das laß ich mir von einer Schickse nicht sagen!«

»Dinah, bitte!«

»... oder ich verlasse dieses Haus ein für allemal.«

»Barbara!«

Sie sah seine Hilflosigkeit. Jakob war auf sie angewiesen. Wenn sie ihn jetzt allein ließ, dann würde seine Tochter mit ihm machen, was sie wollte.

Barbara hatte die Pflicht, dem Geliebten beizustehen. Aber wie? Weinberg war alt und müde, und Udo war ein Schwächling. Sie mußte allein gegen die Jüdin bestehen. Auch Dinah war auf sich gestellt und kämpfte wie eine Löwin – hier war sie die wahre Tochter ihres Vaters. Barbara reichte Weinberg ihre Hand. »Ich bleib bei dir, egal, was passiert, Jakob.«

»Das kommt nicht in Frage!«

»O doch! Jakob und ich leben seit fünf Jahren zusammen. Wir lieben uns. Und nichts und niemand wird uns auseinanderbringen. Sie schon gar nicht!«

»So ist es!« Jakob Weinbergs Stimme war belegt, doch seine Augen gewannen wieder ihre Klarheit. »Laßt uns in Ruhe reden, wie wir miteinander auskommen können«, bat er. Barbara zwang sich, Platz zu nehmen, Udo folgte ihr zögernd. Nicht aber Dinah.

»Ich bin nicht hierhergekommen, um mich mit dir zu streiten, Papa. Ich kann dich nicht zwingen, dich von deiner Schickse zu trennen. Du mußt wissen, was du tust. Aber bitte versuche nicht, mich mit dieser Person versöhnen zu wollen. Das darf ich nicht! Das bin ich meiner jüdischen Mutter schuldig, und vor allem meinem jüdischen Kind.«

»Und dem unbeschnittenen Schmock deines gojischen Freundes Peter, nach dem du Tag und Nacht gierst.«

»Eine Ohrfeige hat dir wohl nicht genügt?!«

Udo sprang auf: »Wenn du noch mal die Hand gegen mich erhebst, werd ich sie dir brechen.«

»Genug! Benehmt euch endlich wie Menschen.«

»Das mußt du deinem knochenbrechenden Sohn sagen.«

»Du schlägst mich, und ich bin der Knochenbrecher!«

Weinberg bat Udo, sich wieder zu setzen. Er blieb trotzig stehen. Barbara sah, daß Weinberg sich vor ihr seiner Unfähigkeit schämte, seine Kinder im Zaum eines konventionellen Benehmens zu halten. Dinah ahnte die Gefühle des Vaters. Unvermittelt knuffte sie Weinbergs Schulter auf die Art, wie er es früher mit seinen Kindern getan hatte.

»Papa. Ich will keinen Zank mehr. Laß uns in dein Zimmer gehen und über alles reden und die Dinge im guten regeln.«

Weinberg erhob sich, um seiner Tochter zu folgen.

»Nein!« Barbara war über den harschen Klang der eigenen Stimme erstaunt. »Das geht uns alle an.«

»Meine Sachen gehen dich einen Dreck an.«

»Dinah!«

»Jakob, ich möchte, daß du mit uns allen offen über deine finanziellen Angelegenheiten sprichst.«

»Die Schickse kann nicht erwarten, dich zu beerben.«

»Die einzige, die ständig vom Erben redet, bist du«, ließ sich Udo vernehmen.

»Die Schicksen sind euch beiden zu Kopf gestiegen! Ihr seid ihnen hörig geworden.« Dinah sah ihren Vater kopfschüttelnd an. »Mach was du willst, Papa. Ich verlange lediglich, daß du deinen jüdischen Enkel und mich in deinem Testament absicherst.«

»Du kannst es nicht erwarten, daß Vater stirbt, damit du alles an dich raffst.«

Dinah trat auf ihren Bruder zu. »Ich habe dich gewarnt. Wenn du noch ein Wort sagst, dann klebe ich dir noch eine.«

Barbara hatte keinen Zweifel, daß Dinah ihre Drohung wahr machen würde – Udo offenbar auch nicht, er zwinkerte unwillkürlich.

»Da hier nur geschrien und gedroht wird, bin ich dafür, daß wir eine Nacht darüber schlafen, Jakob ...«

»Damit du Vater in deine Klauen kriegst ...«

»Hör endlich auf, dich wie ein Nazi zu gebärden!«

»Udo, du bist der größte Golem auf dieser Welt. Merkst du nicht, daß die Schickse versucht, uns um unser Erbe zu betrügen?!«

»Sie ist dabei wenigstens höflich, während du dich wie eine Verrückte aufführst.«

»Trottel!«

Türklingeln gab Barbara Gelegenheit, das Zimmer zu verlassen. Währenddessen drängte Dinah vergeblich ihren Vater, sich mit ihr zurückzuziehen.

Anne hatte versucht, Ariel zu unterhalten. Das war Sonntagmittags schwieriger, als sie es sich vorgestellt hatte.

Das Deutsche Museum kannte er ebenso wie die Fußgängerzone. Ein Besuch im Tierpark sei etwas für Kleinkinder. Schwimmen in der Olympiahalle lehnte Ariel als total uncool ab. Schach, Dame, Monopoli und andere Spiele langweilten ihn ebenfalls. Ariel lauschte zunächst seinen mitgebrachten CDs. Danach inspizierte er die Discs von Udo und Anne, befand sie jedoch als nicht hörenswert. Schließlich verlangte Ariel seine Mutter zu sehen. Anne hätte Udo gern länger Zeit gegeben, mit seinem Vater und Dinah ungestört über den Nachlaß zu sprechen. Sie ahnte, daß dies schwierig war und nicht ohne Streit abging. Ariels und ihre Gegenwart würde das Durcheinander noch verschlimmern. Doch

Anne wollte sich nicht nachsagen lassen, Ariel von seiner Mutter ferngehalten zu haben und – sie war neugierig auf Udos Vater und dessen deutsche Freundin.

Weinberg umarmte seinen Enkel. Ariel ließ es sich gefallen. Seine Mutter dagegen fuhr sogleich Anne an.

»War es dir zuviel, mein Kind eine Stunde bei dir aufzunehmen, oder bist du hergekommen, um die Geldgier meines dümmlichen Bruders anzustacheln?«

»Ich finde es schön, daß Sie uns besuchen.«

Barbara trat auf Anne zu und reichte ihr die Hand. Sie gefiel Anne auf Anhieb. Barbara war offensichtlich jünger als Udo, kaum älter als Anne und dennoch bereits eine reife Persönlichkeit. Hatte das Leben an der Seite des älteren Mannes sie rascher erwachsen werden lassen?

»Jetzt siehst du mit eigenen Augen, was ich meine, Papa! Weil du dich mit einer Schickse herumtreibst, glaubt dein mißratener Sohn, es sich ebenfalls erlauben zu dürfen.«

»Wir leben in einem freien Land. Jakob ist erwachsen. Sie haben weder Ihrem Vater noch Ihrem Bruder irgend etwas zu erlauben!«

»In diesem freien Land sind sechs Millionen Juden vergast worden!«

»Heute ist Deutschland anständig. Das wissen Sie genau, sonst würden Sie nicht hierherkommen.«

»Stecken Sie Ihre arische Nase gefälligst in Ihre eigenen Angelegenheiten.«

»Warum verletzen Sie mich ständig?«

Dinah zögerte, ob sie auf Barbaras Frage antworten sollte.

»Weil ich will, daß Sie endlich unsere Familie in Ruhe lassen. Sie und die andere Schickse.«

Annes Puls jagte hoch. Sie wollte Dinah antworten, doch die Aufregung über die persönliche Kränkung raubte ihr die Konzentration.

Derweil entgegnete Barbara scheinbar unbeeindruckt:

»Nicht Ihr Wille ist hier maßgebend, sondern der Ihres Vaters.«

Die Stille, die nach Barbaras definitiver Feststellung entstand, gab Udo Gelegenheit, endlich seine Sicht der Dinge darzustellen.

»Also, ich sehe hier folgendes Dilemma. Dinah will alles für sich ...«

»Für mich will ich einen Dreck, du Idiot. Ich möchte lediglich, daß Vater sich an sein Versprechen hält und seinen einzigen Enkel versorgt.«

»Auch wir erwarten ein Kind.« Udos Unfähigkeit, seiner Schwester Paroli zu bieten, ließ Anne ihre schüchterne Verwirrung überwinden. Sie sah, daß Udos Vater sie beobachtete. Anne trat zu ihm. »Verzeihen Sie, daß ich mich noch nicht vorgestellt habe. Ich bin Anne.«

Weinberg ergriff ihre ausgestreckte Hand. Barbara hätte eine Verweigerung als Affront auch sich gegenüber gedeutet.

»Das wird ja immer schöner! Die Schickse läßt sich von diesem Trottel schwängern, und noch ehe das Kind geboren ist, fordert sie schon ihre Erbschaft ein.«

»Die einzige, die hier andauernd fordert und keift, bist du!«

»Für mich verlange ich nichts.«

»Lügnerin! Dein Sohn hat uns erzählt, daß du Vaters drei Häuser verkaufen willst, um mit ihm in eine Villa an den Tegernsee zu ziehen und dort zu privatisieren.«

»Du schreckst nicht mal davor zurück, mein Kind zu verleumden.«

»Frag den Burschen doch selbst!«

Dinah wies Ariel auf hebräisch zurecht, »dem Idioten« und dessen »Schickse« keinen Unfug zu erzählen.

Derweil wollte Udo Anne mit seiner Klugheit imponieren. »Das Zanken führt doch nicht weiter. Ich schlage daher vor, daß wir Vaters Erbe gerecht teilen. Dinah und ihr Sohn kriegen die eine Hälfte und ich, Anne und unsere Kinder die andere.«

»Das kommt nicht in Frage!«

»So ist es!« bestätigte Barbara Dinahs Einspruch. »Ihr macht alle die Rechnung ohne den Wirt. Jakob lebt. Mit Gottes Hilfe noch viele Jahre! Ich finde es geschmacklos und bösartig, daß ihr euch zu Lebzeiten eures Vaters um sein Erbe balgt. Ich werde nicht zulassen, daß dies in unserem Hause geschieht.«

Alle waren von Barbaras Worten beeindruckt – bis auf Jakob Weinberg. Denn von ihm hatte die Gefährtin nachdrücklich das gefordert, was sie nun verdammte. Barbara war lediglich klüger als seine Kinder, und sie besaß mehr Takt. Erst während der letzten Tage war ihm aufgefallen, wie ausgeprägt Barbaras Durchsetzungsvermögen war. Das imponierte Weinberg.

Gleichzeitig schmerzte ihn, daß seine Kinder dümmer waren als die Geliebte, streitsüchtiger und – ehrlicher. Weinberg hatte wie viele Juden und Antisemiten das Vorurteil geteilt, Hebräer seien klüger als die Gojim. Nun hatten ihn seine Kinder und Barbara vom Gegenteil überzeugt. Die »gläserne Wand« bestand nicht zwischen Juden und Gojim, sie trennte alle Menschen. Die Aussicht, den Rest seiner Tage mit einer Frau von begrenzter Aufrichtigkeit zu verbringen, stimmte Jakob Weinberg traurig. Er ging in sein Arbeitszimmer und wählte die Nummer von Pinchus Weiss. Niemand meldete sich. Daraufhin rief Weinberg Lazar Dessauer an. Der sei in ›Maon‹, teilte ihm Hella mit. Jakob Weinberg kehrte ins Wohnzimmer zurück. Er wünschte seinen Kindern einen angenehmen Nachmittag und verabschiedete sich von Barbara mit einem Zwinkern statt mit einem Kuß.

»Scholem, Milchmann. Erzähl uns die Meisse vom Schwan und der Milech«, begrüßte Lazar Dessauer den Hinzukommenden. Seine Züge waren angespannt. In den Mienen der anderen las Jakob Weinberg Niedergeschlagenheit. Adlers Miene war ausdruckslos. Die Chawejrim saßen an ihrem Stammplatz im ›Maon‹-Pavillon. Das Mittagessen war bereits abserviert. Inmitten des weißgedeckten Tisches stand ein Teller mit Gebäck. Die Männer hatten Teegläser und Kaffeetassen vor sich. Allein bei Dessauer war ein Wodkaglas plaziert. Die Chawejrim erhofften von Weinbergs altbekannter Anekdote eine Aufheiterung ihrer bedrückten

Stimmung. Zumindest Dessauer suchte Erleichterung. Doch gerade ihm wollte Weinberg keine Absolution erteilen.

»Es gibt heute keine Milech. Weil du sie ausgeschüttet hast.«

»Setz dich her zu deinen Chawejrim«, Pinchas Weiss packte Weinberg am Nacken und drückte ihn an sich. »Jankl, jedes jüdische Herz ist heute schwer. Mach es nicht noch ärger.« Weiss zog einen Stuhl zurück und wies Weinberg an, sich zu setzen.

»Euer Herz ist schwer, weil ihr so lange gehetzt habt, bis ein Meschuggener geschossen hat.«

»So kannst du nicht denken, Jankl.«

»Ich denke gar nichts, Pinje Nus. Ich war gestern in der Schul. Und der Rebbe hat gegen Rabin gehetzt.«

»Unser Rebbe hat Rabin nicht derharget, Jankl.«

»Aber in Israel hat einer geschossen, weil man ihn aufgehetzt hat.«

»Nein, weil er meschugge ist«, beharrte Weiss.

»In Deutschland hetzt heute kein Mensch gegen Politiker ...«, Weinberg setzte sich.

»... aber geschossen und gestochen wird hier genauso.«

»Hier sind es nebbich wirklich Meschuggene.«

»In Israel auch.«

»Der Meschuggene bist du«, entgegnete Weinberg auf Dessauers lapidare Feststellung. »Guckst du kein Fernsehen? Liest du keine Zeitung? Bist du taub und blind? Kriegst du nicht mit, daß Rabin seit Monaten als Verräter verleumdet wird, als Arafat, als Hitler? Hast du mir nicht gestern selbst gesagt, ihm soll die Hand verdorren?«

»Willst du damit sagen, daß ich schuld bin, daß man ihn umgebracht hat?«

»Ich sag gur nichts – du sagst es selbst.«

Weiss legte Dessauer, der aufbrausend entgegnen wollte, die Hand beschwichtigend auf den Arm. »Laß, Luzer.« Und zu Weinberg gewandt: »Wenn ihr euch den ganzen Tag streitet, wird Rabin nicht wieder lebendig.«

»So haben die Deutschen 1945 auch über die Juden gesprochen.«

»Du redest wie ein Nazi, Jankl«, empörte sich Weiss. »Oder wie ein Idiot. Wie kannst du ein Attentat eines einzelnen Meschuggenen vergleichen mit einem jahrelangen Churban an Millionen Jidn durch zehntausende normale Deutsche?«

»Trotzdem darf ein Jid nicht einen anderen derhargenen.«

»Im Lager ist das jeden Tag geschehen«, meldete sich Frujim Blumenthal zu Wort.

Weinbergs Herz setzte einen Schlag aus.

»Wir sind nicht mehr im Lager!« rief Weiss. »Das ist vorbei! Fünfzig Jahre! Es wird nie wieder geschehen! Heute gibt es Israel. Unsere Medine wird keinem Antisemiten auf der Welt erlauben, Jidn zu derhargenen!«

»Yitzchak Rabin hat im 76er Jahr die jüdischen Geiseln aus Entebbe in Afrika befreit – und als Dank hat ihn ein Jid jetzt derharget.«

Keiner antwortete. Die Chawejrim konnten sich Weinbergs Logik nicht entziehen. An einem gewöhnlichen Tag hätte er die anderen seine Überlegenheit fühlen lassen. Doch heute empfand Jakob Weinberg kein Triumphgefühl. Er begnügte sich damit, einen Tee bei der Bedienung Batscheba zu bestellen.

»Du hast recht, Jankl. Heut' ist ein schwarzer Tag für alle Jidn«, ließ sich Lazar Dessauer vernehmen. »Ohne meine Chawejrim würde ich heute verzweifeln. Laßt uns ein Le Chaim auf uns trinken.« Er rief Batscheba die Bestellung zu.

»Nicht so eilig!« entgegnete ihm Weinberg. »Bevor wir ein Le Chaim trinken, will ich wissen, was die Jidn zu solchen Chajes gemacht hat, daß einer den anderen derharget.«

»Bist du wirklich ein solcher Narr, daß du das nicht weißt, Jankl?« wollte Frujim Blumenthal wissen.

»Israel besteht seit dem 48er Jahr. Schon zwanzig Jahre vorher war dort Krieg mit den Arabern. Über sechzig Jahre Krieg, Mord, Bomben, Terror, Entführung, Angst. Da werden die Menschen zu Chajes wie im Lager.«

»Du machst aus Israel ein KZ – genau wie die Antisemiten!«

»Blas dich nicht so auf, Luzer! Und mach mich nicht zum Antisemiten«, wies Blumenthal Dessauer zurecht. »Du weißt wie ich, wie hart es in Israel ist. Drum lebst du hier, drum sitzen deine Kinder in Deutschland ...«

»Meine Tochter lebt in Israel!«

»Sima ist nicht deine Tochter. Dein Sohn ...«

»... Schlojme lebt in Amerika!«

»In Amerika ist Frieden wie in Deutschland.«

»Und trotzdem erschießen sie auch dort ihre Präsidenten.«

»Red dich nicht raus, Luzer. Dein Heini lebt mit meiner Nichte in München, mit deinen Enkelkindern. Du lebst hier, deine Frau ...«

»Du auch, Frujim!«

»Mit meinem Weib! Wir alle leben hier mit unseren Frauen und Kindern und Enkeln ...«

Weinberg war froh, daß Blumenthal Ariel, Dinah und seinen israelischen Schwiegersohn unerwähnt ließ.

»... wir alle leben in Deutschland unter alten und neuen Nazis. Wie lange wird es dauern, bis unsere Kinder sich mit ihren Kindern mischen werden? Wir wollen es nicht wissen. Wir gebärden uns als Israelis. Wir tun so, als ob Zion unsere Medine wäre. Nein, Luzer. Nicht Israel, Deutschland, Nazi-Land ist unsere Medine.«

»Was willst du damit sagen, Frujim?«

»Den Emeth.«

»Nein! Du willst sagen, daß Israel ein KZ ist. Und die Jidn die neuen Nazis.«

»Du bist kein Nazi, Luzer. Du bist ein Schmock!«

Weinberg und Weiss feixten. Weiss drückte Dessauer sein Wodkaglas in die Hand und mahnte ihn. »Genug, Luzer!«

»Luzer sagt den Emeth«, bestätigte Pinchas Weiss. »Wir Chawejrim sind wie eine Mischpoche. Wir sind noch mehr. Es gibt Angelegenheiten, die nicht mal unsere Weiber verstehen, nur die Chawejrim.« Weiss ergriff sein Glas, rief »Le Chaim« und kippte den Wodka in einem Zug hinunter. Dessauer, Weinberg und Adler taten es ihm gleich. Blumenthal wartete, bis die Kumpane ihre Gläser abgesetzt hatten und sich trotz Sodbrennen den Mund genießerisch rieben. Dann hob auch Blumenthal sein Glas, rief: »Auf die Chawejrim!« und trank den Schnaps. Langsam ließ er sein Glas sinken. »Pinje, du hast schön geredet – wie ein Rebbe.« Blumenthal blickte Weiss an. »Meinst das ernst, was du gesagt hast?«

»Selbstverständlich.«

»Gut. Dann mußt du mir eine Sache erklären. Du erzählst uns, daß wir deine Mischpoche sind, und Luzer tut es auch.«

»So ist es«, bestätigte Dessauer.

»Wenn das eigene Kind, die eigene Frau krank ist, hilft man ihr.«

Blumenthal beobachtete die Freunde. »Nu?«

»Was heißt nu?«

»Hilft man seiner Mischpoche, Luzer?«

»Was fragst du so närrisch? Ich hab's dir doch gesagt.«

»Und was meinst du, Jankl?«

Weinberg ahnte eine Schnorrattacke und antwortete daher nicht. Doch Frujim Blumenthal setzte nach. »Du nennst dich doch Milchmann?«

»Du nennst mich so.«

»Alle nennen dich so. Weil du im Lager unseren Brüdern deinen letzten Tropfen Milch gegeben hast.«

Keiner erwartete, daß Weinberg reagieren würde, außer Blumenthal.

»Jetzt ist unser Chawer Itzig Adler in Not – du kannst ihm helfen und tust es nicht.«

»Ich bin nicht hergekommen, um über Itzig zu sprechen.«

»Nein! Du bist gekommen, um zu politisieren. Um zu zeigen, was du für ein kluger und guter Mensch bist. Du bist gegen die Hetzer, gegen den Mörder und für Yitzchak Rabin. Aber unseren Itzig läßt du blind werden.«

»Ich habe Itzig nichts getan.«

»Auch nicht geholfen, du Milchmann!«

»Kann man sich auch mal treffen, ohne über Geld zu reden, Frujim?«

»Hör auf, mit deinen Heldentaten von vor einem halben Jahrhundert zu prahlen, Milchmann. Und ihr hört auf, von Mischpoche zu quasseln. Und helft jetzt endlich unserem Chawer Itzig Adler, damit er nicht blind wird.«

Weinberg war vor seiner habgierigen Mischpoche geflohen, um hier von seinen Chawejrim angeschnorrt zu werden. Pinje und Luzer tauschten verständnisheischende Blicke miteinander aus. Schließlich schlug Weiss Adler auf die Schulter. »Itzig, du kannst dich auf deine Chawejrim verlassen. Wir werden nicht zulassen, daß es dir schlecht geht.«

»Was heißt das konkret?« wollte Blumenthal wissen. Sein Auftritt war wirksam wie der eines professionellen Schnorrers für den Zionistischen Nationalfond oder eine israelische Jeschiwa.

»Das heißt konkret, daß Luzer, Jankl und ich Itzig die Augenoperation zahlen werden.«

»Du auch, Milchmann? Hast du keine Schulden mehr?«

»Hör auf, ihn meschugge zu machen, Frujim, sonst kriegst du Schulden bei mir, du Ochs!« beschied ihn Weiss. Er orderte eine neue Runde Wodka und stieß mit den anderen Chawejrim auf Itzigs Gesundheit an.

Um Jakob Weinbergs Gesundheit kümmerte sich niemand – weil er weder jammerte noch schnorrte. Statt dessen mußte er mit den anderen auf Itzigs Wehwehchen trinken. Ihm blieb nichts übrig. Denn in der aufgewühlten Stimmung dieses Tages stand alles kopf. Die Zahlung an den Schnorrer zu verweigern, hätte Weinberg zum Geizkragen gestempelt. Sein Ansehen als Milchmann wäre dahin gewesen und die Freundschaft der Chawejrim obendrein. Weinberg hätte sich umgehend auf den Weg nach Hause machen müssen – zu Streit und Habgier. Und zu Barbara. Weinberg wäre fortan allein ihrem Wohlwollen und ihrer Liebe ausgeliefert gewesen. Abhängigkeit ist der Tod der Liebe. Weinberg beschloß, sich nicht um Pinje Nus' Zusage zu kümmern. Das Wort eines Beschickerten verfliegt unverbindlich wie Vogelgezwitscher. Morgen würde sich Jakob Weinbergs Schicksal entscheiden. Wäre er krank, dann hatte er andere Sorgen, als die Sehschwäche Itzig Adlers. Und blieb er gesund, was kümmerte ihn das Gejammer des Schnorrers.

Jakob Weinberg blieb bei den Chawejrim. Sie wechselten in den Nebenraum, um Karten zu spielen. Als es dunkel wurde, fielen die Karten. An ihre Stelle traten Geschichten aus dem Lager, die mit fortschreitender Stunde und zunehmendem Wodkakonsum ihren Schrecken verloren. Zumindest minderten die Episoden Jakob Weinbergs Angst vor dem Ergebnis seiner Untersuchung. Er war fähig gewesen, den schlimmsten Mördern, den Nazis, die Stirn zu bieten, also würde er auch die Kraft finden, seine Krankheit zu besiegen. Doch in seinem Herzen wußte Weinberg, daß seine Rechnung falsch war. Das Ergebnis stand bereits fest: Tod.

Nach Mitternacht leerte sich das Lokal. Bald waren die Chawejrim die einzigen Gäste des ›Maon‹. Sie stimmten die jiddischen Lieder aus den Orten ihrer Jugend in Polen und der Ukraine an. Allein fehlte jedem der Mut, die alten Weisen zu singen, mancher hatte manchen Reim vergessen. Doch gemeinsam, vom Alkohol angefeuert, kamen die vergessenen Melodien und Texte wie von selbst wieder zum Vorschein. Müdigkeit und Suff ließen die Lieder später wieder entgleisen. Gegen zwei Uhr nachts überredete der Club-Pächter Levy die Chawejrim zum Aufbruch.

Weinberg kroch in sein Bett. Barbara roch seine Fahne. Jakob hatte wieder zu seinen Freunden gefunden – allein trank er nie. Der Alkohol würde ihn in einen tiefen Schlaf ziehen. Sie deckte den Gefährten zu und küßte seine verschwitzte Stirn.

Montag

Jakob Weinberg stellte seinen Mercedes in der Ismaningerstraße ab. Es war halb elf. Noch dreißig Minuten.

Weinberg hatte es zu Hause nicht länger ausgehalten. Er war mit schwerem Kopf aus seinem gestrigen Rausch aufgewacht. Das Bewußtsein, daß sich heute sein Schicksal entscheiden würde, ließ sein Gesicht aufflammen und sein Herz rasen. Aus der Schublade des Nachtkästchens kramte Weinberg seine Betablocker-Tabletten hervor und schluckte zwei Pillen auf nüchternen Magen. Barbara hatte bereits das Schlafzimmer verlassen. Weinberg blickte auf die Uhr. Es war schon kurz vor neun. Finkelstein mußte ihm endlich reinen Wein einschenken. Weinberg schlüpfte in seine Pantoffeln und schlurfte zur Toilette. Er urinierte ohne Schmerzen.

Benni Finkelstein hatte ihn sieben Tage lang mit Ungewißheit gefoltert. Warum beeilte sich Weinberg, zu ihm zu kommen? Um sein Todesurteil definitiv zu hören? Es lohnte sich nicht, den Arzt aufzusuchen.

Weinberg ging mürrisch ins Bad. Sein Spiegelbild erschreckte ihn. Dunkel umrandete Augen, hohle, blasse Wangen. Die Ungewißheit war quälend. Jeder Zug seines Rasierers peinigte ihn, jeder Duschstrahl tat ihm weh. Selbst das Frottieren schmerzte. Im Schlafzimmer zog Weinberg sich rasch an und ging in die Küche.

Barbara begrüßte ihn mit einem Kuß. Das Frühstück stand auf dem Tisch.

»Warum hast du mich nicht schon früher geweckt? Du weißt doch, daß ich heute zum Doktor muß.«

»Gerade deshalb. Der Briefträger ist keine Lerche. Wozu sollst du dich beeilen und im Wartezimmer hocken? Setz dich lieber her und frühstücke in aller Ruhe.«

»Es ist schon nach neun.«

»Du kannst dir trotzdem Zeit lassen. Ich hab vorhin in der Praxis angerufen. Die Post kommt dort nicht vor elf.«

»Also machst du dir Sorgen!?«

»Ja. Weil du immer noch nicht am Tisch sitzt und frühstückst.«

Weinberg hockte sich hin, Barbara schenkte ihm eine Tasse Tee ein.

Gewohnheitsmäßig griff Weinberg nach der Zeitung.

»Ein Mann – durchdrungen von seiner Friedensmission. *SPD-Chef Scharping über sein letztes Gespräch mit Yitzchak Rabin*«, las Weinberg auf der ersten Seite der ›Süddeutschen‹. Der Mord kam ihm wieder in den Sinn. Nicht mit einem Schlag wie am Vortag, sondern als nüchterne Tatsache. Heute wurde Weinbergs Seele vom Schrecken über sein eigenes Leid geplagt. Er erinnerte sich an Dostojewskis Aphorismus, der eigene Zahn quäle ihn mehr als eine Million Tote bei einem Erdbeben in China. Jakob Weinbergs Krebserkrankung absorbierte heute seine Empörung über den Mord an Yitzchak Rabin. Dennoch überflog er den Artikel. »Dieser Mann hatte eine Vision«, schrieb Scharping. »›Menschen mit Visionen‹ gehören zum Psychiater«, hatte Helmut Schmidt festgestellt. Nun beschrieb dessen Möchtegernenkel Scharping Yitzchak Rabin als Visionär. Mußte Scharping zum Psychiater? Rabin habe die Meinung vertreten, die Israelis müßten Sorge für die Zukunft der Palästinenser tragen, schrieb Scharping. Weinberg erinnerte sich noch an Rabins Befehl an seine Soldaten, steinewerfenden Palästinensern die Knochen zu brechen.

Weinberg legte die Zeitung beiseite und schmierte sich ein Brötchen. Er wollte vor Barbara seine Haltung wahren. Sie sah ihn aufmunternd an. Barbara liebte ihn. Sie machte sich Sorgen. Aber die Angst konnte sie ihm nicht nehmen. Um sich abzulenken, erkundigte er sich nach dem Ablauf des gestrigen Abends. »Ich bin in dein Arbeitszimmer gegangen und habe mir dort am kleinen Fernseher einen Film über die Vogelwelt in Nordaustralien angeschaut. Danach bin ich zur Rasselbande zurück und hab sie gebeten zu gehen.«

»Und sie haben getan, was du von ihnen verlangt hast?«

»Die Dinah hat anfangs ein wenig gemault. Von einer Schickse ließe sie sich nicht auf die Straße setzen und ähnlichen Blödsinn. Aber ich glaub, sie war ziemlich erschöpft von der Reise und vom vielen Schimpfen und froh, daß sie einen Grund hatte zu gehen.« Barbara lächelte. »Außerdem hatte ich mir durch meine Worte vom Mittag, daß du lebst und sie sich schämen sollten, um dein Erbe zu streiten, bei deinen Kindern Respekt verschafft.«

»Wohin sind sie gegangen?«

»Darum hab ich mich nicht gekümmert. Ich nehme an, Udo hat sie zu sich genommen.«

»Nachdem Dinah ihn geschlagen hat?« Udo war ein Waschlappen.

»Ich glaub nicht, daß er das ernst genommen hat.«

»An seiner Stelle hätt ich ihr den Hintern versohlt.«

»Hätte das was geändert?«

»Ja. Ihren Toches.«

Beide lachten.

»Ich muß mich trotzdem um Dinah und den Jungen kümmern. Man kann ihnen nicht zumuten, in Udos Verschlag zu hausen.«

»Kümmer du dich erst um deine Gesundheit, Jakl.«

Barbaras gutgemeinter Rat stieß Weinberg wieder in den Abgrund seiner Angst. Er würgte ein halbes Brötchen hinunter und machte sich fertig. Barbaras Angebot, ihn zum Arzt zu begleiten, lehnte Weinberg ab. »Ein Cowboy reitet allein in eine fremde Stadt«, wußte Henry Kissinger. Mit dieser Maxime wurde der kleine jüdische Einwandererjunge aus Fürth amerikanischer Außenminister. Auch Jakob Weinberg hielt sich sein Lebtag an dieses einzelkämpferische Motto. Am Ende seiner Tage durfte er auf seinem schwersten Gang nicht seine Selbstachtung verlieren.

Weinberg drückte die wuchtige Autotür ins Schloß. Er passierte das Krankenhaus ›Rechts der Isar‹. Jakob Weinberg haßte Kliniken. Sie waren Geschwister der KZs. Im Lager quälten die Menschen einander und brachten sich um. Im Krankenhaus besorgte Gott oder das Schicksal diese Arbeit. Es geschah viel subtiler als im Lager. Die Ärzte und Schwestern unterstützten die Patienten in ihrem aussichtslosen Kampf gegen den Tod. Aber hier wie da gab es nur ein zeitweiliges Entkommen vor dem unausweichlichen Ende.

Hitler und seine Henker waren endgültig besiegt. Doch das Sterben ging weiter. In Deutschland ebenso wie in Israel. Überall starben Menschen, überall wurden sie von Krankheiten gequält. Das Leben war ein Kredit mit unbekanntem Verfallsdatum.

Weinberg überquerte die Fahrbahn. Das frühere Trambahnhäusl am Max-Weber-Platz war funktionslos geworden. Ausgeschlachtet überdachte es die U-Bahnstation. Drei, vier Gebäude weiter stand er in der Einsteinstraße vor dem Ärztehaus. Es war zwanzig vor elf. Er konnte zum Kiosk gehen und sich den neuen ›Spiegel‹ kaufen. Doch er war zu fahrig, um sich auf die Lektüre zu konzentrieren. Sollte er spazierengehen? Erst jetzt fiel Weinberg auf, daß es kalt und diesig war – ein dumpfer Novembertag. Er drückte auf den Klingelknopf. Der automatische Türöffner ließ das Haustor aufspringen.

Die Sprechstundenhilfe hinter dem grauen Empfangstisch hackte Weinbergs Namen in die Tastatur ihres Computers und bat ihn, im angrenzenden Wartebereich Platz zu nehmen. Es war achtzehn vor elf. Vielleicht hatte er Glück. Die Sprechstundenhilfe mochte Anfang zwanzig sein. Ihre raschen, hellbraunen Augen wechselten ständig zwischen dem Bildschirm ihres Computers, den Patienten sowie dem andauernd sirrenden Telefon. Weinberg wartete, bis sie den Hörer abgelegt hatte, und trat einen Schritt näher an die Empfangsdame. »Haben Sie heute schon die Post bekommen?« erkundigte er sich so beiläufig wie möglich.

Sie sah Weinberg erstaunt an. »Ja, wieso?«

Weinbergs Herz stockte, dann sprang es an und begann zu rasen. »Nur so . . . danke.« Seine Stimme war mit einem Mal heiser.

Weinberg ging um die Rezeption herum. Eine Reihe von Männern und eine Frau – Chaja Adler! – saßen um den runden Illustriertentisch, doch keiner las. Alle starrten auf den Bildschirm eines kleinen Fernsehgeräts auf einem Wandbord in Kopfhöhe. Die Beerdigung Yitzchak Rabins wurde live übertragen.

Weinberg setzte sich auf einen freien Stuhl. Die bunten Flimmerbilder zeigten die Trauergesellschaft auf dem Jerusalemer Herzlberg, dem Friedhof der Märtyrer und Prominenten des Judenstaates. Fast die gesamte internationale Politprominenz war versammelt. Israels Staatspräsident Ezer Weizman und der designierte Ministerpräsident Shimon Peres, den Rabin einst als einen notorischen Lügner und Ränkeschmied denunziert hatte, empfingen unter anderem den amerikanischen Präsidenten Clinton und seine Frau, Frankreichs Präsidenten Jacques Chirac, den britischen Hamlet Prinz Charles und Premier Tony Blair, den deutschen Kanzler Helmut Kohl, Bundespräsident Roman Herzog sowie SPD-Chef Rudolf Scharping, dessen visionären Artikel Weinberg beim Frühstück gelesen hatte. Auch Ägyptens Staatschef Hosni Mubarak hatte sich eingefunden und Jordaniens König Hussein, der gegen Rabin im Sechs-Tage-Krieg von 1967 sein halbes Reich, samt dem historischen Ostjerusalem, verloren hatte. Selbst der notorisch betrunkene und herzkranke russische Präsident Boris Jelzin erwies Rabin die letzte Ehre. Das entbehrte nicht einer historischen Logik. Rabins Familie war zu Beginn des Jahrhunderts aus Rußland nach Palästina eingewandert. Immer wieder erfaßte die Kamera in Nahaufnahme die Gesichter von Rabins Witwe Lea sowie ihrer Angehörigen. Der Fernsehmoderator verzapfte Worthülsen zu den Bildern, denen die Zuschauer in Dr. Finkelsteins Praxis ebenso wie Millionen Menschen in aller Welt gebannt lauschten.

Was faszinierte die Leute in Deutschland und woanders so sehr an diesem Begräbnis? Die Deutschen hatten sich so lange Bußfertigkeit gegenüber den Juden angedrillt, daß sie mit der Zeit alles

Jüdische liebten oder es zumindest glaubten: Menoroth, Witze, Kishon, Spielberg. Aber die anderen? Die Amerikaner, Briten, Franzosen, Dänen, deren Königin selbstverständlich auch an der Trauerfeier teilnahm? Was interessierte sie an der Beerdigungszeremonie in Jerusalem? Ein solches Schauspiel hatte die Welt erst einmal erlebt, vor 33 Jahren, als der amerikanische Präsident Kennedy auf dem Washingtoner Heldenfriedhof Arlington beigesetzt wurde. Doch Kennedy war ein faszinierender junger Mann, ein Märchenprinz mit einer bildschönen jungen Frau. Er war der Herrscher der Weltmacht Amerika. Yitzchak Rabin dagegen war der Regierungschef einer drittrangigen Bananenrepublik. Als vor Jahren der schwedische Ministerpräsident Olof Palme ermordet worden war, hatte außerhalb seines Landes kein Hahn danach gekräht. Selbst der Mord an Indira Gandhi, die fast eine Milliarde Menschen regiert hatte, interessierte im Ausland kaum jemanden. Ihre Verbrennung war eine innerindische Zeremonie geblieben.

Warum verfolgten die Patienten in Benni Finkelsteins Praxis die Totenfeier in Jerusalem? Sie waren keine hochgezüchteten Judenfreunde wie Charlotta von Wenck, sondern einfache Menschen, die dem Strom der Hingucker folgten. Selbstverständlich beobachtete auch Chaja Adler das Geschehen am Bildschirm mit hoher Konzentration. Sie war nun sichtlich stolz, Jüdin zu sein. Nicht auf den Mord, davon hatte sie im Lager genügend gesehen – sondern auf die Aufmerksamkeit, die den Juden zuteil wurde.

Die Feindschaft der Antisemiten, die in den Juden die heimlichen Herrscher der Welt sahen, vermittelte den Hebräern das Gefühl der eigenen Bedeutsamkeit. Der Verfolgungswahn der Antisemiten hatte die Juden zu Egozentrikern gemacht. Sie waren süchtig nach Aufmerksamkeit. Einerlei, ob Ruhm oder Verfolgung, sie gierten nach der Droge Beachtung. In jüdischen Häusern verehrte man neben Moses, Einstein und Freud auch den Antisemiten Marx, den Stifter des Christentums Jesus und den Obergangster Meyer-Lansky. In diese Ruhmesreihe gehörte auch Adolf Hitler. Er sicherte den Juden auf unabsehbare Zeit Aufmerksamkeit. Chaja Adler genoß sie wie alle anderen Hebräer. Warum war sie hier? Wieso sah sie sich die Beerdigung nicht zu Hause an oder

319

in ihrem Geschäft, wo sie kein Kunde störte? Benni Finkelstein war Urologe, kein Frauenarzt. Suchte sie ihn auf, um ihn anzuschnorren oder Weinberg zu denunzieren? Chaja konnte nicht wissen, daß Weinberg bei Benni in Behandlung war – es sei denn, der alte Finkelstein hatte es ihr verraten ... Das war unwahrscheinlich, denn Moische Finkelstein gebärdete sich als Hohepriester seines Arztsohnes.

Chaja ignorierte Weinberg. Wahrscheinlich hatte Itzig ihr erzählt, daß die Chawejrim gestern nacht übereingekommen waren, ihm die Augenoperation in Israel zu zahlen. Vor drei Tagen hatte Chaja Weinberg angebettelt, geheult, gedroht und ihn zu erpressen versucht. Nun hielt sie es nicht einmal für nötig, ihn zu grüßen. Auch er war süchtig nach Aufmerksamkeit. Als guter Jude war ihm selbst das Gekeife dieser Schnorrerin lieber als ihre Gleichgültigkeit. Empfanden die Gojim anders? War nicht jeder Mensch süchtig nach Beachtung und Ruhm? Neideten die Gojim den Juden ihre Aufmerksamkeit, für die sie selbst durch ihre Feindschaft und deren Kehrseite, den lächerlichen Philosemitismus, sorgten? Begafften sie die Beerdigung eines Politikers aus einem Kleinstaat allein, weil er Jude war?

Nachdem Israels Staatspräsident Ezer Weizman seine pathetische Rede beendet hatte, trat Jordaniens König Hussein ans Rednerpult. Der Monarch hatte sein kahles Haupt mit einer rotweiß gesprenkelten Kefija verhüllt. »Du bist ein glücklicher Mann, mein Freund!« rief er Yitzchak Rabin nach, der im mit einer blauweißen israelischen Fahne bedeckten jüdischen Einheitssarg aus sechs unpolierten Brettern ruhte. »Du hinterläßt ein großes Vermächtnis.« Hussein blickte gen Himmel und versuchte die Tränen der Rührung über die eigenen Worte zu unterdrücken. Unvermittelt streckte Benni Finkelstein seinen Kopf in die Sitzecke. »Hat das eigentliche Begräbnis schon begonnen?« fragte er mit heller Stimme.

Der Anblick des Arztes riß Weinberg aus seinen Betrachtungen und ließ ihn in Panik ertrinken. Er rang nach Luft, griff in seine

Anzugtaschen. Das Nitrospray war unauffindbar, es lag zu Hause oder im Auto. Weinberg hievte sich aus seinem Sitz und lief dem Arzt hinterher. Benni war wieder in sein Ordinationszimmer gehuscht. Weinberg drückte die Klinke hinunter, öffnete die Tür – sogleich trat ihm eine weißbekittelte Assistentin in den Weg. »Das geht nicht! Sie dürfen nicht unangemeldet zum Doktor.«

»Benni!« rief Weinberg. »Ich warte seit einer Woche auf mein Urteil...«

»Bitte verlassen Sie das Zimmer!« Die Assistentin nahm Weinbergs Arm. Die Deutschen kannten kein Erbarmen. Sie führten einen Juden rücksichtslos ab – selbst in einer jüdischen Praxis. Benni Finkelstein saß ungerührt hinter seinem Glastisch und ließ seine Helferin gewähren. Jetzt stand er auf. »Lassen Sie uns bitte einen Moment allein, Frau Brosig.« Finkelstein kam zu ihm, legte Weinberg den Arm um die Schulter, führte ihn zum Sessel. Derweil zog die Assistentin die Tür von außen zu. Weinberg hatte das Gefühl zu ersticken. Der Arzt nahm seine Hand und tätschelte sie. »Sie müssen keine Angst haben, Herr Weinberg.« Jakob spürte den warmen Atem des Arztes. Er blickte in dessen rundliches Gesicht. Die hellgrünen Augen des Doktors beobachteten ihn besorgt. Weinberg wollte dem Mediziner sagen, daß er keine Angst habe, doch seine Stimme versagte. Es schüttelte ihn. Finkelstein massierte weiter seine Hand. Weinberg schluckte, zwang sich zum Sprechen. »Was ist, Doktor?«

Finkelstein tätschelte seine Rechte. »Ich weiß es noch nicht, lieber Herr Weinberg.«

»Aber Sie haben doch schon die Post, Benni.«

Finkelstein schüttelte seinen Kopf.

»Doch.«

»Die Laborbefunde kommen nicht mit der Post, sondern mit dem Boten. Meistens gegen elf.« Er blickte auf seine Uhr, Weinberg auf seine. Es war bereits zehn nach elf. Finkelstein wandte sich zum Tisch um, drückte auf die Taste der Wechselsprechanlage.

Es knisterte scharf im Lautsprecher. »Ja, bitte?«

»Manuela, ist der Laborbote schon dagewesen?«

Weinbergs Herz raste.

»Nein.«

»Danke. Sagen Sie mir bitte Bescheid, sobald er hier ist, und bringen Sie mir gleich die Befunde.«

»Selbstverständlich, Herr Doktor.« Es klickte.

»Sehen Sie, Herr Weinberg. Sie haben keinen Grund zur Sorge.«

Der junge Bursche hatte keine Ahnung von der Nähe des Todes, von der Folter der Ungewißheit.

Finkelstein ergriff Weinbergs Arm und half ihm aus dem Stuhl. »So. Und jetzt gehen Sie bitte wieder in den Warteraum. Sobald ich Nachricht vom Labor habe, rufe ich Sie und sage Ihnen Bescheid, ja?«

»Nein.« Weinberg erfaßte panische Angst. Seine Brust zog sich immer enger zusammen. Seine Hand fuhr zur Kehle hoch. Kalter Schweiß trat auf seine Stirn. »Nitro . . .«, röchelte Weinberg.

»Wo haben Sie Ihr Nitrospray?« rief der Arzt.

Weinberg faßte sich erneut an den Hals. Finkelstein zog ihn zur Untersuchungsliege, bettete ihn darauf, wirbelte zur Gegensprechanlage: »Nitrospray sofort! Und Assistenz für EKG!«

»Jawohl.«

Finkelstein wandte sich wieder um. Er tupfte dem Patienten mit einem Papiertuch den Schweiß von der Stirn.

Die Tür wurde aufgerissen. Zwei Assistentinnen stürmten in den Raum. Jene, die zuvor Weinberg aus dem Zimmer hatte weisen wollen, reichte dem Arzt ein Metallfläschchen. Finkelstein überprüfte kurz die Aufschrift. Dann beugte er sich über Weinberg. »Machen Sie den Mund weit auf! Ja, so! Und jetzt bitte die Zunge hoch. Es wird ein bißchen kalt.« Der Arzt sprühte Weinberg Nitroglyzerin unter die Zunge. »So! Mund zu und ruhig atmen!« Weinberg verschloß die Lippen. Sein Körper bebte.

Finkelstein fühlte den Puls am Handgelenk. Er war unregelmäßig beschleunigt. »Ruhig! Es wird gleich besser!« Finkelstein tätschelte Weinbergs Arm.

»Machen Sie seinen Oberkörper frei. Aber vorsichtig, ja.«

Die Assistentinnen schälten den Patienten behutsam aus seinem Jackett und knöpften sein Hemd auf. Der Arzt horchte die Brust des Patienten mit seinem Stethoskop ab. Die Frequenz der Herztöne hatte kaum abgenommen, doch die Extrasystole war zurückgegangen. Das Herz schlug wieder regelmäßiger.

»Blutdruckmanschette!«

Eine Assistentin schob das Band über Weinbergs Arm. Der Arzt pumpte die Manschette auf, bis sie den Arm strangulierte.

Laß mich nicht als unwürdigen Feigling sterben, Herr, wenn es Dich gibt! flehte Weinberg.

Finkelstein ließ langsam die Luft aus dem Ventil strömen. Der Druck in Weinbergs Oberarm gab allmählich nach. Der Arzt lauschte konzentriert den Herztönen und beobachtete dabei die Quecksilbersäule auf der Skala des Blutdruckmessers. »Hundertachtzig zu hundertzehn.«

»Herr Doktor, der Bote hat soeben die Laborberichte vorbeigebracht«, schepperte es aus der Gegensprechanlage.

Finkelstein drückte die Taste. »Danke. Ich komme.« Er wandte sich an die Assistentinnen. »Schreiben Sie ein Ruhe-EKG. Ich bin sofort wieder da.« Finkelstein drückte Weinberg die Hand und hastete aus dem Raum. Derweil rieb die eine Assistentin Weinbergs Brust, Unterarm- und Unterschenkelpulspunkte mit Kontaktgel ein, worauf ihre Kollegin die Elektroden mit Luftsaugnäpfen befestigte. Dann traten beide Frauen von der Liege zurück. »Bitte atmen Sie ganz ruhig!« Ein kriechender Schmerz breitete sich von Weinbergs Nacken über den Hinterkopf bis zur Stirn aus. Der Druck in seiner Brust ließ allmählich nach. Die verbreiterten Adern versorgten sein Herz mit mehr sauerstoffhaltigem Blut.

»Bitte den Atem anhalten.«

Weinberg sog die Luft durch die Nase ein und bremste seinen Atem.

»Und jetzt normal weiteratmen«, bat die Assistentin mit ruhiger Mutterstimme.

Finkelstein riß das Kuvert auf. Er blätterte hastig die Diagnosenkarten durch. Da! »Weinberg, Jakob, geb. 15. Dezember 1925.« Der Arzt überflog den Befund. Er zog einen Marker aus der Ablage hinter dem Empfangsdesk und unterstrich das Diagnosefazit. Dann lief er mit dem Blatt in sein Sprechzimmer.

»Ihnen fehlt nichts, Weinberg. Kein Krebs! Hier!« Er hielt dem Patienten die Karte vors Gesicht und deutete auf die markierten Worte des Berichts. »Kein maligner Befund«, rief Finkelstein. Er riß das Millimeterpapier aus dem EKG-Gerät, studierte es kurz, hielt eine Plastikschablone darüber. »Auch nichts Außergewöhnliches. Erhöhte Herzfrequenz, Durchblutung dank Nitro-Verabreichung steigend, kein Infarkt! Sie sind gesund!« Er wandte sich an die Assistentinnen. »Danke für Ihre gute Arbeit. Und jetzt befreien Sie bitte unseren Patienten von den Fangarmen.« Die Frauen verrichteten rasch und sicher ihre Arbeit, danach wischten sie das Gel von Weinbergs Brust, Armen und Beinen. Derweil zündete sich Benjamin Finkelstein eine Zigarette an. Tief inhalierte er den Rauch. Die Assistentinnen halfen dem benommenen Patienten in seine Kleider und verließen das Zimmer.

Jakob Weinberg hockte wie betäubt auf seiner Liege. »Was muß ich jetzt tun?«

»Nichts, Weinberg. Nichts, Herr Weinberg. Sie müssen versuchen, weniger Angst zu haben. Das ist alles.«

Die Gedanken purzelten in Weinbergs Hirn durcheinander. »Warum haben Sie mir, hast du mir… ich glaube, wir sollten du sagen. Wir sind doch Jidn. Da duzt man sich.« Weinberg sah, daß Finkelstein nicht weniger verwirrt war als er selbst. »Warum hast du mir eine Gewebeprobe entnommen.«

»Zur Sicherheit. Weil du Beschwerden hattest. Wie ich Ihn… dir bereits damals gesagt habe.«

»Und woher sind die Beschwerden gekommen?«

»Was weiß ich?« Finkelstein lächelte maliziös. »Willst du, daß ich dir noch eine Gewebeprobe entnehme?«

»Nein!«

»Jeder hat hin und wieder kleine Probleme. Wenn jeder schlechter Pisch Krebs bedeutete, wäre die Menschheit längst ausgestorben.«

»Heißt das, ich bin gesund und kann nach Hause gehen?«

»Ja. Aber ich würde mich an deiner Stelle noch ein paar Minuten in den Warteraum setzen und ausruhen. Du warst ja ziemlich aufgeregt, und du hast Nitro bekommen.« Finkelstein blickte auf seine Uhr. »Jetzt müßte die Lewaje auf ihrem Höhepunkt sein. Laß uns mal vorschauen.«

Die Beerdigung erfuhr in der Tat ihren Höhepunkt. Allerdings nicht die rituelle Klimax, sondern die rhetorisch-emotionale. Noa Ben Artzi-Phelosoph, die Enkelin Yitzchak Rabins, hielt vor den Trauergästen aus aller Welt eine Rede am Grab ihres Großvaters. »Gestern wachte ich aus einem Alptraum auf. Das Leben ohne dich, das kann man nicht verkraften ...«

Die Kinder aus dem KZ mußten schnell lernen, ohne ihre Eltern zu überleben.

»Opa, du warst mein Feuer vor dem Lager. Jetzt sind wir das Lager ohne Feuer, ohne Fackel in der Finsternis ... Größere als ich haben dich schon beweint, aber keiner hat diese Zärtlichkeit von dir bekommen. Diese weichen Hände. Deine Umarmungen, die nur für uns waren. Und dein Lächeln, das mit dir erfroren ist. Ich habe kein Gefühl der Rache. Ich habe kein Gefühl der Rache, weil der Schmerz, weil der Verlust in mir so groß sind. Die Engel, die dich jetzt begleiten, bitte ich, daß sie dich bewahren und dich gut beschützen, weil du Schutz brauchst. Wir haben dich so lieb, Opa.«

Chaja Adler schneuzte sich laut.

Weinberg verabschiedete sich von Benni Finkelstein mit einer Umarmung. Derweil ergriffen acht israelische Generäle den Sarg. Sie trugen ihn zum offenen Grab und ließen ihn in die Tiefe gleiten. Ein Armeekantor sang das Kaddisch, während eine Kompanie Soldaten Ehrensalut aus Schnellfeuergewehren abgab. Weinberg wollte sich von der Sprechstundenhilfe am Empfang verabschieden, doch die stand an der Tür des Warteraumes und starrte ebenfalls auf den Bildschirm. Tränen kullerten ihre Wangen herab. Weinberg war sicher, daß die Chawejrim, ihre Weiber und Kinder, ihre Kunden und Millionen Deutsche, Israelis, Amerikaner, Afrikaner und andere ebenso heulten. Die Beerdigung eines großen Mannes, eines tapferen Soldaten und Politikers, der erkennen mußte, daß es keine Alternative zum Frieden gab, und der dafür mit seinem Leben ebenso zahlen mußte wie der ägyptische Präsident Anwar el Sadat ein Dutzend Jahre zuvor, war zur internationalen Kitsch-Show verkommen, die Rabins Freunde und Feinde, Juden, Araber und Antisemiten vereinigte. In wenigen Tagen würde die unendliche Geschichte des Hassens und Mordens wieder weitergehen. Derweil gab Rabins neunzehnjährige Enkelin die Hofnärrin der Rührungswilligen, die froh waren, statt der unzähligen Soap-Operas endlich ein echtes Tränenstück in der Flimmerkiste zu verfolgen. Jakob Weinberg hatte genug davon.

Auf der Straße schauderte ihn – vor Kälte – und Leben. Jakob Weinberg war gesund. Das bedeutete mit siebzig einen kurzfristig prolongierten Wechsel. Und bis dahin? Dinah würde vorläufig in Deutschland bleiben und um Geld für sich und Ariel kämpfen. Barbara würde jetzt erst recht auf einem Kind bestehen. Doch Jakob Weinberg war nicht länger auf sie angewiesen. Er war zu nichts verpflichtet. Barbara war keineswegs die uneigennützige Geliebte, für die er sie bis gestern gehalten hatte. Sie war lediglich gerissener als seine Kinder. Sie brauchtes Weinbergs Unterstützung. Am dringendsten hatte Udo die Hilfe des Vaters nötig.

Jakob Weinberg wußte, daß er von Barbara nicht loskommen würde. Er liebte sie. Udo liebte seine Schickse ebenfalls. Weinberg hatte die junge Frau beobachtet. Sie war ehrlich und klar. Jakob Weinberg lebte in Deutschland, er durfte sich nicht darüber beschweren, daß sein Sohn hier unter Nazi-Enkeln bleiben wollte wie sein Vater. Vor Jahren hatte er seine Tochter genötigt, nach Israel auszuwandern, dort zu leben und ein jüdisches Kind in die Welt zu setzen. Jetzt war Dinah mit ihrem Jungen zurückgekehrt. Deutschland war ein halbes Jahrhundert nach Hitler nicht mehr Nazi-Land – auch wenn seine Erde vom Blut der ermordeten Juden schrie. Jakob Weinberg, seine Mischpoche und Freunde waren deutsche Juden geworden, ohne es zu wollen.

Weinberg war am Max-Weber-Platz angelangt. Hinter dem Ex-Trambahnhäusl lag eine Filiale der Dresdner Bank. Hier hätte er die zehntausend Mark für Itzig abheben können. Doch Jakob Weinberg ging weiter. Er hatte als einziger der Chawejrim Adler zu keiner Zeit einen Pfennig zugesagt. Nie hatte er versucht, mit Gott, der sein Volk ständig verriet, ein faules Geschäft zu schließen. Jakob Weinberg hatte weder Gott noch seinem nebbochanten Sohn Itzig Adler etwas versprochen. Er war Adler nichts schuldig. Zumal Weinberg fortan mit seinem Vermögen für drei Familien sorgen mußte, ohne die Aussicht, neues Geld zu verdienen. Die Chawejrim schwadronierten von Mischpoche und Freundespflicht. Sollten sie doch ihren Schutzbefohlenen helfen.

Jakob Weinberg hatte Gott getrotzt. Er hatte seine Selbstachtung gewahrt. Weinberg konnte, anders als der Henker Chaim Burg, zu Lebzeiten Gutes zu tun. Jakob Weinberg betrat die Bankfiliale.

Glossar

Almemor (hebr.)	Thorakanzel in der Synagoge
Bar Mizwa (hebr.)	Reifefeier jüdischer Knaben am 13. Geburtstag, entspricht der Kommunion bzw. der Konfirmation; wörtl.: Sohn der Pflicht
Bocher (jidd., hebr.)	junger Mann
Brejre (jidd.), Breira (hebr.)	Alternative, Ausweg
Brith Schalom (hebr.)	jüdisch-arabischer Verständigungsbund während der 30er Jahre in Palästina; wörtl.: Friedensbund
Bronfen (jidd.)	Schnaps; Edgar Bronfman, amerikan.-jüdischer Milliardär, Präsident des »Jüdischen Weltkongresses«
Chaje(a) (jidd., hebr.)	Tier
chapn (jidd.)	fangen, ergreifen, schnappen
Chaser (jidd.)	Schwein
Chassid (hebr., jidd.)	Frommer, Gläubiger
Chawer; *pl. Chawe(j)rim (hebr., jidd.)*	Freund, Freunde
Cheder (jidd., hebr.)	Lernstube; wörtl.: Zimmer

Chochem (jidd., hebr.)	Kluger, Schlaumeier
Chonte (jidd.)	Hure
Churb(a)n (jidd., hebr.)	Katastrophe
derhargenen (jidd., hebr.)	erschlagen
Dibbuk (hebr.)	böser Geist
Emeth (hebr.)	Wahrheit
Erez (hebr., jidd.)	Land Israel; wörtl.: Land
Esav (hebr.)	Esau, Jakobs Bruder
Gemasser (jidd.)	üble Nachrede, Verleumdung
Giber (jidd.), Gibor (hebr.)	Held
Iwrith	hebräisch
Jaakov (hebr.)	Jakob, jidd. Jankl, Kuba; von: laakov: fassen, packen; übertragen: betrügen
Jachne (jidd.)	böses Weib
Jecke (jidd., hebr.)	deutscher Jude, Deutscher
Jeschiwa(e) (jidd., hebr.)	höhere Religionsschule, Akademie
Jiskor (hebr.)	Totengedenkgebet; wörtl.: erinnern
Jom Kippur (hebr.)	Versöhnungstag
Kaddisch (hebr.)	Totengebet; wörtl.: Heilung
Kapore (jidd., hebr.)	Opfer
Këiwer (hebr.)	Grab
Kiddusch (hebr.)	liturgischer Umtrunk; wörtl.: Heiligung

Kisch mech im Toches (jidd.)	Leck mich am Arsch
Kol Nidre (hebr.)	Vergebungsgebet an Jom Kippur; wörtl.: alle Gelübde
Lewaje(a) (jidd., hebr.)	Beerdigung
Machscheife (jidd., hebr.)	Hexe, böses Weib
Mamser (jidd., hebr.)	Bastard
Medine(a) (jidd., hebr.)	Staat, gemeint: Israel
Meisse (jidd.)	Geschichte, Sage
Mizwa (hebr.)	gute Tat
Moire (jidd.)	Angst, Schreck
Nudnik (jidd. Slang)	Schwätzer
Pisk (jidd. Slang)	Schnauze, Maul
Rachmones (jidd., hebr.)	Erbarmen
Rosch ha Schana (hebr.)	Neujahr; wörtl.: Jahreshaupt
Rozejach (jidd., hebr.)	Mörder
Scha! (jidd., hebr.)	Ruhe!
Schammes (jidd., hebr.)	Synagogendiener, Handlanger
Schiwe (jidd., hebr.)	siebentägige Trauer; wörtl.: sitzen
Schmattes (jidd., hebr.)	Plunder, billige Textilien
Schmock (jidd. Slang)	Schwanz
Schmonzes (jidd.)	Unsinn, Nebensächlichkeiten
S'chojre (jidd., hebr.)	Ware
Schul (jidd.)	Lern-, Bethaus, Synagoge
Schofar (hebr.)	Widderhorn

Schutef (jidd., hebr.)	Partner
Sechel (hebr.)	Verstand, Klugheit
Sidur (hebr.)	Gebetskompendium; wörtl.: Ordnung
Talith (hebr.)	Gebetsschal
Thora (hebr.)	Bibel
Tinnef (jidd.)	Tand, Plunder
trennen (jidd. Slang)	vögeln
Tuches, Toches (jidd., hebr.)	Hintern, Arsch
Zadik (hebr.)	Gerechter
zigenimmen (jidd.)	gestohlen
Zores (jidd., hebr.)	Sorgen

Die Handlung und die Figuren des Romans sind frei erfunden.
Das Geschehen während der Schoah und danach beruht auf tatsächlichen Ereignissen.
Die Aussagen von Figuren der Zeitgeschichte sind authentisch.
Ich habe das Buch den ermordeten Geschwistern meiner Mutter und ihren Familien gewidmet.

Danksagung

Mein Roman lebt von Erzählungen älterer Frauen und Männer aus Münchens jüdischer Gemeinde. Die Geschichten haben mich seit meiner Kindheit begleitet. Mit meinem Buch möchte ich den Erzählenden danken und an ihre Angehörigen erinnern.

Maria Schedl-Jokl und Wolfgang Balk haben mich ermutigt, den Roman zu schreiben. Meine Frau Elisabeth hat mir dabei unermüdlich geholfen.

Rafael Seligmann

Inhalt